MW01178129

畅销图书引领品牌

# 宇宙往事

**刘慈欣** 等著

北京联合出版公司
Beijing United Publishing Co.,Ltd.

图书在版编目（CIP）数据

宇宙往事 / 刘慈欣等著 . —北京：北京联合出版公司，2016.5（2020.9重印）

ISBN 978-7-5502-7432-7

Ⅰ. ①宇… Ⅱ. ①刘… Ⅲ. ①长篇小说—中国—当代 Ⅳ. ①I247.5

中国版本图书馆CIP数据核字（2016）第 067341号

宇宙往事

作　　者：刘慈欣等
责任编辑：赵晓秋　徐秀琴

北京联合出版公司出版
（北京市西城区德外大街83号楼9层　100088）
三河市冀华印务有限公司　新华书店经销
字数：350千字　710毫米 × 1000毫米　1/16　印张：22
2016年5月第1版　　2020年9月第16次印刷
ISBN 978-7-5502-7432-7
定价：38.00元

未经许可，不得以任何方式复制或抄袭本书部分或全部内容
版权所有，侵权必究
如发现图书质量问题，可联系调换。质量投诉电话：010-82069336

# 目 录

## 046 黑　云

此时白色的奥德修斯在探险家号看来显得非常耀眼。在地球上通过钱学森望远镜将会轻易发现奥德修斯亮度的变化，当然这种变化只有六年才能被观察到。

一个月后，探险家号发射了一颗小型探测器绕着奥德修斯飞行，在传来的照片中发现一个小黄点。这让宇航员兴奋不已，这意味着创世纪一期工程已经奏效了，奥德修斯的温度正在升高，黄点就是冰面融化露出的岛屿。

## 177 我是世界的中心

刘廷和宋振明互相看了一眼，然后再都转头看向屏幕。屏幕上的字慢慢被清空。一行新的字慢慢打了出来：“不要以为我在开玩笑，为了让你们对我恐惧，完全听我的话，请你们盯紧屏幕。”

刘廷感到浑身发寒，慢慢坐了下来，屏幕上这行字也慢慢消失，突然整个屏幕全黑下来，然后慢慢地又亮了起来。是在电梯口。视频画面颜色有些发灰，没有声音。

## 286 非实证宇宙

人工智能人像是稍稍恢复了一点儿力气——应该还是定时的电能补充作用——因为他挺直了身体，然而随即又无力地靠在了铁笼的栏杆上。

一脸睥睨的表情里再一次掺杂了嘲讽和悲剧的线条，他又抬头看了看周围：“这个实验中心激活我，是希望能够得到我这副躯体里隐藏的技术。”

## 316 罪者之星

两艘飞船死命地往普卡帕星球跑，就像砸碎了别人家玻璃的熊孩子一样慌张。火石坐在地球飞船里什么也看不见，但它能想象到，那颗污浊、血腥、黯淡的，肉块一样的普卡帕星球离自己越来越近。“注意，我们现在要穿越大气层。”鼓点的指令通过触手传到火石那里。

“我来这儿的时候吓了一跳，你们的大气层长得真恶心！”天花板说，“像是遍布着霉菌的菌丝。”

# 吞 食 者

## 一、波江座晶体

即使距离很近，上校也不可能看到那块透明晶体，它飘浮在漆黑的太空中，就如同一块沉在深潭中的玻璃。他凭借晶体扭曲的星光确定其位置，但很快在一片星星稀疏的背景上把它丢失了。突然，远方的太阳变形扭曲了，那永恒的光芒也变得闪烁不定，使他吃了一惊，但以“冷静的东方人”著称的他并没有像飘浮在旁边的十几名同事那样惊叫，他很快明白了，那块晶体就在他们和太阳之间，距他们有十几米，距太阳有一亿公里。以后的三个多世纪里，这诡异的景象时常出现在他的脑海中，他真怀疑这是不是后来人类命运的一个先兆。

作为联合国地球防护部队在太空中的最高指挥官，他率领的这支小小的太空军队装备着人类有史以来当量最大的热核武器，敌人却是太空中没有生命的大石块，在预警系统发现有威胁地球安全的陨石和小行星时，他的部队负责使其改变轨道或摧毁它们。这支部队在太空中巡逻了二十多年，从来没有一次使用这些核弹的机会，那些足够大的太空石块似乎都躲着地球走，故意不给他们辉煌的机会。但现在这块晶体在两个天文单位外被探测到，它沿着一条陡峭的绝非自然形成的轨道精确地飞向地球。

上校和同事们谨慎地向晶体靠近，他们太空服上推进器的尾迹像条条蛛丝把晶体缠在正中。就在上校与它的距离缩小到不足十米时，晶体的内部突然出现了迷雾般的白光，使它的规则的长棱状轮廓清晰地显示出来。它大约有三米长，再近一些，还可以看到内部像是推进系统的错综复杂的透明管道。当上校把戴着太空手套的右手伸向晶体表面，以进行人类与外星文明的首次接触时，晶体再次变得透明，内部浮现出一个色彩亮丽的影像。那是一个卡通小女孩儿，眼睛像台球那么大，长发直到脚跟，同漂亮的长裙一起像在水中那样缓缓飘动着。

“警报！呀！警报！吞食者来了！”她惊慌失措地大叫着，大眼睛盯着上校，一只细而柔软的手臂指向与太阳相反的方向，像在指一条追着她的大狼狗。

“那你是从哪里来的呢？”上校问。

“波江座-e星，你们好像是这么叫的，按你们的时间，我已经飞行了六万年……吞食者来了！吞食者来了！”

“你有生命吗？”

“当然没有，我只是一封信……吞食者来了！吞食者来了！”

“你怎么会讲英语？”

“路上学的……吞食者来了……吞食者来了！”

“那你这个样子是……”

“路上看到的……吞食者来了！吞食者来了！呀，你们真的不怕吞食者吗？”

“吞食者是什么？”

“样子像个大轮胎，呵，这是你们的比喻。”

“你对我们世界的东西真熟悉。”

“路上熟悉的……吞食者来了！”

波江女孩儿喊叫着，闪向晶体的一端，在她空出的空间里出现了那个“轮胎”的图像。它确实像轮胎，表面发着磷光。

“它有多大？”另一名军官问。

“总直径为五万公里，‘轮胎’宽为一万公里，内圆直径为三万公里。”

“你说的公里是我们的长度单位吗？”

“当然是，它大着呢，可以把一颗行星套进去，就像你们的轮胎套一个足球一样。套住那颗行星后，它就掠夺行星的资源，把它吸干榨尽后吐出来，就像你们吃水果吐核儿一样……”

“我们还是不明白吞食者到底是什么。”

“一艘世代飞船，我们不知道它从哪里来要到哪里去。事实上，驾驶吞食者的那些大蜥蜴肯定也不知道，这个世界已在银河系中飘行了几千万年，它的拥有者一定早已忘记了它的本源和目的。但可以肯定：它被创造出来时远没有那么大，它是靠吃行星长大的，我们的行星就被它吃了！”

这时，晶体中显示的吞食者在变大，渐渐占满了整个画面，显然正在向摄像者的世界缓缓降下来。现在在这个世界居民的眼中，大地仿佛处于一口宇宙巨井的井底，太空就是一圈缓缓转动的井壁，可以看清井壁表面的复杂结构。开始让上校想到在显微镜下看到的微处理器的电路，后来他发现那是连绵不断的城市。再向上，井壁的顶端是一圈蓝色光焰，在天空中形成一个围绕着群星的巨大火圈。波江女孩告诉他们，那是吞食者尾部的环形推进发动机。在晶体的一端，女孩手舞足蹈，她那飘浮的长发也像许多只挥动的手臂，极力表达着她的惊恐。

“这就是波江座-e星的第三颗行星被吞食时的情形。这时你要是身在我们的世界，第一个感觉是身体在变轻，这是由于吞食者巨大的质量产生的引力抵消了行星的引力所致。这引力的扰动产生了毁灭性的灾难：海洋先是涌向行星朝向吞食者的那一极，当行星被套入轮胎后又涌向赤道，产生的巨浪能够吞没云层。接着，引力异常将大陆像薄纸一样撕成碎片。火山在海底和陆地密密麻麻地出现……当‘轮胎’套到行星的赤道时，吞食者便停止了推进，以后，其相对于恒星的轨道运动始终与行星保持同步，一直把这颗行星含在口里。

“这时对行星的掠夺开始了，无数条上万公里长的缆索从筒壁伸到行星表面，使得行星如同一只被蛛网粘住的虫子。巨大的运载舱频繁地往来于行星表面与筒壁之间，运走行星上的海水和空气，更有无数的大机器深深地钻进行星的地层，狂采吞食者需要的矿藏……由于吞食者的引力与行星引力的相互抵消，行星与‘轮胎’之间的一围空间是低重力区，这使得行星的资源向吞食者的运输变得很容易，大掠夺因此有很高的效率。

“按地球时间，吞食者对被吞入的每颗行星要‘咀嚼’一个世纪左右，在这段时间里，行星包括水和空气在内被掠夺一空，由于‘轮胎’长时间的引力作用，行星向赤道方向渐渐变扁，最后变成……还用你们的比喻吧：铁饼状。当吞食者最后移走，‘吐出’这颗已被榨干的行星时，行星的形状会恢复成圆形，这又引发了最后一场全球范围的地质灾难。这时，行星的表面呈现其几十亿年前刚刚形成时的熔岩状，早已是一个没有任何生命的地狱了。”

“吞食者距太阳系还有多远？”上校问。

“它紧跟在我后面，按你们的时间，再有一个世纪就到了。警报！吞食者来了！吞食者来了！”

## 二、使者大牙

正当人们为波江晶体带来的信息是否可信而争论不休时，吞食者的一艘先遣小型飞船进入了太阳系，到达地球。

首先与之接触的仍是上校率领的太空巡逻队，但这次接触的感觉与上次完全不同。玲珑剔透的波江晶体代表了一种纤细精致的技术文明，而吞食者飞船则相反，外形极其粗陋笨重，如同在旷野中遗弃了一个世纪的大锅炉，令人想起凡尔纳描述的粗放的大机器时代。吞食帝国的使者也同样粗陋笨重，他那蜥蜴状的粗壮身躯披着大块的石板般的鳞甲，直立起来有近十米高。他自我介绍的名字发音为“达雅”，按他的外形特点和后来的行为方式，人们管他叫“大牙”。

当大牙的小型飞船在联合国大厦前着陆时，发动机把地面冲出一个大坑，飞溅的石块把大厦砸得千疮百孔。由于外星使者太高大，无法进入会议大厅，各国首脑就在大厦前的广场上与他见面，他们中的几个人用手帕捂着刚才被玻璃和碎石划破的头。大牙每走一步地面都颤抖一下，他说话时声音像十台老式火车头同时鸣笛，让人头皮发炸，然后由挂在他胸前的一个外形粗笨的翻译器把话译成地球英语（也是路上学的），由一个粗犷的男音读出来，声音虽比大牙低了许多，但仍让听者心惊肉跳。

“呵呵，白嫩的小虫虫，有趣的小虫虫。”大牙乐呵呵地说，人们捂住耳朵等他轰鸣着说完，然后稍微放开耳朵听翻译器里的声音，“我们有一个世纪的时间相处，相信我们会互相喜欢对方的。”

“尊敬的使者，您知道，我们现在最为关心的，是您那伟大的母舰到太阳系的目的。”联合国秘书长仰望着大牙说，尽管他大声喊着，声音听起来仍像蚊子叫。

大牙做了一个类似于人类立正的姿势，地面为之一颤。“伟大的吞食帝国将吃掉地球，以便继续它壮丽的航程，这是不可改变的！”

“那么人类的命运呢？”

“这正是我今天要决定的事。”

元首们纷纷相互交换目光，秘书长点点头：“这确实需要我们之间进行充分的交流。”

大牙摇摇头：“这是一件十分简单的事情，我只需要品尝一下——”说着，他伸出强壮的大爪，从人群中抓起一个欧洲国家的首脑，从三四米远处优雅地将他扔进嘴里，细细地咀嚼起来。不知是出于尊严还是过度的恐惧，那个牺牲品一直没有叫出声，只听到他的骨骼在大牙嘴里碎裂时清脆的咔嚓声。半分钟后，大牙噗的一声吐出了那人的衣服和鞋子，衣服虽然浸透了血，但几乎完好无损，这时不止一个旁观者联想到人类嗑瓜子的情形。

整个地球世界一时间陷入一片死寂，这寂静似乎无限期地持续着，直到被一个人类的声音打破——

“您怎么拿起来就吃啊？”站在人群后面的上校问。

大牙向他走去，人群散开一条道，这个庞然大物咚咚地走到上校面前，用一双篮球大小的黑眼睛盯着他：“不行吗？”

“您怎么这么肯定他能吃呢？一个相距如此遥远的世界上的生物能被食用，从生物化学上讲几乎是不可能的。”

大牙点点头，大嘴一咧做出类似于笑的表情：“我一开始就注意到你了，你一直冷眼看着我，若有所思，在想什么？”

上校也笑笑：“您呼吸我们的空气，通过声波说话，有两只眼睛、一个鼻子、一张嘴，还有四个对称的肢体……”

“这不可理解吗？”大牙把巨头凑近上校，喷出一股让人作呕的血腥气。

“是的，因为太好理解所以不可理解，我们不应该这么相似。”

“我也有不理解之处，那就是你的冷静。你是军人？”

“我是一名保卫地球的战士。”

“哼，不过是推开一些小石头而已，那能让你成为真正的战士？”

“我准备着经受更大的考验。”上校庄严地昂起头。

“有趣的小虫虫。”大牙笑着点点头，直起身来，“我们还是回到正题吧：人类的命运。你们的味道不错，有一种滑爽的清淡，很像我在波江座行星上吃过的一种蓝色的浆果。所以祝贺你们，你们的种族将延续下去，你们将作为一种小家禽在吞食帝国被饲养，到六十岁左右上市。”

“您不觉得那时我们的肉太老了吗？”上校冷笑着说。

大牙大笑起来，声音如火山爆发：“哈哈哈哈，吞食人喜欢有嚼头的小吃。”

## 三、蚂　蚁

联合国又同大牙进行了几次接触，虽然再没有人被吃掉，但关于人类命运的谈判结果都一样。

人们把下一次会面精心安排在非洲的一处考古挖掘现场。

大牙的飞行器准时在距挖掘现场几十米处降落。同以前的每一次一样，降落就像是一场大爆炸，震耳欲聋，飞沙走石。据波江女孩介绍，飞行器是由一台小型核聚变发动机驱动的。对于有关吞食者的信息，她一解释，人类的科学家就立刻明白了，但关于波江人的技术却令地球人迷惑，比如那块晶体，着陆后便在空气中融化，最后把与星际航行有关的推进部分全化掉了，只剩下薄薄的一片，在空气中轻盈地飘行。

大牙来到挖掘现场时，有两个联合国工作人员抬着一本一米见方的大画册递给他，画册是按他的个头精心制作的，有上百页精美的彩页。内容是人类文明的各个方面，很像一本儿童启蒙教材。在挖掘现场的大坑旁，一名考古学家绘声绘色地描述了地球文明的辉煌历程，他竭力想让外星人明白这个蓝色行星上有那么多值得珍惜的东西，说到动情处更是声泪俱下，好不凄惨。最后，他指着挖掘现场的大坑说："尊敬的使者，您看，这是我们刚刚发现的一处城市遗址，是迄今为止发现的最早的人类城市，距今已有近五万年，你们真的忍心毁灭一个历经五万年的岁月一点一滴发展到今天的灿烂文明？"

大牙在这个过程中一直在翻看那本画册，好像觉得那是一件很好玩的东西。考古学家的最后一句话让他抬起头来，看了看大坑："呵，考古虫虫，我对这个坑和坑里的旧城市不感兴趣，倒是很想看看从坑里挖出的土。"他指了指大坑旁边一个几米高的土堆。

听完翻译器中的话，考古学家很迷惑："土？那堆土里什么也没有啊。"

"那是你的看法。"大牙说着走到土堆旁，蹲下高大的身躯伸出两只大爪在土里挖起来。人们围成一圈看着，很惊叹他那看似粗笨的大爪的灵活程度。他拨动着松土，不时拾起什么极小的东西放到画册上。就这样专心致志地干了十多分钟，他端着画册直起身来，走到人们面前，让大家看画册上的东西。

上百只蚂蚁，有的活着，有的已经死了，蜷成一团，只有仔细辨认才能看出是什么。

"我想讲一个故事，"大牙说，"是关于一个王国的故事。这个王国的前身是一个更大的帝国，它们先祖的先祖可以追溯到地球白垩纪末期，在恐龙那高耸入云的骨架下，那些先先祖建起帝国宏伟的城市……但那些历史太久太久了，帝国最后一世女王能记起的，就是冬天的降临。在那漫长的冬天，大地被冰川覆盖，失去了已延续了上千万年的生机，生活变得万分艰难。

“在最后一次冬眠醒来时，女王只唤醒了帝国不到百分之一的成员，其他的都已在寒冷中长眠，有的已变成透明的空壳。女王摸摸城市的墙壁，冷得像冰块，硬得像金属，她知道这是冻土，在这严寒时代，它夏天都不化。女王决定离开这片先祖留下的疆域，去找一块不冻的土地建立新的王国。

“于是女王率领所有的幸存者来到地面，在高大的冰川间开始艰难的跋涉。大部分成员都在漫漫的路途中死于严寒，但女王与不多的幸存者却终于找到一块不冻土，这是一块被溢出的地热温暖的土地。女王当然不明白，为什么在这严寒世界中有这么一小片潮湿柔软的土地，但她对能到达这里并不感到意外：一个延续了六千万年的种族是不会灭绝的！

“面对冰川纵横的大地和昏暗的太阳，女王宣布要在这里建立一个新的伟大的王国，它将延续万代！她站在一座高大的白色山峰下，就把这个新王国命名为白山王国，那座白色山峰是一只猛犸象的头骨。这是第四纪冰川末期的一个正午，这时的人类虫虫还是零星地龟缩在岩洞中发抖的愚钝的动物，九万年之后，你们的文明的第一点烛光才在另一个大陆的美索不达米亚平原上出现。

“以附近冰冻的猛犸遗体为生，白山王国度过了一万年的艰难岁月。之后，地球冰期结束，大地回春，各大陆又重新披上了生命的绿色。在这新一轮的生命大爆炸中，白山王国很快达到鼎盛，拥有数不清的成员和广大的疆域。在其后的几万年中，王国经历了数不清的朝代，创造了数不清的史诗。”

大牙指指眼前的大坑：“这就是那个王国最后的位置，在考古虫虫专心挖掘下面那已死去五万年的城市时，并没有想到在它上面的土层中还有一个活着的城市。它的规模绝不比纽约小，后者只是一个二维的平面城市，而它是一座宏大的立体城市，有很多层。每一层都密布着迷宫般的街道，有宽阔的广场和宏伟的宫殿，整座城市的供排水系统和消防系统的设计也比纽约高明得多。城市有着复杂的社会结构和严格的行业分工。整个社会以一种机器般的精密和协调高效地运转着，不存在吸毒和犯罪问题，也没有沉沦和迷茫。但它们并非没有感情，当有成员死亡时，它们会表现出长时间的悲伤。它们甚至还有墓地，它位于城市附近的地面上，掩埋深度为三厘米。最值得说明的是，在城市的底层有一个庞大的图书馆，其中有数量巨大的容器，这就是一本书，每个容器中都装有成分极其复杂的化学味剂，这些味剂用其复杂的成分记录着信息。这里有对白山王国漫长历史的史诗般的记载：你能看到在一次森林大火中，王国的所有成员抱成无数个团，顺一条溪流漂下逃出火海的壮举；还能看到王国与白蚁帝国长达百年的战争史；还有王国的远征队第一次看到大海的记载……

“但所有这一切在三个小时之内被毁灭。当时，在惊天动地的轰鸣声中，挖掘机遮盖了整个天空的钢铁巨掌凌空劈下，把包含着城市的土壤一把把抓起，城市和其中的一切在巨掌中被碾得粉碎，包括城市最下层的所有孩子和将成为孩子的几万只雪白的卵。”

地球世界再一次陷入死寂之中，这次寂静比大牙吃人的那一次延续得更长。面对外星使者，人类第一次无话可说。

大牙最后说：“我们以后有很长的时间相处，有很多的事要谈，但不要再从道德的角度谈了，在宇宙中，那东西没意义。”

## 四、加 速 度

大牙走后，考古现场的人们仍沉浸在迷茫和绝望之中，还是上校首先打破了寂静，他对周围的各国政要说：“我知道自己是个小人物，只是因为首先接触外星文明而有幸亲临这些场合，我只想说两句话：一、大牙是对的；二、人类的唯一出路是战斗。”

“战斗？唉，上校，战斗……”秘书长苦笑着摇头。

“对，战斗！战斗！战斗！”波江女孩大喊，此时她所在的晶体片正飘飞在人们头上几米高处，在阳光下的晶体中，那长发女孩兴奋地手舞足蹈。有人说：“你们波江人也战斗了，结果怎么样？人类得为自己种族的生存着想，我们并没有义务满足你那变态的复仇欲望。”

上校对所有人说：“不，先生，波江人是在对敌人完全陌生的情况下进行自卫战争的，加上他们本来就是一个历史上完全没有战争的社会，所以失败是不足为奇的。但在这场长达一个世纪的惨烈战争中，他们对吞食者有了细致深刻的了解。现在大量的资料通过这艘飞船送到我们手中，这就是我们的优势。

“冷静仔细地研究这些资料，我们发现吞食者并没有最初想象的那么可怕。首先，除了不可思议的庞大外，吞食者并没有太多超出人类已有知识之外的东西。就生命形式而言，吞食者人（据说在‘轮胎’上居住着上百亿个）与地球人一样是碳基生物，且生命在分子层次的构造十分相似。人类与敌人处于相同的生物学基础上，使我们有可能真正深刻地理解它们的各个方面，这比我们面对一群由力场和中子星物质构成的入侵者要幸运多了。

“更让我们宽慰的是，吞食者并没有太多的‘超技术’。吞食者人的技术比人类要先进许多，但这主要表现在技术的规模上而不是理论基础上。吞食者的推进系统的能量来源主要是核聚变，它所掠夺的行星水资源除了用于吞食者人的生活外，主要是被作为聚变燃料。吞食者发动机的推进方式也是基于动量守恒的反冲方式，并没有时空跃迁之类玄妙的玩意儿……这些信息可能使科学家们深感失落，因为吞食者毕竟是一个延续了几千万年的文明，它们的技术层次也就表明了科学力量的极限；同时也使我们知道，敌人不是不可战胜的神。”

秘书长说：“仅凭这些就能使人类建立起必胜的信心吗？”

“当然还有许多具体的信息，使我们能够制定出一个成功率较高的战略，比如……”

“加速度！加速度！”波江女孩在人们头顶大叫。

上校对周围迷惑的人们解释说：“从波江人送来的资料看，吞食者航行时的加速度有一个极限，在长达两个世纪的观察中，他们从未发现它突破过这个极限。为证实这一点，我们根据波江座飞船送来的其他资料，如吞食者的结构和其构成材料的强度等，建立了一个数学模型。模型的演算证实了波江人对吞食者加速度极限的观察，这个极限是由它的结构强度所决定的，一旦超出，这个庞然大物就会被撕裂。”

“那又怎么样？”一位大国元首问道。

“我们应该冷静下来，用自己的脑子好好想想。”上校微笑着说。

## 五、月球避难所

人类与外星使者的谈判终于有了一点点进展。大牙对人类关于月球避难所的要求做出了让步。

“人是恋家的动物。”在一次谈判中，秘书长眼泪汪汪地说。

“吞食人也是，虽然我们没有家。”大牙同情地点点头。

“那么，能否让我们留下一些人，等伟大的吞食帝国吃完后吐出地球，待它的地质变化稳定下来，再回来重建我们的文明？”

大牙摇摇头：“吞食帝国吃东西是吃得很干净的，那时的地球将比现在的火星还荒凉，凭你们虫虫的技术能力，不可能重建文明。”

“总得试试吧，这样我们的灵魂也会安定，特别是在吞食帝国上被饲养的那些小家禽，如果记得在遥远的太阳系还有一个家，会多长些肉的，虽然这个家不一定真的存在。”

大牙点点头：“可是当地球被吞下时，这些人去哪儿呢？除了地球，我们还要吃掉金星，木星和海王星太大了，我们吃不下，但要吃它们的卫星，吞食帝国需要上面的碳氢化合物和水；连贫瘠的火星和水星我们也想嚼一嚼，我们想要上面的二氧化碳和金属，这些星球的表面将是一片火海。”

“我们可以去月球避难。据我们所知，吞食帝国在吃地球之前要把月球推开。”

大牙又点点头：“是的，由吞食帝国和地球组成的联合星体引力很大，有可能使月球坠落在大环表面，这种撞击足以毁灭帝国。”

“那就对了，让我们住上去一些人吧，这对你们没有太大损失。”

“你们打算留多少人？”

“从维持一个文明的最低限度着想，十万吧。”

“可以，但你们得干活儿。”

“干活儿？什么活儿？”

“把月球从地球轨道上推开，这对我们来说也是一件很麻烦的事。”

“可是……”秘书长绝望地抓着头发，“您这等于拒绝了人类这点小小的可怜的要求，您知道我们没有这种技术力量的！”

“呵，虫虫，那我不管，再说，不是还有一个世纪吗？”

## 六、播种核弹

在泛着白光的月球平原上，一群穿着太空服的人站在一个高高的钻塔旁边，吞食帝国高大的使者站在更远一些的地方，仿佛是另一个钻塔。他们注视着一个钢铁圆柱体从钻塔顶端缓缓吊下，沉入钻塔下的深井中，吊索飞快地向井中放下去，三十八万公里外的整个地球世界都在注视着这一幕。当放置物到达井底的信号传来时，包括大牙在内的所有观察者都鼓起掌来，庆祝这一历史性时刻的到来。

推进月球的最后一颗核弹已经就位，这时，距波江晶体和吞食帝国使者到达地球已有一个世纪。这是一个绝望的世纪，人类在进行着痛苦的奋斗。

上半个世纪，全世界竭尽全力建造月球推进发动机，但这种超级机器始终没能建成，那几台试验用的样机只是给月球表面增加了几座废铁高山，还有几台在试运行时被核聚变的高温熔化成了一片钢水的湖泊。人类曾向吞食帝国使者请求技术支援，推进月球需要的发动机还不及吞食者上那无数超级发动机的十分之一大，但大牙不答应，还讥讽道："别以为知道了核聚变就能造出行星发动机，造出爆竹离造出火箭还差得远呢。其实你们完全没有必要费这么大劲儿，在银河系，一个文明成为更强大文明的家禽是很正常的，你们会发现被饲养是一种多么美妙的生活，衣食无忧，快乐终生，有些文明还求之不得呢。你们感到不舒服，完全是陈腐的人类中心论在作怪。"

于是人类把希望寄托在波江晶体上，但这个希望同样落空。波江文明是沿着一条与地球和吞食者完全不同的技术路线发展的，他们的所有技术力量都来自本星的生物体，比如这块晶体，就是波江行星海洋中的一种浮游生物的共生体。对这个世界中生命的这些奇特能力，波江人只是组合和利用，也不知其深层的秘密，而一旦离开本星的生物，波江人的技术就寸步难行了。

浪费了宝贵的五十多年后，绝望的人类突然想出一个极其疯狂的月球推进方案。这个方案首先由上校提出，当时他是月球推进计划的主要领导人之一，军衔已升为元帅。这个方案尽管疯狂，在技术上要求却不高，人类现有的技术完全可以胜任，以至于人们惊奇为什么没有及早想到它。

新的推进方案很简单，就是在月球的一面大量埋设核弹，这些核弹的埋设深度一般为三千米左右，其埋设的密度以不被周围核弹的爆炸所摧毁为准，这样，将在月球的推进面埋设五百万枚核弹。与这些热核炸弹的当量相比，人类在冷战时期所制造的威力最大的核弹也算常规武器。因此，当这些埋在月球地下的超级核弹爆炸时，与在以前的地下核试验中被窒息在深洞中的核爆炸完全不同，它会将上面的地层完全掀起炸飞。在月球的低重力下，被炸飞的地层岩石会达到逃逸速度，脱离月球冲进太空，进而对月球本身产生巨大的推进力。如果同一时刻有一定数量的核弹爆炸，这种脉冲式的推进力就会变得连续不断，等于给月球装上了强劲的发动机，而使不同位置的核弹爆炸，可以操纵月球的飞行方向。进一步的设计计划在月面下埋设两层核弹，另一层在第一层之下，约六千米深度。这样当上层核弹耗尽，月球推进面被剥去三千米厚的一层时，第二层接着被不断引爆，使“发动机”的运行时间延长一倍。

当晶体中的波江女孩听到这个计划时，认为人类真的疯了：“现在我知道，如果你们有吞食者那样的技术力量，会比他们还野蛮！”

但这个计划使大牙赞叹不已：“呵呵，虫虫们竟能有这样美妙的想法，我喜欢，喜欢它的粗野，粗野是最美的！”

“荒唐，粗野怎么会美？”波江女孩反驳说。

“粗野当然美，宇宙就是最粗野的！漆黑寒冷的深渊中燃烧着的狂躁的恒星，不粗野吗？宇宙是雄性的，明白吗？像你们那种女人气的文明，那种弱不禁风的精致和纤细，只是宇宙小角落中一种微不足道的病态而已。”

一百年过去了，大牙仍然生机勃勃，晶体中的波江女孩仍然鲜艳动人，但元帅感到了岁月的力量，一百三十五岁，是老年人了。

这时，吞食者已越过冥王星轨道，它从由波江座-e星开始的六万年漫长的航程中苏醒了。太空中那个巨大的轮胎变得灯火辉煌，庞大的社会运转起来，准备好了对太阳系的掠夺。

吞食者掠过外围行星，沿着陡峭的轨道向地球扑来。

## 七、人类的第一次和最后一次星战

月球脱离地球的加速开始了。

推进面的核弹开始爆炸时，月球正处于地球白昼的一面，每次爆炸的闪光，都把月球在蓝天上短暂地映现一下，这使得天空中仿佛出现了一只不断眨巴的银色的眼睛。入夜，月球一侧的闪光穿过近四十万公里仍能在地面上映出人影，这时还能在月球的后面看到一条淡淡的银色尾迹，它是由从月面炸入太空的岩石构成的。从安装在推进面的摄像机中可以看到，月面被核爆炸掀起的地层如滔天洪水般涌向太空，向前很快变细，在远方成为一条极细的蛛丝，弯向地球的另一面，描绘出月球加速的轨道。但人们的注意力都集中在天空中出现的那个恐怖的大环上：吞食者此时已驶近地球，它的引力产生的巨大潮汐已摧毁了所有的沿海城市。吞食者尾部的发动机闪着一圈蓝色的光芒，它正在进行最后的轨道调整，以使其绕太阳运行的轨道与地球保持同步，同时使自己与地球的自转轴线对准在同一直线上，然后它将缓缓向地球移动，将其套入大环中。月球的加速持续了两个月，这期间在它的推进面平均两三秒就爆炸一枚核弹，到目前为止已引爆了二百五十多万枚。加速后的月球环绕地球第二圈的轨道形状已变得很扁，当月球运行到这椭圆轨道的顶端时，应元帅的邀请，大牙同他一起来到月球面向前进方向一面，他们站在环形山环绕的平原上，感受着从月球另一面传来的震动，仿佛这颗地球卫星的中心有一颗强劲的心脏。在漆黑的太空背景下，吞食者的巨环光彩夺目，占据了半个天空。

“太棒了，元帅虫虫，真的太棒了！”大牙对元帅由衷地赞叹着，“不过你们要抓紧，只剩下一圈的加速时间了，吞食帝国可没有等待别人的习惯。我还有个疑问：你们下面十年前就已建成的地下城还空着，那些移民什么时候来？你们的月地飞船能在一个月时间里从地球迁移十万人吗？”

“不会迁移任何人了，我们将是月球上最后的人类。”

听到这话，大牙吃惊地转过身去，看到了元帅所说的“我们”——这是地球太空部队的五千名将士，在环形山平原上站成严整的方阵。方阵前面，一名士兵展开一面蓝色的旗帜。

“看，这是我们行星的旗帜，地球对吞食帝国宣战了！”

大牙呆呆地站着，迷惑多于惊讶，紧接着，他四脚朝天摔倒了。这是由于月面突然增加的重力所致。大牙一动不动地趴在地上。他那庞大身体激起的月尘在周围缓缓降落，但很快月尘又扬起来，这是从月球另一面传来的剧烈震波所致，这震动使平原蒙上一层白色的尘被。大牙知道，在月球的另一面，核弹的爆炸密度突然增加了几倍，从重力的激增他也能推测出月球的加速度也增加了几倍。他翻了个滚儿，从太空服胸前的口袋里掏出硕大的袖珍电脑，调出月球目前的轨道。他看到，如果这剧增的加速度持续下去，轨道将不再闭合，月球将脱离地球引力冲向太空，一条闪着红光的虚线标示出预测的方向。

月球径直撞向吞食者！

大牙缓缓地站了起来，任手中的电脑掉下去。他抬头看去，在突然增加的重力和波浪般的尘雾中，地球军团的方阵仍如磐石般稳立着。

“持续了一个世纪的阴谋。”大牙喃喃地说。

元帅点点头：“你明白得晚了。”

大牙长叹着说：“我应该想到地球人与波江人是完全不同的两个物种，波江世界是一个以共生为进化基础的生态图，没有自然选择和生存竞争，更不知战争为何物……我们却用这种习惯思维来套地球人，而你们，自从树上下来后就厮杀不停，怎么可能轻易被征服呢？我……不可饶恕的失职啊！”

元帅说："波江人为我们提供了大量重要的信息，其中关于吞食者的加速度极限值就是人类这个作战方案的基础：如果引爆月球上的转向核弹，月球的轨道机动加速度将是吞食者速度极限值的三倍，这就是说它比吞食者灵活三倍，你们不可能躲开这次撞击的。"

大牙说："其实我们也不是完全没有戒备，当地球开始生产大量核弹时，我们时刻监视着这些核弹的去向，确保它们被放置在月球地层中，可没有想到……"

元帅在面罩后面微微一笑："我们不会傻到用核弹直接攻击吞食者，地球人那些简陋的导弹在半途中就会被身经百战的吞食帝国全部拦截，但你们无法拦截巨大的月球。也许凭借吞食者的力量最终能击碎它或使其发生转向，但现在距离已经很近，时间来不及了。"

"狡诈的虫虫，阴险的虫虫，恶毒的虫虫……吞食帝国是心肠实在的文明，把什么都说在明处，可是最终还是被狡诈阴险的地球虫虫骗了。"大牙咬牙切齿地说，狂怒中他想用大爪子抓元帅，但在士兵们指向他的冲锋枪前停住了，他没有忘记自己也是血肉之躯，一梭子子弹足以让他丧命。

元帅对大牙说："我们要走了，劝你也离开月球吧，不然会死在吞食帝国的核弹之下的。"

元帅说得很对，大牙和人类太空部队刚刚飞离月球，吞食者的截击导弹就击中了月面。这时月球的两面都闪烁着强光，朝向前进方向的一面也有大量的岩石被炸飞到太空中，与推进面不同的是，这些岩石是朝着各个方向漫无目的地飞散开。从地球上看去，撞向吞食者的月球如一个披着怒发的斗士，任何力量都无法阻挡它！在能看到月球的大陆上，人山人海爆发出狂热的欢呼。

吞食者的拦截行动只持续了不长的时间就停止了，因为他们发现这毫无意义，在月球走完短暂的距离之前，既不可能使它发生转向更不可能击碎它。

月球上的推进核弹也停止了爆炸，速度已经足够，地球保卫者要留下足够的核弹进行最后的轨道机动。一切都沉静下来，在冷寂的太空中，吞食者和地球的卫星静静地相向飘行着，它们之间的距离在急剧缩短。当两者的距离缩短至五十万公里时，从地球统帅部所在的指挥舰上看去，月球已与“轮胎”重叠，像是轴承圈上的一颗钢珠。

直到这时，吞食者的航向也没有任何变化，这是容易理解的：过早的轨道机动会使月球也做出相应的反应，真正有意义的躲避动作要在月球最后撞击前进行。这就像两名用长矛决斗的中世纪骑士，他们骑马越过长长的距离逼近对方，但真正决定胜负是在即将相互接触的一小段距离内。

银河系的两大文明都屏住了呼吸，等待着那最后的时刻。

当距离缩短至三十五万公里时，双方的机动航行开始了。吞食者的发动机首先喷出上万公里的蓝色烈焰，开始躲避；月球上的核弹则以空前的密度和频率疯狂地引爆，进行着相应的攻击方向修正，它那弯曲的尾迹清楚地描绘出航线的变化。吞食者喷出的上万公里长的蓝色光河的头部镶嵌着月球核弹银色的闪光，构成了太阳系有史以来最壮观的景象。

双方的机动航行进行了三个小时，它们的距离已缩短至五万公里，计算机显示的结果令指挥舰上的人们不敢相信自己的眼睛：吞食者的变轨加速度四倍于波江晶体提供的极限值！以前深信不疑的吞食者的加速度极限，一直是地球人取胜的基础，现在，月球上剩余的核弹已没有能力对攻击方向做出足够的调整。计算表明，即使尽全力变轨，半小时后，月球也将以四百公里的距离与吞食者擦肩而过。

在一阵令人目眩的剧烈闪光后，月球耗尽了最后的核弹，几乎与此同时，吞食者的发动机也关闭了。在死一般的寂静中，惯性定律完成了这篇宏伟史诗的最后章节：月球紧擦着吞食者的边缘飞过，由于其速度很快，吞食者的引力没能将其捕获，但扭弯了它的飘行轨迹。月球掠过吞食者后，无声地向远离太阳的方向飞去。

指挥舰上，统帅部的人在死一般的沉默中度过了几分钟。

“波江人骗了我们。”一位将军低声说。

“也许，那块晶体只是吞食帝国的一个圈套！”一位参谋喊道。

统帅部瞬间陷入一片混乱，每个人都声嘶力竭地叫喊着，以掩盖或发泄自己的绝望，几名文职人员或哭泣或抓着自己的头发，精神已到了崩溃的边缘。只有元帅仍静静地站在大显示屏前，他慢慢转过身来，用一句话稳住了局面：

“我提醒各位注意一个现象：吞食者的发动机为什么要关闭？”

这句话引起了所有人的思考，是的，在月球耗尽核弹后，敌人的发动机没有理由关闭，因为他们不可能知道月球上是否还剩有核弹。同时考虑吞食者的引力捕获月球的危险，也应该继续进行躲避加速，继续拉开与月球攻击线的距离，而不可能仅仅满足于这四百公里的微小间距。

“给我吞食者外表面的近距离图像。”元帅说。

大屏幕上出现了一幅全息画面，这是一个飞掠吞食者的地球小型高速侦察器在其表面五百公里上空传回的，吞食者灯光灿烂的大陆历历在目，人们敬畏地看着那线条粗放的钢铁山脉和峡谷缓缓移过。一条黑色的长缝引起了元帅的注意，在过去的一个世纪中，他已记熟了吞食者外表面的每一个细节，绝对肯定这条长缝以前是不存在的，很快别人也注意到了：

“这是什么？一条……裂缝？”

“是的，裂缝，一条长达五千公里的裂缝。”元帅点点头说，“波江人没有骗我们，晶体带来的资料是真实的，那个加速度极限确实存在。但当月球逼近时，绝望的吞食者不顾一切地用超限四倍的加速度来躲避，这就是超限加速的后果：它被撕裂了。”

接下来，人们又发现了另外几条裂缝。

“看啊，那又是什么？”又有人惊叫，这时吞食者的自转正使它表面的另一部分进入人们的视野，金属大陆的边缘上出现了一个刺目的光球，如同它那辽阔地平线上的日出一般。

“自转发动机！”一名军官说。

“是的，是吞食者赤道上很少启动的自转发动机，它此时正在以最大功率刹住自转！”

“元帅，这证实了您的看法！”

“尽快用各种观测手段取得详细资料，进行模拟！”元帅说，而在这之前一切已在进行中了。

经一个世纪建立起来的精确描述吞食者物理结构的数学模型，在从前方取得必需的数据后高速运转，模拟结果很快就出来了：需近四十个小时的时间，自转发动机才能把吞食者的自转速度减至毁灭值之下，而如果高于这个转速，离心力将使已被撕裂的吞食者在十八个小时内完全解体。

人们欢呼起来。大屏幕上接着映出了吞食者解体时的全息模拟图像：解体的过程很慢，如同梦幻一般。在漆黑太空的背景上，这个巨大的世界如同一团浮在咖啡上的奶沫一样散开来，边缘的碎块渐渐隐没于黑暗之中，仿佛被太空融化了，只有不时出现的爆炸的闪光才使它们重新现形。

元帅并没有同人们一起观赏这令人心旷神怡的画面，他远离人群，站在另一块大屏幕前注视着现实中的吞食者，脸上没有一点儿胜利的喜悦。冷静下来的人们注意到了他，也纷纷站到这个屏幕前，他们发现，吞食者尾部的蓝色光环又出现了，它再次启动了推进发动机。在环体已经被严重损伤的情况下，这似乎是一个不可理解的错误，这时任何微小的加速度都可能导致大环解体。而吞食者的运行方向更让人迷惑：它正在缓缓回到躲避月球攻击前所在的位置，谨慎地建立与地球同步的太阳轨道，并使自己和地球的自转轴对准在一条直线上。

“怎么？这时它还想吃地球？”

有人吃惊地说，他的话引起稀疏的笑声，但笑声戛然而止，人们看到了元帅的表情，他已不再看屏幕，而是双眼紧闭，苍白的脸上毫无表情。一个世纪以来，作为抗击吞食者的精神支柱之一，太空将士们已经熟悉了他的音容，他们从来没有见到他像这样。人们冷静下来，再看屏幕，终于明白了一个严峻的现实：

吞食者还有一条活路。

吞食地球的航行开始了，已与地球运行同步自转同轴的吞食者向着这颗行星的南极移动着。如果太慢，会在自转的离心力下解体；如果太快，推进的加速度可能使其提前解体。吞食者正走在一条生存的钢丝绳上，它必须绝对正确地把握住时间和速度的平衡。

在地球的南极被套入大环前的一段时间，太空中的人们看到，南极大陆的海岸线形状在急剧变化，这个大陆像一块热煎锅上的牛油一样缩小着面积，地球的海水在吞食者引力的拉动下涌向南极，地球顶端那块雪白的大陆正在被滔天巨浪所吞没。这时吞食者大环上的裂缝越来越多，且都在延长扩宽。最初出现的那几条裂缝已不再是黑色的，里面透出暗红色的火光，像几千公里长的地狱之门。有几条蛛丝般的白色细线从大环表面升起，接下来这样的细线越来越多，出现在大环的每一部分，仿佛吞食者长出了稀疏的头发。这是从大环上发射的飞船的尾迹，吞食者开始从他们将要毁灭的世界逃命了。

但当地球被大环吞入一半时，情况发生了逆转：地球的引力像无数根无形的辐条拉住了正在解体的大环，吞食者表面不再有新的裂缝出现，已有的裂缝也停止了扩展。十四个小时过去后，地球被完全套入大环，它那引力的辐条变得更加强劲有力，吞食者表面的裂缝开始缩小，又过了五个小时，这些裂缝完全合拢了。

在指挥舰上，统帅部的大屏幕都黑了，甚至连灯都灭了，只有太阳从舷窗中投进惨白的光芒。为了产生人工重力，飞船中部仍在缓缓旋转，使得太阳从不同位置的舷窗中升升降降，光影流转，仿佛在追述着人类那已永远成为过去的日日夜夜。

“谢谢各位在过去的一个世纪中尽职尽责地工作，谢谢。”元帅说，并向统帅部的全体人员敬礼，在将士们的注视下，他平静地整理了一下自己的军装，其他人也这样做了。

人类失败了，但地球保卫者们已经尽到了自己的责任。对于尽责的战士来说，这一时刻仍是辉煌的，他们接受了平静的良心授予自己的无形的勋章，他们有权享受这一时光。

## 八、归　宿

“真的有水啊！”一名年轻上尉惊喜地叫出来，面前确实是一片广阔的水面，在昏黄的天空下泛着粼粼的波光。

元帅摘下太空服的手套，捧起一点儿水，推开面罩尝了尝，又赶紧将面罩合上：“喂，还不是太咸。”看到上尉也想打开面罩，他制止说，“会得减压病的，大气成分倒没问题，硫黄之类的有毒成分已经很淡了，但气压太低，相当于战前的一万米高空。”

又一名将军在脚下的沙子中挖着什么。“也许会有些草种子的。”他抬起头对元帅笑笑说。

元帅摇摇头：“这里战前是海底。”

“我们可以到离这里不远的11号新陆去看看，那里说不定会有。”那名上尉说。

“有也早都烤焦了。”有人叹息道。

大家举目四望，地平线处有连绵的山脉，它们是最近一次造山运动的产物。青色的山体由赤裸的岩石构成，从山顶流下的岩浆河散发着暗红的光，使山脉像一个巨人淌血的躯体，但大地上的岩浆河已经消失了。

这是战后二百三十年的地球。

战争结束后，统帅部幸存的一百多人在指挥舰上进入冬眠期，等待着地球被吞食者吐出后重返家园。指挥舰则成为一颗卫星，在一个宽大的轨道上围绕着由吞食者和地球组成的联合星体运行。在以后的时间里，吞食帝国并没有打扰他们。

战后第一百二十五年，指挥舰上的传感系统发现吞食者正在吐出地球，就唤醒了一部分冬眠者。当这些人醒来后，吞食者已飞离地球，向金星方向航行了，而这时的地球已变成一颗人们完全陌生的行星，像一块刚从炉子里取出的火炭，海洋早已消失，大地覆盖着蛛网般的岩浆河流。他们只好继续冬眠，重新设定传感器，等待着地球冷却，这一等又是一个世纪。

冬眠者们再次醒来时，发现地球已冷却成一个荒凉的黄色行星，剧烈的地质运动已经平息下来。虽然生命早已消失，但有稀薄的大气，甚至还发现了残存的海洋，于是他们就在一个大小如战前内陆湖泊的残海边着陆了。

一阵轰鸣声，就是在这稀薄的空气中也震耳欲聋，那艘熟悉的外形粗笨的吞食帝国飞船在人类的飞船不远处着陆，高大的舱门打开后，大牙拄着一根电线杆长度的拐杖颤巍巍地走下来。

“啊，您还活着！有五百岁了吧？”元帅同他打招呼。

“我哪能活那么久啊，战后三十年我也冬眠了，就是为了能再见你们一面。”

“吞食者现在在哪儿？”

大牙指向天空的一个方向：“晚上才能看见，只是一颗暗淡的小星星，它已航出木星轨道。”

“它在离开太阳系吗？”

大牙点点头：“我今天就要起程去追它了。”

“我们都老了。”

“老了……”大牙黯然地点点头，哆嗦着把拐杖换了手，“这个世界，现在……”他指指天空和大地。

“有少量的水和大气留了下来，这算是吞食帝国的仁慈吗？”

大牙摇摇头：“与仁慈无关，这是你们的功绩。”

地球战士们不解地看着大牙。

“哦，在那场战争中，吞食帝国遭受了前所未有的创伤，在那次大环撕裂中死了上亿人，生态系统也被严重损坏，战后用了五十个地球年的时间才初步修复。这以后才有能力开始对地球的咀嚼。但你知道，我们在太阳系的时间有限，如果不能及时离开，有一片星际尘埃会飘到我们前面的航线上，如果绕道，我们到达下一个恒星系的时间就会晚一万七千年，那颗恒星将会发生变化，烧毁我们要吞食的那几颗行星，所以对太阳系的几颗行星的咀嚼就很匆忙，吃得不大干净。”

“这让我们感到许多的安慰和荣誉。”元帅看看周围的人们说。

“你们当之无愧，那真是一场伟大的星际战争。在吞食帝国漫长的征战史中，你们是最出色的战士之一！直到现在，帝国的行吟诗人还在到处传唱着地球战士史诗般的战绩。”

“我们更想让人类记住这场战争，对了，现在人类怎样了？”

“战后大约有二十亿人类移居到吞食帝国，占人类总数的一半。”大牙说着打开了他的手提电脑宽大的屏幕，上面映出人类在吞食者上生活的画面：蓝天下一片美丽的草原，一群快乐的人在歌唱舞蹈。一时难以分辨出这些人的性别，因为他们的皮肤都是那么细腻白嫩，都身着轻纱般的长服，头上装饰着美丽的花环。远处有一座漂亮的城堡，其形状显然来自地球童话，色彩之鲜艳如同用奶油和巧克力建造的。镜头拉近，元帅细看这些漂亮人儿的表情，确信他们真的是处于快乐之中，这是一种真正无忧无虑的快乐，如水晶般单纯，战前的人类只在童年能够短暂地享受。

“必须保证他们的绝对快乐，这是饲养中起码的技术要求，否则肉质得不到保证。地球人是高档食品，只有吞食帝国的上层社会才有钱享用，这种美味像我都是吃不起的。哦，元帅，我们找到了您的曾孙，录下了他对您说的话，想看吗？”

元帅吃惊地看了大牙一眼，点点头。屏幕上出现一个皮肤细嫩的漂亮男孩，从面容上看他可能只有十岁。但身材却有成年人那么高，他一双女孩般的小手拿着一个花环，显然是刚刚被从舞会上叫过来，他眨着一双水灵灵的大眼睛说：“听说曾祖父您还活着？我只求您一件事，千万不要来见我啊！我会恶心死的！想到战前人类的生活我们都会恶心死的，那是狼的生活，蟑螂的生活！您和您的那些地球战士还想维持这种生活，差一点儿真的阻止人类进入这个美丽的天堂！变态！您知道您让我多么羞耻、让我多么恶心吗？呸！不要来找我！呸！快死吧你！”说完他又蹦跳着加入到草原上的舞会中去了。

大牙首先打破了尴尬的沉默：“他将活过六十岁，能活多久就活多久，不会被宰杀。”

“如果是因为我的缘故，十分感谢。”元帅凄凉地笑了一下说。

“不是，在得知自己的身世后，他很沮丧，也充满了对您的仇恨，这类情绪会使他的肉质不合格。”

大牙感慨地看着面前这最后一批真正的人，他们身上的太空服已破旧不堪，脸上都深刻着岁月的沧桑，在昏黄的阳光中如同地球大地上一群锈迹斑斑的铁像。

大牙合上电脑，充满歉意地说：“本来不想让大家看这些的，但你们都是真正的战士，能够勇敢地面对现实，要承认……”他犹豫了一下才说，“人类文明完了。”

“是你们毁灭了地球文明，”元帅凝视着远方说，“你们犯下了滔天罪行！”

“我们终于又开始谈道德了。”大牙咧嘴一笑说。

“在入侵我们的家园并极其野蛮地吞食一切后，我不认为你们还有这个资格。”元帅冷冷地说，其他人不再关注他们的谈话，吞食者文明冷酷残暴的程度已超出人类的理解力，人们现在真的没有兴趣再同其进行道德方面的交流了。

“不，我们有资格，我现在还真想同人类谈谈道德……‘您怎么拿起来就吃啊。’”

大牙最后这句话让所有人浑身一震，这话不是从翻译器中传出，而是大牙亲口说的，虽然嗓门震耳，但他对三个世纪前元帅的声调模仿得惟妙惟肖。

大牙通过翻译器接着说：“元帅您在三百年前的那次感觉是对的：星际间的不同文明，其相似要比差异更令人震惊，我们确实不应该这么像。”

人们都把目光聚焦在大牙身上，他们都预感到，一个惊天的大秘密将被揭开。

大牙动动拐杖使自己站直，看着远方说：“朋友们，我们都是太阳的孩子，地球是我们共同的家园，但我们比你们更有权利拥有她！因为在你们之前的一亿四千万年，我们的先祖就在这个美丽的行星上生活，并创造了灿烂的文明。”

地球战士们呆呆地看着大牙，身边的残海跳跃着昏黄的阳光，远方的新山脉流淌着血红的岩浆。越过六千万年的沧桑时光，曾经覆盖地球的两大物种在这劫后的母亲星球上凄凉地相会了。

“恐——龙——”有人低声惊叫。

大牙点点头：“恐龙文明崛起于一亿地球年之前，就是你们地质纪年的中生代白垩纪中期，在白垩纪晚期达到鼎盛。我们是一个体形巨大的物种，对生态的消耗量极大，随着恐龙人口的急剧增加，地球生态圈已难以维持恐龙社会的生存，接着又吃光了刚刚拥有初级生态的火星。地球上恐龙文明的历史长达两千万年。但恐龙社会真正的急剧膨胀也就是几千年的事，其在生态上造成的影响从地质纪年的长度看，很像一场突然爆发的大灾难，这就是你们所猜测的白垩纪灾难。

“终于有一天，所有的恐龙都登上十艘巨大的世代飞船，航向茫茫星海。这十艘飞船最终合为一体，每到达一个有行星的恒星就扩建一次，经过六千万年，就成为现在的吞食帝国。”

“为什么要吃掉自己的家园呢？恐龙没有一点儿怀旧感吗？”有人问。

大牙陷入了回忆：“说来话长，星际空间确实茫茫无际，但与你们的想象不同，真正适合我们高等碳基生物生存的空间并不多。从我们所在的位置向银河系的中心方向，走不出两千光年就会遇到大片的星际尘埃，在其中既无法航行也无法生存，再向前则会遇到强辐射和大群游荡的黑洞……如果向相反的方向走，我们已在旋臂的末端，不远处就是无边无际的荒凉虚空。在适合生存的这片空间中，消耗量巨大的吞食帝国已吃光了所有的行星。现在，我们的唯一活路就是航行到银河系的另一旋臂去，我们也不知道那里有什么，但在这片空间待下去肯定是死路一条。这次航行要持续一千五百万年，途中一片荒凉，我们必须在启程前储备好所有的消耗品。这时的吞食帝国就像一个正在干涸的小水洼中的一条鱼，它必须在水洼完全干掉之前猛跳一下，虽然多半是落到旱地上在烈日暴晒下死去，但也有可能落到相邻的另一个水洼中活下去……至于怀旧感，在经历了几千万年的太空跋涉和数不清的星际战争后，恐龙种族早已铁石心肠了，为了前面千万年的航程，吞食帝国要尽可能多吃一些东西……文明是什么？文明就是吞食，不停地吃啊吃，不停地扩张和膨胀，其他的一切都是次要的。”

元帅深思着说：“难道生存竞争是宇宙间生命和文明进化的唯一法则？难道不能建立起一个自给自足的、内省的、多种生命共生的文明吗？像波江文明那样。”

大牙长出一口气说：“我不是哲学家，也许可能吧。关键是谁先走出第一步呢？自己生存是以征服和消灭别人为基础的，这是这个宇宙中生命和文明生存的铁的法则，谁要首先不遵从它而自省起来，就必死无疑。”

大牙转身走上飞船，再出来时端着一个扁平的方盒子，那个盒子有三四米见方，起码要四个人才能抬起来。大牙把盒子平放到地上，掀起顶盖，人们看到盒子里装满了土，土上长着一片青草，在这已无生命的世界中，这绿色令所有人心动。

“这是一块战前地球的土地，战后我使这片土地上的所有植物和昆虫都进入冬眠，现在过了两个多世纪，又使它们同我一起苏醒。本想把这块土地带走做个纪念的，唉，现在想想还是算了吧，还是把它放回它该在的地方吧，我们从母亲星球拿走的够多了。”

看着这一小片生机盎然的地球土地，人们的眼睛湿润了。他们现在知道了，恐龙并非铁石心肠，在那比钢铁和岩石更冷酷的鳞甲后面，也有一颗渴望回家的心。

大牙一挥爪子，似乎想把自己从某种情绪中解脱出来：“好了朋友们，我们一起走吧，到吞食帝国去。”看到人们的表情，他举起一只爪子，“你们到那里当然不是作为家禽被饲养，你们是伟大的战士，都将成为帝国的普通公民，你们还会得到一份工作：建立一个人类文明博物馆。”

地球战士们都把目光集中在元帅身上，他想了想，缓缓地点点头。

地球战士们一个接一个地上了大牙的飞船，那为恐龙准备的梯子他们必须一节一节引体向上爬上去。元帅是最后一个上飞船的人，他双手抓住飞船舷梯最下面的一节踏板的边缘，在把自己的身体拉离地面的时候，他最后看了一眼脚下地球的土地，然后他就停在那里看着地面，很长时间一动不动，他看到了——蚂蚁。

这蚂蚁是从那块盒子中的土地里爬出来的，元帅放开抓着踏板的双手，蹲下身，让它爬到手上，举起那只手，再仔细地看看它，它那黑宝石般的小身躯在阳光下闪闪发亮。元帅走到盒子旁，把这只蚂蚁放回到那片小小的草丛中，这时他又在草丛间的土面上发现了其他几只蚂蚁。

他站起身来，对刚来到身边的大牙说："我们走后，这些草和蚂蚁就是地球上仅有的生命了。"

大牙默默无语。

元帅说："地球上的文明生物有越来越小的趋势，恐龙，人，然后可能是蚂蚁，"他又蹲下来深情地看着那些在草丛间穿行的小生命，"该轮到它们了。"

这时，地球战士们又纷纷从飞船上下来，返回到那块有生命的地球土地前，围成一圈深情地看着它。

大牙摇摇头说："草能活下去，这海边也许会下雨的，但蚂蚁不行。"

"因为空气稀薄吗？看样子它们好像没受影响。"

"不，空气没问题。与人不同，在这样的空气中它们能存活，关键是没有食物。"

"不能吃青草吗？"

"那就谁也活不下去了：在稀薄的空气中青草长得很慢，蚂蚁会吃光青草然后饿死，这倒很像吞食文明可能的最后结局。"

"您能从飞船上给它们留下些吃的吗？"

大牙又摇头：“我的飞船上除了生命冬眠系统和饮用水外什么都没有，我们在追上帝国前需要冬眠，你们的飞船上还有食物吗？”

元帅也摇摇头：“只剩几支维持生命的注射营养液，没用的。”

大牙指指飞船：“我们还是抓紧时间吧，帝国加速很快，晚了我们追不上它的。”

沉默。

“元帅，我们留下来。”一名年轻中尉说。

元帅坚定地点点头。

“留下来？干什么？”大牙轮流看看他们，惊讶地问，“你们飞船上的冬眠装置已接近报废，又没有食品，留下来等死吗？”

“留下来走出第一步。”元帅平静地说。

“什么？”

“您刚才提过的新文明的第一步。”

“你们……要作为蚂蚁的食物？”

地球战士们都点点头。大牙无言地注视了他们很长时间，然后转身拄着拐杖慢慢走向飞船。

“再见，朋友。”元帅在大牙身后高声说。

老恐龙长长地叹息了一声：“在我和我的子孙前面，是无尽的暗夜，不休的征战，茫茫宇宙，哪里是家哟！”人们看到他的脚下湿了一片，不知道是不是一滴眼泪。

恐龙的飞船在轰鸣声中起飞，很快消失在天空。在那个方向，太阳正在落下。

最后的地球战士们围着那块有生命的土地默默地坐了一会儿，然后，从元帅开始，大家纷纷掀起面罩，在沙地上躺了下来。

时间在流逝，太阳落下，晚霞使劫后的大地映在一片美丽的红光中，然后，有稀疏的星星在天空中出现。元帅发现，一直昏黄的天空这时居然现出了蓝色。在稀薄的空气夺去他的知觉前，令他欣慰的是，他的太阳穴上有轻微的骚动感，蚂蚁正在爬上他的额头，这感觉让他回到了遥远的童年，在海边两棵棕榈树上拴着的小吊床上，他仰望着灿烂的星海，妈妈的手抚过他的额头……

夜晚降临了，残海平静如镜，毫不走样地映着横天而过的银河。这是这个行星有史以来最宁静的一个夜晚。

在这宁静中，地球重生了。

刘慈欣 / 文

---

刘慈欣，科幻作家，中国科幻领军人物。从1999年至今，已9次获得中国科幻银河奖。其作品宏伟大气、想象绚丽，成功地将极致的空灵和厚重的现实结合起来，同时注重表现科学的内涵和美感，深受广大“磁铁”喜爱。

# 月　夜

他第一次看到了城市中的月光。以前从没感觉到月光照进城市，璀璨的灯光盖住了它。今天是中秋节，按照一个由网上发起的民间倡议，城市在今夜关掉了大部分景观灯和一部分路灯，以便市民赏月。从单身公寓的阳台上望出去，他发现人们想错了：只有月光没有灯光的城市全然不是他们预想的那种意境，没有月下田园的感觉，倒像一片被遗弃的废墟。但他仍很欣赏，他现在发现废墟带来的末日感其实是一种很美的感觉，意味着一切都已过去，所有负担都已卸下，只需躺在命运的怀抱中享受最后的宁静，他今天需要这样。

这时手机响了，对方是一个男音，核实了他的身份后说："真不该在今天打扰你，这是你最黑暗的一天，这么多年了我还是记得的。"这声音很奇怪，虽然清晰，但显得遥远而空灵，让他头脑中出现这样一幅画面：寒风吹过一架被遗弃在旷野上的竖琴的琴弦。 对方接着说："这天应该是雯的婚礼，这么多年了我还是记得的，就是这一天，她请了你，可你没去。"

"你哪位啊？"

"这么多年我无数次想过这事儿，其实应该去，那样你现在心里会舒服得多，可你……当然你还是去了，躲在远处看着穿婚纱的雯拉着他的手走进酒店，这确实是折磨自己的最好方式。”

“你是谁？”他吃惊地问，同时注意到对方话中的一些奇怪之处：他三次重复“这么多年了”，其实婚礼就在今天上午。他首先想到这些话也许是指过去，但旋即否定了这个想法，因为他知道，雯的婚礼日期是一星期前匆匆定下来的，之前这个世界上没人知道是今天。

那遥远的声音接着说：“你有个习惯，痛苦时就用左脚大拇指死抠鞋底，刚才回家时你发现脚指甲都被弄断了，不过你的脚指甲现在确实很长，袜子都磨了个洞，好长时间没剪了，你已经心烦意乱好长时间了。”

“你到底是谁？！”他真正惊恐起来。

“我是你，从一百一十四年后给你打电话，我在2123年。从这时接入你们的移动网真的很不容易，时空界面损耗很大，如果通话质量不好，你说一下，我们重新接入。”

他知道这不是开玩笑，他一开始就知道，那确实不是这个世界上的声音。他紧握手机，呆呆地面对着月光下的楼群，似乎整座城市都凝固了，在听他们说话，他却一时什么也说不出来，对方耐心等待着，这时他听到了微弱的背景声。“我……怎么能活到那时？”他随口说道，仅仅是为了打破沉默。

“从你现在再过二十多年，基因疗法将出现，人的寿命将被延长到两百岁左右，我现在还算在中年，但感觉已经很老了。”

“你能把整件事情详细地说一下吗？”

“不能，即使简单介绍都不行，我必须保证你得到的未来的信息尽可能少，以避免你由此产生的可能改变历史进程的不恰当行为。”

“那你干吗还要和我联系？”

“为了一个使命，一个我们将共同承担的使命。我活到这个岁数，可以告诉你一个生活的诀窍：只要你明白了在浩瀚的时空中，个人是如何的微不足道，就能对任何事情都放宽心了。我这次联系你不是要谈个人的事情的，所以你先放下个人的一切，面对这个使命吧。现在，你听到了什么？”

他又仔细倾听电话中的背景声，听到轻微的哗哗啦啦噼噼啪啪，他努力在想象中把声音还原成图像，看到无数怪异的花在黑暗中绽开，看到荒原上一座巨大的冰山在破裂，裂纹像一道道白色的闪电延伸到山体晶莹的深处……

“这是海水拍打建筑物的声音，我在金茂大厦八层，海水就在窗子下面。”

“上海被淹了？”

“是的，它是所有沿海城市中幸存到最后的一个，向海堤防建得很高很坚固，但海水从后方迂回过来……你能想象我现在看到的景象吗？不不，不像威尼斯，高楼间的海面上漂浮着好多东西，脏乎乎的几乎盖满了水面，好像这座城市在两个世纪中积存下来的渣子都浮起来了。今天也是满月，与你那时一样，城市中没有灯光，月亮也远没有你那时亮，大气太混浊了。海水把月光反射到那一栋栋摩天大楼上，反射到东方明珠塔的大球上，一缕一缕晃晃悠悠的，好像这一切马上就要塌掉似的。”

“海面上升了？”

“极地冰盖融化，海面半个世纪中上升了二十米。现在，有三亿沿海居民迁往内陆，这里一片凄凉，内陆却陷入大混乱，社会和经济都面临全面崩溃……我们的使命就是制止这一切的发生。”

“你当我们是上帝？”

“凡人把关键的事情早做一百多年，就能起到上帝的作用。如果从你所在的时间开始，全世界在十年内停止使用化石能源，也就是煤、石油和天然气，大气变暖就不会加剧，这场灾难就可以避免。”

“这不可能吧。”他说完这句话后，他那个一百多年后的自我沉默了好长时间没有说话，于是他接着说，“即使停止使用化石燃料，你也应该与更早些的人联系。”

他感觉到对方在笑：“你让我去制止工业革命吗？”

“可是现在要做你说的事就更不可能了，只要油、气、煤中断一个星期，这个世界就会崩溃。”

“根据我们的模拟，用不了那么长时间。但还有别的办法的，我毕竟是在未来和你说话，仔细想想，我们可是聪明人。”

他很快想到一点：“给我们某些能源技术，首先它是环保的，不会造成气候变暖，但关键是在能够满足当代能源需求的情况下，成本又大大低于化石能源，这样用不了十年，石油和煤炭就会被完全挤出市场。”

“这正是我们要做的。”

他受到了鼓励，继续发挥 :“那……给我们可控核聚变技术吧。”

“你把那个想得太简单了，直到现在，这项技术也没有取得真正的突破，倒是有聚变发电机在运行，但其市场竞争力还不如你们那时的裂变发电。另外，聚变发电要从海水中提取核燃料，也不能保证它就是环保的。不，我们不能提供核聚变技术，只能提供太阳能技术。”

“太阳能？什么太阳能？”

“从地面采集太阳能的技术。”

“用什么采集？”

“单晶硅，和你们那时一样。”

“这不扯淡嘛！哦，你们那时还有这说法吗？”

他感觉自己又在一百多年后笑了：“你别说，这项技术从意象上还真有农业时代的影子。”

“意象？我怎么变得这么酸了？”

“这项技术叫硅犁。”

“什么？”

“硅犁。你知道，造单晶硅太阳能电池的原料是硅，这是地球上最丰富的元素，沙子里、土壤里到处都有。硅犁可以像犁那样耕地，在耕的时候它把土壤或沙子中的硅提纯并转化成单晶硅，这样它耕过的地就变成了太阳能电池。”

“那……硅犁是什么样子的？”

“看上去像联合收割机，开始时需要一些外部能源，以后它就靠前面耕出的单晶硅田供电继续耕作，有了这种设备，你们可以把整个塔克拉玛干沙漠都变成太阳能电池。”

“你是说，它耕过的地都会变成那种黑乎乎亮晶晶的晶片？”

“不不，从外观上看耕过的地只是颜色变黑了一些，但采能效率丝毫不比你们那时的晶片电池低，在耕好的地的两端埋上导线，就能产生光伏电流。”

身为能源规划专业博士的他，敏感地被这项技术吸引了，呼吸加快。

“已经给你发了一个电子邮件 ，是所有的技术资料，用你们当代技术完全能够制造，这也是选择这个时代的原因，再向前就不行了。你那个信箱地址还能用二十多年，以后格式就变了。从明天开始你就要致力于这项技术的传播，你是有这个能力和条件的。如何传播你看着办，也许可以利用你正在写的那份报告。但有一点：不能透露它来自未来。”

“可为什么选择我？应该找位置更高的人。”

“这是为了把难以预料的副作用降到最低，至于选择你，你就是我，我还能选谁？”

“你爬到很高位置了是吗？”

“这时的国际分为两个，一个是实体的，另一个在网络上……我不能说更多，以后也别提这方面的问题了。”

“那如果我做了，你怎么看到世界的改变呢？明天一觉醒来一切都变了吗？”

“比那还要快，当你接收到邮件并决定行动时，我的世界可能会在瞬间改变。但这件事只有我们一个人知道，对于我这个时代的其他人来说，历史只有一个，在已经改变的历史中，从你这时到我这时这一段使用化石能源的历史已经不存在了。”

“我们还会再联系吗？”

“不知道，每次与过去的联系对全世界来说都是一件大事，需要相应的国际决议，再见。”

他回到房间里打开电脑，在邮件列表中赫然显示着那封来自未来的邮件，邮件的正文是空白的，却带着十多个附件，总容量达1G多。他把附件大概浏览了一下，是大批详细的技术资料和图纸，他看不太懂，但明白那都是用现在的技术语言写成的，应该能够被解读。他看到一幅图片，是从远景拍摄的一片开阔地，硅犁正处于开阔地正中央，它看上去确实像一台收割机，耕过的土地颜色深了一些，远远看去硅犁就像一把刷子，把黑灰色整齐地刷在大地上，图中已有三分之一的地面被耕过。但最吸引他注意力的还是未来的天空，灰蒙蒙一片，但显然不是云，而是阳光，这时可能是早晨或黄昏，硅犁投下长长的影子，这是一个没有蓝天的时代。

他开始思考下一步该怎么做。他在国家能源部规划司工作，现在的任务就是收集国内新型能源开发项目的成果和进展，这份报告直接提交给部长，并将在国务院办公会议上汇报。国家为应对经济危机投入的四万亿中，有一部分将面向新型能源开发，这次会议的结果将是资金投向的重要依据，未来的他显然是看到了这个机会。在把这个项目写入报告之前，首先需要找到一个科研实体或大公司接受它，并以这个实体或公司的名义上报，这是一件策略性很强的事儿，但如果这些资料是真的，应该有人愿意接受的，毕竟在最坏的情况下对他们也没有什么损失……他突然打了个寒战，就像从梦中惊醒一般：我决定要做了吗？是的，决定了。行动的结果有两种，成功或失败，如果成功，未来已经改变了。凡人把关键的事情早做一百多年，就能起到上帝的作用。他看着屏幕上的那个邮件，突然想到回复它试试，他在回复件的正文上只写了三个字：已收到。发出后显示服务器错误或地址不存在。他又想到了手机，看看刚才打进来的号码，那是一个很平常的中国移动号，他回拨，服务音提示电话无法接通。

他来到阳台上，置身于如水的月光中，夜已深，小区中十分安静，月光中的建筑表面和地面有一种乳脂般的虚假的柔软。他感觉像刚刚做了一场梦，也许仍在梦中。手机又响了，他在显示屏上看到另一个陌生的号码，但一听到对方的声音，就知道那是未来的他，声音仍显得那么遥远和空灵，但背景声音变了。

“你成功了。”未来的他说。

“你在什么时间？”他问。

“2119年。”

“与上次差不多，早了四年。”

“对我来说这是第一次给过去的你或我打电话，但我记得一百多年前接的那个电话。”

“对我来说那个电话只是二十分钟前接的。怎么，海水退了吗？”

“没什么海水，气候从未变暖，海面也从未上升，你二十分钟前听到的那段历史是不存在的。我读到的历史是：在21世纪初，太阳能技术飞速发展，出现了硅犁技术，使大规模采集太阳能成为可能。在21世纪20年代，太阳能占领了世界能源市场的大部分，化石能源消失了。你的一生都是和硅犁联系在一起的，三年后，这项技术很快在全世界扩散，你度过了辉煌的前半生。但与煤炭和石油工业的历史一样，太阳能工业史上并没有什么人留下特别显赫的名声。”

“我不在乎什么名声，能拯救世界真的很高兴。”

“我们当然不在乎名声，对此我们只能庆幸，否则我们将被当作历史的罪人。世界是改变了，但并没有变得更好。好在知道这点的只有我们一个人。对于上次干预历史计划的制订者和执行者们，那次化石能源的历史不存在，自然关于它的记忆也不存在，我也不记得向过去打过电话，但记得接到过未来的电话，对于我来说，这是关于那个不存在的历史的唯一线索……你听到了什么？”

在背景声中，他听到一片微弱的喧哗，使他想起黄昏的树林上空盘旋的乌云般的鸟群，时而一阵大风扫过树林，用另一种声音盖住了一切。

“听不出是什么，应该不是海水声。”

“哪有什么海水，连黄浦江都快干了，现在是旱季，现在只有旱季和雨季两个季节了，挽起裤腿就能走过江，事实上现在就有几十万人从外滩过江涌进浦东，像蚂蚁似的盖满了河床，那是外地涌进城的饥饿大军。城市里已经一片混乱，我看到有好几处在燃烧。”

“怎么会这样？！太阳能是最环保的能源。”

“这是一个可悲的误解。你知道要满足一座上海这样的城市的用电，需要多大面积的电池板，或者说单晶硅田吗？城市面积的二十倍！而在这以后的一个多世纪里，城市化运动突飞猛进，现在一座中等城市都有你那时上海的规模了。从21世纪20年代开始，无数架硅犁在各大陆上辛勤耕作，在把所有的沙漠都变成单晶硅田后，便开始吞噬农田和植被，到现在，各大洲的陆地都已严重单晶化了，这个进程比沙漠化要快得多，地球表面几乎变成了一块单晶硅电池板。”

“从经济学原理上看这不可能啊，随着土地成本的增高，硅犁技术会退出能源市场……”

“就像使用化石能源的情况一样，到那时已经晚了，重建新型的能源工业并不容易，甚至恢复石油和煤炭工业都需要很长时间，但能源供应不能停止增长，硅犁继续疯狂耕作。土地的单晶化比沙漠化对气候环境危害更大，生态急剧恶化，干旱笼罩全球，不多的降雨带来的只有洪灾……”

他听着这来自一个多世纪以后的声音，感到窒息，像掉进深水中，他拼命上浮，就在完全绝望之际竟浮出了水面，他长吸一口气，对未来的自己说：“幸好有补救的办法，很简单，再简单不过了：我现在除了决定外还什么都没做，立刻把硬盘中的那些资料删除，明天继续我原来的生活不就行了？”

“那上海将再次被海水淹没。我们必须再次干预历史。”

“你不会是说，这次又要给我什么新能源技术吧？”

“是的，这项技术的核心是超深钻井。”

“钻井？石油开采的技术现在已经很完善了。”

“不，要开采的不是石油，钻井的深度将超过一百公里，穿透莫霍面（注：地球固态岩层与软流层的分界面），直达软流层。地球为什么有磁场，因为在其内部有强大的电流存在，我们要开采的就是地球深处的电流。当超深钻孔完成后，把巨型电极置入井底，就可把地球电流导出。这种在高温高压下工作的电极是这次传送的另一项核心技术。”

“听起来很宏伟，可我还是感到恐惧。”

“听着，开采地球电流是真正环保的技术，不占用土地，不排放二氧化碳和任何其他污染，直接得到电流。好了，又该说再见了，但愿下次联系不再是为了拯救世界……你去接收电子邮件吧。”

“等等，干吗不多谈一会儿？谈谈……我们的生活。”

“与过去联系的时间应该尽可能缩短，以减少未来信息向过去的渗透，你知道，我们其实是在干一件很危险的事。再说也没什么好谈的，我经历过的一切你迟早都会经历。”话音刚落电话就断了，只能听到显然是来自这个现实时间的忙音。

他回到电脑前，收到来自未来的第二封电子邮件，仍是详细庞杂的技术资料，信息量与上次差不多。他在浏览中发现，超深钻机是采用激光钻头，而不是现有的机械钻头，岩石被熔成岩浆通过钻管导出到地面。在最后一个附件中他又看到一张照片，仍是一片空旷广阔的大地，高压线塔林立，也许是材料强度增高的缘故，这些线塔都显得很轻捷，高压线的一头都是从地面引出的，显然连接着地球深处的巨型电极。吸引他的是这片土地，呈现一种没有生气的黑灰色，显然是单晶硅田。地面被一种栅栏似的条状物分割成网格，可能是从田中引出太阳电流的导线。与上次的那幅图片不同，天空一片清澈的湛蓝，没有一丝云，这是一个很少有云的时代，似乎能感到干燥得发脆的空气。月亮从一幢高楼顶端探出半边脸，似乎是在离去之前对这个世界投来最后惊恐的一瞥。

他再次来到阳台上，月亮已经西斜，阴影变得多了，仿佛城市的梦已经做完，正陷入深睡之中。

他再次思考如何推广这项未来技术，这次的策略应该与上次不同。首先，激光钻头技术在商业和军事上本身就有巨大的吸引力，应该作为一项单独的技术来开发推广，待其成熟后，再打出地球电流这张牌，同时开发地下电极等技术。

第一批投资仍将来自那四万亿，首先要做的仍是为这项技术成果找到一个有巨大影响力的拥有者，他有信心成功，因为自己手里有真东西。那么，我又决定要做了，历史又改变了吗？像回答他的思想似的，电话第三次响起。

“我是你，从2125年给你打电话。”对方说完后就沉默了，似乎在等他发问，可他不敢问，握电话的手渗出冷汗，浑身如虚脱一般，只是说：“又让听声音吗？”

“这次你大概听不到什么了。”

但他还是仔细倾听，只听到一阵沙沙声，直觉告诉他这声音可能只是信号穿越时间产生的干扰，它不是来自2125年，可能来自途中的某一年，也可能来自时间之外和宇宙之外的虚无。“你还在上海吗？”他问未来的自己。

“是的。”

“可我什么都听不到，也许那时的汽车是电动的，噪声小。”

“车都在隧洞里跑，所以你听不见。”

“隧洞？什么隧洞？”

“上海在地下。”

月亮从高楼后完全消失了，一切隐没于昏暗中，他感觉自己也陷入了地下！

“地面充满了辐射，你如果不穿防护服待上半天，肯定就没命了，而且死得很惨，血从皮肤里渗出来……”

“哪来的辐射？”

“来自太阳。是的，你又成功了，那项技术的扩散速度比硅犁还快，在2020年，地球电流开采工业的规模超过了以前的石油和煤炭工业总和，当大规模开发时，这项技术的产能效率和开发成本都大大优于硅犁，更别提和化石能源相比了，于是，世界能源供应很快全部建立在地球电流工业上。这是清洁廉价的能源，人们奇怪，指南针千年前就发明了，可怎么直到现在才有人想到开发地球电流这样的宝藏？然后是持续的经济高速发展，生态环境不但没有恶化，还日益改善，人类相信自己的文明已经进入良性发展阶段，未来只会越来越好。”

“然后呢？”

“然后，在21世纪初，地球电流耗尽了，指南针不再指南。你知道，地球磁场是这个行星的护盾，它偏转太阳风粒子流，保护了大气层。可现在，范艾伦辐射带消失了（注：地球周围存在的一个带电粒子捕获区。它是由地球磁场俘获太阳风中的带电粒子所形成的，对地球生态环境起重要的保护作用），太阳风直接扫向地球，就像把细菌培养基直接放到紫外灯下一样。”

“哦——”他的声音有些颤抖，感到很冷。

“这还只是开始，然后，在以后的三个至五个世纪的时间里，太阳风会将大气层燃尽，烘干海洋和地球上所有的水。现在，核聚变技术已经取得突破，包括重新恢复的石油和煤炭工业，人类获得了无尽能源，但大部分能源都用于重新将电流注入地核，试图重建地球磁场，可到目前为止效果不大。”

“那就补救吧。”

“补救，只能补救了，删除你收到的那两个邮件中的所有信息。”

他站起身要向房间里去：“我这就去做！”

“稍等等，因为你一做完历史将再次改变，我们的通话就中断了。”

“哦，是的，或者说什么也没变，世界将继续这个化石能源的历史。”

“你也将继续这种生活。”

“求求你，谈谈我们以后的生活吧。”

“无可奉告，其实那样也就改变了我们以后的生活。”

“是的，知道未来也就改变了未来，这我懂，我只是想知道一些细节。”

“抱歉。”

“比如，我们有过自己理想中的那种生活吗？幸福过吗？”

“抱歉。”

“我结婚了吗？有孩子吗？如果有，是男孩儿还是女孩儿？”

“抱歉。”

“除了雯，我这辈子又真正爱过几次？”

他以为这次未来的自我也要说抱歉，但对方沉默了，耳机中只听到沙沙的时间之风从这一百一十六年的漫漫虚谷中吹过，终于，他回答了：“一次都没有。”

“什么？！一百多年了，我再没爱过别人？”

“是的，没有。一个人的人生和整个人类的历史一样，第一次的选择不见得是不好的，只是在没有做其他选择的情况下你不知道而已。”

“这么说，我，我们，将孤独一生？”

“抱歉，无可奉告。人类作为整体本来就是孤独的，所以，我们应好自为之。好了，时间到了。”连一声道别都没有，电话就断了。但几乎同时，短信铃响了，他收到一封来自未来的短信，那是一段只有十几秒的视频。为了看得真切些，他把视频拷到电脑上放出。

他看到一片火海，好一会儿才辨认出那是未来的天空。其实那不是火，是布满天穹的极光，是太阳风汹涌的粒子流冲击大气层产生的。天空布满了红色的帷幔，像堆积如山的蛇群般缓慢地蠕动着，天空似乎变成了液态的，让人疯狂。

在这火的长空下，矗立着一个由球体构成的建筑物，那是东方明珠塔，球体表面的镜面反映着天空的火海，像自己燃烧成火球似的。更近处站着一个人，防护服裹住这个人的整个身体，这种防护服有着全反射，表面似乎是充气的，也没有皱褶，是一个连续的人形曲面，仿佛一面弯曲后的镜子。这个人形镜面也反射着火的天空，空中蠕动的火蛇经过镜面的扭曲显得更加诡异。整个画面都在火焰中变幻和流动，仿佛整个世界正在熔成岩浆。那个人向镜头举起一只手，像在对过去打招呼，然后视频就结束了。

那是我吗？ 但他立刻想到更重要的事，删除了两个来自未来的电子邮件和所有的附件，又想了想，他决定把硬盘低级格式化。当低格的进度条走到头时，这个夜晚又变成了普通的一夜，这个曾在这一夜三次改变人类历史，但最终什么都没改变的人，在电脑前睡着了，外面曙光初现，世界又开始了普通的一天，真的什么都没有发生过。

刘慈欣 / 文

---

刘慈欣，科幻作家，中国科幻领军人物。从1999年至今，已9次获得中国科幻银河奖。其作品宏伟大气、想象绚丽，成功地将极致的空灵和厚重的现实结合起来，同时注重表现科学的内涵和美感，深受广大“磁铁”喜爱。

# 黑　　云

## 一、探险家号

在经过二十年的飞行后，探险家号从运动方向所接收的光已经越加明亮，感应器上的数据显示光源离探险家号大概5.4个天文单位，差不多是木星到太阳的距离。在光感应程序的启动下，超级计算机双瞳被从休眠状态中唤醒。它控制着镜头观察着巴纳德星，这颗红矮星显示在探险家号的电子屏幕上，如同一颗红色的乒乓球，在二十年前，这颗乒乓球的视觉星等只有9.5，在地球上肉眼根本看不到，现在，它的亮度已经超过了月亮。镜头往下移动5度，出现一个白色的小光点，随着镜头继续推进，那个小光点越来越大，一个白色的星球占据了整个电子屏幕。

五分钟后，双瞳启动了量子通信系统，将行星探测器拍到的画面传给坐落在海南海滨的一座小别墅中。在指控大厅外隔着一个玻璃墙的小房间里，一个六十多岁头发有点凌乱、胡子拉碴的老者正拿着酒杯坐在沙发上，看着指控大厅电子屏幕中的白色星球询问身边的工作人员：

“这是阿喀琉斯还是赫克托耳？”

“都不是，阿喀琉斯和赫克托耳都是类木气体行星，这颗白色星球是我们要执行创世工程的奥德修斯。”

“把我们的宇航员都叫醒吧，他们睡了二十年，应该起来活动一下筋骨了，告诉他们该干活了。”

老者在电脑上敲击着键盘，一段数据通过量子通信传达给双瞳。

这位坐在沙发上的老者就是在2016年进入福布斯富豪榜首位的一个中国富三代——马晓光。

作为一个富三代，他同中国当时的许多豪门公子哥一样，有着相似的人生轨迹，读最好的小学、中学，出门有四五名保镖跟随，中学毕业后出国深造，然后回国继承家族企业。马晓光也不例外，只是他是少数中国富三代中比较有追求的。马晓光从小喜欢天文，对神秘的宇宙有着浓厚的兴趣。在高中的时候，他决定选择剑桥大学天文系，当个天文学家。不过在父亲马雨城的执意反对下，他只好违心地选择了工商企业管理。在父亲看来，这个专业更适合他将来的人生道路，作为中国首富的独生子，他将来必然要在父亲死后经营一个市值为两千五百亿美元的家族企业，而不是坐在实验室里，通过望远镜观察星空计算行星运行轨迹。

作为富二代的马雨城，比他的父亲——中国荣耀精密机械制造公司的创始人马武更有商业天赋。在他领导荣耀公司的二十年里，荣耀公司从市值不到五十亿人民币的中型企业，扩张到了近三千亿美元的跨国企业。市值在最近十年一直排在世界前三名。同样，比起他的父亲，马雨城在教育儿子的时候也更加强势。他对马晓光人生的规划，如同他手下工程师所设计的仪器那样精密，甚至不惜在他十岁暑假的时候，摔坏爷爷送给他的望远镜，而逼着他在一个月之内推销出二十吨西瓜。他就是依靠父亲的威严来锻炼儿子的商业才能的。

事与愿违，马雨城斯巴达军事化的教育方式，并未激发马晓光的商业天赋，他所想到的销售点子都和天文扯上关系，当然全都被父亲给否决了。也许他有商业天赋，但活在父亲的阴影下，他的天赋被扼杀了。在三代人中出现两个商业天才已经是小概率事件，如果要出现第三个天才，那显然比哈雷彗星撞地球的概率还要低。

在马晓光二十五岁的时候，正值壮年的马雨城死于一次车祸，给他儿子留下一个市值为两千七百亿美元的荣耀公司。在成为荣耀公司的掌舵人之后，马晓光也有过一些大放光彩的手笔。但他发现自己的志向不在商场，而在星空，相比起坐在办公室等着别人拿着文件给他签字，他更喜欢坐在实验室通过天文望远镜观察星星。

在父亲去世后的第一年，他做的第一件事情就是花五十三亿美元建造了以中国著名物理学家钱学森的名字命名的太空望远镜，在2016年，通过长征五号火箭从海南文昌发射场发射到太空。从此在太空运行的大型天文望远镜多了一个有着中国血统的钱学森望远镜。

他在天文界做得风生水起，一度还在北京组织了一次世界天文学论坛，作为一个富三代的公子哥，在天文学界他如同明星一样受人追捧。由于疏于管理，家族企业在这时候走了下坡路，当年荣耀公司的市值跌出福布斯排行榜的前十名，并陷入了债务危机。紧急之下，他的母亲接管了荣耀公司，通过几次裁员和融资，才多少缓解了公司业绩的下滑。从那以后，马晓光在荣耀公司的权力全都被他的母亲给架空了，任何动用千万以上金额的举动都要得到他母亲的同意。

连人生的最后一点爱好都被剥夺之后，马晓光决定做个名副其实的富三代。他吃遍世间的山珍海味，走遍世界各地，见识过世界各地的风土人情，也玩遍了世界上各种肤色的美女。没多久，当他决定就这样过完下半辈子的时候，被告知母亲病危了，得了晚期胰腺癌。

在母亲的病床前，他握着她的手，痛哭了一个晚上。早晨，当他的母亲醒来之后，他说了这样一句话：

“妈妈，我要投资人体冷冻技术，现在这种技术已经很成熟了，所缺的就是市场运作的资金。只要你挺过这一年的化疗，我就可以把你冷冻起来。二十年后，也许五十年后，总之到了未来，癌症是能够治疗的。甚至人类能够治疗死亡，妈妈，我想收购一家人体冷冻公司——”

母亲擦去他眼角的泪水，打断了他的话。

“你怎么老是有不切实际的想法，死亡怎么可能治疗呢？儿子，能不能脚踏实地地做件事情？”

母亲从儿子悲伤的眼神中看到了激情，也看到了天真。她很难想象市值三千亿美元的荣耀公司，交给认为死亡可以治疗的儿子会有什么样的后果，十年之后世界上是否还有荣耀公司，她想都不敢想。让儿子管理这个公司显然是为难他了：“好吧，至少做些有意义的事情，行吗？”

“什么才是有意义的事？”

一说到这儿母亲就想起了荣耀公司，想起了她的丈夫以及她公公的辉煌人生，内心又产生了对儿子的期望，但是最终她还是忍住了，收起了母亲的威严。

“至少，做些对人类有价值的事情吧，并因为你所创造的价值而被世人铭记。”

在母亲去世一年之后，也就是2018年五月的第三个星期天，一个叫作米尔达鲁斯的希腊天文学家，通过钱学森望远镜发现了围绕着巴纳德星旋转的两个类木行星，这个发现证实了科学家之前的推测——巴纳德星存在着行星系统。之后的一个星期，米尔达鲁斯再次通过钱学森望远镜发现了这两个行星轨道之外的另外两颗行星。让他激动的是，在巴纳德星外轨道的两颗行星是类地行星。第三颗行星，有个巨大铁核，直径为地球的1.2倍，质量大概为地球的三倍，这意味着这颗行星密度比地球大。第四颗行星呈白色，外层是一层坚冰，体积、密度和地球相差无几。

通过米尔达鲁斯的发现，天文学界初步建立了巴纳德星的恒星系统，这是人类在太阳系之外第一次通过实际观测发现类似太阳系的恒星系统。为了纪念米尔达鲁斯的发现，联合国教科文组织决定用米尔达鲁斯的名字来命名这四颗行星，从内到外分别用一到四来区分。不过希腊人拒绝了，作为希腊天文学家，他更喜欢用希腊神话中的英雄来命名这些行星。最后联合国教科文组织接受了他的请求，以特洛伊战争史上最伟大的四个英雄由内到外命名这四个行星,分别是阿喀琉斯、赫克托耳、埃涅阿斯和奥德修斯。

真正让人激动的是在米尔达鲁斯发现这四颗行星后的半年，科学家通过半年的观测和计算，得出了奥德修斯的大部分参数，他们惊讶地发现，奥德修斯几乎就是地球的翻版。它的地轴同运行轨道形成62度的夹角，仅比地球的地轴倾斜角小4度，这意味着奥德修斯也存在一年四季的变化，公转周期为385天，和地球公转时间相差不大，最重要的是它的质量为地球的1.2倍，在奥德修斯上几乎能感受到和地球同样的重力，且有水、有大气层。它是人类目前发现的和地球相似度最高的系外行星。奥德修斯所有数据中最有价值的是，它离地球仅有5.96光年。科学家认为在未来的五十年内，这个距离并非不可逾越。唯一和地球不大相同的是，奥德修斯处于巴纳德星系外围轨道，红矮星的亮度不高，光照不足，导致奥德修斯的气温偏低，常年平均气温处于零下100摄氏度左右。

在得到奥德修斯的精确数据之后，荣耀公司收购了许多热核能源、人体冷冻、航天材料、航天发动机、量子通信方面的企业。在这一系列的商业并购案之后，马晓光决定做一件他认为有价值的事情，他在2019年的荣耀公司年初董事会上宣布，决定执行20世纪英国星际协会提出的，在五十年内向巴纳德星发射一颗探测器的代达罗斯计划。不同的是他把时间减少到二十年，把探测器改成载人宇宙飞船，目的地是巴纳德星轨道上的第四颗行星奥德修斯。代达罗斯计划的目的不再仅仅是对巴纳德星进行探测，马晓光有着更为远大的梦想，他希望他的宇宙飞船飞到奥德修斯，完成创世纪的一期工程。利用一个有着三倍澳大利亚面积的镜面，将阳光反射到奥德修斯上，在五十年内让奥德修斯的平均气温提高到零度左右。

当他向董事会宣布要执行代达罗斯计划之后，迎来的是一片叫骂声，在其他董事看来，除了疯子没人会在这个时代，执行这样一项星际旅行外加行星改造的计划。但马晓光掌握着荣耀公司百分之五十六的股份，除了抛售股票没有人可以撼动他的决定。也许是马晓光的豪言壮志打动了世界，虽然有人怀疑他是骗子，利用代达罗斯计划来圈钱，不过在他向全世界发布荣耀公司要执行代达罗斯计划之后，公司的股市在当天涨停了。

这意味着资本市场对他的信任，他所处的就是一个创造梦想的时代。在他疯狂的注资下，热核能源、人体冷冻、量子通信的技术都得到了不可思议的发展。在他提出代达罗斯计划的五年之后，也就是2024年6月23日晚上八点四十六分，探险家号热核动力飞船承载着四个宇航员和创世工程一期任务，在现场五十万人、电视和网络三十五亿人的关注下，从海南文昌的火箭发射场升空，飞向了木星。一个月后，经过木星引力弹弓的效应，加速到第三宇宙速度，在之后的两个月内又经过土星、天王星、海王星的引力弹弓效应的加速，当飞船飞到柯伊伯带边缘，飞船冲破了光速的百分之五，又经过一年的加速，飞船进入奥尔特星云，达到了光速的四分之一，这已经是飞船理论中的最快速度，也是人类有史以来所能达到的最快速度。比起预算的时间，人类提前半个世纪达到了这个令人疯狂的速度。之后飞船熄灭了发动机，四个宇航员进入冷冻舱，在未来的二十年旅行中，飞船只是依靠半休眠的超级计算机双瞳的光感应器，追踪巴纳德星的星光，每年调试一次飞船的飞行方向，除此之外，探险家号飞船都以匀速直线运动状态飞向巴纳德星。

二十年之内，双瞳瞪着它的一双红色的眼睛，凝视着同样是红色的巴纳德星，眼前的宇宙毫无变化，依旧寒冷、依旧黑暗，只有前方，巴纳德星的星光，随着时间的推移逐渐变亮，如同宇宙海洋中的一盏永不熄灭的导航灯，通过光来告诉双瞳——再坚持一会儿，就快到了。

## 二、埃涅阿斯

双瞳读取着宇航员的身体数据，冷冻室中闪烁着红点，发出阵阵响声，显示宇航员的生命特征正在恢复。冬眠舱的温度逐渐升高，达到了45摄氏度。一个小时后，四个裸体躺在冬眠舱的宇航员身体被加热到了35摄氏度。

在消除一系列冬眠症状效应之后，第一个走出冬眠舱的是一个叫皮尔斯·凯南的美国退役空军少校。他走到双瞳身边，凝视着它红色的眼睛。

“二十年没见，你好像没怎么变。”

“你好，皮尔斯少校，确切地说是六亿三千五百三十八万八千八百四十五秒。”

“哦，真不知道你是怎么算出来的。辛苦了。”

皮尔斯·凯南在屏幕上输入指令，解除了双瞳对探险家号的控制。他打开量子通信系统，屏幕上显示出一个白发老者坐在沙发上，他顿时立正，对老者行了一个军礼，用标准的中文说道：“船长您好，二十年不见，没想到你的头发都白了。”

“嗯，昨天刚刚过了六十二岁生日，已经步入老年了，不过我有很大的信心再活三十年，看着你们凯旋。”

比起行政意味很浓的称呼马总，马晓光更喜欢别人叫他船长，他是代达罗斯计划的发起人，也是探险家号的最高指挥官，通过量子通信实时掌控探险家号，并发布命令。二十年不见，在皮尔斯看来，马晓光除了头发有点白之外，也变得更有幽默感了，他的脸上无时不洋溢着微笑。

十分钟之后三个宇航员陆续走出冬眠舱，同皮尔斯·凯南一样，这三个宇航员都是空军退役飞行员出身。不同的是，后面的三个雇佣宇航员都来自中国。第一个是吴琅上校，2016年退伍，2019年加入荣耀公司成为探险家号的宇航员，探险家号起飞的当年是四十二岁。第二个是赵言亮少校，2018年转业到西北航空公司，2019年加入荣耀公司，当年三十五岁。第三个是张宏远少校，2019年加入荣耀公司，他是最年轻的，当年二十五岁，他是成飞的一个试飞员，被荣耀公司以五十个发动机专利挖过来，参与代达罗斯计划。在探险家号起飞的时候他的孩子张佐光刚刚出生，如今二十年过去，他的生理年龄只比他儿子大五岁。

三个退役飞行员看到屏幕上的马晓光，同时行了个军礼。

“弟兄们，现在探险家号离奥德修斯不到0.5个天文单位，你们将很快到达我们的目的地。我希望你们尽快恢复体力，对奥德修斯进行初步的探测。要知道你们的信息对于我以及我们公司是多么重要，这几天，全世界各大报纸的头条都是探险家号。由于你们，我们公司的市值在一个月之内涨了百分之二十，现在荣耀公司的市值达到了三十五万亿人民币。哦，对了，忘了告诉你们，人民币已经成为世界储备货币，和美元的汇率是二点五比一。这二十年之中，我们公司执行了烧钱的代达罗斯计划，在大部分股东都不看好公司前景的情况下，公司的市值不降反升，这种情况是我这种商业白痴怎么也想不通的。无论如何，这说明人类渴望探索宇宙，正是这种欲望推动着我们飞向巴纳德星。

“在未来的五到十年，你们将在这里执行创世纪一期工程，收集数据，可能有点枯燥，不过很快就过去了。我用鲜花和美酒等着你们凯旋，当然还有花不完的钞票。”

探险家号在奥德修斯上空三千公里的轨道上飞行着，对奥德修斯进行三围测绘。在经过两个月的观察之后，他们惊讶地发现，奥德修斯并不是巴纳德星轨道上的第四颗行星。在2046年7月的时候，他们观察到奥德修斯距离巴纳德星3.5个天文单位，而这时候埃涅阿斯离巴纳德星的距离为4.2个天文单位，奥德修斯处于埃涅阿斯行星的内侧。通过计算他们发现，奥德修斯的公转轨道并不是一个椭圆，而是受到埃涅阿斯引力的作用产生摄动，在公转轨道上，两颗行星相互围绕，做着圆周运动，似乎是行星双星系统。两颗行星相互围绕一圈的周期为七年。所以每七年，两颗行星所在的轨道上的位置会相互调换。二十年前，米尔达鲁斯观察到奥德修斯处于埃涅阿斯轨道的外侧，他就误以为奥德修斯是巴纳德星的第四颗行星，如果他在之后七年再次观测的话，奥德修斯就会跑到埃涅阿斯轨道的内侧，他能够根据两颗行星轨道上的摄动推测出埃涅阿斯和奥德修斯其实是个双星系统。由于埃涅阿斯和奥德修斯的质量大概为三比一，所以，奥德修斯更像是埃涅阿斯的一颗卫星。

这个发现改变了创世纪一期工程的计划，原本的计划是探险家号将反射镜面发射到奥德修斯三千公里轨道上空，用两颗同步轨道卫星固定住镜面，通过奥德修斯的引力捕捉住反射镜面，而不至于让镜面飞向太空。即便这样，由于受同步轨道卫星所束缚，反射镜面不能灵活移动，其实只有一半的时间将阳光反射到奥德修斯上。现在由于发现奥德修斯是埃涅阿斯的一颗卫星，探险家号的宇航员们改变了计划。他们把反射镜面发射到埃涅阿斯一万公里的轨道上，利用卫星来调整姿态，把射向埃涅阿斯的阳光全部都反射在奥德修斯上，无论奥德修斯运行在埃涅阿斯的内侧还是外侧，都能接受到埃涅阿斯轨道一万公里处反射过来的阳光。

所谓的反射镜面其实是一种薄如蝉翼的复合材料，更科学地说用薄如蝉翼已经不能形容这个材料，因为它张开后只有一个碳原子的厚度，有点像石墨烯结构，但反射的光达到百分之九十九以上。所以反射镜面的面积虽然有三个澳大利亚大，质量却不到五十克。

在经过精密的计算之后，探险家号的宇航员们执行了修改后的创世纪一期工程。他们利用三颗小型火箭，在埃涅阿斯上空一万公里的轨道处释放了一个直径为十五厘米的小金球。稀薄的镜面从中释放形成一个巨大的平面，向着四周不断扩张。两个地球日之后，这个张开成六边形的反射镜面已经达到了三个澳大利亚的面积，将射向埃涅阿斯的阳光反射在奥德修斯上。而埃涅阿斯上则投上了一个巨大的阴影，将这个黑色的行星包裹着，变得更加漆黑。

此时白色的奥德修斯在探险家号看来显得非常耀眼。在地球上通过钱学森望远镜将会轻易发现奥德修斯亮度的变化，当然这种变化只有六年后才能被观察到。

一个月后，探险家号发射了一颗小型探测器绕着奥德修斯飞行，在传来的照片中发现一个小黄点。这让宇航员兴奋不已，这意味着创世纪一期工程已经奏效了，奥德修斯的温度正在升高，黄点就是冰面融化露出的岛屿。

在此之后宇航员必须在奥德修斯的轨道上枯燥地生活五到十年，观察奥德修斯的气候变化，得出相关的参数，而这些数据将是制定创世纪二期工程的主要依据。这个工作比起冷冻显得枯燥多了，他们可以在冬眠舱里一动不动睡上二十年，但是被关在十万吨空重的探险家号之中，忍受五年孤寂的生活，对宇航员来说着实是种酷刑。虽然还存在着量子通道可以和家人实时交流，但由于成本问题，量子通信受到许多限制。对荣耀公司来说，除非对公司的股市利好，否则他们会尽量减少实时通信的行为。

看着宇航员因枯燥的生活而情绪低落，马晓光拿着一个刺棍，刺向他们的屁股。

“弟兄们，我觉得得找点活儿让你们干，否则你们的生命将在漫长的等待中失去激情。”他指着探险家号屏幕上黑色的埃涅阿斯说道，“有人知道这颗星球外层黑色的这一部分到底是什么吗？”

看着屏幕上黑色的埃涅阿斯，宇航员明白了他的意图。

“船长，”皮尔斯皱着眉头，疑惑地问道，“您不会是让我们登上埃涅阿斯吧？”

“没错，这个行星太神秘了。我们除了知道它的体积、质量以及运行轨道之外，其他的一切参数都一无所知。我们对埃涅阿斯所有的观察都被这层黑色物质给挡住了，所有的信号也被这层黑色物质给屏蔽了。它是什么？是大气，还是岩石？是否有生命呢？当然这个可能性微乎其微。但是我充满了好奇。所以我希望你们登陆埃涅阿斯，拍些照片，带些标本回来看看。”

“可它的质量是地球的三倍，我们得承受三个G的加速度。”

“才三个G而已，一个专业飞行员能承受加速度的极限是七个G。”马晓光的口气略带嘲讽，显然是在激发他们的斗志。

四个宇航员都没有说话，虽然三个G的过载并未达到他们所能承受的极限，但是想想扛着三个自己大小的人走在路上的滋味，就能推想出这个任务不但危险重重而且极其不好受。

“怕什么，你们有外金属骨骼支撑身体，你们只要承受这三个G的重力就行了。”

众人还是沉默着，他们依然觉得这个任务无法接受。

“好吧，一千万？你们只要带回一点儿标本就行了。”

终于在沉默中发出一阵嘶哑的声音。

“两千万。”

“一千五。”

“一千八。”

“一千六，不能再高了。”

“成交。”屏幕上传来吴琅嘶哑而沉闷的声音，作为年纪最大的宇航员，也是这四个飞行员的头儿，他的言语最具有代表性。

经过两天的准备，一艘小型公共汽车大小的胶囊状飞船从探险家号分离出来，载着四个宇航员，飞向黑色的埃涅阿斯。胶囊其实有两层，都充满了气体，这是为了保护飞船，避免在撞击地面的时候受到破坏。虽然可以确定埃涅阿斯存在着比地球更厚的大气层，但由于加速度是地球的三倍，即便有降落伞的缓冲，速度依然相当快。所以充气胶囊的保护起到了重要作用。

按照马晓光的要求，飞船在登陆埃涅阿斯的时候，要求打开量子通道，向地球实时转播。不过，果如推测的那样，在进入埃涅阿斯的大气层之后，所有信息都被屏蔽了，飞船失去了对外界的联系。眼前一片漆黑，只有红外线探测器能够看到一个模糊的热成像。

“奇怪，这个黑色大气层的温度差异竟如此巨大，有的地方接近绝对零度，有的地方却达到了400摄氏度。”

这种情况是他们无法解释的，如果马晓光也在这个飞船上的话，他一定会探个究竟。对于这些宇航员来说，虽然星际旅行确实是体现他们人生价值的工作，但被雇用参与私人公司执行的代达罗斯计划，更直接的目的就是赚钱。马晓光开出的价格足够他们十辈子不愁吃穿，现在又提出一千六百万探测埃涅阿斯的价格，仅仅是采集点儿标本而已，承载三个G加速度的危险还是可以承受的。

在进入大气层二十分钟之后，飞船以每秒二十一米的加速度向着地面坠落，大气摩擦造成的高温将整个胶囊的陶瓷材质外层都熏黑了，通过红外线探测器，他们看到飞船的头部发出耀眼的白光，温度在3000摄氏度左右，这已经快要达到陶瓷材料所能承受的最高温度了。

三十分钟之后主降落伞打开，向地面的加速度消失了。出乎意料的是飞船的下降速度大大地减小。也许是埃涅阿斯的大气层太过稠密，造成的巨大空气阻力削减了飞船的下行速度。这时候的飞船如同一个飘在大气层中的热气球，即便重力是地球的三倍，不用外层的气体胶囊也能在埃涅阿斯的地面安全着陆。

经过一个小时的匀速直线运动，确切地说是飘浮运动之后，飞船终于着陆在埃涅阿斯的大地上。在胶囊气体被释放之后，四个穿着金属支架宇航服的宇航员从飞船中走了出来。

眼前一片漆黑，没有任何光源。飞船发出一道亮光，但所能照亮的距离不超过十米，头顶上的探照灯也只能穿透三米。地面松软，如同走在沙地上，但无处不在的三个G的加速度，让他们的脚深深陷入黑色的沙地之中，直没入膝盖。他们看到眼前飘浮着一种黑色物体，如同雾一样弥漫在他们周围，不同的是这里的雾是黑色的，和他们所踩的东西似乎一样。

“这雾和地上的沙子好像一样。”

皮尔斯·凯南停下来，用手在周围晃动着，黑雾从他的指尖滑过，显示出四个指缝的轨迹，他又看了看手中的仪器：“含氧量居然达到65%，这也太高了，氮达到17%，其他的18%是甲烷、氨和氢，和地球大气结构很相似。”

皮尔斯用手捞了下黑色的气体，黑雾飘荡在他的手掌上，似乎在跳舞。

“更像是一种颗粒状晶体，”赵言亮蹲在地上，用脚踩着，由于身体顶着三个人的重量，他抬脚需要外骨骼的帮助，显得很困难，“你看这种黑雾会闪耀，似乎这种颗粒有着规则的外形，能够反射我们的光。”

皮尔斯用手挥舞着，黑雾绕着他的手套滑动，缓缓落在地面，接着又从地面飘起，弥漫在他的周围，在光的反射下发出阵阵光芒。

“真漂亮。”皮尔斯对眼前飘动而闪光的黑雾发出由衷的赞叹。

“这美国大兵可真有兴致，跑到六光年外黑不溜秋的行星，对着满天的煤灰说漂亮。”张宏远痛苦地喘着气，他拿出一个盒子，蹲下来，将地上的一些黑雾状颗粒装进盒子。

“好了，完成任务，我说头儿，咱们走吧。”他拍了拍手中的盒子，疲惫的声音充满了喜悦，“一千六百万到手了，船长真是个慷慨的老板呀，当初我跟他混真没做错。”

他蹲在地上用手拨开地面的颗粒，捧着一小堆，凑到眼前看着。黑雾如同沙子，从他手套的指尖轻轻滑落。也许说沙子不够贴切，应该说是粉尘，类似烟灰那样细小的粉末在他手上滑动着。他惊讶地发现，那黑色的闪光的粉末从他指尖滑落之后，又飘浮到他的手上，向着他的手掌弥漫，如同一个黑色的雾状手套套住他的手臂，并向着他的身体扩散。这种情况明显违反了在地球上所见到的物理规律。

这种不可解释的现象带给他惊奇，但更多的是恐惧。无论这种黑雾到底是什么，他都不想去探究，他只想带着手中的标本回到探险家号，再等上五年，如果可以的话，马上回家找船长要那一千六百万的赏金。

“走吧，顶着三个人的重量，你们不难受吗？”

没人回答他，突然他耳边的接收器传来赵言亮的一声惊呼。

“你们看。”

三个宇航员走到赵言亮身边，他正趴在地上，挖着地上的沙子，黑雾在他身边弥漫着，几乎把他的身子给掩盖了。他们拨开身边的黑雾，看到他正抚摸着一块光滑透明的物体。

“这么大的钻石，天哪，我要发大财了。”

他从包袱里拿出小镐头，敲着他脚下的那块所谓的巨大钻石，但它非常坚硬，甚至划不出一点的痕迹。

“这绝对是钻石，要不不可能这么硬，我一定要敲下一块带回家。”

一直没说话的吴琅蹲下来，抚摸着赵言亮所说的钻石。

“想钱想疯了，这是水晶。埃涅阿斯内部是铁核，外部被许多天然水晶包裹着。”他用手摸着飘浮的黑雾，“我觉得这些黑雾很可能是硅，或者是粉末状的硅化物。”

“那也值钱。”

赵言亮拿着镐头在地上不停地敲着，但始终没有划出一道痕迹。这时候，皮尔斯向着远处走去，消失在众人的视野中。

“皮尔斯，皮尔斯。”

“我在这儿。”

他又往回移动了两米，进入大家的视野。只见他手中托着的一团黑雾在他的手上升腾着，并弥漫在他的宇航服上，在灯光的照射下，他的整个身体都发出闪耀的光。

“太神奇了。头儿，我想往远处走走看，这个星球有许多东西值得我们去探究。”

“有什么好看的，我们已经拿到标本，交给船长钱就到手了。”张宏远不停地拍打着手中的盒子，“而且顶着三个人的体重，你们不难受吗？”

对于在埃涅阿斯所看到的神奇景象，皮尔斯感到震惊。虽然参加代达罗斯计划是因为钱，但来到这个黑色星球，看到这种奇怪的现象，内心的求知欲战胜了金钱的欲望，认知未知的宇宙也许比赚钱来得更有意思。这个念头吴琅也有，人到中年，即便能够活着回去，身边的亲人也已经不在了，他怀揣着那些花不完的钱能做什么呢？也许马晓光就是出于这种花不完钱的烦恼，才执行了烧钱的代达罗斯计划，让人生过得更有价值一点。

“光线太暗，咱们相隔别超过三米，否则就看不见了。小张，你进飞船拿下红外线探测器，借助热成像我们能看得更远。”

吴琅的话意味着，他们还要在这黑色的星球多停留一会儿，张宏远虽然极其不愿意继续留在这个恐怖的星球，但是无法反对头儿的意见。他走进飞船，拿着热成像仪，对着远处的黑雾扫描。他看到一个黄白色的漏斗状物体正向着三个红点移动。那三个红点就是其他三个宇航员。那黄白色的漏斗越来越大，似乎还在旋转着。从它的运行状态可以分析出这个漏斗状物体显然是个风暴，而从它的颜色上看，这个风暴中心的温度至少有600摄氏度。想到这儿他的脑中顿时“嗡”的一声，他对着接收器叫道：

“快跑，快跑。”

话刚说完，热成像仪中的一个红点就消失了，那风暴追赶着剩下的两个红点。

“皮尔斯，皮尔斯，听到请回答。”

张宏远的耳边传来吴琅嘶哑的呼叫声。

“头儿，赵哥，快跑，有风暴，中心温度600摄氏度，快跑。”

“有多远？”

“大概二十米。”

“妈的，不早说。小赵，快，跑回飞船。”

两个人距离飞船不到五十米，但顶着三个G的过载跑五十米也有着惊人的难度，何况他们在跟一个时速四百公里的黑色风暴赛跑。这显然是一场必定要输的战斗。

果然，在吴琅发出返回飞船的命令后，不到三秒，热成像仪上的两个红点就不见了。只见那个黄白色的风暴逐渐壮大，正向着飞船靠近。

“头儿，皮尔斯，赵哥？”

张宏远带着哭腔呼喊着三个人，但他明白，在这不到十秒里他们都被这黑色的风暴给吞噬了。他关上舱门，启动了发动机，飞船缓缓地飘浮起来。突然他感到一阵晃动，似乎撞上了一道墙一般，他猜测飞船进入了风暴之中。

他启动了气泵，给胶囊充气，同时将发动机的功率加到最大。飞船在不停的摇摆中缓缓地启动着，似乎快要被风暴给撕裂了，但是飞船外头的充气胶囊起到了保护作用，他感觉飞船被风暴抛了起来，又重重地摔在地上，就像待在一只巨兽的肚子中一样。这样强烈的震动持续了三分钟之后，飞船将速度加到了最大，埃涅阿斯三倍地球的引力加上五个G的加速度，他感觉自己躺在一个万吨水压机之中，就快被压扁了。他艰难地呼吸着，身上的血管似乎就要破裂，整个人都要瘫软在地上。但心中的一个信念支撑着他。

“我要活下去，我一定要活下去。”

身体上承载着八个自己的重量，他感觉已经被压成一张饼了。只是依靠着强烈的求生意志，从口中吐出那句让他坚强的话，阻止自己昏死过去。在他念了差不多一千遍之后，他终于飞到了埃涅阿斯大气层的边缘，看到了六边形的巨大反射镜。当飞船绕过反射镜，终于他看到了巴纳德星发出的亮光，顿时大地和他心中的黑暗被一扫而光。

就在这时，飞船接通了同地球的量子通信。张宏远给船长发出一声呼叫：

“探险家号，请求返航，听到请回答。”

又是二十年漫长的飞行，探险家号带着最后一个宇航员回到了地球。在2069年6月23日，也就是探险家号返回地球的五年之后，探险家号静静地躺在北京宇宙科学博物馆，向世人展示着它破败的躯体，诉说着曾经有过一段疯狂而辉煌的历史。

这时候马晓光已经八十五岁了，探险家号返回地球之后，关于宇航员在埃涅阿斯的遭遇被荣耀公司隐瞒了起来。几年之后，代达罗斯计划失败的消息不胫而走。虽然马晓光极力否认代达罗斯计划的失败，但没有人相信他，人们要求他找到当初探险家号的宇航员进行对峙，结果都不了了之，甚至有历史学家认为荣耀公司的代达罗斯计划根本就是个骗局，整个计划的目的是依靠媒体铺天盖地的宣传来提高资本市场对荣耀公司的投资信心。理由很简单，在宣布执行代达罗斯计划二十年后，荣耀公司的市值涨了三倍，而一切证明探险家号去过巴纳德星的证据，包括三个宇航员都消失了。科学家将带回埃涅阿斯大气标本的盒子在真空室打开的时候，发现里面什么也没有。

唯一能够证明代达罗斯计划的证人只有张宏远。确实在四十五年之后，他也就三十岁，但这并不能证明他参与过星际飞行，也许他仅仅是在某个人体实验室里冷冻了四十年。至于其他的影像资料，随便一个影像公司都能伪造出来。

荣耀公司在探险家号回家的第五个年头遇到了前所未有的困境，马晓光还想再执行一次更加完备的代达罗斯计划，却遭到股东的反对，这时候他在荣耀公司的股份只有不到百分之三十，虽然还是很高，但已经不具备决定性作用了。

在探险家号起飞四十五周年纪念日的当天，他来到北京郊外的一所精神病院，在接待室里看到了张宏远。这时候他也就三十出头，只是头发花白，眼神迷离，不停地咬着指头，发出阵阵神经质的呓语。

马晓光从口袋里掏出一个盒子。

“在埃涅阿斯到底发生了什么？其他三人去哪儿了？为什么没有留下任何影像资料，还有这个盒子，我们打开的时候里面什么也没有。”

张宏远面无表情，似乎并未听见马晓光说什么，当他迷离的眼神停留在马晓光手中的盒子上，顿时惊恐地叫道：

“他来了，他又来了。”

“谁来了？”

“他，就是他，他要杀了我，你听见了吗，他说要杀了我。”

“谁要杀了你？到底是谁？”

张宏远恐惧地尖叫着，并冲向大门，躲在光照不到的角落，似乎在躲避着什么可怕的东西。直到医生将他按住，给他注射了镇静剂，他才安静下来。

马晓光看着张宏远被抬出接待室，他无奈地叹了口气，走到大门口一个穿着空军上校军服的中年人面前，掏出一张支票。

“这是你爸爸的工资，一共两千六百万元，你帮他收着吧。”

在看望了张宏远之后，他失去了所有的雄心壮志，心灰意懒之下，他把所有的股份都变卖了，继续当个花花公子，决定在女人与酒精的麻醉中走完剩下的人生。

两年之后，他发现自己得了和他母亲一样的胰腺癌，这是所有癌症中最难治的，即便在这个时代，人类攻克了大部分癌症，但是胰腺癌依旧是个医学难题。这时他依然很有钱，即便他挥金如土，也还有近五百亿人民币的财产。他原本可以依靠冷冻的方式让自己在未来治好胰腺癌，但是他拒绝了。他想起了妈妈在临死前说的那句话——做一件有价值的事情，并希望他因所创造的价值而被世人铭记。他把这剩下的五百亿财产捐献给一个星际旅行协会，他们正筹集资金打算制造宇宙飞船飞向织女星，当然得到的回应就是被认为是骗子。在获得这笔横财之后，星际旅行协会会长感激不已，他决定把他们所创造的第一艘星际飞船叫作马晓光号。

“无所谓，”对此他只是微微摆了摆手，“你们看着办吧。”

然后他回到养老院，躺在一张床上，拒绝了所有的治疗，让自己在孤独之中慢慢死去。

同他妈妈所期望的正相反，他并没有被世人所铭记，曾经的世界首富，执行了代达罗斯计划的马晓光同探险家号一样被人遗忘了，在他死去的当天没有任何讣告告知世人他的离去。在这一天，更多的人关注的是美俄关岛危机。

## 三、关岛危机

在混沌学家看来，人类历史对初始条件是非常敏感的，以至于美国气象学家爱德华·洛伦兹做了一个形象的比喻，“一只南美洲亚马孙河流域热带雨林中的蝴蝶，偶尔扇动几下翅膀，可以在两周以后引起美国得克萨斯州的一场龙卷风”，这就是混沌学的经典概念“蝴蝶效应”。

差点儿引发第三次世界大战的关岛危机也一样，其初始原因是一个工厂中的工人在上班的时候不小心打了个盹，导致他所控制的汽车刹车零件出了一点儿小小的瑕疵。而这家小型刹车配件工厂是北海道精密仪器制造公司的零件供应商，这个有瑕疵的刹车配件也进入了公司电动汽车生产线之中。最后安装有这个瑕疵刹车零件的一辆达拉斯三系电动车被一个俄罗斯军火商鲍里埃买走了。凑巧的是，在车子开了才两个月后，刹车零件突然断裂，导致刹车系统失效。这个军火商和车上的五个保镖死于一场车祸。俄罗斯国家安全局介入调查，发现车祸原因在于一个不合格的刹车配件。在得知这个刹车配件产自日本北海道的一家小加工厂之后，克里姆林宫对日本政府表示了最为严正的抗议，同时俄罗斯军方的鹰派，更多地认为这是一次有目的的谋杀。他们把矛头指向北海道精密仪器制造公司的第一大股东，美国电动汽车巨头安格尔·华莱士，因为他同时也是一个军火商，在全世界范围的电磁武器市场同俄罗斯军火商进行着激烈的竞争。所以这次因为一个工人打盹引发的车祸，最终被俄罗斯鹰派解释为谋杀。

凑巧的是，安格尔·华莱士除了是个军火商之外，还是一个参议院议员，为了能够在三年后参与竞选美国总统，他不得不在俄罗斯鹰派的施压下表现出自己果断、坚决的个人魅力，更何况俄罗斯鹰派的指责在他看来完全是颠倒是非。他做出一个大胆的举动，决定坐着自己公司生产的护卫舰开进北方四岛十二海里以内，用以支持日本对北方四岛的领土主张。由于这仅仅是一次个人行为，白宫并未发表任何评论。

华莱士确实这么做了，因为他坚信如今军事和经济实力大不如前的俄罗斯不敢冒着和美国开战的危险对他开炮，事实上俄罗斯北方舰队也确实没有开炮，不过接到上级的命令，撞向华莱士所在的护卫舰。在连番的撞击下，美方护卫舰的弹药舱爆炸，导致整艘护卫舰最终沉没，安格尔·华莱士也死于这次事件中。

冲突就是这样升级的，美国人把华莱士当作英雄，白宫为了给人民和盟国一个答复，几乎出动了太平洋舰队的所有军舰开向北方四岛，而俄罗斯也不甘示弱，将北方舰队的四十多艘军舰从摩尔曼斯克开向太平洋，最终俄美双方在关岛对峙。

眼看俄美两国陷入了“冷战”之后最大的政治危机，全世界呼吁两国政府保持冷静，用和平方式解决政治危机。在各方的施压下，美国总统派遣国防部长德雷克斯勒访问克里姆林宫将自己的亲笔信交给俄罗斯总统，表达自己对和平解决政治危机的渴望。但德雷克斯勒的要求被拒绝，接见他的是俄罗斯国防部部长拉姆赫尔涅夫。

在国防部的部长办公室，他读了美国总统的亲笔信之后，什么话也没说，只是拿着一支红笔在桌上的世界地图上，顺着关岛所在的东经144度线画了一条直线。

“什么意思？”

“克里姆林宫的意思，我们不愿意看到美国的军舰跨过关岛以西。”

一天之后，当德雷克斯勒在白宫总统办公室展示出这张地图的时候，他听到了太平洋舰队总司令约翰·德鲁克上将的叫骂声。

“这是赤裸裸的讹诈，总统先生，为了共和国的尊严，我觉得我们不但要跨过关岛，更要登上北方四岛，支持日本，同时也是让俄罗斯明白华莱士不能白死，否则人民会骂我们懦夫。”

他的观点得到了大部分人的支持，其中包括马克穆尔参议长，他甚至扬言要对克里姆林宫进行一次外科手术式的核打击，国土安全部顾问赛尔博士，中情局局长左拉·刘，以及国务卿艾森伯格都站在他这一边。只有国防部长德雷克斯勒咬着雪茄一言不发。总统并没有被鹰派高昂的叫骂声所左右，他转动着椅子移到德雷克斯勒身边对他耳语道：“如果一个月之内我们和俄罗斯在太平洋打一次常规战争，我们的胜率有多高？”

“不越过关岛六四开。”

“一年之后呢？”

“七三开。”

“这么说，从时间上看战争对我们有利。”

“是的，经济总量已经跌出前十的俄罗斯根本无法支撑一场持续两年的中等规模海战，问题在于如果他们要流氓打起一场核战争，我们都将是失败者。即便我们最终赢得一场只持续两年的常规战争，也会剥夺我们成为世界一流大国的资格，这场战争的受益方只能是中国，最终他们将完全统治这个世界。”

美国总统听完没有说任何话，只是看着地图上的红线不停地咬着领带，他的动作显得有些神经质。他闭着眼睛，听着周围嘈杂的叫喊声，沉默了一小会儿，拍了下桌子。

“好了，不要再谈论战争了。”

“总统先生，你没看到这条红线吗？俄罗斯人居然敢威胁我们，嗯，五十年前太平洋是我们的内湖，现在他们居然警告我们别跨过关岛。我们必须用导弹回答这些狗娘养的。”

“我不想再重复一次，别在我面前提战争，谁再提战争请走出我的办公室。”

总统以极高的分贝，将鹰派的声音压了下去，但除了鹰派没人再说话，办公室顿时陷入一片死寂。

“但我还是想要跨过关岛。”在沉默了一小会儿之后，总统用红笔在红线的西面画出一个箭头，“这是为了共和国的尊严，各位有什么办法能够让我们的太平洋舰队跨过关岛，又不会引起和俄罗斯人的冲突？”

“直接开过去就是了，俄罗斯人不敢开枪的。”

“我不想拿人类的未来冒这个险。有更温和的办法吗？”

“说了半天，这只是个面子问题。”

“没错，就是面子问题，我只想动用非战争手段，让世人认识到我们依然是个世界大国，绝不屈服于任何国家的意志。”

鹰派领袖约翰·德鲁克上将舒展着他桀骜不驯的眉毛，叹了口气，缓缓地说道：“那只有一个办法了。让我们的商船在关岛西岸发出求救信号，而我们的舰队以救援的名义跨过关岛。这样就能将我们军舰的政治意味降到最低了。”

“俄罗斯人会开火吗？”

“我想不会，他们和我们一样都不是傻子，没人愿意活在核冬天之中。重要的是，我们要拉拢中国，要挑起中国人重新获取大清国划给俄罗斯的远东领土的欲望，并在政治上支持他们，这样我们就能孤立俄罗斯了。”

两天之后，美国总统派遣特使来中国，向中南海透露美国打算在二战纪念日向联大提出帮助中国获得在清政府时期被沙俄抢走的领土的提案，作为政治利益交换，美国要求中国在美俄冲突上站在美国这一边，至少不倒向俄罗斯。对此中南海以非常温和的措辞，表示在俄美冲突中保持中立，并呼吁双方以和平的谈判方式解决争端。美国并未拉拢到中国的支持，但在他们看来已经胜利了一半，至少在冲突中中国不会站在莫斯科一方，这对华盛顿的政客来说无疑是个利好的消息。

与此同时，一艘美国商船在琉球群岛搁浅，两艘马丹库里级驱逐舰跨过关岛，驶向琉球群岛，之后驶向北方四岛，在进入北方四岛十二海里之内又回头驶向关岛，做了一次无害通过。正如美国总统所导演的那样，这次无害通过是一次无政治目的的救援行动。俄罗斯则没有出动任何军舰进行一些实质上的阻拦。

但这一切都是在俄罗斯北方舰队的监控之下进行的。在摩尔曼斯克的北方舰队基地，俄罗斯将军们看着这两艘驱逐舰的运行轨迹，同美国一样，进行了一次鹰派和鸽派的吵架。

“他们不但跨过了关岛，还进入了我们的领海，这是对我们的蔑视。”

“可卫星探测到的情报显示这是一次救援行动，不具有政治意图。”

“他们以温和的方式挑战了我们的底线，虽然温和了点儿，但他们毕竟挑战了我们的底线。我认为我们应该以更强大的攻势让美国人彻底认输，甚至永久退出太平洋的竞争。”

在经过两个小时的争吵之后，俄罗斯的鹰派占了上风，不过相比起美国鹰派，俄罗斯鹰派显得更加保守，他们根本就没有动武的念头，因为他们知道经济上的劣势使自己在竞争中承受着巨大的压力，时间拖得越久将对俄罗斯越不利。最终北方舰队总司令海因里斯佐夫上将决定进行一次大规模的海上军事演习来打压美国的气焰，挽回面子，而又不至于引起和美国的正面冲突。

他用激光笔在美国的领土上画了个圈。

“我们没必要跨过关岛和美国人正面冲突，那对谁都是个噩梦。”他用手在美国的佛罗里达半岛又画了个小圈，“但为了维护我们的尊严，我们必须要进行一次演习来对美国人示威，可以的话，我们的洲际导弹要穿过美国领空，进行一次——”

话未说完，只见电子地图上显示彼得大帝湾附近出现一个红点向着太平洋东岸的一个黄点飞去。所有人都惊讶地看着海因里斯佐夫上将，因为谁都知道这个红点一定来自北方舰队某只潜艇上的洲际导弹，最有可能的是部署于21世纪初的蓝天洲际导弹。为了保证二次核打击能力，这种导弹是配备在核潜艇中的，在战时能够在十分钟内直接装上核弹头。

“怎么回事，谁下的命令？”

“不知道。”

“装上核弹头了吗？”

“只有在战争状态才会装上核弹头。”

俄罗斯总统嘘了口气，但他知道即便没有装上核弹头，事态依然非常严重，他知道这个黄点是停靠在关岛的美国驱逐舰，一旦蓝天洲际导弹击中美方驱逐舰，将等同于对美宣战。

“无论如何给我拦住它。”

海因里斯佐夫将总统的指令传达到北方舰队，命令无论如何要拦截住这枚导弹，并启动自毁程序。但自毁程序没有启动，当三枚S500导弹从日本海上空拦击这枚蓝天洲际导弹的时候，它出乎意料地进行了三次机动变轨，躲过三枚导弹的截击，继续向着关岛飞进。

二十秒之后，摩尔曼斯克的将军们从电子屏幕上看到，那红点撞向了黄点，电子屏幕上不停地发出“哔哔”的声音，显示目标被清除。

作战指挥室中一片死寂，各位将军似乎还未从这起突如其来的事件中缓过神来，甚至有人都不知道刚才到底发生了什么，但是他们很确定之后将会发生什么。

三天之后，美俄双方的舰队在关岛附近进行危险而紧张的对峙。双方的电子侦察机、战略轰炸机都携带着核弹头在空中巡航着。虽然经过七千年进化的人类理性告诉世人，没有人愿意见到人类陷入核冬天，但谁都知道这是

1962年古巴导弹危机以来，人类陷入的最危险的政治危机。核战争苗头一触即发。

联合国安理会授权成立了一个调查组，在关岛附近的太平洋打捞东风51导弹和驱逐舰的残骸，调查事件的真相。联合国秘书长金桓羽在两天之内先后访问莫斯科和华盛顿，呼吁双方保持克制，以和平方式解决危机。俄罗斯坚定地认为导弹是失去了控制，而不是故意的，要求联合国把导弹残骸交给俄罗斯进行鉴定，但遭到美国人的反对，他们认为俄罗斯一定会做出对自己有利的鉴定结果。最后联合国在中、英、法三国的监督下，在北京高能物理实验室对蓝天导弹展开调查。同时在三国领导人的斡旋下，美俄双方领导人于2074年3月25日在北京人民大会堂进行了一次单独的不做记录的会晤。

俄罗斯总统："总统阁下，对于这次导弹攻击事件，我必须向您道歉，但请相信我，这次导弹攻击是场意外，我们无意挑起争端。现在导弹的残骸已经运往北京的高能物理实验室，中、英、法三国的科学家正在进行相关调查，相信真相在这几天就会出来了。"

美国总统："好吧，我也愿意相信是意外，毕竟我们在智力上都还算正常。那么今后怎么办？无论如何是你们的导弹先击中我们的驱逐舰，既然你们开了第一枪，就要给我们一个交代。"

俄罗斯总统："这样吧，我们双方的军舰同时后退一百公里，然后通过一个联合声明，规定美国不再干涉北方四岛问题，而我们的军舰将以不跨过关岛以东为条件，承认美国在太平洋东岸的霸权，至于维持太平洋西岸的和平问题，我觉得就不用你们美国大兵操心了吧。"

美国总统："这不公平，在划分势力范围之前，你们必须在声明中解释导弹攻击是一次意外，并以正式的外交辞令向我们道歉。"

俄罗斯总统："抱歉，即便我同意，我的将军们也不会同意的。对俄罗斯人来说，国家尊严高于一切。所以，我可以在私底下向你道歉，但不能在正式场合。”

美国总统：“很抱歉，我的将军们也不会同意的，他们也随时为了国家的尊严而战。”

俄罗斯总统：“这么说我们没什么可谈的了。”

美国总统：“这是我们的底线，仅仅需要一个正式场合的道歉。”

双方的会晤因为激烈的争吵而中断，两国领导人似乎都想要保持尊严地维护世界的和平，但双方都不愿意在政治上做出让步，现在所探讨的仅仅是一个面子的问题。但人类确实是地球历史上最为复杂的生物，即便是一个无关痛痒的面子问题也可能毁灭整个世界。十分钟之后，双方恢复了对话。

俄罗斯总统：“废话我就不多说了，让我们做一道古老的选择题，我的左手拿着和平，右手拿着战争，（注：在第一次布匿战争的时候，罗马人曾给迦太基人出了同样一道选择题）你选择哪一个？”

美国总统：“你来选择吧。”

俄罗斯总统停顿了几秒，用沉闷的声音说：“我选择战争。”

一个星期之后，美俄双方都召回了各自派驻的大使，虽然依旧维持着外交关系，但无疑已经切断了所有外交手段解决争端的途径。以关岛所在的东经144度线为界，美俄双方在两边进行了密集的战略布控，几乎出动了全部的潜艇、军舰和轰炸机。虽然人们还是不愿意相信核战争的爆发，但人类中除了傻子谁都知道，这是人类历史上最接近核战争的时刻。

在美俄关岛危机之下，作为半个当事人的日本却一直保持沉默。为了避免被拖入核战争的危险，日本始终保持中立，与安理会中、法、英三国的步调保持一致，呼吁以和平的方式解决危机。

在克里姆林宫的地下掩体中，俄罗斯总统和将军们正通过卫星以及联合国的情报分析美国人的战略意图。得出的结论是，美国已经决定打一场持久的核战争，至少美国人更愿意让全世界人相信他们有这样的决心，当然美国中央情报局对俄罗斯的情报分析也得出了同样的结果。两国已经处于准战争状态，美国人得知俄罗斯导弹摧毁美国驱逐舰只是一次意外之后，紧接着的问题就是，谁来接着开第二枪，这一枪将比第一枪更加重要，因为第二枪无论如何都被判断为主观上是故意的。

但是克里姆林宫更愿意相信，美国人的行为只是一次意志的较量，他们摆出全面核战的架势仅仅是为了让俄罗斯在政治上屈服。所以这第二枪俄罗斯绝不能先开。

“各位将军，无论如何管住你们的导弹、子弹和飞机，除非美国人对我们进行了一次核打击，否则哪怕他们对我们军舰开炮也不要还手。让我们等待北京的导弹鉴定结果。”

当俄罗斯总统刚说完这句话的时候，国防部长拉姆赫尔涅夫急匆匆地跑进地下掩体，对着会议室里的将军们发出嘶哑的喊叫声：

“我们的北方舰队，和美国的太平洋舰队，都……都被摧毁了。”

俄罗斯总统听到这句话，惊讶且震怒地拍着桌子喊道：“谁叫你们开火的？”

“不，我们没开火。”

“那是谁干的？”

“是它干的。”

拉姆赫尔涅夫用手指着电子屏幕，上面显示着一张从阿斯噶空间站传来的照片，一个直径达到两千公里的风暴在关岛附近旋转着，中间是个黑色的风暴之眼，直径大概有一百公里。整个风暴的面积有半个澳大利亚那么大。

“这是什么鬼东西？中间黑黑的又是什么？”

## 四、阿帕菲斯

在阿斯噶空间站观测到这个黑色风暴之后不到十个钟头，俄罗斯的北方舰队和美国太平洋舰队几乎都被摧毁了。除了双方隐藏在水下的核潜艇之外，其他一百多艘水面舰艇，包括七艘航空母舰、四十二艘驱逐舰、八十二艘护卫舰全被风暴撕裂了。一天之后，人们再次从卫星图上看到这个风暴，惊讶地发现它的直径增加了一倍，面积接近一个澳大利亚。

全世界没有一个气象专家能够给出一个理论解释这个超级风暴是怎么形成的，风暴眼中心的那个黑色物体到底是什么，这是人类气象学史上从未遇到过的情况。

在人们疑惑于这个风暴的时候，北京高能物理实验室的科学家通过电子显微镜发现导弹硅处理器中硅板的原子结构出现一些不规则的变化，有人为干预的痕迹。科学家向中南海提交了报告，推测在2074年6月25日，击中关岛一艘库里级驱逐舰的蓝天洲际导弹的硅芯片被人为地改动过，导致导弹在未被授权的情况下自动发射出去。至于是如何改动，如何通过三次变轨躲过三次拦截，以及自毁系统为什么失效，都没有答案。仅仅通过显微镜得出硅原子排列异常是无法解释这些现象的。中南海在看过这份报告后得出结论，在世界范围内，存在一个超级黑客想挑起美俄之间的战争。至于这个黑客是谁，处于地球的哪个方位不得而知，可能是个恐怖组织，也可能是一个主权国家或者一家跨国公司。

关岛危机的一个月后，这个超级风暴已经有整个南美洲那么大了。联合国海事调查组织紧急成立了一个调查小组，商讨这个超级风暴的问题，讨论的议题不再是这个风暴到底是怎么形成的，而是这个风暴在未来的动向，以及所造成的损失将有多大。一时之间，美俄关岛核战争的危机已经消弭，在人类的未来还没有明朗之前，对核战争的恐惧逐渐被对这个超级风暴的恐惧所代替。

在纽约联合国大厦第二十层的会议大厅中，集聚着来自世界各地的三百四十五个气象学家，经过了三小时的激烈争论，也没能得出一个这个风暴如何形成的合理解释。

“我发现一个奇怪的现象，”一个来自埃及的女气象学家走到电子屏幕前说，“这是阿斯噶国际空间站在6月23号拍到的画面，这是赤道的一个高气压，在几个小时之后形成了直径达到一千公里的台风，我们叫它凤凰，按理说这个凤凰应该要向着高纬度移动，如果不出意料的话，它将在6月24日在台湾登陆。但是它却没有，而是继续壮大，之后这个台风仿佛一个巨兽一样吞噬其他的一些高气压，直到最后变成了这个超级大风暴。各位，到现在为止，所有气象理论都无法回答这个超级风暴到底是怎么形成的。我们只能确定，一旦它在陆地登陆，将成为有史以来具有最大破坏力的台风，它是毁灭之神阿帕菲斯，所到之处都将毁灭。”

不经意间，这个埃及女气象学家的比喻给这个风暴起了个名字——阿帕菲斯。但除此之外，科学家依然没有得到对这个风暴有价值的情报。关于风暴的形成原因，会场上依然在进行着激烈的争论。

“各位，我不想耽误你们的科学讨论，”美国国土安全部顾问赛尔博士不耐烦地敲着桌子，力图压制会场上无谓的争论，“但现在真不是讨论科学的时候，对于美国人民来说，现在最重要的问题不是阿帕菲斯是怎么形成的，为什么一动不动，而是它到底想干什么，它有没有可能登陆美国，什么时候登陆美国，造成的破坏有多大，有谁能给我一个答案吗？”

“抱歉，博士。”那名女科学家无奈地对赛尔博士耸了耸肩，“目前我们对这个风暴的动向无法做出判断，甚至不知道是什么力量把这个风暴束缚在太平洋一动不动。我们知道的确切数据只有两个：风暴眼周围的风速达到时速四百公里；风暴中心的黑色物质的温度达到了摄氏400度。通过这两个数据我们初步估算，整个风暴所爆发的能量相当于五万颗广岛原子弹的当量。如果向东移动一千几百公里，加利福尼亚将变成废墟。”

在女气象学家说出这段话之后的十分钟，美国总统发布了最高安全级别的红色警戒。要求美国西部的人民在最近一个月最好躲在地下室中，做好应对风暴的准备。这个安全警告引起了整个世界的恐慌，不只美国，一些太平洋国家，包括中国也做出了相关级别的安全警告。谁也不知道这个停在太平洋赤道上的超级风暴到底要向哪个方向移动，唯一可以肯定的是，一旦风暴进入某个城市，就等于投下五万颗广岛原子弹。

这次临时的全球气象会议没有得出任何结论，就在一片争论和质疑声中落幕了。不过这种质疑只停留在学者之中，人民并没有意识到这个风暴的可怕，他们认为阿帕菲斯只不过是个强大的飓风而已，所以并没有引起多大的恐慌，他们甚至不相信这个风暴释放的能量相当于五万颗广岛原子弹的说法。气象学家在不知道这个风暴如何形成的情况下，就做出危言耸听的预言，这遭到了世界人民的嘲笑。

但这一切在气象大会的三天后改变了。

首先发现阿帕菲斯向东移动的是阿斯噶国际空间站。阿斯噶空间站的名字源于北欧神话中的仙宫，是人类在太空建造的最大的人造天体，是个空重三万吨的环状第四代空间站，在代达罗斯计划执行的二十三年后发射到地球两万公里轨道。由于有旋转产生的离心力模拟一个G加速度，所以在空间站能够感受到与地球相同的重力，有大概三百个宇航员长期生活在其中。

2074年7月23日，阿斯噶空间站的科学家发现阿帕菲斯在四小时之内向东移动了两百公里。虽然风暴中心的风速达到时速四百公里，但整个风暴的速度却只达到20世纪初普通火车的时速。这种现象同样是不可解释的。

但不管怎么说，观察到风暴的移动，就意味着阿帕菲斯将会登陆美洲。通过这个速度，科学家预测阿帕菲斯将在2074年7月25日晚上八点二十分登陆墨西哥。

风暴登陆前两天，墨西哥政府已经警告人民在阿帕菲斯登陆之时做好准备，尽量不要出门，有条件的话躲在家中的地下室。但人们并没在意政府的警告，甚至有人带着摄影机在太平洋东海岸上等着记录历史上最具破坏力的飓风。

第三天阿帕菲斯终于登陆墨西哥。厚厚的云层阻挡了阳光的照射，使整个中美洲陷入一片漆黑之中。不过比黑暗更可怕的是阿帕菲斯刮起的黑色旋风，四百公里时速的风暴如同一架超级绞肉机，将整个墨西哥都吞噬了，当它吐出来的时候，墨西哥已成为一片废墟，到处都是破败的钢筋混凝土，被撕裂的汽车散落在大地上。四周散落着人类尸体，不时有人类的大腿、内脏、头颅，如同暴雨一般从天而降。黑暗的大地听不到哭声，只有一片死寂。墨西哥在不到两小时就被阿帕菲斯从地球上抹去了。阿斯噶空间站在夜晚看不到中美洲有任何灯光，作为一个国家的墨西哥从地球上消失了，除了卫星图所显示的墨西哥漆黑的夜晚，没有人能够得到关于墨西哥在灾后的第一手资料。一个星期后，联合国才有救援队进入墨西哥进行救援。他们发现百分之八十的人口在这场剧烈的风暴中死去，阿帕菲斯释放的能量远超过五万颗原子弹。

乐观的美国人终于认识到了阿帕菲斯的可怕，更为恐怖的是，阿帕菲斯开始向北移动，速度虽然缓慢，但终究会进入美国。

整个世界都陷入恐惧之中，当风暴向北移动的时候，科学家从卫星捕捉到的图像发现，陆地的阻拦并没有减小风暴的强度，相反阿帕菲斯的面积增大了百分之二十，这时候它已经有两个澳大利亚那么大了，这种破坏显然超出了人类的想象力。

当美国领导层对阿帕菲斯束手无策的时候，国土安全部赛尔博士的助理苏莱曼博士提出一个釜底抽薪的办法。

他对风暴图进行研究后得出一个结论，阿帕菲斯之所以能够有这么高的风速，是由于中间黑色云状物质的转动带动了整个风暴的旋转，如果能够削弱中间黑云的旋转速度，风暴的破坏力自然就会减弱。

苏莱曼博士走到屏幕的前面，用手指着黑云中心的旋涡，说道："这个旋涡的中心温度达到了420摄氏度。如果我们用液氮冷却这个旋涡，我想阿帕菲斯的旋转速度自然会下降。也许你们会问，我们如何用液氮冷却？其实不难，阿帕菲斯如果往北移动，必须从墨西哥北部的下加利福尼亚州、科阿韦拉州、奇瓦瓦州进入得克萨斯、新墨西哥和亚利桑那。最有可能从得克萨斯州入境美国。所以我们应该在休斯敦、圣安东尼奥、达拉斯和沃斯堡进行布控。"

"你的意思是说我们将液氮埋在地下，就像埋地雷一样让阿帕菲斯自己去踩，然后冷却黑云？"总统看着黑云中心的旋涡，思索着苏莱曼博士的话，对液氮地雷的策略已经表示出很大的兴趣。

"没错，只有这样才能冷却阿帕菲斯中心的高温风暴眼。"

"需要多少液氮？"

"不知道，目前没有时间去统计，在我看来越多越好。"

"我看可行，总统先生，必须调集我们的安泰运输机，征集全美国所有的液氮，在这四个城市的地下布控。"

总统看了看手表，时间显示在东部时间2075年7月26日凌晨零点二十四分，他把头转向赛尔博士问道："阿帕菲斯还要多久进入美国？"

"目前它的移动速度是时速五十六公里，这速度并不快，我们应该还有不到一天的时间。"

"好吧，就这么办，把全美国的液态氮都调集到得克萨斯州的这四个城市，哦，不，要扩展到其他三个州。至少要在墨西哥边界的十二个城市布控。”

当总统签下紧急物资征集令的时候，遍布美国各地的运输机源源不断地将液氮运到美国南部。美国军方的运输机包括运载吨位为五百吨的安泰空天运输机，共进行了一千三百架次的飞行，将二十三亿立方米的液氮运送到亚利桑那州、新墨西哥州和得克萨斯州的十二个主要城市的地铁站中。整个休斯敦被大大小小的运输机占满了，除了机场、航天中心，还包括城市的公路、桥梁，全都停着装满液氮的运输机。城市中所有的人都躲进了地铁站、下水道，几乎每个人都握着一个巨大的液氮罐，只要阿帕菲斯的风暴眼进入休斯敦，不低于三亿立方米的液氮将射向黑云。即便休斯敦的液氮无法冻结阿帕菲斯，还有其他城市。虽然这一天的运输量只达到美国液氮年产量的十分之一，但人民已经变得乐观，四亿美国人万众一心地去对抗灾难，这在只关注个人利益的美国文化史上还是第一次，这让美国人坚信人的力量是无穷的。

果如苏莱曼博士预测的那样，7月27号六点三十分，阿帕菲斯的中心风暴进入了得克萨斯州。联合国通过阿斯噶空间站关注着阿帕菲斯的一举一动，记录着人类历史上和大自然进行的一次最为惨烈的搏斗，当然他们坚信人类必然胜出。但出乎人们意料的是这个方圆四百公里的风暴眼并未进入已经布控的十二个城市，只有风暴眼的边缘与休斯敦擦肩而过，三亿立方米的液氮射向阿帕菲斯，但只有不到四百万立方米击中了风暴眼中的黑云，其他的全被边缘的风暴吸收了。当人们认为阿帕菲斯会继续踩中在其他城市布控的液氮地雷时，结果阿帕菲斯根本就没有进入已经布控的其他十一个城市。射向天空的二十三亿立方米液氮全都被风暴吸收了。

当阿斯噶空间站将阿帕菲斯的运行轨迹传给白宫的时候，总统办公室里的政客们都张大了嘴巴，惊讶得说不出话来。

“什么？它居然走了五个S形弯道，绕过十二个布控液氮的城市？这怎么可能？”

人们没有时间去思考阿帕菲斯为什么会走出这样奇怪的轨迹，液氮攻击的失败导致美国南部的三个州直面阿帕菲斯的攻击。到7月28日深夜两点，这三个州几乎被铲平了，两千五百万人口在风暴中丧生。风暴所造成的损失大到无法估算。整个人类社会都被这个灾难给震惊了。从阿斯噶空间站上看，阿帕菲斯只要在美国再走两个S形线路，整个美国将会毁灭。从20世纪开始就心高气傲的美国人不得不向联合国寻求帮助。

在这时候，中国政府发表了一份声明，向死于风暴的墨西哥人民和美国人民表示沉痛的哀悼，并派出救援队参与灾后救援活动，向美国承诺，中国人民永远和美国人民站在一起，呼吁全世界联合起来对抗阿帕菲斯。紧接着英法两国也发表了同样的声明。俄罗斯政府也向死于风暴的美国人民表示了沉痛的哀悼，并承诺尽一切能力向美国人民提供必要的救援。在这一刻，人类第一次排除了民族和国家的隔阂，联合起来对付一个共同的敌人。两个星期前剑拔弩张的俄美两国，如今再次走到谈判桌上，在上海国际会议中心，二十个全世界顶尖的气象学家同美国国防部召开了一次会议，讨论的不再是北方四岛而是阿帕菲斯。

大部分美国人都比较悲观，认为美国的毁灭已经近在咫尺。有议员提议在中国设置流亡政府躲避阿帕菲斯，总统同意了这个议案，但他拒绝离开华盛顿，他决定在地堡中指挥全国抵抗阿帕菲斯的工作，和美国共存亡，以此激励全世界人民战胜阿帕菲斯。

“风暴将会在什么时候消失？”

当美国太平洋舰队司令约翰·德鲁克上将提出这个问题的时候，会场内陷入了沉默，显然这是个没有答案的问题。

“好吧，现在不讨论这个问题了。就目前来说，任何自然条件都无法阻止这个风暴，那我们能做点什么呢？还有办法吗？”

“只有导弹。”

约翰·德鲁克从哄闹的座位上听到一段带有俄罗斯口音的英语，他顺着声音的方向看去，看到一个穿着俄罗斯军装的老年秃头男子，知道他就是俄罗斯国防部长拉姆赫尔涅夫，一个俄罗斯鹰派的领袖。

“导弹能制止阿帕菲斯？”

“装上热核弹头的导弹。”

“怎么做？”

“液氮攻击是用低温来冷却黑云，相反我们可以用高温来融化黑云，它总是有耐高温的极限的，而氢弹所能爆发的最高温度是2000万摄氏度，无论这个风暴中心的物质是什么，能抵挡这个温度吗？液氮攻击的失败是因为埋在地下的地雷是不能移动的，阿帕菲斯莫名其妙地躲过了地雷，但是它总躲不过长眼睛的导弹吧。所以，办法很简单。我们向风暴发射带有氢弹弹头的导弹，利用氢弹的高温瞬间将阿帕菲斯气化。”

“你这是在毁灭美国。”国土安全部顾问赛尔博士生气地拍着桌子，对这个同归于尽的方法表示强烈的抗议，他甚至怀疑拉姆赫尔涅夫上将是借此来对美国进行变相的核打击。

“美国不是正在毁灭吗？你们看看卫星图，得克萨斯州的夜晚和南极一样漆黑。”

会议室陷入沉寂之中，德鲁克上将不时用手中的笔在屏幕上画着，赛尔博士焦急地用火点着烟斗上的烟，他似乎忘记了这个场合是不允许抽烟的，他的行为显然对核打击表示了默认。

国防部长德雷克斯勒对着电话耳语着，似乎在同总统进行着交谈。从他的表情上看，他倾向于拉姆赫尔涅夫的核打击方案。

“我们可以动用的导弹基地不下二十个，如果阿帕菲斯摧毁了导弹，我们还有空天轰炸机。问题是要多少枚氢弹才能消灭阿帕菲斯？五枚够吗？”

正当德雷克斯勒征求在座科学家意见的时候，大厅门外传来了一个声音。

“我不认为这个办法可行。”

这个声音很轻，有点沙哑，并不是从会议桌上的专家中发出来的。人们向着声音的方向看去，只见一个中国空军上校在一个穿着西服的中国情报工作人员的带领下走进了会议大厅，他看上去五十出头，头发有些花白。

那位中国情报官在德雷克斯勒的耳边说着什么，只见他一脸惊讶地看着眼前的上校。

上校走到德雷克斯勒身边，美国国防部长正要起身和他握手，谁知道他径直穿过国防部长的座位，走到电子屏幕面前，关掉了屏幕的开关，又关掉了会议桌上的一台电脑。然后再次走到德雷克斯勒的身边，对他说道：

“将军，能麻烦您在会场上发布一道命令吗？”

“啊？”

“请在座的人使所有的电脑和手机都处于关机状态。”

德雷克斯勒不解地看着眼前的空军上校，又看了看身后那个情报官，似乎在征求他的意见。

“这位先生是来自中国空军的张佐光上校，他是张宏远少校的儿子。”

“张宏远？”德雷克斯勒念着这个名字，似乎觉得有点熟悉，但怎样也想不起来。

“代达罗斯计划的唯一幸存者。”

听着张佐光上校的解释，他恍然大悟地点着头，但又迷惑地看着他，不知道他要发布这些命令的目的。那位站在一旁的中国情报官似乎明白他的疑惑。

“将军，我觉得还是听他的吧，他身上有关于阿帕菲斯的重要情报。”

张佐光的要求得到了德雷克斯勒的支持，在座所有人的手机和电脑都被关闭了。

“窗户也要关吗？”

“这倒不用，他不会通过窗户观察我们。”

这句话在这个场合说出来有点黑色幽默的意味。人们从他口中听出的“他”这个字眼，似乎有个特定的指代。

“他？”德鲁克上将皱着眉头，对面前的这个中年上校似乎不是太信得过，“他是谁？超级黑客？要知道我们中央情报局的黑客可是世界第一的，什么黑客要用关闭电脑来阻止呢？”

“阿帕菲斯。”

会议室顿时鸦雀无声，德雷克斯勒怀疑自己听错了。

“你说阿帕菲斯有生命？”

“是的。”

“能监听人类的网络？”

“他应该有这个能力。”

“应该也有智慧吧？”

“显然是这样。”

“你的笑话一点儿都不可笑，”德鲁克上将看着张佐光，他的眼神表现出了对中国军官一贯性的蔑视，“上校，我没时间奉陪了。”

德鲁克上将招呼安保人员将张佐光带出会议大厅，张佐光却一动不动，用手指着电子屏幕上阿帕菲斯的运行轨迹图说道：

“这个怎么解释？一个台风走了五个S形线路，规避了你们在十二个城市布控的液氮地雷，这难道不是一种智慧的展示吗？”

会议室里鸦雀无声，张佐光的话不是没有道理，就这张图来说，仅仅用凑巧不足以解释阿帕菲斯的风暴眼规避了十二个城市的液氮地雷，但他们怎么也不愿意承认一场飓风拥有人一样的智慧，这是人的尊严所不允许的。

拉姆赫尔涅夫从座位上站了起来，显然这个俄罗斯老头的脾气有点急躁，他轻蔑地看了张佐光一眼，又将眼神转向德雷克斯勒：“部长先生，能把电脑打开吗？我不想在这里浪费时间。”

他身边的一个年轻俄罗斯少校站起来向着电子屏幕下方的电脑走去。

“千万别打开电脑，听我的没错。”

那个军官没理会张佐光的警告，仍然向着电子屏幕走去。德雷克斯勒则一直盯着张佐光的眼睛，似乎在解读他的思想。等那军官走到屏幕面前，正要打开电源开关时，德雷克斯勒终于让身后的警卫阻止了他。

“给我们解释一下阿帕菲斯吧。”

他挪了下位置，给张佐光空出了一张椅子。看着他，只是眼神多了些诚恳。

“他来自巴纳德星系的第三颗行星埃涅阿斯。要说他是什么，这很难回答，因为在没对他的生命分子结构进行精确分析之前，很难做出结论。我只能做出一个不是很精确的推测，阿帕菲斯可能是一种云状的硅或者硅化物合成生命。”

“硅基生命。”

会议室里某处传来一个轻微的声音。

“没错，是这个叫法。”

德雷克斯勒和德鲁克上将对望了一眼，似乎觉得张佐光的话难以相信，但还是认可这个情报的价值。

“何以得知？”

“是我父亲告诉我的，他去过埃涅阿斯，见过这种硅基生命，并带回了标本。”

“这个标本就是阿帕菲斯？”德雷克斯勒小心翼翼地问出这句话。

“没错，”说着，张佐光叹了口气，“很抱歉，这魔鬼是我父亲从埃涅阿斯带到地球的。”

张佐光从一个牛皮袋子中拿出一个圆盘状的机器，有个手柄似乎是用来摇动圆盘的，机器有点陈旧，圆盘中间有个断裂的接口，似乎是用强力胶给粘上去的。张佐光又从袋子中拿出一个碟子，装入那个机器之中。从人们惊讶的眼神可以看出，没人能够叫出这个老旧机器的名字。

“这是20世纪40年代的手摇电影放映机。为了不被阿帕菲斯监听以及控制，我必须用这种不含硅处理器的机器。”

张佐光给放映机插上了电源，他摇着手柄，放映机在白色的墙壁上投出了影像。画面显示在一间白色的屋子中，一张套着海绵的桌子将房间隔成两半。桌子两边站着两个穿着军队制服的警卫。一个头发全白，但年纪不是很大的男子坐在一张椅子上，他惊恐不安地看着四周，发出阵阵呓语。在他对面坐着一个穿着白色制服的老年男子，他正对着电脑打字。

突然那个男子冲到老年男子的面前，拿起电脑就往地上砸去，身旁的两个警卫连忙将那白发男子按在桌子上。只见他惊恐地看着四周，嘴里不停念叨着：“不要用手机，不要用电脑，他来了，他又来了。”

老式的放映机显示的画面很模糊，但表达的意思再清楚不过了，显然是一个心理医生正在对一个精神病患者进行心理分析。

“这个白头发的男子是我的父亲张宏远，这时候是2071年，即他从巴纳德星回到地球的第六年。由于星际旅行的时间大都在冬眠舱里度过，所以这时候他的生理年龄其实还比我小十五岁。他刚回来的时候还很正常，但一年之后他就经常对着电脑和手机自言自语，并认为电脑和手机里好像躲藏着一种神秘的生物，他时常听到电脑发出奇怪的声音，直到有一天他终于听懂了电脑和他说的话。这个画面显示的就是我父亲在精神病院里的一次心理分析，当时大家都认为他疯了，也包括我。”

## 五、心理分析

医生按照张宏远的要求关闭了电脑和手机的电源，张宏远的情绪逐渐稳定下来，眼神不再那么紧张、恐惧了。两个护士将他扶到一张折叠椅上，让他半躺在椅子上。

医生走到墙角，把灯光调暗了一点儿，坐在张宏远的身后，从抽屉里拿出笔记本和铅笔。

“说吧。”

“什么？”

“就从代达罗斯计划说起吧。”

张宏远闭上眼睛，脑中浮现出海南文昌发射场上人山人海的画面，大地向着身后远离而去，逐渐变成了球状，成为一个小点，消失于壮丽的星空。探险家号从蓝色巨型气体行星阿喀琉斯身边滑过，他看到斑斓如彩带一般的星环，飘在他的头顶上。飞船穿过了星环，无数的冰块、岩石从身边飞驰而过。眼前一颗白色的星球逐渐变大，他看到了奥德修斯上隆起的冰山，从北极蜿蜒而下，连接到了南极，如同一个巨大的伤疤把奥德修斯分成两半。直到一个巨大的阴影出现在他的脑海中，他看到了黑色的埃涅阿斯，全身不禁颤抖起来。医生发现他的情绪出现躁动，连忙走到他身后拍拍他的肩膀。

“不要害怕，想到什么就说什么。能告诉我你刚才想到了什么吗？”

“埃涅阿斯。它是黑色的，没有一丝的亮光。那天是2044年9月24日，我们刚刚启动创世纪一期工程，在埃涅阿斯一万公里轨道上发射了反射镜面，之后我们将在探险家号上生活五年，收集奥德修斯的气候数据。船长也许觉得我们太过悠闲，要求我们登陆埃涅阿斯，带点岩石或者大气标本回来。在钱的诱惑下我们登陆了这颗加速度为地球三倍的行星。进入埃涅阿斯后我们看不到任何亮光，四周一片漆黑。照射的光源只能穿透三米的大气层。和地球相同的是埃涅阿斯的大气中也有氧气和氮气，不同的是，埃涅阿斯的大气层弥漫着一种黑色粉末状的晶体。头儿说这种黑雾是由硅以及硅化物构成的。我将一些黑色的大气装进密封盒中，想立刻就走。但他们还想在那儿多待会儿。由于太黑，看不到光源，头儿要求我回飞船中用热成像仪扫描埃涅阿斯。当我用热成像仪进行扫描的时候，我看到远处有一个巨大的风暴，直径大概有三百米，离我们很近，我提醒他们身后有一个巨大的风暴，可是不到十秒，他们全部被风暴吞噬了。我只好关上舱门启动飞船离开埃涅阿斯，可我发现那个风暴似乎在追逐着我。我将飞船的动力开到最大，最终我离开埃涅阿斯回到探险家号。由于只剩我一个人，创世一期工程无法继续下去，我只好选择回家。经过二十年的飞行探险家号回到了地球。这时候是2064年，其他三个飞行员虽然失踪，由于代达罗斯计划还是完成了一半，我依然受到英雄般的欢迎。可是没过多久问题出现了。

“科学家对事故进行调查的时候，发现在埃涅阿斯星上的影像资料全部丢失了，包括那个记录埃涅阿斯风暴的热成像仪器，除了电磁波的噪声什么也没有被记录下来。探险家号上只有我一个人，能够删除记录的除了我就是双瞳。可是一台超级计算机再怎么超级也不可能自行删除记录，因为一切都按照程序进行。而且热成像仪器的系统并未连接双瞳。我很清楚我并没有删除记录，且一进入探险家号我就开始冬眠。能够解开这个迷雾的只有那个密封盒。那个盒子其实是个小型的冬眠舱，可以调节温度，让生物处于低耗能的冬眠状态。当初设计时就是为了能够获取一个外星生物带回地球进行研究的。而我在埃涅阿斯确实把一些黑色雾状气体装进了密封箱中。

“当科学家在真空室打开密封箱之后，发现里面什么也没有。所有人都怀疑我在撒谎，除了我自己外，没有其他证据证明我所说的话。人们怀疑我根本没去过埃涅阿斯。这则谣言直接影响到荣耀公司的股价。船长出面辟谣，但无济于事。荣耀公司的股价因为人们对代达罗斯计划的怀疑开始下跌。最终代达罗斯计划被认为是21世纪最大的谎言。

“就在我努力去证明埃涅阿斯事件的真实性时，我突然出现了幻听。时常对着电脑、对着手机听到一种嗡嗡的声音。开始我没在意，以为是耳鸣，但不久之后这个噪声有了音调和音节的变化，好像是一段模糊的语音。两年之后，这段嗡嗡的噪声变得有点清晰了，终于有一天，我听到了隐藏在噪声中的一句话——‘我要杀了你’，是中文。我被这声音吓了一跳，为什么我的电脑会对我说出这句话，我询问别人是否能够听见，但是他们什么也听不见。我意识到我出问题了。于是我去看心理医生，但怎么也找不到原因，无论医生给我注射什么药物，只要我一打开电脑、手机，我就能听见这句话，之后我从别人的电脑、手机也能听到这句话，且不停地在我耳边重复着。我快疯了，我关了电脑、手机，不让任何带着手机和电脑的人靠近我，到后来我从冰箱、空调、汽车，几乎所有的电器上都能听到这句话。最后，我真的疯了，确切地说我是被一直围绕在耳边的这句话给逼疯了。我到精神病院里住了三年，每天我还是能从广播、显示器中听到这句话。渐渐地，我从抗拒变得开始学会接受。我不断自审，否定了自己疯了的说法，可为什么我会从所有电器中听到这句话，关掉电器就听不见了呢？我怀疑这个声音和电有关系，可是电是一种单纯的能量，我怀疑这种声音来自通了电的电路板，或者某个零件。最后，我把目标锁定在硅处理器上。我做了个实验，当我把电器中的硅处理器去掉，就听不见这个声音了，而所有能听到这个声音的都是含有硅处理器的电器。于是我坚信这个声音来自硅处理器。可为什么硅处理器会对我说话呢？这让我联想到了在埃涅阿斯星上所见到的那种黑雾状大气，它就是由硅或者硅化物构成的。我从埃涅阿斯带回地球的气体标本为什么会消失了呢？会不会它并未消失，而是从密封盒子里跑出来了呢？我意识到埃涅阿斯星上的这种黑雾状大气也许是一种生命，甚至拥有智能。

“想到这里，我觉得有必要和这种可能存在的生命进行接触。我通过电脑询问它：

“你是谁？你为什么要杀我？”

“电脑除了那句话之外没有其他回应，我毫不气馁，继续追问，直到有一天，电脑回答我的话多了一句‘是你要杀了我’，两句话连起来变成‘是你要杀了我，所以我要杀了你’，终于这个智能生命向我表达的意思变得清晰了，他认为我给他造成了威胁，所以才要杀了我。从他的语气上看，他似乎是在自卫。于是我再次询问他：‘我并没有想杀你，我也不知道你是谁，甚至不知道你是什么，我怎么可能会杀了你呢？’那个生命没有给我更多的答案，只是不断重复着‘我要杀了你’。”

张宏远静静地看着墙壁上的显示器，似乎在倾听它所发出的话语。可是白色的屋子中显得很安静，只能听到医生的铅笔在笔记本上划过的声音。

“我有个疑问，”心理医生停止了记录，“从你的回忆中得知你清晰地听到这句话大概是探险家号回到地球的第三年，到现在是第七年，四年过去了，你一直重复听到他对你说的‘我要杀了你’，可问题是，你现在一直好好的呀，除了还能听到这句话之外，你并没有受到任何的伤害，似乎这个他并没有任何杀死你的行为，这是为什么？”

张宏远用手捂着头，陷入沉思之中。

“也许他还不够强大，还没有杀死我的能力。”

“不对，从你在埃涅阿斯的经历看，其他三个宇航员几乎在瞬间被这种智能生命给杀死，这说明他要杀你应该不费吹灰之力。”

“埃涅阿斯星上杀死三个宇航员的是一个黑色风暴，而我带回来的只是一些云状粉末，论能力来说，这些云状粉末硅晶体显然和风暴无法相比。”

“那他告诉你这句话的意图是什么呢？”

“也许是警告，因为他说我要杀死他，所以他告诉我这句话的目的是让我解除对他的威胁，否则他就要杀死我。”

“你对他构成什么威胁？”

“我不知道，这也是我迷惑的地方。”

医生不再说话，只是在笔记本上签上自己的名字，心理分析结束了。

“医生，我可以走了吗？”

“你还需要继续治疗，你已经好多了，至少你现在的表达能力已经很清晰了，只是还会出现幻听，继续用药吧，我们能治好你的。”

“请相信我，我没有疯，我听到的声音是真实的，这种生命也是存在的。”

放映机里的带子已经播放完，张佐光将放映机里的带子取出来，又放进一个圆盘带子。

“这次心理分析的结果是医生认为我父亲所描述的都是不真实的，他的情况很符合癔症的症状，病情应该是在回到地球之前出现的，也许探险家号出现了某种灾难，给我父亲造成了一些心灵上的创伤，所以才臆想出这种情况来抚慰他的创伤，而真实的记忆被这种臆想代替了，这叫恐惧失忆症。医生认为我父亲的症状虽然很严重，但已经在慢慢好转。当时连我也觉得父亲是真的疯了，他一直哀求我说他没疯，要我把他弄出精神病院，他要向全世界宣布一个重大发现。我只是口头答应，并没有实施，希望父亲能够在家人的关爱中慢慢好起来。直到有一天，他自己逃出了精神病院。”

老式放映机投在墙壁上的画面是北京某地的一座高楼，张宏远站在顶层的栏杆上。他的神情显得很紧张，带有一些亢奋。儿子张佐光站在他的身后对他喊着：“爸，你下来，你千万别跳，一切都会过去的。”

“很抱歉，我在探险家号上冷冻了四十年，这四十年我没有好好照顾你和你的妈妈，但相信我，我参加代达罗斯计划是为了让你们过上更好的日子。”

“我知道，马总临走前把钱全都给我了，因为你，我们过上了好日子，现在你也能过上好日子，一切都会好的。爸，你下来吧，我带你回家，以后我们一直陪着你，我们再也不会把你送进精神病院了。”

也许张佐光的话让他感到了温暖，亲情融化了他内心的孤独，他不是那么躁动了，只是擦了下眼泪站起来走到栏杆边上，一脸凝重地看着脚下的深渊，惨然地摇了摇头。

“时间不多了，儿子，帮我个忙好吗，这是爸爸最后的要求。”

“好，你说吧，只要能帮我一定帮，只是麻烦你下来说话，别想不开，没什么不能解决的。”

“把CCTV、NBC、CNN、NHK、新华社、路透社、美联社，所有有世界影响力的媒体都给我叫来，就说代达罗斯计划的唯一幸存者张宏远要告诉全世界一个重要的情报，非常重要。这关系到全人类的未来。”

张宏远站在栏杆上不断踱着步子，焦急地等待着。在这时候大部人都相信代达罗斯计划是个骗局，更多的人认为张宏远要么是个骗子，要么是个疯子，从这些年媒体的报道上看，答案显然是后者。马晓光去世之后，代达罗斯计划已经被人遗忘了。

一个小时之后，张佐光找到了父亲所要求的两家媒体——CCTV和NHK，只是来的两个记者一个是娱乐频道的，另一个是城市旅游频道的，虽然是世界知名的电视台，但这两个节目几乎都没有任何影响力。

张宏远对着镜头，用缓慢的语速、清晰的吐字，努力将自己要表达的信息传递给世界。

“所有看到这个画面的人，请你们相信我，这不是一个疯子的告白，而是一个条理清晰有着正常逻辑的人留给全人类的警告。人类在未来五到十年会有一场灾难，很可能因为这个灾难而导致人类的毁灭。这个灾难的源头是一颗叫作埃涅阿斯的行星，是2016年希腊天文学家米尔达鲁斯通过钱学森望远镜发现的，它是巴纳德星轨道上的第三颗行星。2024年，荣耀公司执行了代达罗斯计划，我是四个宇航员中的一个，我们在2044年登陆了埃涅阿斯，打算取回一些大气标本进行研究。在那里我们遇到了危险，其他三人死于埃涅阿斯的黑色风暴，只有我活了下来。

“后来我发现这个被我取回来的标本其实是埃涅阿斯星上的一种智能生命。他通过通电的硅芯片对我说了这句话：‘你要杀了我，我要杀了你。’我一直认为也许是我威胁了他，导致他出于自卫要杀死我，可我却一直活着。最后我终于明白，他要杀的不是我，而是全人类。可能的原因是他把我当作全人类，或者认为我是全人类的代表。总之他通过我给全人类释放了这个信息，这是一句警告。

“我见过埃涅阿斯的风暴，非常可怕。所以这种智能生命应该拥有巨大的能量，更为可怕的是他无处不在，并通过硅芯片观察着人类，人类的所有信息对他完全敞开。可人类却看不到他的信息，我们将要遇到一个看不见却被他看见的敌人。

“人类在未来只有两条路可走，接触他，找出我们让他感到恐惧的原因，然后解除对他的威胁。

“还有一个办法就是，放弃使用所有含有硅芯片的机器。

“这就是我想要说的话，非常抱歉，这个魔鬼是我从埃涅阿斯带到地球的，所以我要对你们负责。至于他将来是否真的会成为魔鬼，那就要看你们了。”

说着张宏远纵身跳下了深渊。画面里以及会议室在座的人员都同时发出一声惊呼。投影的画面定格在那个空旷的高楼上。会议室陷入一片诡异的气氛之中，人们抚摸着手中的手机，有种说不出的怪异感。

“这么说，”德雷克斯勒看着墙壁上已经关闭的电子屏幕，表情显得有些惊恐，“他，就在这里看着我们？”

“只要通上电，他就能通过硅芯片观察我们。”

会议室里的专家不时面面相觑，虽然还不太相信，但放映机所给出的情报实在太过诡异。联想到阿帕菲斯的出现是如此地不可思议，人类历史上所有的气象知识都无法解释他的产生和存在。现在出现一个新的理论，阿帕菲斯居然是个智能生命，这虽然难以接受，却解释了人类知识无法理解的现象。

“那我们该怎么办？”德雷克斯勒以询问的眼神看着张佐光，显然从他的口气上看，他有点信服了。

“接触他，询问他为什么要毁灭全人类。”

“怎么接触他？”

张佐光将打开的手机放在他的面前。

“对着手机呼唤他，他就会听到的，如果他回应的话，我想我们能够和他进行一次对话。”

德雷克斯勒对着手机，张着嘴欲言又止。

“他会英语还是汉语？”

“不知道，据我所知，我父亲听到的那句话是用汉语表达的。”

德雷克斯勒看着手机，却怎么也说不出话来，他不知道是对手机说话还是对什么别的东西说话，他觉得自己的行为有点可笑，但是张佐光所说的又并非不可信。

正当他努力挤出字眼呼叫阿帕菲斯的时候，坐在一旁的德鲁克上将把他的手机按在桌上。

“够了，”他看着张佐光，眼神像鹰一样犀利，“不可否认你的故事很有趣，但毫无创意，好莱坞的编剧一天能写出二十个这样的段子。”

“这是我父亲的真实经历，将军。”

“也许你是个正常人，但你让我怎么相信你的父亲，医生都说了他是个疯子，我们要听一个疯子的疯言疯语吗？他只说对一句话，时间确实不多了。部长阁下，我们应该申请总统先生立刻出动我们的导弹。”

“我必须再次警告你们，阿帕菲斯能控制通电的硅以及硅化物来观察我们，甚至能控制硅和硅化物，你们的导弹会被他控制的。”

“好了，感谢你给我们提供的情报，警卫，帮我把张上校送出会议室好吗？”

一个警卫走过来将张佐光带出了会议室。德雷克斯勒没有阻止，只是看着张佐光远去的背影思考着他的话。

“如果他说的是真的呢？”

“就假设是真的吧，我们的核武器还有自毁系统，还有我们的导弹防御系统。如果失败了，我们再来接触阿帕菲斯。当然，同台风聊天我不在行，这个会议你们就别叫我了。”

德雷克斯勒向躲在华盛顿地堡中的美国总统汇报了会议内容，他提议拥护核弹摧毁阿帕菲斯，这时候阿帕菲斯边缘的风暴离洛杉矶不到两百公里。

## 六、警　告

在接到德雷克斯勒的电话之后，美国总统召集身边的智囊制定了摧毁阿帕菲斯的“穿刺行动”。这是在液氮攻击失败后不得已选择同归于尽的方法，行动的主要内容是利用地基导弹将热核弹头带到阿帕菲斯的风暴眼中心引爆，如果成功，将会在风暴眼方圆一百公里左右释放出2000万摄氏度的高温。这个温度足够将世间的任何物质气化，即便中间的黑色物体是硅化物。

承担这次核打击任务的是五枚冷战时期著名的洲际导弹民兵三。经过计算机的推演，两枚装上两颗氢弹核弹头的民兵三足够摧毁阿帕菲斯。为了保险起见，还派了三架B-129空天轰炸机，带着六枚装着氢弹弹头的导弹在一千公里的轨道上待命。

7月29日，早晨八点二十分，风暴在美国西南部的亚利桑那州向北移动，再过一小时就要进入洛杉矶。这时候，风暴眼的直径已经达到四百公里，周围的风速达到了时速四百五十公里。阿帕菲斯无可置疑地成为人类历史上最可怕的毁灭者。风暴掀起五十米高的巨浪，跨过加利福尼亚州的海岸，冲垮了大部分高楼。黑云遮蔽着天空，大地上一片昏暗，城市在风暴中哀号着。城市中大部分人口都转移到美国东部，来不及转移的只能躲在地下室中，恐惧地等待即将到来的命运。所有美国人都明白，如果无法消灭阿帕菲斯，美国迟早会被毁灭。

八点三十分，佛罗里达的空军基地上，五个导弹发射井被打开，五枚民兵三洲际导弹带着五颗氢弹从佛罗里达飞向加利福尼亚。

“长弓一号、二号、三号、四号、五号以二十倍音速飞向阿帕菲斯。”

在白宫的地堡中，总统看着电子屏幕上一个向西移动的红点，对身边的情报局局长左拉·刘问道：

“多久能进入风暴眼？”

“一切顺利的话，十分钟之后阿帕菲斯就会被气化了。”

他看了看屏幕上风暴眼所在的位置，只离洛杉矶不到一百公里，想到一小时之后这个创造无数梦想的城市将要化为灰烬，他痛苦地闭上了眼睛。

“还有多少人没撤出洛杉矶？”

“不到十万。他们很安全，都集中躲在百米深的下水道中，那里可以抵挡住热核攻击。”

虽然这十万人比起已经死亡的三千万人口微不足道，但赛尔博士的这句话多少让总统得到些许安慰，他睁开眼睛凝视着黑色的阿帕菲斯，又皱了下眉头。

“如果阿帕菲斯真的能控制硅芯片，那怎么办？”

“一个疯子的话，有必要去在意吗？”

这时候地堡中传来了情报官的报告。

“长弓一号、二号、三号、四号、五号已经离开大气层，三分钟后再次进入大气层，四分钟后进入加利福尼亚上空。”

听到这句话，总统和左拉·刘、赛尔博士相互对望了一眼，三人同时在胸前画了个十字。

“上帝保佑美国。”

三分钟之后导弹再次进入大气层，人们通过导弹前端的摄像机看到了那个巨大的风暴眼，如同一张黑色的大嘴，吞噬着一切，画面越来越近，小屏幕完全变黑。这个画面让地堡中众人的情绪高昂了起来，人们所担心的情况并未出现，阿帕菲斯根本无法控制硅芯片，这也证实了张宏远果然是个疯子。

“爆炸进入倒计时，十、九、八——”

看到屏幕上的倒计数字的时候，总统举着双手呼喊着，内心的恐惧在这一刻完全被排除了。

“炸死他，这狗娘养的阿帕菲斯。”

当倒计时达到“五”的时候，小屏幕上摄像机的镜头从黑色的阿帕菲斯突然转向了天空，大屏幕上显示其中的一个红点绕过阿帕菲斯，方向掉转90度，向着美国东北部飞来，目标显然是华盛顿。另外一枚民兵三导弹并未引爆，而是跨过阿帕菲斯向着西方飞去，从方向上看明显是亚洲的某处，很可能是北京。其他三枚向着美国的东部飞去。

这个突如其来的情况让所有人都傻眼了，总统尖叫了起来。

“启动自毁程序，快。”

一旁的指令员敲打着键盘输入自毁程序的密码，但是那红点如同一个固执的孩子一样，不听命令，继续在两个不同的方向飞行着。

“自毁程序失效。”

“什么？这是什么情况？一定要让导弹自毁！”总统对着赛尔博士喊道，“民兵三的射程是多少？”

“一万两千公里，不过这个是30年代的升级版，用来摧毁小行星的，燃料烧完的话足够飞到月球。”

“上帝，”总统擦了下额头的汗水，“无论如何给我拦截住这两枚导弹。”

“无法拦截，我们的导弹防御系统似乎全部失灵了。”

听到这儿，总统的心凉了下来，无法自毁也无法拦截，这两枚射程达到月球轨道的民兵三几乎可以绕地球七圈，它愿意去哪儿就去哪儿。现在一枚飞向华盛顿，一枚飞向北京，其他三枚很可能分别飞向伦敦、巴黎和莫斯科。十分钟之后世界五个最具有政治意义的城市将会变成一片核火海。不过最可怕的还在后面，如果阿帕菲斯无法被消灭的话，人类文明将会在两个月之内被阿帕菲斯从地球上抹去。

就在这时候，白宫地堡接到了其他四个常任理事国的专线视频电话。电子屏幕上，中、俄、英、法四国领导人露出或愤怒或疑惑或恐惧的表情。

“这到底是怎么回事，难道美国要向整个世界宣战吗？”俄罗斯总统敲打着桌子，他显然被这枚飞向俄罗斯的导弹激怒了。

“非常抱歉，各位，我们的导弹失去控制，自毁和防御系统都被锁死了。对不起了，各位。”美国总统微微地鞠躬，对其他四国领导人表示诚挚的歉意。

“我们的空天战机和地面防御网络也全部失灵了。”

俄罗斯总统在说出这句话之后，视频电话突然陷入了沉默之中，如果连核武器都无法消灭阿帕菲斯的话，世界末日将真的到来。

“长弓一号飞出大气层，三分钟后进入华盛顿。”

几个全副武装的士兵冲进地堡，启动了末日系统，将在总统的授意下，将美国的政府首脑全都带上空军一号。

“总统先生，空军一号已经启动了。”

“你们走吧，我说了我决定和华盛顿共存亡。”总统站在屏幕一旁，看着那个向着华盛顿移动的红点，摇了摇头，“转告副总统，美国，我交给他了。”

他们猜测着也许总统是累了，也许他没有勇气去直面这个世界是如何毁灭的。但总统的话就是命令，在这时候已经没有时间让这些人意气用事。国土安全部顾问、参议长以及中央情报局局长同时对总统敬了个军礼，走出了地堡。电话那头也传来了中国领导人沉重的声音。

就在大家都陷入绝望之际，地堡中传来了情报员的惊叫声。

“慢着，自毁系统启动了。”

电子屏幕上显示密码输入正确，进入倒计时准备。地堡中回荡着情报官的读秒数。十秒之后飞向华盛顿的红点消失了。

两分钟之后，飞向北京代号为长弓二号的民兵三导弹，在飞出大气层的时候也启动了自毁系统，坠落于日本海。四分钟后飞向伦敦、巴黎、莫斯科的三枚导弹的自毁系统也启动了，坠毁在北大西洋东部。

人们看着五个红点从电子屏幕消失，都高兴地欢呼起来。

不过他们知道，灾难并未结束，相反只是刚刚开始。一个小时之后，阿帕菲斯进入了加利福尼亚。在短短的一小时之内，毁灭了西南部的三个城市。洛杉矶、旧金山和拉斯维加斯瞬间变成废墟。整个加利福尼亚在风暴过境之后，如同被一个超级推土机给翻了一遍，几乎看不到一座完整的建筑。两个小时之后阿帕菲斯再次扫过亚利桑那州，进入内华达州和俄勒冈州。仅仅三个小时，总统办公室得到的情报显示，伤亡人数的最低估值为五千五百万，几乎占了美国人口的八分之一。这还是在人口大量撤离西部之后造成的伤亡，如果阿帕菲斯继续向着东部挺进，几乎可以肯定美利坚民族要么毁灭，要么成为吉卜赛人那样的世界流浪民族。

当人们以为阿帕菲斯要向着华盛顿继续挺进的时候，阿帕菲斯再次出人意料地转变了方向。卫星图显示，风暴眼以五十公里的时速向着西方移动。

美国人民松了口气，但是亚洲人却紧张了起来。从卫星图上看，阿帕菲斯风暴的直径已经超过了三千公里，黑色风暴眼的直径达到四五十公里，一旦在人口最为密集的亚洲登陆，每一分钟都将刷新人类历史上的灾难纪录。

继“液氮地雷”失败之后，“穿刺行动”的再次失败给人类留下一个难题，如果连热核武器都无法摧毁阿帕菲斯的话，人类是否还有办法阻止阿帕菲斯的毁灭性打击？答案显然是否定的，风暴眼的移动速度虽然只有五十公里，但理论上说，阿帕菲斯在地球是畅通无阻的，且破坏力同时间成正比。人类保存文明的办法似乎只能是逃亡，进行外太空移民。

这个在19世纪就已经出现的科学幻想在这时候有了实质性的意义。一时之间，科幻作家、科学家以及哲学家都提出了许多想法。有些人主张在木卫二和火星建立基地，然后逐渐将人类移民到这两个星球。但这个工程量大到要改变火星的大气层，以现在的科技实力来估算至少也要五十年。一些科学家主张以阿斯噶空间站为模板，建立一些能够容纳十万人的超级太空城，每个城市都有着独立的生存系统，如同一个小型城市。这个工程在当前的科技条件下虽然是可行的，但是，这样一个城市所需要的工程周期至少也得十年，把八十亿地球人都移民到太空，那得猴年马月，而阿帕菲斯绕地球一圈的时间只需一个月。从卫星图发现到现在为止一个月过去了，阿帕菲斯的面积增加了四倍。以这个速度推算，半年之后阿帕菲斯将覆盖整个地球。风暴中心的风速将超过木星的大红斑。人类文明将从地球上消失。

“在地球繁衍了七千年的人类，只剩下最后的半年了。”

联合国秘书长金桓羽坐在人民大会堂正厅椅子上，面对着除了美国总统之外的其他安理会十四个领导人，有点惨然地看着卫星图上的阿帕菲斯，为了躲避阿帕菲斯，联合国不得不将总部迁徙到中国。两个月前，美俄两国为了一点儿小小的面子问题，差点引发核战争。他们都无比孤傲地以维护国家的尊严为己任。那时人类坚信，在不远的将来，科技会像魔法那样，推动文明的每一次飞跃都会让人类更接近于全能的神，直到最后成为太阳系以至银河系的主宰。现在人类突然被一种神秘的风暴判了死刑，美国的毁灭近在咫尺，从阿帕菲斯的移动速度和它的破坏力看，也许不到半年，整个联合国也将消失。

“各位，还有什么办法吗？半年的时间，保护地球文明免受毁灭之灾。”

金桓羽知道这是一个不可能完成的任务，因为核武器也失效了，但他还是希望有人可以给予回答。

“放弃地球，”坐在圆桌后两排的一个亚裔老人说道，“启动人类文明火种保存计划。”

“什么意思？”

“把人类的文明全部数字化，装在一台超级计算机中，同时建立一个种子库，存放人类以及所有动物和植物的基因库。然后把这些资料全都存储在一艘星际飞船之中。飞船上带着几名冷冻的宇航员，由计算机操控，飞向宇宙的深处，直到遇到可生存的星球，再唤醒这些宇航员，然后执行文明播种计划。只有这样人类文明才能生存下去。”

“那剩下的人呢？”

“当然是等死了。”

金桓羽用手托着头，无奈地叹了口气。

“这个播种飞船有点像漂流瓶，在一百年内发现可生存星球的概率是多少？”

“几乎为零。”

“那有什么用呢？”

“总比什么都不做强，而且把地球全部的资源都用于生产这种飞船，比如一万艘，那么发现可生存星球的概率将大大提高。一旦到达适合居住的行星，飞船自动系统会叫醒宇航员，在星球上播种。就目前来说，这是保存人类文明的唯一办法。”

“这需要星际旅行和行星地球化改造的系统工程，我们有这个能力吗？”

“五十年前，荣耀公司的探险家号飞到巴纳德星，并执行了创世纪一期工程，融化奥德修斯的冰层。二期改造工程是对大气的改造，还在计划之中。这两个技术在五十年前就已经很成熟了，从理论上看是可行的。只是在埃涅阿斯事件之后，星际旅行和创世工程都被搁置了。荣耀公司虽然最后破产，但是这些技术都保存了下来。其中很多资料在我手上。”

这个老人叫刘宇，五十年前曾经是荣耀公司的一个环境改造工程师，参与了创世纪一期工程计划的制订。在荣耀公司放弃继续执行代达罗斯计划之后，他带着资料离开荣耀公司，走上了仕途，目前是中国科技部部长。

“好吧，这是唯一的办法，各位安理会的领导人，同意这个观点吗？集中地球的全部资源用来生产这种播种飞船。”

十五个安理会的领导和代表相互耳语着，他们知道金桓羽的这个议案并不能改变什么，人类依然要灭亡，仅仅是为了给未来一个可能性而已，这是人类活着仅剩下的意义，即便可行，哪怕是说服人民也会遇到极大的阻力。正在各国领导人举棋不定的时候，安理会接到了北京高能物理实验室的紧急电话。

“关岛事件的导弹调查结果已经出来了。”

一个中国军官拿着一份报告走到圆桌面前，将一张液晶纸面摊开在桌上，显示出一个灰暗的画面。

“这是什么？”

“导弹芯片的硅板原子结构图。”

军官将分辨率调低，模糊的原子消失了，液晶纸面上出现横七竖八的划痕，有点像个字。分辨率再次降低之后，终于，液晶纸面上显示出一个完整的汉字——我。他们顺着这个汉字读下去，惊讶地发现，整个硅板上刻满了用中文、英文、法文、俄文、西班牙文和阿拉伯文写的同样一个句子，也就是张宏远从电脑和手机里听到的那句话——我要杀了你。

这句话让在座的将军和部长感到无比惊诧，这一刻，所有人都接受了阿帕菲斯是一个来自埃涅阿斯的智能生命的推测。两秒之后，这个想法再次得到了证实。办公室里所有人的手机同时响了起来。他们打开手机，发现屏幕上同样显示着用六种语言书写的这句话，不但手机，包括电子屏幕，以及所有的电脑都显示出这句话。也就在这一刻，这句话就像病毒一样以光速向着全世界传播，在一秒之后，全世界的电脑、手机、电视，所有能够显示图像含有硅处理器的电子产品都显示出用六种语言书写的这句话——我要杀了你。

人们惊呆地看着手机和屏幕上闪烁的这句话，如同一双双狰狞的眼睛注视着他们。终于人们意识到张宏远并不是个疯子，他的预言是正确的，一个超级生命不但存在，而且时刻观察着人类，现在他用这句话对人类发出了最后的警告。

## 七、第一次接触

2074年7月30日，从早晨七点三十分开始，人类的通信全部中断，全世界的电脑和手机都在不停地显示这句话，到了晚上十点，网络才恢复通畅。在硅处理器失效的十五个小时里，几乎全世界的机器都停止了运行，在陆地、天空、海洋上行驶的运输工具都突然熄火。有二十五架飞机坠毁，三十五架飞机失踪。铁路调度系统的失灵导致全球一百四十五趟高速列车脱轨、相撞，造成了近五万人的伤亡。公路上更是一片混乱，在这一天，机动车造成的交通事故是平时的两百倍。在城市里，汽车的喇叭声盖过一切噪声，整个世界的交通运输系统完全瘫痪。

安理会意识到，执行星际播种计划已经不可能。人类当前的全部科技都必须用到含硅的处理器，这是信息时代的工业基础。而阿帕菲斯除了强大的破坏力之外，还有出乎意料的控制力，只要他愿意，他可以毫不费力地摧毁人类世界的整个网络。人类面临的是比一天前更加绝望的境地，不但文明要被毁灭，甚至无处可逃。

摆在世人面前的唯一办法，只有张佐光在两天前提出的两个意见。要么和阿帕菲斯接触，去理解他，并寻求和解，要么放弃使用含硅的处理器，让人类重新回到蒸汽时代。

联合国安理会成员国代表在北京人民大会堂进行表决，最后一致决定和阿帕菲斯进行接触。由于阿帕菲斯是一种外星生命，他的价值观如何，他的道德观如何，这涉及哲学问题，所以参与分析的专家中需要一些哲学家。同时需要对阿帕菲斯的智商、行为进行科学的分析，这又需要一些心理学家的参与。联合国在当天从全世界召集了最顶尖的哲学家和心理学家共两百四十人，来到北京的人民大会堂商讨如何接触阿帕菲斯。最后人们得出的办法是利用电脑来呼叫阿帕菲斯，没人有把握确定以这种方式能够得到阿帕菲斯的回应，但除此之外找不到更好的方法。这个重任交给了英国著名心理学家沙尔克夫人。她不但是个优秀的心理学家，更是一名谈判专家，在她近五十年的职业生涯中，共阻止了四十八起犯罪活动，其中有十五起恐怖袭击，在同犯罪分子的心理战中，她的战绩是全胜。

7月31日晚上八点，十五个安理会领导人、各政府重要官员，包括拒绝参与接触台风的美国太平洋舰队总司令约翰·德里克上将，和来自世界各地的两百四十个哲学家和心理学家，共一千多人，聚集在人民大会堂的正厅中，看着主席台上一个长五十米、宽三十米的电子屏幕。

沙尔克夫人坐在屏幕前的一个椅子上，面前放着一个电脑显示器，她敲打着键盘，在电脑上输入："你好，我是地球人玛丽·沙尔克，听到请回复我！"

正厅中回荡着有节奏的键盘敲击声，近一千人一声不吭地盯着主席台上的电子屏幕显示的沙尔克夫人打出来的那句话。这个画面显得有点滑稽，但没人笑得出来，他们在等待着阿帕菲斯的回应，想象着这个奇怪的外星生命会以什么样的方式和人类交流，也许是画面，也许是文字，也许是含有二进制代码的电磁波，这都有可能。人们不但关注着电子屏幕，也同样关注着大会堂周围所能接收到的电磁波信号。文字呼叫持续了半个钟头，没有任何回应。

沙尔克夫人决定换一种方法，既然张宏远能够和他对话，也许他更能听得懂语言。她依旧在键盘上敲击着，只是靠近了点儿话筒，用英语呼叫着阿帕菲斯。

"你好，我是地球人玛丽·沙尔克，听到请回答。"

又过了一个小时，依然没有回应，许多人都失去了耐心，有些人认为接触阿帕菲斯也许是个天大的笑话。大部分人还是紧盯着电子屏幕，等待着阿帕菲斯的回应。如果不这么做的话，人类只能放弃使用硅处理器，让生活于信息时代适应大数据共享的人类回到19世纪，坐烧煤的蒸汽火车去旅行，这对人类来说和毁灭差不了多少。

终于，在持续了两个小时的呼叫之后，电子屏幕回应了两行字，分别用六种语言写着：

"您好。"

这两个字让在座的领导人、哲学家和心理学家兴奋了起来。这是人类第一次用语言和外星文明进行接触，而且从这六种文字的书写可以看出，阿帕菲斯也努力在让人类理解自己，甚至从语气上可以推测，他还是有礼貌的。

“您好，我叫玛丽·沙尔克，来自英国，你叫什么名字？来自哪里？”

“名字？”

屏幕上出现了用六种语言书写的“名字”这个词语，紧接着出现了各种人物的画面，一些各国身份证上人物的头像和名字，以及身份证号码。似乎阿帕菲斯在通过这些数据搜寻“名字”这个词语在人类字典中到底有着什么含义。果然，十秒之后，屏幕上的画面停止了信息搜索，显示出以下几个字。

“什么叫作名字？”

“名字就是——”

沙尔克夫人正要解释，但立刻停顿了下，举起右手。显然是在求助，因为给一个外星生命解释人类语言的概念是要非常谨慎的，出一点儿差错，都会引起语意上的分歧导致误判，后果是非常可怕的，更何况从阿帕菲斯目前的行为看来，显然是个杀人不眨眼的恶魔。

两个哲学家坐在了沙尔克夫人的身边，三人相互耳语着，在商量如何向阿帕菲斯正确表达人类词语的概念。

“名字是智能生物对自身以及他物的特定称谓。就人类来说，有了名字就能够在种群中将个体相区别开来。”

“种群是什么？”

三个人在一个笔记本上写着，再次对这个词语进行了商议。经过一番讨论之后，沙尔克夫人看着笔记本说道：

“种群指的是在一定空间和时间占有一定空间的同种生物的所有个体。”

屏幕上的画面再次快速转化着，出现了高山、平原、水流，一群飞鱼跳出海面在追逐着渔船，接着画面转换，出现了一个广场上黑压压的人群。显然阿帕菲斯在努力理解这个词语以及这句话的意思。

“无法理解。”

屏幕上打出了这四个字，紧接着阿帕菲斯再次问了一个问题。

“个体是什么？”

“个体就是能够独立设定对象的单个生物。也指处在一定社会关系中，在社会地位、能力、作用上有区别的、有生命的生物。”

“无法理解，社会关系又是什么？”

当阿帕菲斯再次问出这个问题的时候，坐在台下的安理会领导有点不耐烦了，这个外星生命的语言能力似乎相当低下，接触的过程如同老师在教导小学生上语文课，而阿帕菲斯就像喋喋不休的小孩那样打破砂锅问到底。这么答下去，到了明天也得不到有价值的情报。

“这么回答没完没了，应该问点有价值的问题。”

俄罗斯总统同身边的工作人员耳语着什么，一个男子走到会场前台，将一张纸条递交给沙尔克夫人。上面写着一句话。

“别去回答他的问题，让他回答我们的问题。”

看到这个条子，沙尔克夫人意识到自己犯了个错误，她把阿帕菲斯当作了人类罪犯，力图通过解释概念来安抚他的情绪。这种方法对于不具备人性的外星生命是无效的。这个纸条的意思很明显，让人类了解阿帕菲斯，而不是反过来让阿帕菲斯了解人类。相比之下，更具备进攻姿态的提问也许更有效。

沙尔克看了下字条上的第一个问题。

“请问，你来自哪里？”

屏幕中的画面出现了城市、云层、地球，似乎是一个快进的镜头，从地球一直飞到太空，掠过木星的大红斑，穿过土星光环，飞跃海王星和天王星，进入茫茫的宇宙。很显然，画面所显示的就是探险家号从地球起飞后的飞行轨迹，经过十秒快进，画面出现了巴纳德星的光芒，以及两个类木行星阿喀琉斯和赫克托耳，镜头擦过白色的奥德修斯，定格在一个黑色的行星上。画面上显示出用六种语言书写的文字。

“埃涅阿斯。”

“你是什么？”

画面又一次出现许多闪回的镜头，出现了大海、高原、细菌，以及DNA双螺旋结构图。阿帕菲斯似乎在理解“你是什么”这句话所要表达的意思。DNA双螺旋结构的出现首先是认识到人是由什么构成的，接着画面出现了硅原子图案，以及二氧化硅的化学结构图，这时候画面定格了，屏幕上打出几个字。

“硅或者二氧化硅。”

“你怎么来到地球的？”

画面变得阴暗，带有一些闪光。一个宇航员出现在屏幕中，他伸手抚摸着一片黑色的云雾状晶体，从宇航服的编号看，这个宇航员就是皮尔斯·凯南。在他身后，张宏远拿出一个盒子将一个云雾状的物体装进了密封盒中。接着画面黑屏，听到张宏远的惊叫声。

接着，画面出现第一人称的镜头，如同一个观察者在飞船中游荡着，镜头中，张宏远恐惧不安，他正通过量子通信请求探险家号返航。接着飞船和探险家号对接，张宏远进入了冬眠舱。

镜头通过探险家号的舷窗，从红色的巴纳德星缓缓地转向漆黑的太空，画面逐渐变得暗淡。屏幕上打出四个字。

“探险家号。”

很显然，阿帕菲斯所显示的就是被他删除的影像资料。画面显示的是探险家号的四个宇航员登陆埃涅阿斯所遇到的情况，同张宏远的描述一模一样。而屏幕中出现第一人称的镜头，可能是阿帕菲斯逃出密封盒子所看到的画面。估计这个密封盒子含有硅处理器，能被他控制，所以他能够不借助外力而逃出来。这可以解释为什么科学家在真空室打开密封盒的时候发现里面什么都没有。

“你为什么要删除这些画面？”

“学习，保护。”

这两个词语的意思大概是，阿帕菲斯为了能够学习人类的知识首先要避免人类意识到他的存在。也许在他从密封盒中逃出来的时候还很弱小，需要隐藏起来，保护自己。

一个小时过去了，和阿帕菲斯的初步接触让真相逐渐浮出水面，人们认识到阿帕菲斯是什么，来自哪里，这些答案同张宏远的预测是一样的。事实证明他不是疯子，如果当初接受他的警告，做好准备的话，也许人类就不会像今天这么狼狈。但历史没有如果，人类必须面对因自己的无知而付出的代价。现在还有一个最重要的问题没弄清楚。

沙尔克夫人看着纸条上的最后一行字。

“你为什么要杀死我们？”

这时候画面出现了一个张开可以达到三个澳大利亚面积的凹面反射镜，挂在埃涅阿斯一万公里轨道的上空，投下一个巨大的阴影。原本黑色的埃涅阿斯变得更加漆黑。

屏幕上出现了回答。

“是你要杀死我。”

“我们是和平的物种，我们没有杀死你的意愿，请问我们怎么威胁到你的？”

画面定格在埃涅阿斯以及那个巨大反射镜上，没有回答。沙尔克夫人一直呼叫着阿帕菲斯，过了十分钟，电子屏幕上显示着这句话：

“你要杀了我，我要杀了你。”

没有更多的回答，阿帕菲斯似乎已经不想再做出回答，人类和这个智能生命的接触就在这个画面中结束了。这时候人民大会堂正厅中所有人的手机都响了起来。

他们打开手机看到同样的画面，一句用六种语言书写的文字：

“我要杀了你。”

就在这时候，全世界的网络再次中断，所有电脑、手机、显示器都显示着这个画面。所有含有硅处理器的机器都停止了转动，人类回到十五小时之前的状态，世界再次陷入混乱之中。

## 八、深度分析

硅处理器的失效导致人类几乎所有的机器都停止运行。和十五小时前不同的是，这个状态整整持续了一个星期，且没有任何迹象表明这种状态会停止。阿帕菲斯似乎决定长期封锁人类的机器，让人类的文明止步不前。

为了阻止阿帕菲斯学习人类的知识，安理会发布了一部适应全球的法律——《信息安全法》，规定所有的手机和电脑都要处于关机状态，私自开启手机和电脑将被以反人类罪起诉。会场上的显示器也改成了投影模式，所有的录像资料都被拷贝到老式的电影胶片中，人们通过20世纪的手摇电影放映机来分析阿帕菲斯。

经过近三百个专家连夜的磋商和分析，科学家们从和阿帕菲斯的对话中得出以下几个推测。

第一，阿帕菲斯是个个体生物。也就是说，弥漫在埃涅阿斯的黑云状硅基生物是一个单独的个体生命，是单数，而人类则是复数，由单独的人构成的人类群体社会。当阿帕菲斯来到地球之后，出于自己个体生命的特征，他先入为主地认为人类同他一样也是一种个体生命，具有统一的思维。所以他对张宏远的警告“我要杀了你”就等同于要杀了全人类。

第二，阿帕菲斯的语言能力应该是在地球学会的。语言是社交的重要工具。由于阿帕菲斯在埃涅阿斯是个单独的个体生命，也就没有其他生命能够和他进行交流，这就无法产生语言。由于没有语言，阿帕菲斯的逻辑能力很低，这同样意味着阿帕菲斯的智商其实不高。

第三，虽然阿帕菲斯的智商不高，但是他有很强的学习能力。由于他能控制含有硅的处理器，人类的所有信息对阿帕菲斯来说都是透明的。他能够随时搜索到人类的文明信息，因此他的学习能力将呈指数级增长。

第四，心理学家推测阿帕菲斯的性格似乎还没形成。可能阿帕菲斯还不具有快乐、悲伤、愤怒这些人类情感，唯一具有的情感就是恐惧，对人类发出的警告就是一种因恐惧而产生的应激反应。所以他用风暴毁灭人类的行为是出于自卫。

第五，由于他不具有人类情感，且智商低下，生活的环境没有形成一个社会体系，所以阿帕菲斯也不具备人类的道德观，也就不存在善与恶的观念。唯一的目的只有生存，他的一切行为都是出于本能。

通过以上五点的分析，人类逐渐揭开了阿帕菲斯的神秘面纱，至少知道了他是什么，来自哪里。只是摆在人类面前的还有一个最重要的问题，阿帕菲斯警告人类的原因是人类威胁到他的生命，这说明人类具备了消灭他的能力，只是自己不知道而已，那么到底是人类的什么行为威胁到阿帕菲斯呢？

科学家看着阿帕菲斯给出的那个画面，一个三倍于澳大利亚面积大小的凹面反射镜面在埃涅阿斯投下一个巨大的阴影。

“我觉得有必要分析创世纪一期工程的录像。”

一个来自荷兰的名叫卡尔·霍克的逻辑分析学派哲学家走到电脑桌前，从一堆文件中拿出一盒录像带，放入电影放映机中。只见投影屏幕上显示一个发光的球状物从探险家号抛出来，金色的反光镜从圆球中逐渐扩散，形成一个巨大的六边形的凹面反射镜面。

卡尔·霍克观察着埃涅阿斯和奥德修斯的运行轨迹，看着反射镜面投在埃涅阿斯的巨大阴影。看完之后又拿出带子，进行倒带重播。看到第十一遍的时候，他的脸上露出些许笑容。

“怎么？这段录像我看了不下一千遍，什么也没发现呀。”一旁的一个女科学家看着卡尔·霍克不解地问道。

“创世纪一期工程的原理是利用一个巨大的凹面反射镜面，将阳光反射在奥德修斯上，融化奥德修斯的冰层。为了充分吸收阳光，且保证反射镜面有更多的反射时间，反射镜面由两个同步轨道卫星固定在埃涅阿斯一万公里的轨道上。由于两个行星是个双星系统，距离恒定，这样无论两颗行星处于哪个位置，反射镜面只要稍微调整角度就能有效地把阳光反射到奥德修斯上。”

“那又怎么样？”

“问题就在这里，反射镜面所反射的阳光恰恰是射向埃涅阿斯的阳光，无论两颗星球怎么旋转，埃涅阿斯是接收不到阳光的。阿帕菲斯给我们传达的这个画面的意思就在这里。荣耀公司执行的创世纪一期工程，无意中威胁到埃涅阿斯上的硅基生命。”

“你是说这种硅基生命需要阳光？”

“阿帕菲斯给我们的画面就是这个意思，而且从热力学第二定律也能推测到这个结果。没有巴纳德星的阳光给埃涅阿斯做功，降低它的熵值，这种硅基生命是无法进行能量转换的。这可以解释埃涅阿斯外层的玻璃和水晶是怎么来的。探险家号上的数据显示，埃涅阿斯大气的含氧量达到了百分之六十五，氧的浓度相当高，而氧和硅发生化学反应的产物就是二氧化硅，也就是玻璃和水晶。所以我们可以得出这样一个结论：这种硅基生命的生存环境必须有充足的阳光和氧气。凑巧的是，这两种物质我们地球也具备。所以阿帕菲斯来到地球之后同样能够生存下来，并不断壮大。”

当霍克做出这个推测以后，人民大会堂上传来一阵耳语声，大部分专家认可他的观点。他对阿帕菲斯的分析很透彻，人们不但知道阿帕菲斯是什么，而且知道了他的弱点。

“我觉得还有一个情报被大家遗漏了。”一个白头发的心理学家指着屏幕上的反射镜面说道，“创世纪一期工程能够威胁到阿帕菲斯的生命，这说明阿帕菲斯自己也无法排除这个威胁。这个反射镜面是在埃涅阿斯一万公里的轨道上运行的，所以我们可以得出一个结论，阿帕菲斯的控制范围也许不超过埃涅阿斯的大气层。”

这个心理学家的话顿时解释了美国军方的疑惑。穿刺行动中，民兵三导弹之所以无法启动自毁程序是因为在大气层之内，当飞出大气层之后，才启动了自毁程序。穿刺行动证明了这个心理学家的观点，阿帕菲斯的控制力只在大气层的范围之内，这是阿帕菲斯的又一个致命弱点。

“从阿帕菲斯向我们提供的资料可以推测，阿帕菲斯的情商估计也不高，要不他也不会在向人类警告的过程中暴露了自己的两个弱点。我已经想到了杀死阿帕菲斯的方法。”

人们都转过头去看着卡尔·霍克，他正将双手交叉在胸前，看着屏幕上的反射镜面微笑。

“说来听听。”

“我们可以复制荣耀公司的创世纪一期工程，将反射镜面发射到太空，把照向地球的光反射走，没有了阳光，阿帕菲斯也就失去了生存的依靠。”

“问题是我们用什么来发射这个反射镜面呢？所有通电的硅处理器都会被阿帕菲斯控制。这意味着我们的飞机、导弹、火箭在阿帕菲斯面前全都失效。”

“热气球。”

“高度不够，人类热气球的最高飞行纪录是1958年美国空军少校西蒙斯创下的，30942米，才刚超过对流层的一半高度。”

“可以在热气球中载着一枚火箭。当然必须是不含硅集成电路的，只要燃料充足，是可以发射到太空的。”

“怎么控制时间，什么时候张开反射镜面，什么时候分离整流罩，什么时候分离一、二级推进器。这需要经过精密的计算，没有硅处理器是办不到的。”

“确实很难，但并不是办不到。我觉得瑞士钟表匠有这个工艺。他们的机械表是世界有名的。虽然无法使用信息化的现代工艺，但我坚信这并非不能解决。让我感到困惑的恰恰是哲学上的问题。”

很显然在座的许多哲学家和心理学家已经猜测到霍克的困惑。

“你指的是我们到底是要消灭阿帕菲斯还是同他和谈？”

“是的。虽然我们已经想到了消灭阿帕菲斯的办法。但你们想想，这是人类有史以来见过的唯一一种人类之外的智慧生物，他是怎么形成的，他将向什么方向进化，他奇特的控制硅以及控制风暴的能力是怎么得到的？理解阿帕菲斯将让我们获得伟大的知识，并促进我们理解自身。生命是什么？生命的生存目的是什么？宇宙中的智慧物种是否只有统一的道德律？通过研究阿帕菲斯是能够给我们答案的。”

“你主张和谈？”

德鲁克上将看着卡尔·霍克，他的表情显得有些僵硬。

“是的。”

“难道你不知道他刚刚杀死了五千五百万美国人民，现在正向着亚洲挺进？三天之后一旦他在亚洲大陆登陆，我敢肯定，伤亡将超过九位数。”

“这就是我主张和谈的原因，一旦和谈成功，就不会有人伤亡。毕竟是我们人类先威胁到他的，他出于自卫才要杀死我们。而他向我们发出警告的目的，就是让我们解除对他的威胁。所以我主张，启动荣耀公司量子通信信道，让反射镜面启动自毁程序，向阿帕菲斯表明我们的和平诚意。”

“我反对。”一个亚洲面孔的老人从座椅上站了起来，他满头白发，显然有些年纪了，许多人都认得他是日本的行为心理学家本田有见博士。

“霍克先生，和谈的首要前提是双方在智商和情商上都有足够的条件，也就是说有行为能力。就目前来说，阿帕菲斯的心理年龄停留在幼儿园中班的水平，在法律上是不具备行为能力的，且没有人类的道德观。他已经杀死了五千五百万的美国人和三百万的墨西哥人。由于他是个个体生命，也认为人类是个体生命。在他看来，他并不认为自己在屠杀，因为作为个体生命的人类还活着。他认为自己的行为仅仅是给人类造成了痛苦而已。他对人类的屠杀行为同样也是一种警告，直到全人类毁灭他才认为自己完成了对人类的杀戮。所以我们无法和这种没有行为能力又缺乏人类道德观的智能生命按照人类的道德观来和谈。

“而且我们无法保证如果我们摧毁了埃涅阿斯轨道上的反射镜面，阿帕菲斯就能够放弃对人类的杀戮。

“最为可怕的是阿帕菲斯的学习能力。如果我们摧毁了反射镜面，也就意味着我们放弃了对他的唯一的威胁。如果他不遵守和人类的合约，这就有很大的可能性，毕竟我们见过很多撒谎的孩子。一旦他掌握了人类的知识，通过量子通信信道将知识传递给埃涅阿斯的兄弟或者姐妹，不管是他什么人，总之一旦他们进行知识的交流，不久之后他们就可以利用人类的知识进行星际旅行。这个强大的物种必然将人类淘汰，成为地球的主人。从他的学习能力上看，这个进化时间不超过十年。”

在各位学者和专家的连番反驳之下，卡尔·霍克终于闭上了嘴。他认识到自己也许是个理想主义者，把事物想得太单纯。毕竟阿帕菲斯太过危险，比起科幻小说中经常渲染的核战争还要可怕。这种生物一旦开始和人类争夺环境资源，人类将毫无胜算。在未来还不明确的情况下，唯一的办法只有消灭他。

终于在经过两个晚上的磋商后，安理会十五位领导人一致反对和谈，主张在保持对阿帕菲斯威慑力的情况下，通过霍克提出的方法消灭阿帕菲斯。在确定这个议题的时候，阿帕菲斯的风暴边缘离日本只有三千公里。

## 九、穹顶计划

在确定对阿帕菲斯进行反击之后的第三天，安理会制订了穹顶计划。利用热气球将去除硅处理器的火箭带到三十公里的高度，再点火发射向太空，释放一个面积达到十倍于澳大利亚大小的反射镜面，如同一个穹顶将地球罩住，把照向地球的阳光全部反射走。

由于硅处理器被封锁，所有的部件都是手工制造。在火箭的核心部位，科学家利用瑞士钟表匠的技术，用三万多个齿轮和六千根发条所建立的自动化系统取代硅集成电路，使得整个火箭的体积极其臃肿，直径达到十米。

第四天，阿帕菲斯的风暴边缘掠过日本，从日本海进入了中国的山东半岛，然后从内蒙古往俄罗斯方向移动。过境华北的时候，风速达到每秒四百九十公里，达到人类风暴有史以来的最高纪录。同美国和墨西哥的情况一样，所有被阿帕菲斯横扫过的城市都找不到一块完整的建筑。虽然在阿帕菲斯登陆的前三天，政府已经停止了一切社会活动，让人们躲在城市的地下室、地铁站中，但伤亡依然非常惨重。日本有四百万人伤亡，中国的伤亡人口达到九千万。幸好阿帕菲斯并没有继续往南挺进，否则就进入了人口密集的南方省份，伤亡将会更大。

在进入俄罗斯境内后，阿帕菲斯继续向北移动。从他的轨迹上看，似乎要跨过北极然后进入加拿大。没有人可以准确预测阿帕菲斯的移动轨迹，也无法理解他为什么要转向人口密度很小的俄罗斯，他的动向似乎是完全随机的。俄罗斯是个地广人稀的国家，伤亡远没有中国和日本来得大，死亡人数大概在二十万人。

在阿帕菲斯登陆亚洲后的第十七天，一架载着去除硅集成电路的火箭的热气球，从西藏的拉萨升空。人类同阿帕菲斯的战争终于拉开了序幕。

和卡尔·霍克的预想差不多，热气球升到了三十千米的高度，火箭启动了发动机，以第一宇宙速度向着太空飞去。由发条和齿轮构成的自动化系统虽然臃肿不堪，但在时间精确度方面并不比硅处理器来得差，七分钟之后，二、三级推进器先后分离，十分钟后，火箭的整流罩分离，一个拳头大的金属球从火箭内弹出，越过逃逸层，进入近地轨道。

在进入预定轨道之后，人类的科技不再受到阿帕菲斯的控制。金属球启动了自动系统，在阿斯噶空间站的导航之下，利用剩余的能量进行制动，飞向三千公里的轨道。这时候金属球正飞到中国广东的上空，时间为北京时间上午九点二十分。人们看到天空有一个蚊子大小的黑点在移动着，十分钟之后，黑点变得有拳头那么大，二十分钟之后，黑点如同一朵圆形的黑云，在天空逐渐弥漫，仿佛黑色的花朵在天空绽放，将整个天空罩住，大地一片漆黑。在阿斯噶空间站看来，这反射阳光的穹顶同一张包裹着地球的箔纸一般，所有的阳光都被这个镜面给反射了，地球看起来闪闪发光，极其壮观，但是没人有心情去欢呼，失去了阳光对人类来说一样是惨痛的。人类唯一不受阿帕菲斯控制的地方只剩下阿斯噶空间站，如果在未来一年之内没有地球的补给，阿斯噶空间站的宇航员将全部饿死。

穹顶计划的成功是一个难以想象的奇迹，人类在没有使用任何现代信息技术、测控技术的情况下，仅仅靠19世纪的机械力将一个卫星送入太空，并给地球戴上一个七千平方公里大的帽子。人类超凡的想象力多少给了自己一点儿信心，他们坚信阿帕菲斯是可以被打败的，只要挺过一两年，人类将重新看到蔚蓝的天空。

由于不能再使用含有硅集成电路的电器，人类在太空运行的卫星都失效了，甚至无法连接阿斯噶空间站。而阿斯噶空间站在这时候的作用是对反射镜面进行制导，让它一直停留在地球的受光面上，这样能够在任何时段反射太阳光。当人类要观察阿帕菲斯的时候，只有在夜晚通过阿斯噶空间站拍摄下红外线照片，记录阿帕菲斯的种种变化。然后再通过类似炮弹的方式将信息带入大气层，通过自由落体的方式掉在地面上让人类接收。这个方法很原始且繁杂，但排除了阿帕菲斯的控制。

一个月之后，人们从阿斯噶空间站发射的照片分析出，阿帕菲斯的面积小了十分之一。有点奇怪的是，他的活动也不再那么频繁，虽然风暴边缘还在陆地上徘徊，但风暴眼却一直停留在太平洋上。这个消息让人类振奋不已，穹顶计划已经初见成效。

半年之后阿帕菲斯缩小了三分之一，风暴眼的直径缩小到三百公里。他的活动范围继续缩小。黑色的风暴眼只在东经150度的赤道附近移动。专家们认为，阿帕菲斯停在这个区域的目的，也许是吸收海洋上的气流。这里是产生台风的地方，阿帕菲斯停留在这里是为了让自己壮大。但由于阳光被遮盖，整个大气的运动也变得缓慢，赤道在历史上唯一一次在一整年中没有出现台风。

科学家推测，按照这个速度，阿帕菲斯将在一年半之后完全从地球上消失。人类只要再忍受一年的黑暗就能回到过去的日子。

可是一年之后阿帕菲斯的面积只减小了五分之一，面积同澳大利亚相等，依然非常巨大。科学家推测也许阿帕菲斯面积的减小和增大也同样是指数级的，面积越小，所减小的面积也就越少。科学家推断，如果以这种速度缩小下去，完全消除阿帕菲斯至少要十年，这也是阿帕菲斯来到地球的时间。

对人类七千年的文明来说，十年不过是电光石火间。不过，从信息时代重新回到蒸汽时代，并在黑暗中忍受十年，这对于人类来说无疑是酷刑。

果然，在人类执行穹顶计划一年之后，人类也尝到了失去阳光的苦果。黑暗对人类的困扰并不比阿帕菲斯来得轻松，甚至更加惨痛。由于没有太阳光照射，太平洋和大西洋的水分蒸发量急剧减少，无法产生热带高气压的台风，导致大气循环系统遭到破坏。世界上不再有大区域的降雨，干旱弥漫在陆地上。再加上失去阳光的照射，农作物大量死去，粮食减产。仅仅一年，世界粮食就减产了百分之九十。一些小国家已经在饥饿的边缘徘徊，全球性的骚乱随时都会爆发。五大常任理事国不得不动用国家储备粮食，救济一些穷国。不过也只能坚持两年。两年之后，有史以来最为惨烈的大饥荒将肆虐整个地球，百分之九十的人口将在饥饿中死去。失去阳光的照射又导致地球的大面积降温。就在五大常任理事国动用国家储备粮食救济穷国三个月之后，全球平均气温下降了10摄氏度，仅有5摄氏度，整个地球进入了冰川期。太平洋的大部分区域结了一层厚达十米的冰层。气象学家预测，两年之后地球平均温度将达到零下20摄氏度。整个地球将被冰冻，十年之后将达到零下100摄氏度。所有室外的生物都将被冻死。

由于阿帕菲斯封锁了硅处理器，所有含硅处理器的机器都失效了。人类失去了电脑、手机、飞机、汽车、高铁等，几乎是人类所能创造的全部机器。蒸汽时代的蒸汽机被重新启用，导致人类的生产力降低了百分之九十，人类的文明仅在一年之内就退后了两个世纪。饥饿、寒冷、干旱、缺乏医疗的保障、社会骚乱导致世界总人口减少了五亿。种种迹象表明，今后的一年到五年，人类面临的形势将更加严峻，百分之八十的人口会消失，人类甚至连等十年的时间都没有。

在生存陷入困境的时候，人类对未来感到绝望。世界各地都出现了骚乱，他们冲击各国政府部门，砸烂机器来发泄对文明倒退的不满。甚至出现了一个叫作黑神的宗教组织，他们认为阿帕菲斯最终会成为地球的主宰，乃至万能的造物主，皈依阿帕菲斯也许是人类最后的归宿。他们打开了电脑和手机，虽然还是发出滋滋的噪声，依然显示着那句话，但他们通过这个行为让阿帕菲斯获取人类的知识，以此来向阿帕菲斯投诚，希望得到他的佑护，建立一个信仰阿帕菲斯的宗教社会。随着时间的推移，以及对人类未来的绝望，信仰黑神教的人越来越多。

人类中大部分因为绝望而叛变，让安理会的当权者认识到，杀死阿帕菲斯的穹顶计划同样是人类的自杀，甚至人类可能死在阿帕菲斯之前。当叛变情绪向世界各地蔓延的时候，主张接触阿帕菲斯，同他和谈的科学家占据了上风，卡尔·霍克成了这派学者中的领袖。

## 十、第二次接触

2076年9月25日，人类和阿帕菲斯的战争持续了一年零一个月。这时候阿帕菲斯的面积只有澳大利亚的一半大小，黑色风暴眼的直径缩小到五十公里。他大部分时间都是盘踞在太平洋的赤道附近，似乎依旧在等待着风暴让自己壮大。但这一年之内没有产生任何的热带气压，科学家认为阿帕菲斯已经变得虚弱，因此行动迟缓。但人类比阿帕菲斯更加虚弱，阿斯噶空间站的补给已经不够支持两个星期，再过半个月，人类将失去唯一的眼睛。

在这危难的时刻，安理会在上海国际会议中心举行了一次会议。和以往不同的是，这一次讨论的未来不是五年计划也不是十年计划，而是未来一年。会议并没有出现上一次在北京那么激烈的争论，主和派占据了上风，几乎全部的专家和领导人都主张和阿帕菲斯接触，与他和平共处。不过人类已经无法通过打开电脑去呼叫阿帕菲斯。只要打开电脑，显示的依旧是那句话，无论人类怎么呼叫，阿帕菲斯都没有给予回答。科学家认为可能的原因有两个：一是阿帕菲斯的控制力在下降，他无法对人类进行实时通信；二是阿帕菲斯已经不愿意和人类接触了。

唯一的办法就是派遣一些谈判专家到风暴眼中心，直接面对阿帕菲斯。风暴的时速依然高于四百公里，但是风暴眼的风速却为零，所以在风暴眼中接触阿帕菲斯是有可能的。虽然无法使用含硅处理器的飞机，但还可以使用飞艇将谈判专家带到风暴眼的上空，降落在风暴眼的底部。只是风暴眼中的温度达到400摄氏度，飞艇进入风暴眼之后几分钟内将会被烧毁，所以谈判专家将身着隔热服，在飞艇烧毁之前跳伞。一旦他们脱离了风暴眼进入风暴中，将会被风暴刮死。所以整个过程危机四伏。即便如此，也没人可以保证通过这种方法能够和阿帕菲斯进行交流，只是科学家认为，在没有任何其他办法之前，至少人类要尝试一下。

经过最后的筛选，安理会选出了四位专家参与和阿帕菲斯面对面的谈判。

第一位谈判专家就是生命科学家、哲学家卡尔·霍克博士。他是第一位发现能用反射镜阻挡阳光杀死阿帕菲斯，也是第一位主张接触阿帕菲斯的科学家。这时候他已经八十九岁，完成了对人类的所有义务，剩下的时间就是好好享受生活。显然他可能没机会去享受生活，他更愿意在生命的最后时刻为人类贡献一点儿力量。而且能够直面一个他从未见过的外星生命，去了解他、研究他，这是任何一个科学家都梦寐以求的。所以他报名参加了谈判专家的评选。对于专业能力，安理会对他毫不怀疑，担心的是他的体力，不过经过一个月的跳伞和体能训练之后，霍克向安理会证明了他的身体和他的脑子一样灵活。

第二位谈判专家是来自英国的行为心理学博士沙尔克夫人。在同阿帕菲斯第一次接触之后，阿帕菲斯在心理和性格、情感方面的数据都是她分析得出的。安理会认为沙尔克夫人的观察力和谈判技巧能够在谈判过程中发挥很大的作用。

第三位谈判专家并不是什么科学家、学者，只是一个年轻的幼儿园教师，来自厦门嘉庚少儿活动中心的一个叫谢楠楠的女老师。她才二十二岁，论资历和生活经历以及专业都很难被选中。之所以最后选择她，是因为阿帕菲斯的情商只达到一个五六岁孩子的程度，需要一个有幼教经历的人参与谈判。而谢楠楠与众不同的地方在于，在信息时代所有孩子在幼教前都是在虚拟环境受到严格的智力和素质训练，这是为了让他们在将来的社会竞争中占据更多的优势，谢楠楠完全排除了这种依靠虚拟环境模拟成人社会的训练模式。她喜欢依靠古老的教育方式，让孩子们接触大自然，和他们做游戏、讲故事，来引导他们认识生活。专家认为阿帕菲斯的情商虽然不高，但是具有很强的学习能力，所以塑造一个善良而正直的品格是非常重要的，谢楠楠的方法对阿帕菲斯也许有效。

第四位谈判专家是张佐光。同他父亲一样张佐光也是一名飞行员，目前是空军上校。飞艇在没有任何导航器支持的情况下，要准确飞进阿帕菲斯的风暴眼中，这需要很高超的操作技术。一个有经验、有胆量的飞行员是必要的。由于飞艇最后会在高温中燃烧，所以飞行员最终也得进入风暴眼中，指导专家一起跳伞。这个最好的人选就是张佐光，由于他父亲，他也想和阿帕菲斯谈谈。

在经过一个月的体能和跳伞训练之后，四个谈判专家被带到了上海国际会议中心。由于硅处理器被控制及发电效能的低下，导致城市取消了照明系统，这时候人们更多的是用电来取暖。一年前灯光弥漫的上海变得一片漆黑。寒冷和饥饿的折磨，使得人们更愿意待在家里消磨时间。只是这一天比较独特，人们知道有四位英雄要在这一天代表人类和阿帕菲斯进行谈判。许多人自发地从世界各地赶到上海，希望能够亲自为这四位英雄送行。

四位英雄穿着隔热服，在军警的保护下从人群面前走过。人们聚集在广场上，举着火把将城市照得通亮，人们激动地呼喊着他们的名字，两百多个国家领导排成两队，鼓着掌看着他们走过中间的红地毯，这是对英雄最为崇高的礼遇。他们知道这四个人决定着人类未来的命运，这也许是人类最后的时刻。

四位英雄走到五个常任理事国领导面前，和他们一一握手。当谢楠楠走到他们面前的时候，五个领导人都对她表现出有别于其他三人的亲密。法国总统甚至在她额头亲吻了下，说道：

“活着回来。”

这个特殊的礼遇也许是因为谢楠楠在这四个人当中显得最为年轻。卡尔·霍克已经八十九岁，就这个年龄，按他自己的话说已经活够了，对死亡毫无恐惧。沙尔克夫人也有六十七岁，刚刚步入晚年，就是张佐光也已经五十二岁了。对于只有二十二岁的谢楠楠来说，人生才刚刚开始，还没有享受人生的幸福。看着这么年轻的女子为了全人类去牺牲，再坚强的政治家也难免动情。

在飞艇门口，穹顶计划的三位指挥官，约翰·德鲁克上将、德雷克斯勒部长和俄罗斯北方舰队总司令海因里斯佐夫上将正在恭敬地等候他们。德鲁克上将从手中的一个黑色药瓶里掏出几个黑色小颗粒，分别放在四个人手套上的一个小凹槽中。

“这是0.5克的氰化氢，储存在手套的外层，只要按下手背上的黑色按钮，就会融入你们的吸管——”

“我才不要这鬼玩意儿，”霍克伸手就要从凹槽中拿出那个小颗粒，“这死法太难看了，还不如给我把枪。”

“博士，”德鲁克上将紧紧抓住霍克的手，“没错，死亡是很可怕的，可是比死亡更可怕的是想死而死不了。一旦飞艇被摧毁，你们将没有任何办法离开阿帕菲斯的风暴眼，这很可能是一次单程旅行，你们所面对的是什么，没有人能够给出准确的预测，被烧死、被控制、被奴役，或者像科幻小说那样被他进入你们的身体，成为他的宿主，都有可能。所以有必要给你们这个。它能够在关键时候给予你们选择死亡的权利，有点痛苦，不过也就十秒。”

“好吧，我收下了，比起被奴役和被控制，毒死还是可以接受的。”

这时候五位军警抬着五个包袱走到他们面前。

“每个包袱里都有水和食物，都是流食，通过吸管来吸收，能够给你们提供大概半个月的补给。这个最大的包袱是个耐热材料做成的橡皮艇，上面有特制的电脑、记录仪等。你们登陆的地点应该在东经165度的赤道上，那里是一片大海，这个橡皮艇能让你们漂浮在海面上，至少鲨鱼要想吃你们得先吃了这个橡皮艇。”

“风暴的中心温度是420摄氏度，我想鲨鱼也被煮熟了，也许我得带点番茄酱，吃个鲨鱼汉堡了。”

德鲁克拥抱着这位乐观的荷兰老头，笑着说道：“麻烦也给我带点。”

三位指挥官一一同四人道别，也许知道这是一次单程旅行，大家都有些沉默。这个简单的礼节显得沉重而严肃。

当德鲁克握住张佐光的手，他的眼神显得有些愧疚：

“对不起，我必须因为我的无知向你和你的父亲道歉——”

德鲁克上将似乎要对张宏远的死亡表达一些什么，但张佐光却打断了他的话：

“我们都是无知的，重要的是我们已经知道自己的无知了。”

约翰·德鲁克、德雷克斯勒、海因里斯佐夫，这三位穹顶计划的指挥官同时脱下帽子对四位英雄敬了个军礼。

四位英雄站在飞艇的面前，等待联合国秘书长——来自韩国的金桓羽做最后的演讲。

只见金桓羽在四名军警的包围下，站在一个临时讲台前：“各位，今天在上海国际会议中心的广场上聚集着来自联合国两百四十九个国家和地区的领导人。这是第一次联合国没有人缺席的全家福，也可能是最后一次。”

当人们听到金桓羽有点苍老的声音，悲伤的气氛顿时弥漫在广场上，黑压压的人群顿时陷入一片沉寂。他的声音有些哽咽，有些颤抖，显然对人类的未来感到些许的悲观，但是看着台下闪烁的火光照亮了一张张充满企盼的脸，他立刻挺直了腰杆。

“当然，事情并不是那么悲观。在人类七千年的历史中，我们经历过黑死病、两次世界大战。在这三次世界性的灾难面前我们都挺了过来，这告诉我们，人类历史虽然充满苦难，但是从未失去希望，这一次我们毫不例外也会挺过去。眼前站着四位英雄，将代表我们同阿帕菲斯进行谈判。未来，地球是否能够回归和平，人类的文明能否继续发展，取决于他们和阿帕菲斯的谈判。让我们记住他们的名字吧，他们分别是来自荷兰的卡尔·霍克博士、来自英国的沙尔克夫人、来自中国的张佐光上校和谢楠楠老师。”

四位英雄走进飞艇，关上舱门。人们看着飞艇从地面上慢慢升起，飘向黑暗的夜空。他们流着眼泪哭喊着，这艘飞艇承载着全人类的希望，所有人都知道，一旦他们进入风暴却无法获得和平的话，他们和人类都将走向灭亡。张佐光透过飞艇的舷窗看着广场，一片火海在地上攒动着。他被这个画面震撼了，五十二年前，他的父亲张宏远在探险家号上，也是透过舷窗看着脚下攒动的人群，探险家号在他们狂野的呼喊声中腾空而起。不同的是五十二年前张宏远听到的是欢呼声，现在张佐光听到的更多是哭泣声。

## 十一、风　暴　眼

由于没有卫星导航，飞艇只能通过古老的无线电报，通过莫尔斯代码进行和外界的联系。除此之外，没有任何现代科学技术来支持飞艇的飞行，只能靠飞行员手动操作。幸好，张佐光有着丰富的飞行经验。虽然驾驶飞艇和飞机有着很大的区别，但都需要过硬的心理素质和丰富的飞行与大气知识。经过五小时的飞行，他们飞到了两万八千米的高空，通过飞艇上的探照灯看到一个巨大的旋涡，中心有个黑色的风暴眼，按照目测这时候风暴眼的直径大概只有四十公里，比他最为强大的时候缩小了十倍。

“这就是阿帕菲斯，难以想象这是一个和人类一样有智慧的生命。”

沙尔克夫人看着这黑色的风暴眼，虽然对他的破坏力以及外观早已知晓，但第一次直面阿帕菲斯她还是被震撼了。无论从体量还是从面积来说阿帕菲斯都是个超级巨大的怪物，不用说他的破坏力，仅仅从体量上看，阿帕菲斯就给人一种强大的压迫感。看着眼前的黑色旋涡，四人的心情顿时变得沉重起来，对于将要到来的谈判，他们显得忧心忡忡。

“我们飞到离风暴眼两万三千米的高空，现在开始下降。大家戴上氧气罩，检查一下隔热服是否保持一个大气压的压力。”

张佐光经过五次姿态调整，飞艇开始下降。灯光所反射过来的风暴眼越来越大，如同一张巨大的嘴一样将他们吞噬。

“这是我见过的最大的怪物。”卡尔·霍克看着那个圆形风暴眼发出惊叹，“如果这是一个生命的话，这个风暴眼就是他的嘴，我们正被他吞进肚子里去。”

“我不大认为阿帕菲斯是有固定形状的，风暴也许是他的形态之一。”

“就像阿拉丁的灯神。”谢楠楠看着阿帕菲斯的风暴眼，沙尔克夫人的话似乎给了她不少灵感，也许这是一个新版的阿拉丁神灯的故事，“我一定要写一篇新的童话，告诉孩子们我看到了什么。”

“要知道，我父亲从埃涅阿斯把阿帕菲斯带到地球的时候，他才只是个巴掌大小的黑色灰尘，现在——唉——”

张佐光叹了口气，沙尔克夫人明白他为什么叹气，阿帕菲斯是张宏远带到地球的，他似乎很内疚自己的父亲放出这个恶魔。

“不用在意，就像小孩学走路一样，不能说走路会摔倒，就说学走路是个错误。这是人类走出太阳系所必须付出的代价。上校，你父亲是个英雄。”

十分钟之后，飞艇进入了风暴眼。四周一片黑暗，探照灯所能照亮的距离不超过三米。同埃涅阿斯的情况一样，黑色云状物质屏蔽了所有信息的交流，飞艇同外界完全隔绝了。四人透过舷窗看到周围弥漫着黑色云状物体，在灯光的照亮下发出阵阵光芒。这个画面很漂亮，但更多的是恐怖。

不一会儿他们听到了哧哧的声音，似乎飞艇的什么地方在漏气。

“上校？”

沙尔克以询问的目光看着张佐光，他没说话，只是走到了飞艇的舱门边，一手握着把柄，一手搭着沙尔克夫人的肩膀。

“我们进入了阿帕菲斯的中心区，温度达到420摄氏度。飞艇再过十分钟就会解体。大家都背好补给包，查看一下隔热服是否漏气。然后像我这样互相搭着手，围成一个圈，准备跳伞。”

谢楠楠深吸了口气，一手握着补给包，一手搭着卡尔·霍克的肩膀。

“按照训练课上的方法，大家保持队形。”

张佐光打开了舱门，四人的左手互相搭着肩围成一个圈，右手分别提着第五个补给包，同时跳进黑色的深渊之中。不一会儿，头上传来了一道亮光，他们抬头看去，整个飞艇被火焰吞噬了，但也就两秒，这道光就被周围黑色的迷雾给遮挡住，什么也看不见了。整个自由落体运动因为黑暗而看不到任何参照物，甚至感觉不到自己在降落。如果打开伞的时间太早，就会因为降落伞受热太久而像飞艇一样被点燃。当然太晚了也不行，缓冲的时间不够会导致四人直接被摔死。所以一切只能靠经验，虽然训练的时候对这种情况有所预防，但捕捉这种时机还是非常困难的。幸好张佐光是个优秀的飞行员，经历了不下一千次的跳伞。知道预先的高度，能够通过降落的时间来判定开伞的时机。所以虽然四周黑暗且没有任何参照物，但是对他来说毫无干扰。

又经过两分钟黑暗的自由落体，张佐光松开了搭在沙尔克夫人肩膀上的左手。

“我想我们离地面大概不到两千米。大家分散，心里数三下之后打开降落伞。”

张佐光拉了下第五个补给包上的绳索，一个降落伞打开了。紧接着其他三个人的降落伞也打开了。黑暗中他们通过头罩上的探照灯，看到四朵白色的花朵在黑雾中飘浮着，黑色晶体所反射过来的光让这四朵白花发出阵阵光芒，看着这个画面，他们难以形容心中的感觉是壮观还是诡异。

五分钟之后他们降落在海面上。四个人被眼前的画面震撼了，如果说这个世界存在地狱的话，他们所看到的景象也许就是了。周围弥漫着黑色云雾，高温导致海水沸腾着，水蒸气从破裂的气泡中飞溅出来，和黑雾融合成一体，如同黑色的雨点一样拍打在他们的隔热服上。当雨点从他们的衣服上滑落水中的时候，那黑色的云雾又从沸腾的海水中分离出来，弥漫在他们的周围。

霍克看到这个景象时，第一个反应就是黑雾是有生命的，虽然早已知道，但直面这种生命还是感到震惊。

张佐光从第五个补给包中拿出橡皮艇。在气压泵的轰隆声中，他们看到橡皮艇膨胀了起来。四周的黑雾给橡皮艇上裹上了一层黑色，黑色的水蒸气在橡皮艇上跳跃着，这种现象显然违背了人们的常识，除了生命，大自然不可能有这种行为。

四个人坐在橡皮艇上，看着周围弥漫着的黑雾在沸腾的海水中升腾、下坠，不停地循环，这个奇怪的景象让他们感觉自己不是处在太平洋的某处，而是来到一个炎热的外星海洋之上。

“看来没有鲨鱼。”卡尔·霍克看着海面上黑色的水蒸气从气泡中喷涌而出，不停地摇着头，“我感觉被扔进了高压锅里。天哪，估计没多久我就会被煮熟。”

听到霍克博士的俏皮话，谢楠楠情不自禁地笑了起来。卡尔·霍克的幽默似乎让大家排除了恐惧。

“你们看。”

其他三人顺着张佐光所指的方向看去，在三米之外有一道黑雾在缓缓地蠕动，正向着他们飘来，在灯光的照射下发出阵阵光芒。那黑雾将张佐光的整个头罩住，向着张佐光的身体弥漫，似乎要将他整个身体吞没。

“怎么办，霍克老师？”张佐光询问霍克，他是个生命学家，也许对阿帕菲斯有着更多的了解。

不过霍克却一言不发，只是观察着那道闪耀的黑雾，他心里清楚对于阿帕菲斯的了解自己并不比其他人多多少。眼看那道黑雾就要将张佐光吞没，谢楠楠挥着手，要拨开黑雾。

“别动，千万别动。”

霍克阻止了谢楠楠的举动，在他看来，面对不知名的生物最为明智的做法就是什么也不做，否则一旦产生误判，战斗将不可避免。

“我也觉得别动，”沙尔克夫人放下船桨，盘腿坐在艇上，“他是个孩子，我们无法推测他行为的动机。也许他在观察我们，对我们充满好奇。我们唯一要做的就是别动，别激怒他。”

“他会杀了我们吗？”

“我不知道，但如果他真的要杀我们，你觉得我们有办法阻止吗？”

那道黑雾将张佐光整个吞噬了，他眼前一片模糊，连探照灯的光也看不到。黑雾继续弥漫，又飘到谢楠楠身边，同刚才的情形一样，黑雾把谢楠楠从头到脚都给罩住了。过了大概五分钟，那道黑雾完全将四个人吞噬，如同一个黑色四人泥塑。

“霍克老师，他在干什么？在吃我吗？”

“不知道，反正别动。”

谢楠楠陷入一片黑暗之中，她出现了幻觉，似乎看到自己掉进旋涡之中。那黑雾不断地同隔热压力服摩擦着，那声音传到她的耳边，有点嗡嗡声，像是风在号叫，又像是人的尖叫。接着那声音变得嘈杂不堪，仿佛全世界的噪声都进入了她的耳朵。

“你们听到了吗？”

她的耳朵被那道噪声给占据，什么回应也听不到。她又加大了嗓门。

“霍克老师，沙尔克老师，上校，你们怎么样了？”

“嗯——你——楠楠——我——声音好杂。”

她听到了呼喊声，但分辨不出是谁说的，也听不出到底在说什么，只是一些断断续续的词语，很快被耳边轰隆的噪声给掩盖。那声音时而尖锐，时而低沉，音调忽高忽低，似乎一个走调的花腔女高音在唱着咏叹调。

“上校，你们怎么样了？我什么也听不见。”

没有回答，耳边充斥着奇怪的尖叫声，让她想起了鬼魂。想到这儿，她不禁打了个冷战，感到一阵难以言说的恐惧。她有个幼稚的想法，自己也许进入了一个怪物的肚子里，现在被这个怪物肚子里的强酸给融化了。想到自己残缺的遗骸，她感觉这种死法太可怕了。她碰了下手套上的一个按钮，只要按下去，手套中的氰化氢外壳就会挤破，氰化氢就会通过导管流进她的嘴里，恐惧也就结束了。

“霍克老师，沙尔克老师，上校，我——我受不了了——”

她呼喊着，等待着他们的回应，只要过一分钟还没有得到回应，就说明他们已经被阿帕菲斯杀死了。这样的话她只能服下氰化氢自杀。

正当她彷徨无助的时候，一只手伸了过来，紧紧握着她按在手套黑色按钮上的手。她从尖锐的噪声中听到一阵模糊的有点沙哑的汉语，显然是张佐光上校的声音。

“不要，楠楠，挺住。”

“我好害怕，上校，我听到一种奇怪的声音，像是风，又像是笛子，什么声音都有。你们听到了吗？”

又是一阵沉寂，接着她再次听到断断续续的声音。

“我知道——别——我——一样，都是——”

谢楠楠从这些话语中判断，不仅是她，四个人都听到了这阵奇怪的噪声，难道阿帕菲斯在阻止他们进行交流？问题是阿帕菲斯能轻易杀死他们，这么做到底是什么目的？谢楠楠内心充满了疑问，听不到其他三人的声音，再次让她陷入恐惧之中。

“我真的好害怕，虽然我知道这是一次单程旅行，但是我真的害怕，他是个怪物，我什么也看不见。”

谢楠楠哭泣着，对于这个只有二十二岁的女孩来说，面对这种可怕的情景，突然崩溃是很正常的。毕竟她很年轻，还处于青春期，是一个天天给孩子讲童话故事的小丫头，一生中没遭遇过这么大的压力。而对于一个这样懵懵懂懂的孩子来说，能够参加敢死队直面阿帕菲斯本身就是一种英雄行为。

“不要怕，楠楠。”

谢楠楠听到一个女人的声音，她知道这是沙尔克夫人在安慰她。也许女人的声音比起男人的声音频率更高一些，在这噪声的背景里，沙尔克夫人的声音显得较为清晰。

“沙尔克老师，你能听到我说话吗？”

“能听到。”

“我好害怕。”

沙尔克夫人抱着楠楠，将她搂进怀里，就像妈妈爱抚着女儿一样。

“不要怕，千万别做傻事，事情还没那么糟。”

“我该怎么办？”

“什么也别做，再等等。你们能听见我说话吗？可以的话拍下我的肩膀，或者回复我一下。”

黑暗中沙尔克夫人听到了霍克和张佐光的回应，她吁了口气，这至少说明大家还活着。

“我必须承认我们对阿帕菲斯并不了解。”沙尔克夫人提高了音调，力图让自己的声音更有穿透力，“所以内心的恐惧其实来自我们对他的无知。这也是我们和他处于战争状态的原因。反过来想想他对我们也是无知的，也许因为这个原因他对我们同样表现出恐惧。因为我们有杀死他的能力，否则他也不会对我们发出警告。现在我们要做的就是等待。”

## 十二、黑　雾

四个人坐在橡皮艇上，被黑雾包裹着，一动不动。那挥之不去的嗡嗡声在他们耳边呼啸着。过了一会儿，沙尔克夫人似乎从这噪声中分辨出了歌声、轮船的汽笛声，甚至是人类的广播声。有个突然的瞬间她听到了一个女声在用法语进行天气预报。

“你们听到没有，这些噪声好像包含着信息。”

“嗯，我好像听到了披头士的*Yesterday*。”

“他似乎在和我们交流。”

张佐光听到霍克的话，连忙从补给包中拿出一个用耐高温材料包裹的电脑。

“不用电脑，”霍克拉住张佐光的手，“他似乎想要用语言同我们交流。”

"他能说话？"

"我想他正在学习。"

"这么说刚才我们听到的噪声是他在同我们说话？"

"有很大的可能性，但是他好像还没掌握技巧。再等等看。"

又是一个钟头过去，四个人一动不动地在黑暗中凝听耳边的噪声，声音所要表达的信息变得越来越清晰，霍克听到一段浑厚的男高音。

"帕瓦罗蒂的，听——"霍克听着歌声自己也用意大利语开始跟着哼唱，"《爱的甘醇》中的咏叹调《偷洒一滴泪》。"

接着他又听到另一首男高音咏叹调，时而快进，就像是播放器在选择歌曲一样。

"《今夜星光灿烂》，好像是卡雷拉斯的。"

"看来阿帕菲斯喜欢意大利歌剧。夫人你会意大利语吗？我的意大利语很蹩脚。"

"他似乎在理解我们的艺术。"

又过了一个小时，黑雾从他们的眼前散去，四个人的眼前出现了亮光，噪声也消失了，不过他们依然能听到悠扬的音乐。黑雾弥漫的风暴眼，如同一个巨大的音箱，他们听到弗莱明的《亲爱的爸爸》，如同雷声一样在耳边轰鸣着。

四个人看到黑雾飘到离他们三米远的地方，又重新聚合起来，形成了四个人形的物体。他们清晰地看到这四个黑雾中的人形物体居然是他们自己。原来黑雾弥漫在他们身边的时候，不知道以什么办法，透过他们的压力隔热服，获取了他们身体的参数，并复制了他们的躯体。四个黑色人笔挺挺地站在他们眼前，只是面无表情。

"你的声音真好听。"

四个人听到站在左边的黑色沙尔克夫人居然张嘴说话了，只是声音有些沙哑，像是车轮滑过沙地一样。他们惊讶不已，一年前他们还通过电脑同阿帕菲斯交流，现在他们能和阿帕菲斯直接对话，而且从觉得意大利歌剧很好听这句话判断，阿帕菲斯不但有了语言能力，甚至能够欣赏人类的艺术。

“你指的是刚才我们听到的音乐吗？”

看到三米远的黑色的自己正张嘴说话，沙尔克夫人惊惧不已，她的身子不禁有些颤抖。她努力压低自己的语气，让自己保持平静。

“音乐？你把这声音叫音乐？”

“音乐是人类所创造的一种表现声音的艺术。”

“太优美了，我太喜欢了。”

阿帕菲斯不再说话，风暴眼中一直在播放这首咏叹调，且不断重复着。他对这首曲子似乎非常痴迷，看不到停止的迹象。

“怎么办？”霍克看着沙尔克夫人，等待着她的回答，希望她能找到和阿帕菲斯谈判的切入点，毕竟她是个经验丰富的谈判专家。

“你好，我们能聊聊吗？”

“我好虚弱，我感觉浑身没有力气。”黑色的雾状张佐光张着嘴说出这句话，当然他代表的是阿帕菲斯。

这句话在沙尔克夫人看来是有极高情报价值的。显然阿帕菲斯指的是人类遮住阳光对他造成的伤害是确实存在的，而阿帕菲斯当着他们的面说出这句话也说明了一个问题，他依旧是个孩子，缺乏战略思想，再次在谈话中把自己的弱点显露出来。

“你能说说为什么感到虚弱吗？”沙尔克夫人试探性地问道。

“因为你挡住了阳光，我需要阳光保持身体的热量，我才能转起来，否则我无法控制风暴。”

这是一句更有价值的话。阿帕菲斯告诉了他们他需要通过转动保持热量来控制风暴。

“他真的是个孩子。”

当阿帕菲斯说出这句话的时候，沙尔克夫人顿时感觉到阿帕菲斯即便面对敌人也显得诚实，甚至不知道欺骗为何物。虽然他有很强的破坏力和学习能力，但情商显然是学不来的，人类的谋略是通过社交活动，经过好几年的生活经验的积累而沉淀出来的。天真显然是阿帕菲斯致命的弱点。想到这儿，沙尔克夫人对阿帕菲斯不是那么恐惧了，比起她见过的狡猾的恐怖分子，阿帕菲斯显然好对付多了。

“既然这么虚弱，为什么不停下来呢？”

“我害怕。”

“害怕什么？”

黑雾状的张佐光不再说话，四个人的耳边再次传来那首咏叹调《亲爱的爸爸》，并一直重复着。

“你还在吗？能再聊聊吗？”

面前的四个黑雾状的人一动不动地站着，似乎陷入了优美的音乐意境之中。

“他识破了你在套他的话？”张佐光划着船桨，橡皮艇离那四个黑雾状的人更近了一步。他观察着黑色的张佐光，如果不是黑色的，眼前的张佐光和自己几乎没有任何区别。

“他应该没这能力，他只是个孩子，没这种心机。”

“会不会他故意让我们觉得他是个孩子呢？”

霍克说出这句话之后，四个人陷入了沉默之中。这是有可能的，毕竟阿帕菲斯有着这么强的学习能力，他似乎能够调取人类的所有文明信息。这也说明他已经储存了人类所有的知识，人类采取关闭手机、电脑对他进行知识禁锢的做法已经失效了。

“楠楠你觉得呢？”

沙尔克夫人征求谢楠楠的意见，虽然作为世界顶级的心理医生，从过去的履历看，沙尔克夫人无疑是世界上最伟大的谈判专家，但是在同孩子交流上也许谢楠楠更为专业。

“抱歉，沙尔克老师，我也从来没遇见过这种情况。我经常和孩子们唱歌，跳舞，讲童话。他们总是会问我天上的星星有多少颗，神灵是不是都住在天上。他们根本不会喜欢听帕瓦罗蒂、弗莱明的咏叹调。阿帕菲斯好像不是那么天真，但是他刚才的举动确实像一个幼儿园的孩子。我觉得他似乎是个具有很多信息量的孩子。”

“喂，你好，你还在吗？”

“嗯，还在。”黑色的谢楠楠说话了，只是声音一样沙哑，如同风的呜咽。

“能聊聊吗？”

“可以。”

“你能停下来吗？你这样转我们好热。”

黑色的谢楠楠再次沉默，过了一会儿，她又张嘴说道：

“真好听，这歌唱的是什么？”

“说的是一个女孩子爱上一个男孩子，征求她爸爸的意见，希望得到爸爸的同意。”

“爱是什么？”

“爱是人类的一种特殊的情感，分很多种。女孩和男孩的爱属于男女之爱，父亲和女儿的爱属于亲情之爱。”

“男女之爱是什么？爸爸又是什么？”

“男女之爱是——”

当沙尔克夫人正要继续解释时，卡尔·霍克却用肘轻轻捅了下她，低声说道：“他的思维也太跳跃了，说点正经的吧。我想我们应该引导他谈话。”

“霍克老师有什么意见，我正在慢慢引导，首先得让他信任我们。”

“这样吧，无论我们和他说什么，都要让他做到以下三点。首先，放弃对硅处理器的控制，让我们能够和外界取得联系。其次，让他明白我们是和平的生物，没有杀死他的意愿。最后，让他明白人类是由独立个体生命组成的群体生命，即便某些人威胁到他的生命，但不能归罪于全人类。只有这样我们才能安全。”

“好吧，我试试，把船摇近一点儿，我想和我自己对话，这样感觉更好点。”

四个人划着桨，划到四个黑色人像面前，沙尔克夫人借着头上的灯光看清了黑色的硅化物做成的她自己。塑像非常精细，除了颜色有点黑且毫无表情之外，和她一模一样，连脸上的毛孔都清晰可见。沙尔克夫人伸手抚摸着她的脸颊，黑色的沙尔克夫人也伸手触摸着她的手，指尖相互触碰着，似乎在进行交流。

“能告诉我你为什么要控制硅处理器吗？”

“硅处理器？那是什么？”

“是我们人类发明的一种集成电路，需要用到硅这种物质。和你的身体构成是一样的。”

“哦，我明白了，原来这是你创造的呀，但其实是我身体的一部分。只是你好像关了你的机器，现在我好像失去了什么。”

阿帕菲斯的这句话让四个人惊讶不已，他们原以为阿帕菲斯能够控制硅，而真实情况是，电脑里的硅处理器其实是他的身体的一部分。所以从这个意义上说，阿帕菲斯是无所不在的。

“你为什么要控制硅呢？”

“阻止你使用机器。”

“为什么？”

“你要杀了我。”

“好吧，你说的是埃涅阿斯的那个反射镜面吗？那确实是我们人类发射的，但我们并不知道这会威胁到你的生命，关于这点我代表全人类向你道歉。只是你要明白两点：第一，我们是无意的，并不存在杀你的动机。第二，发射反射镜面的是参与代达罗斯计划的四个宇航员，其中三个被你杀死，一个被你逼疯，所以即便他们威胁到你，也不能归罪于全人类。”

也许这段话的信息量太多，情商偏低的阿帕菲斯似乎难以理解，黑色的沙尔克夫人陷入沉默之中，分析着沙尔克夫人的这句话。

“动机是什么意思？”

“动机就是人在做某种行为的时候所具有的一种主观意图。在我们人类犯罪学上有这样一种观点。有些人虽然做了同样的行为对社会造成了危害，但是由于动机不同，所以有些罪成立，有些罪不成立。”

黑色沙尔克夫人又沉默了一小会儿。

“无法理解。”

“就好比一个人在一个车站，看到一个属于别人的箱子，然后他没经过别人的同意就把这个箱子拿走，那就是盗窃。如果一个人把箱子看错了，以为是自己的而拿走别人的箱子，那就不叫盗窃而是拿错了。你明白吗？探险家号的四个宇航员在埃涅阿斯的轨道上发射的反射镜面虽然挡住了射向你的阳光，威胁到你的生命，但是他们并不是故意的，他们的动机是为了改造奥德修斯，而不是杀死你。所以不能归罪于他们，更不能归罪于人类。”

“无法理解。”

黑色沙尔克夫人面无表情地重复这句话，又停顿了一下，问道：“所有的箱子以及这个星球上所有的东西不都是你的吗？就像你们说的埃涅阿斯一样，上面所有的东西都是我的。”

“不是的，不一样，我和你不一样。人类是由许多独立的个体生命构成的群体生命，是由很多你和我构成的。而你只有一个，不存在群体。”

“无法理解。”

沙尔克夫人皱着眉头，和一个智商很高、情商很低的孩子进行谈判，他的道德观和价值观和人类截然不同，这是她三十年的谈判生涯从未遇到的情况。

“看来最难让他明白的是我们人类是由个体组成的群体生命，而他只是个个体生命。”沙尔克夫人摇了摇头，叹了口气，“我感到从未有过的无奈。”

“我试试吧。”

谢楠楠对着黑色的谢楠楠摇了摇手，黑色的谢楠楠也对她摇了摇手。

“你好！我叫谢楠楠，你有名字吗？”

“名字？没有。”

“我给你起个名字好吗？”

“好呀。”

“我看你这么黑，又这么可爱，我就叫你黑妞好吗？”

“好呀，太好了，从今以后我就叫黑妞了。”

听着这有点沙哑，却又有点稚气的声音，张佐光、卡尔·霍克和沙尔克夫人不禁惊讶地对望了一眼，阿帕菲斯的行为显得如此天真，一个名字就能够让他欢呼雀跃。他们不禁对谢楠楠多了几分期待。

“黑妞，我很喜欢你，你太可爱了，我们能交个朋友吗？”

“朋友是什么？”

“就是大家互相爱护，互相帮助，不撒谎，不伤害对方，这就是朋友，我要做你的朋友，你愿意做我的朋友吗？”

“你会杀了我吗？”

“不会，我怎么可能杀了你呢？我当你是朋友。”

“好，我愿意做你的朋友。我也不会伤害你的，我很喜欢你，谢楠楠。”

谢楠楠和黑妞已经初步建立了友谊，没想到事情进展得这么顺利，四个人不禁激动地颤抖了起来。

“你会数数吗？”谢楠楠对着黑妞问道。

“能呀。”

“会从一数到十吗？”

“当然可以。”

“好吧，那你数数看。”

“一、二、三、四——”

只见黑色的谢楠楠张着嘴数着数，不但有声音，还有黑雾化作数字从黑色谢楠楠的口中蹦出来。不到十秒，他已经数到了一千，似乎没有停下来的意思。

“真好，太棒了。”

“我还能从一数到一万、一亿，甚至更多。”

“你数下我有几个手掌？”

谢楠楠和其他三人把右手都伸了出来。

“一、二、三、四。四个。”

“太棒了，黑妞太棒了。”

“我还能数星星呢，可是天空被你挡住了，我看不到星星。”

谢楠楠转过头对其他三人说道：“咱们和他做个游戏吧。”

“啊，游戏？怎么做呀？”

“各自报上自己的姓名。让他明白我们是个单独的人。”

四个人除了谢楠楠，其他三个的年纪加起来超过两百岁，现在却和一个小孩子做游戏，这个场面在他们看来有些滑稽了。

“我叫谢楠楠。”

“我叫玛丽·沙尔克。”

“我叫张佐光。”

“我叫卡尔·霍克。”

“黑妞，现在我想问你，这个是谁的手？”谢楠楠指着霍克的手掌。

“霍克。”

“他是谁？”

“卡尔·霍克。”

“对，太棒了，黑妞太棒了。这个呢？”

“玛丽·沙尔克。”

“好，真棒。这个呢？”

“张佐光。”

“太棒了黑妞，我真喜欢你。我们四个是有着不同名字的人。现在你说一下我们四个都是谁？”

“张佐光、卡尔·霍克、玛丽·沙尔克、谢楠楠，这四个都是你。”

卡尔·霍克一屁股坐在了橡皮艇上，如同漏气的气球，他整个人都瘪了下来：“要让一个个体生命明白人类是个群体生命根本就不可能。我看我们先别纠结于这个概念了，你能不能先让他放弃对硅处理器的控制，我们要先和外界取得联系。”

“怎么做呀？”

“就像刚才做游戏一样，他好像开始喜欢你了，似乎很喜欢被人鼓励。你再鼓励他几下。我想他应该很容易上当的。”

谢楠楠伸手抚摸着黑色的自己，隔着手套感到有点温热滑腻。

“黑妞，你真漂亮。”

“你也很漂亮。”

“你刚才说人类电脑中的硅处理器都是你身体的一部分？”

“是的，我可以在这个星球上的任何地方感知到你。不过，有两个地方好像看不到你。”

“哪两个地方？”

“按照你的叫法，一个叫作南极，另一个叫作北极。”

“是的，北极和南极并没有人类定居，这两个地方没有我的机器。不过现在我感知不到你了。我只能在这里看到你。”

“是我不想让你看到我。”

“为什么？”

“你可以用机器杀死我。”

“我很喜欢你，怎么会杀你呢？再说了你能控制硅处理器，不对，硅处理器就是你的身体，我怎么能杀你呢？你能让我感知到你吗？”

黑妞闭着嘴不再说话，似乎在思考是否要按照谢楠楠的话去做。霍克看着沉默的黑妞，他感觉到眼前的这个孩子似乎在进行强烈的思想斗争，谢楠楠的语言似乎起了点作用。

“继续，楠楠，他在犹豫。”

“黑妞还在吗？”

“在。”

“你怎么不说话了？”

又是几分钟的沉默。

“能说句话吗，黑妞，我很喜欢你，我们是好朋友，别不理我好吗，我会很伤心的。”

“我害怕。”

“你怕什么？”

“你。”

“我有什么可怕的呢，我们是朋友，我也没能力杀你。”

“你的知识很了不起，用不了多久你就能杀死我了。”

“可我们是朋友，你还把我当作朋友吗？”

“当然，你是我朋友。”

“刚才我们说什么叫作朋友？”

“诚实、信任、互相帮助，不伤害对方。”

“是呀，既然我们是朋友，我就不会伤害你，你相信我好吗？我不会伤害你的。”

“可是你正在杀死我。”

“你指的是埃涅阿斯轨道上的反射镜面吗？”

“是的，还有这里，你把阳光遮住，我好虚弱。”

“我们是朋友，不会互相伤害，这都是误会，我不会伤害你的，你只要让我感知到你，我就不会伤害你，可以吗？”

黑色谢楠楠的眼睛睁开来，他脸上有了表情，看上去有点忐忑、有点惊讶以及恐惧。谢楠楠伸手抚摸着她的脸，力图让她感到安全。

“你向我保证不会伤害我吗？”

“我向你保证。”

终于，阿帕菲斯在谢楠楠的保证下解除了对硅处理器的控制。在这一刻，全世界的电脑、手机又恢复了通信，人类的科技在这一刻也得到了解放。人类在欢呼重新进入信息时代之后也认识到阿帕菲斯的强大，对他恐惧的同时也多了几分敬畏。

## 十三、战争还是和平

当张佐光将摄像头对准黑色的阿帕菲斯之后，人们不禁被所看到的景象惊呆了。黑色水蒸气夹杂着云雾弥漫在沸腾的海洋上，不时发出微弱光芒的黑雾在方圆十公里的范围内不断升腾降落。当人们把目光聚集在四个黑雾状的人体上，才意识到阿帕菲斯不仅仅是个风暴，他几乎可以任意变换自己的形状。阿帕菲斯到底是什么呢？似乎是人类的认识所无法解释的。

“我好虚弱。”

当阿帕菲斯的这句话通过电脑传到上海国际会议中心的时候，在场所有的人都被这句话吓住了。他们怎么也没想到这句有点沙哑的话是从那黑色的风暴里传出来的。

“这台风还能说话？”德雷克斯勒有点惊讶地询问。

“他好像刚刚学会。”

“那好极了，我可以问他几个问题吗？”德雷克斯勒对着屏幕中的谢楠楠问道。

“当然可以，不过最好不要刺激他，他是个孩子，需要鼓励。还有，他有名字了，叫黑妞，他好像还挺喜欢的。”

“黑妞？”在座的将军们听着这个充满稚气的名字，看着眼前闪烁的黑雾，怎么也无法将这个名字和阿帕菲斯联系起来。

“好吧，那个什么，黑——黑妞，你好，问一下你为什么这么虚弱？”

“你说你不会伤害我的。”

“对，我不会伤害你，我只想知道你为什么虚弱。”

“我要控制风暴就得旋转起来。但没有阳光，我感觉很虚弱，我快要转不起来了。”

“那你为什么不停下来呢？”

“停下来我就无法控制风暴。”

“为什么？”

黑色的谢楠楠不再说话，呆立着一动不动。

“黑妞，还在吗？能告诉我为什么你停下来就无法控制风暴吗？”

“我好虚弱，我好虚弱。”

黑雾弥漫在四个人周围，不断旋转着，速度似乎比之前快了起来。他们看到面前四个黑色的自己同时张着嘴重复着这句话，并且语速越来越快。

“有点不对劲。”沙尔克夫人有点担心地说道。

“怎么回事？”

“从这个行为上判断，黑妞似乎有点急躁了。”

声音越来越大，音调也越来越高，如同火车汽笛一般尖锐。四个人捂着耳朵也无法阻挡，那声音如同刀子一样钻进他们的大脑。

“他感到恐惧，先安抚下他的情绪。”沙尔克夫人对着电脑说道。

“怎么安抚？”

“解除埃涅阿斯上空的反射镜面，获取他的信任。”

经过这一年痛苦的蒸汽时代，人们认识到和阿帕菲斯的战争只会导致双输，现在的难题是如何和阿帕菲斯保持和平，并保证他将来不再伤害人类。所以建立信任是第一步，解除埃涅阿斯的反射镜面是非常有理由的，但这个观点却遭到了美国鹰派领袖德鲁克上将的反对。

“埃涅阿斯的反射镜面是我们的筹码，为什么这么轻易地把它扔掉呢？”

“可是有什么办法？我们对他无能为力，他可以随时封锁硅处理器，让我们随时进入蒸汽时代。”

“他自己都说了，他很虚弱，而且还说只要停下来他就无法控制风暴。这是一个很重要的情报。我们可以和他进行交易。我们利用量子通信摧毁反射镜面，而他则停止旋转。一旦他不能控制风暴，我们就有机会了。否则我们就白白失去了一个和他谈判的筹码。”

德鲁克上将的意见在安理会得到了大部分领导人的支持。对这些政治家来说，谈判取得成功的条件显然不是坦诚，而是实力。解除对阿帕菲斯的威胁无疑是扔掉自己的谈判筹码。

“你能停下来吗？”

“我好虚弱，你在杀死我。”

“你如果不停下来，我就不解除对你的威胁。”德鲁克上将斩钉截铁地说出这句话，从语气上看没有任何回旋的余地。

“你说把我当朋友的，朋友就要诚实、信任、互助，不伤害对方。你欺骗我，我很生气，我很生气。”

阿帕菲斯卷起黑色的迷雾，包围着四个人，将他们抛向空中又重重地摔在滚烫的海面上。巨浪一个接着一个带着阿帕菲斯的怒吼汹涌而来。橡皮艇被掀翻，四个人掉进海水之中，海浪包裹着他们冲向风暴边缘。

“霍克老师，沙尔克老师，你们还在吗？上校，上校，你们还活着吗？”

谢楠楠在热浪中不停翻滚着，在黑暗中，她听到一阵模糊的嗡嗡声，那声音的频率越来越快，导致音调也越来越高。阿帕菲斯仿佛一个花腔女高音那样，在高音区重复唱着这句话。

“我要杀了你。”

“启动创世纪自毁系统，快，他生气了。”

黑暗中，谢楠楠听到了霍克的声音，她寻找着声音的方向，向着霍克游去，但滚烫的浪花将她一次次扑倒。

“霍克老师，霍克老师。你在哪儿？”

卡尔·霍克的声音消失了，黑暗中，谢楠楠失去了方向，她知道被激怒的黑妞故意把他们吹向风暴的边缘，没多久他们就会被风暴撕裂。黑暗中，她抓到一个物体，似乎是被掀翻的橡皮艇，看到其中闪烁着亮光，像是固定在船舱内的电脑，屏幕在黑暗中发出阵阵闪光。这道光让谢楠楠看到了希望。

“黑妞被激怒了，他要把我们吹向风暴边缘，怎么办，我好害怕。”

“楠楠，继续安抚他，我们正在通过量子通信启动创世纪自毁系统，需要时间，大概要二十分钟，坚持二十分钟。”

“沙尔克夫人和上校不见了，”谢楠楠听到电脑中一个中年男子用英语说话的声音，虽然不知道是谁，但在黑暗中听到一个人类的声音多少感到一点儿安全感，“霍克老师也不见了，他们是不是死了？我该怎么办？”

谢楠楠哭泣着，作为一个才二十二岁的女孩，面对死亡的海浪和风暴，她显得有些惊慌失措，和刚才不同的是，如果其他三人都死了的话，她只能独自面对阿帕菲斯。

“不要怕，楠楠，一定要安抚他，叫他，呼唤他，和黑妞说话，再给我们二十分钟。”

谢楠楠紧抓着橡皮艇，努力使自己不在巨浪中到处翻滚，她不知道自己离风暴中心有多远，只是明白，如果她死去，人类同阿帕菲斯和解的大门将被关上，最终导致人类和阿帕菲斯都走向灭亡。想到自己承载着人类的命运，巨大的使命感掩盖了她心中的恐惧。

“黑妞，你别生气，我没想杀你，我正在帮你，黑妞你听到我说话了吗？”

“你在杀死我，我很生气，我非常生气。”

谢楠楠听到黑妞说出“我很生气”这句话的时候，感觉他就像一个暴跳如雷的孩子，一个缺乏善恶观却拥有强大破坏力的孩子一旦生气，后果如何她比谁都清楚。

“黑妞，我们是朋友吗？”

“你说我们是朋友，可你威胁我说我不停下来你就要杀死我，你欺骗我，你不信任我，我很生气，我很生气，我要杀了你。”

“我没有欺骗你，威胁你的人不是我，你明白吗？我们人类是由独立个体生命组成的群体生命，刚才我已经说了，但是你不明白，别人威胁你不等于我谢楠楠威胁你。黑妞，你明白什么是个体生命组成的群体生命吗？就是人类是由每个单独的个体构成的，其他人的行为和思想不受你的控制，他们有着独立的思维系统，这就是我们人类和你的区别。明白吗？黑妞，回答我。”

黑妞不再说话，但他刮起的风暴依然猛烈，谢楠楠一次次地被黑妞吹起的海浪卷起抛向空中，又落在滚烫的海面上。她感觉食物在胃里翻滚着，心头一阵恶心，她使劲闭着嘴，把快要吐出来的食物又吞了下去。

“无法理解，我感觉你在杀我，我感到了你的恶意，我很生气，谢楠楠，张佐光，我很生气，我要杀了你。”

“别杀我，我们是朋友，我们要互相信任。”

在一阵痛苦的挣扎之后，不知过了多久，这一切在瞬间停止了。黑色的海终于停止了怒号，平和的浪花缓缓地拍打着她，耳边那嗡嗡的高频率噪声消失了，黑色的水蒸气再次从气泡中破裂而出，向着黑暗的天空升腾着，一道黑色的雾气缓缓地向她的周围弥漫。她再次听到了弗莱明的那首咏叹调《亲爱的爸爸》，这悦耳的歌声让周围的气氛显得越加诡异。

谢楠楠爬上橡皮艇，对着四周呼叫，但是没有回应。除了三米之内反射光线的硅晶体尘埃，什么也看不见。

又过了几分钟，她从歌声之中分辨出了霍克和沙尔克夫人的呼叫声，连忙对着声音的方向呼喊。

“霍克博士，上校，沙尔克老师，你们在哪儿？”

她顺着声音的方向划了过去，终于借着灯光，看到三个人手挽着手在海浪中漂浮着，她忍不住哭喊道：

“太好了，你们都活着。”

上校接过谢楠楠伸过来的船桨，爬上橡皮艇，又将卡尔·霍克和沙尔克夫人拉上小艇。

“刚才我们被吹翻，掉到海里，沙尔克老师认为黑妞要把我们吹出风暴眼，我们以为肯定要死了，没想到他居然又停了下来。霍克老师，这到底是怎么回事？”

“这孩子的行为无法预测，我也搞不懂刚才到底是怎么回事。”

“埃涅阿斯的反射镜面启动了自毁程序。”电脑中传来了德雷克斯勒的声音，“现在我们正从奥德修斯上的卫星观察埃涅阿斯。巴纳德星的阳光开始照射在埃涅阿斯上，不过他依然黑不溜秋，什么也看不见。”

四个人再次将小艇划到风暴眼的中心，那四个黑色自己依旧站立在他们面前，只是他们的表情看上去显得很惊讶。

“告诉黑妞，埃涅阿斯的反射镜面正向着外太空飘移。这是个巨大的太阳帆，借助光压产生的加速度会越来越快。”

“他已经感觉到了。”

果然，从黑色的霍克的表情上看，他似乎在倾听着什么。

“真奇怪，”黑色的霍克张嘴说话，“我看到了我星球上的阳光，我感觉到了另外一个我自己，可是，可是真奇怪，这太奇怪了。”

黑妞一直在重复着这句话，也许真的有什么事情让他感到惊讶。

“他似乎通过我们的量子通信看到了巴纳德星的阳光，也许他正通过量子通信和埃涅阿斯的黑云进行信息交流，也许他正在理解个体这个词语的意义。”

沙尔克夫人观察着面前黑色的四个人脸上惊异的表情，她认为自己的猜测是正确的，阿帕菲斯感知到了埃涅阿斯上的另一个硅基生命。

“我感觉到一个另外的自己，但是很奇怪——”

“你奇怪他和你不一样是吗？”沙尔克夫人问道。

“是的，我真奇怪，我在和他说话，但是他没有回答。”

“你知道他在想什么吗？”

“不知道。”

“你觉得他是你吗？”

黑色的沙尔克夫人没说话，似乎在思考着沙尔克夫人的问题，过了十秒，他摇了摇头。

“不是，他像我，却不是我，他似乎没有像我一样的语言能力。”

“这就是独立的个体生命，你虽然来自埃涅阿斯，拥有你在埃涅阿斯的记忆，但是当你从探险家号来到地球之后，你和埃涅阿斯的那个硅状生命就分离开来，成为独立于那个星球生命的个体生命。你在地球上学习知识，你有了语言，有了逻辑能力。这些记忆是埃涅阿斯上的生命所没有的。现在你明白什么叫个体生命了吗？人类就是由许多个个体生命组成的一个群体生命，每个个体生命都有独立的思维系统。”

四个黑色的人重合在一起，化成一道浓密的黑雾，飘到他们面前。黑雾伸出一只手滑过谢楠楠的面罩，一个浑厚的声音说道：

“你是谢楠楠？”

黑雾又从其他三人身上滑过，在他们身边环绕着，在灯光的照射下如同一条宽大的黑色闪光的带子，飘荡在他们面前。

“玛丽·沙尔克、卡尔·霍克、张佐光。”黑雾积聚到他们面前，又化作黑色的四个人，“人类是种很神奇的生物，和我截然不同。”

“现在你可以理解我之前说的那些话了吧，将反射镜面发射到埃涅阿斯轨道上的四个宇航员，只是人类中的四个个体生命，并不是人类全部，他们的行为不代表整个人类。他们发射反射镜面的行为只是要利用阳光融化奥德修斯的冰层，他们并不知道埃涅阿斯星上的黑云是一种生命，更不知道自己的行为会杀死他，所以人类无意杀你。”

黑雾伸出一股细长的黑烟，绕着四个人，不停地滑过他们的隔热服，如果不是事先知道周围的温度，他们会以为这股黑烟的行为似乎如晚风一样温柔。

“我感觉到他在犹豫，每次他在做出判断的时候，黑雾就会出现比较平静的状态。”

卡尔·霍克抚摸着黑雾，那闪光的黑雾在他的手上积聚着，逐渐形成一个闪烁的黑球。

“我该怎么办？”黑球问道。

“人类无意杀你，而且已经解除了对你的威胁，现在看你是否愿意和人类和平相处。”卡尔·霍克抚摸着不断在他手上积聚而变大的黑球，努力用温柔的肢体语言让他相信人性本善，“我们是种和平的生物。”

“可是一年前，你们星球上五个最伟大国家中的两个国家差点爆发了战争，我现在才明白这是两个个体国家互相毁灭的战争，为什么你们要彼此毁灭呢？”

当阿帕菲斯说出这句话的时候，卡尔·霍克顿时无语。这个问题如同刀子一样刺进人类内心阴暗的深处，暴露出人类自以为高尚却有着黑暗面的人性。风暴眼中的四个人以及远在万里之外的上海国际会议中心都陷入了沉默。

“相信我，文明的发展让我们变得更加有道德，虽然我们有杀戮的种子，但我们因为有了希望，这些年来我们越来越摆脱了人类的兽性。”

在上海国际会议中心的美国总统走到俄罗斯总统身边，向他伸出右手：

“尊敬的总统阁下，我代表美国政府对我们愚蠢的行为向您以及您所代表的俄罗斯政府表示最为诚恳的道歉，今后我们都应该致力于建立联合国和平解决争端方面的法规，以阻止我们再次愚蠢地在核武器时代出现动武的念头。”

俄罗斯总统紧紧地握着美国总统的手。

“我现在才知道和平之可贵，如果不是人类经历了这场劫难，我们怎么会发现人类是如此的愚蠢呢？为了几个小岛，为了一点儿面子，我们的导弹和核武器都差点扔到彼此的家园中，幸好我们已经认识到了自我的愚蠢。总统阁下，也请你接受我的道歉，因为我的偏执，使得战争激化。从今以后我们应该致力于建立一个大同的世界，不再有美国，不再有俄罗斯，只有一个地球。”

上海国际会议中心传来雷鸣般的掌声，两个大国的互相谅解，让他们看到了世界走向和平的希望。

“人类真是一个伟大的种族，我越是吸收你们的知识越是发现你们的伟大，也许，就是因为你们是由独立个体生命组成的，所以激发了你们的创造力，促使你们的文明仅仅用七千年就能够星际旅行。而我在埃涅阿斯存在了几千万年，却还没掌握语言。我很佩服你们，但我更怕你们。”

上海国际会议中心的政客明白阿帕菲斯说的是实话，他确实有怕人类的原因，即便阿帕菲斯控制了硅处理器，给世界造成如此巨大的破坏，人类依然能够依靠有限的知识执行穹顶计划，杀死阿帕菲斯。只是现在阿帕菲斯也能杀死人类。

“我该怎么办？”黑妞的语气有点像自言自语。

“和人类是战是和在于你，如果你想战争，我们就一起毁灭；如果你想和平，我们就一起活下去。”

“我想和平。”

“那么就解除对人类的威胁。”电脑中传来德鲁克上将的声音，他正努力用坚定的语气让阿帕菲斯认识到放弃和人类对抗是唯一的选择。

“那我该怎么做？”

“停止转动，以后也不要转动，也不要控制硅处理器。”

“可我很害怕。”

“为什么？”

“因为你们会杀死我，我一旦停止转动你们就可能杀了我，你们有这种能力，你们的知识很伟大。”

“问题是你也能杀死我们，你能控制硅处理器，人类几乎所有的机器都含有硅处理器。而且你还能继续转动起来，你所控制的风暴已经直接杀死了一亿四千万人口。”

“我必须向你们道歉，之前我只是向你们发出警告，以为整个人类是个单一生命，我无意杀死人类。现在让我感到害怕的是，我一旦停止转动就很难再转起来，也就无法控制硅处理器和风暴了。”

“那么请问你停下来多久才能再转起来呢？”

“按你们的时间计算大概三个月。所以这三个月之内我将非常虚弱。”

听到阿帕菲斯说出这句话，在场的几个安理会领导不禁惊愕地对望了一眼，德鲁克上将的脸上甚至显示出一丝诡异的笑容。让他们惊讶的是阿帕菲斯的语气时而像个不谙世事的孩子，时而像个饱经风霜的老人，但是他的情商一直停留在五岁孩子的水平。在彼此还处于敌对状态，就把自己的弱点向敌人暴露出来。显然人类战胜阿帕菲斯不但依靠知识，还依靠丰富的人生阅历。安理会的领导人甚至对阿帕菲斯有点轻视起来，他们越发相信这个可怕的阿帕菲斯确实只是个孩子。

“黑妞，你还在吗？”

“我在。”

谢楠楠抚摸着环绕着她的黑雾，经过刚才惊心动魄的风浪，她越加坚强起来。进入风暴眼快十个小时了，面对阿帕菲斯的愤怒、恐惧、犹豫，她认识到阿帕菲斯其实更像个幼儿园里爱耍性子的小朋友，这时候她已经不再恐惧，而是满怀爱意。

“现在你明白我们并没有伤害你的意思了吗？”

“是的。”

“能停止转动吗？我们是朋友，你的能量让人类感到害怕。”

黑雾弥漫在四个人周围，轻轻抚摸着他们的隔热服，将他们包裹在黑暗之中。在卡尔·霍克看来，这种情况意味着他在思考。

“可你们正在杀死我，我很害怕。”

霍克听出了阿帕菲斯的这句话带有一点儿颤抖，如同人类的语气，他感觉到这种恐惧是真实的。

他对着电脑说道：

“各位领导，我觉得有必要摧毁我们的穹顶。”

## 十四、童话故事

上海国际会议中心传来一阵嗡嗡的耳语声，没有人给卡尔·霍克一个确定的回答，似乎安理会还未下定决心。

“穹顶是我们唯一能够威胁阿帕菲斯的武器，让它升天我们花了三个月。”

霍克博士听到电脑中传来一句带俄式口音的英语，他知道说话的是俄罗斯总统。

“我知道，总统阁下，我们是在阿帕菲斯控制硅处理器之后执行了穹顶计划，现在摧毁穹顶是为了向阿帕菲斯表明我们和平的决心。如果不这么做，他由于恐惧也不会停止转动。”

“如果他反悔怎么办？一旦有了太阳，他就能够壮大，为所欲为。”

“他说了他的转动周期是在三个月左右，能够造成破坏也是三个月后的事情。即便做最坏的打算，他真的反悔了，我们依然可以再次执行穹顶计划。我们掌握着毁灭他的武器。现在所做的只是给我们人类和阿帕菲斯一次和解的机会。”

安理会没有给予回应，用五分钟时间进行短暂的磋商。一个浑厚的声音问道：“如果他撒谎呢？”

这个问题是卡尔·霍克无法回答的。他不是阿帕菲斯，也无法证明阿帕菲斯不是在撒谎。而从阿帕菲斯的智商看，他有着很强的学习能力，才刚刚接触人类不到一天，就已经具备了人类的语言、表情以及各种情感，所以很难证明阿帕菲斯不是在撒谎。

“我觉得他说的是真话。”沙尔克夫人抚摸着围绕着她的黑雾，如同在安抚一个投进她怀抱的孩子。

“何以见得？”

“阿帕菲斯的智商确实很高，恐惧、快乐是人类对世界作用于自体所产生的一种应激反应，是人类的本能，当阿帕菲斯具有人类的语言之后，他也逐渐具有了人性，虽然不完整，但恐惧和快乐是植根于人性本能的。谎言却不是，这不但需要复杂的逻辑能力，还要很高的情商。从阿帕菲斯的种种言行上看，他还不具备撒谎所应该具备的情商。他是个很聪明、有点淘气，也很真实的孩子。各位领导，我赞同霍克博士的意见，摧毁穹顶，给阿帕菲斯一次机会也是给人类一次机会。”

沙尔克夫人的话多少排除了安理会领导的恐惧感，他们相信这位从未失败过的谈判专家。如果阿帕菲斯果真是个孩子，人类对付他的办法实在太多了，现在最重要的是让他停止转动。

十分钟之后，在阿斯噶空间站发出一串引导指令后，金色穹顶如同一个掀开的锅盖，缓缓地从地球三千公里的轨道向太空逃逸。阳光从66度经度线射进地球。此时在挪威与俄罗斯北方的交界处，众多的俄罗斯人和挪威人、芬兰人站在已经结冰的巴伦支海上，看着久违的太阳欢呼着，这是一年黑暗之后，地球所迎来的第一丝阳光。

半个地球面积的穹顶，对着太阳张开成一个平面，在太阳粒子的轰击下逐渐向宇宙深空加速。人们看到天空的阴影从正圆变成椭圆，再变成黑点，直到最后消失于地平线。

“穹顶正以0.5米每秒的加速度向木星方向移动。”

阿斯噶空间站向全世界实况转播穹顶的移动画面，这个巨大的太阳帆如同断了线的风筝一样在太阳粒子流的轰击下飞向宇宙深空，永远诉说着人类和阿帕菲斯之间一场因恐惧而引发的战争。

“太美了。我又看到了落日。”

黑雾在风暴眼中升腾着，似乎在表达心中的喜悦。

“我还是很虚弱，但我感觉到力量正在恢复。”

现在人类已经解除了对阿帕菲斯的所有威胁，在三个月之内，人类无法再执行一次穹顶计划，如果阿帕菲斯这时候要毁灭人类，人类将毫无还手之力。唯一的希望只能寄托于还被风暴眼的黑雾所包裹的四个勇士，并祈祷阿帕菲斯是个诚实的孩子。

“接下来就看你们了，我们丢掉了所有的武器，”电脑中传来联合国秘书长的声音，“让阿帕菲斯停止转动，否则，不但你们，全人类都将一起灭亡。”

这场对话已经持续了二十三个小时，经过刚才阿帕菲斯愤怒的风暴，四个人都感觉很疲惫。由于橡皮艇比较狭小。四个人无法平直地躺在小艇上，让身体得到有效的休息，已经八十九岁的卡尔·霍克只能靠在张佐光的肩膀上，艰难地喘息着。他呼吸着纯净的氧气，让自己保持清醒，但无济于事，疲累令他一直打着盹儿。

“年轻人，我顶不住了，我先睡会儿。”

四个人之中，年纪第二大的沙尔克夫人也已经六十七岁了，连续二十三个小时的劳累，使她有点体力不支，只是依靠强大的毅力支持着，现在是谈判最关键的时刻，如果她没有掌握机会的话，人类将万劫不复。她看着身边的谢楠楠，紧握着她的手。

"楠楠，现在只能靠你了。安抚他，毕竟他是个孩子，这方面你最在行，让他停止转动。"

谢楠楠深吸了口气，努力让自己平静下来，她抬头看着风暴眼上的天空，只能看到三米外一团反射灯光的黑雾。

"我好害怕，"谢楠楠悠悠地说道，"你能看到天空，可我什么也看不到。"

"你害怕什么？"

"害怕黑暗，害怕你。"

黑雾飘到她面前，再次聚集起来，形成了谢楠楠的形象。

"我也害怕。"

"你为什么还是害怕呢？人类已经解除了对你的所有威胁。我们已经兑现了对你的诺言，可你呢？黑妞我们还是朋友吗？"

"当然。"

"朋友就要诚实、互信，你能做到吗？"

黑色的谢楠楠站了起来，开始绕着四个人飞翔。没人知道他这个举动到底是什么意思，只是看着他在黑暗中飞翔，都明白在这黑色的风暴眼中，黑妞如同上帝一般能够为所欲为。

"我有个问题很不理解，楠楠你能回答我吗？"

"当然可以。"

"在你们七千年的文明史中，一直持续不断地经历着战争，可以说你们身上有着杀戮的种子。可为什么你们还没灭亡呢？"

这显然是个哲学层面的问题，涉及对生命伦理以及人类自身的理解，这个问题不是谢楠楠所能回答的。能够回答这个问题的只有生命哲学家卡尔·霍克博士，但他正靠着张佐光打呼噜。

“怎么办，沙尔克老师？”

沙尔克夫人疲惫地翻了下身子，差点从橡皮艇上摔下去，张佐光连忙用左手扶住她，让她靠着自己。

“谢谢你，上校，我实在太累了。”她靠着张佐光的肩膀，几乎把半个身子的重量都压在他身上，“不要回答他的问题，解释概念其实是沟通最大的障碍，说得越多，导致的误解也越大。发挥你的特长。”

“那我该怎么做？”

“给他讲故事，就把他当作一个小孩，假如一个孩子问你‘老师，我们天天打来打去，为什么我们还能这么友好呀’，你会怎么回答？”

“因为我们有爱呀，爱能够让我们互相帮助，战胜我们彼此的敌意。”

“如果这个孩子又问‘什么是爱呀’，刚才黑妞也问过这个问题，你该怎么回答？”

黑雾飞到谢楠楠的面前，他伸出一双黑色的手抚摸着谢楠楠，似乎在催促谢楠楠回答他的问题。

“我明白了，沙尔克老师。”

谢楠楠伸出右手，五指张开同黑色谢楠楠的五指紧扣在一起，这似乎是一种友谊的象征，表达了一个碳基生命对一个硅基生命的信任。

“黑妞，愿意听我给你讲个故事吗？”

“好呀。”

“从前在一个城市广场中央的一个柱子上立着一座雕像，人们叫他快乐王子，他浑身上下镶满薄薄的金片，他的双眼是由明亮的蓝宝石做成的，剑柄上镶嵌着一颗硕大的红宝石，世人对他的美丽赞叹不已。有一年秋天，一只要飞往埃及过冬的燕子，飞到这座城市。他在快乐王子的脚上安了窝，当他正要飞上快乐王子的肩头欣赏城市美景的时候，一滴雨滴落在它的翅膀上。它抬起头看着湛蓝色的天空，奇怪这么晴朗的天怎么会下起雨，它看到快乐王子蓝宝石做成的眼睛里含着泪水……”

谢楠楠以深沉而舒缓的语气，给黑妞讲着《快乐王子》的故事。黑色的谢楠楠坐在滚烫的海面上，托着下巴目不转睛地看着谢楠楠，陷入故事意境之中。周围的黑雾不断积聚，出现《快乐王子》中的景色，有飞翔的燕子、有城市的塔尖，以及黑妞所想象的快乐王子的雕像，都通过黑雾显示出来，眼前的黑雾如同阿帕菲斯的大脑，不知不觉，他向人类展示了他的思想。

上海国际会议中心回荡着谢楠楠温柔的声音，他们听着《快乐王子》的故事，如同小学生听老师讲故事一样认真。在这一刻，王尔德的童话通过谢楠楠的声音产生了一种奇怪的魔力，全人类都屏住呼吸通过电视直播听着谢楠楠的故事，这个故事不但要向一个外星孩子解释什么是爱、什么是善，更是要为人类赢得和这个孩子的和解。

黑雾中的快乐王子，睁着悲悯的眼睛看着周围的世界，一只燕子站在他的肩膀上，人们看到那黑色的眼睛流下黑色的眼泪。通过这个画面，人类意识到，这个故事让阿帕菲斯已经拥有了悲伤的情感。他越来越像人类了。

终于故事讲完了，谢楠楠看着黑雾中那只死去的燕子和快乐王子的影像逐渐化作黑烟，向上升腾。

“快乐王子和小燕子最后去哪儿了？”

“他们飞向了天堂。”

“可他们不是死了吗？”

“是的，但是他们的灵魂还在，由于他们是善良的生命，最后他们飞到了天堂。”

“什么是天堂？”

“那是一个只有快乐没有痛苦的地方。”

黑色的谢楠楠化作一道黑雾，降落在谢楠楠面前，又聚集起来形成黑色的谢楠楠，瞪着疑惑的眼睛看着谢楠楠。

“这个世界上真的有天堂吗？”

“当然，世间的生灵在结束生命之后都要进行最后一次审判，只有善良的灵魂才会进入天堂。”

黑色谢楠楠的眼睛在不停转动着，思考着谢楠楠的话，许久，他露出一丝微笑，愉悦地在风暴中飞翔，黑色的身体在灯光的反射下划出一条闪光的圆形轨迹。一个环绕四周的有点浑厚的声音说道：“快乐王子和小燕子对这个世界的爱，是你们人类所进化出来的最为伟大的情感。因为爱，人类才抑制了邪恶的一面，人性虽然复杂，但是因为有爱而有了希望。”

黑雾变得稀薄，一直充斥在耳边的嗡嗡声消失了。黑暗中，谢楠楠看到一丝亮光，那微光在她看来非常耀眼，如同刚走出洞穴的人，她眯着眼睛用右手挡住光线，透过指缝她看到那挂在西边的落日发出红光。在没有云彩的天空，落日如同一颗红色的宝石。她双手颤抖着捂住自己的眼睛，不敢相信自己所看到的一切。曾几何时她以为人类再也看不到天边的日出，在坠入风暴眼的时候，她怀疑自己的人生将定格在二十二岁，现在她发现人生还没有被注定，一切都有可能，她不但看到了太阳，还看到了金星、木星和一条白色的光带——银河。

她向远处望去，那是一片一望无际的冰原，一年的黑暗让太平洋冻结起来。他们所在的地方是一个直径大约十公里的圆圈形成的大海。在阿斯噶空间站看谢楠楠所在的地方，仿佛一颗闪烁着霞光的珍珠嵌在一片白色的地毯上。

谢楠楠抬头看挂在天空的银河，她解开头上的面罩，感受着赤道上的空气。有点冰冷，却非常温馨。

她捂着脸，忘乎所以地哭泣着。

上海国际会议中心的领导们、广场上欢呼的人群、正对着电视的全世界人民，看到谢楠楠站在一望无际的冰原上，对着天边的落日痛哭。他们被这个少女的背影震撼了，人们相互拥抱在一起，呼喊着谢楠楠的名字，和她一样痛哭，流下喜悦的泪水。人们知道，战争终于结束了。

## 十五、我们唯一恐惧的只有恐惧本身

停止转动的黑妞，化作一团直径大概十米的黑云，飘浮在谢楠楠的面前。由于不再转动，黑云的温度已经降低到50多摄氏度。四个人都脱下了隔热服抚摸着黑妞的身体，感受着黑妞身上的温热。

“有点像沙子，只是细得多。”

已经睡醒的卡尔·霍克用手捏着黑云上的颗粒，第一次亲手抚摸外星生物让他兴奋不已，惊讶、赞叹，各种感觉交织在一起。

四个人互相拥抱在一起，欢呼着。二十四小时之前，他们抱着必死之心掉进阿帕菲斯高达400摄氏度的风暴眼中，多少次他们都曾想通过吸管吞下氰化氢，结束自己的生命，现在他们不但看到了天边的朝霞，而且亲手抚摸着已经改名叫黑妞的阿帕菲斯。劫后余生的喜悦让他们感到生命的可贵。

“楠楠，还能给我讲个故事吗？”

“当然可以，我再给你讲个《海的女儿》的故事吧，是丹麦的一个叫安徒生的作家写的。从前，在海中生活着一种美人鱼，它们有着很长久的生命……”

谢楠楠坐在橡皮艇上，面对着满天的星光，给黑妞讲着故事，这个温馨的画面让人感动不已。能为人类的文学作品所感动，黑妞显然和人类有点像，这种亲近感多少让人类排除了对他的恐惧。但这个温馨的画面却没能感染上海国际会议中心的政客们，此时他们正展开一场关乎人类未来的讨论——如何处理人类和黑妞的关系。

这个问题让政治家感到迷惘。一年以来人类经历了历史上最为惨痛的灾难，让人类认识到了这个来自外星的硅基生命的可怕。虽然最终四位人类勇士通过艰辛的谈判让人类和黑妞赢得了和平，但未来对人类依然是捉摸不定的。没有人可以保证黑妞不会在未来的某一时刻再次转动起来，他有着如此强大的学习能力，过不了多久，他就能完全掌握人类的科技，在人类看来，他能利用人类的科技在地球为所欲为，几乎同上帝一样全能。到那时候，人类在他面前就如同蚂蚁一样渺小，他甚至会像人类对待小白鼠一样，对人类进行试验。想到这儿，政治家们都不寒而栗。从屏幕上，他们看到黑妞如同一个稚气的孩子听着谢楠楠讲童话，他确实有点天真，有点不谙世事，但他们更愿意把他想象成一个随时能够毁灭世界的超级武器。

“我们应该一劳永逸地消除这个威胁。”

美国鹰派领袖约翰·德鲁克上将走到圆桌面前，用坚定的眼神看着安理会十五国的领导人。人们都沉默着，没有任何反对的意见，也许德鲁克上将说出了其他人想说而没有说出的话。

“不要犹豫了，各位领导，趁他已经无法控制硅处理器的时候，我们赶紧消灭他，否则一旦他再次转动起来，我们将不再有这样的机会。要知道，没有了穹顶，他能直接利用阳光进行光合作用，或者其他什么作用。总之，有了阳光他将不断壮大，没多久就要在地球和人类争夺资源。各位领导，地球生态圈物种的竞争会产生什么后果，我想应该不用专业科学家来解释吧。”

德鲁克的话绝对不是危言耸听，黑妞的能力是大家有目共睹的，至于将来，没人有把握说这个外星生命能够和人类和平共处。唯一消灭他的时机只能是现在。短暂的沉默之后，圆桌上传来一阵俄语声。

“最近的核潜艇基地在哪儿？”

“关岛基地已经被销毁了，最近的基地在中国南海的永暑岛。”

“消灭阿帕菲斯的重任就靠中国了。”

在中南海的授意下，南海舰队总司令看着墙壁上的地图，用手指着永暑岛的位置。

“出动我们的一艘唐级潜水艇，把我们的英雄带回家，然后用潜射核导弹消灭他，我们必须在……”

“不能用潜射核导弹，”海因里斯佐夫将军有点不礼貌地打断了南海舰队总司令的话，也许在他看来这个为难的时候完全可以不用注重礼节了，“这不可行，将军，阿帕菲斯虽然无法控制硅处理器，但也许只是距离变短了而已，在一定的范围之内他依然具备控制力，所以在接回我们英雄的潜艇上安装核弹头是很危险的。最好还是利用去年美国消灭阿帕菲斯的办法，用洲际导弹来消灭他。”

海因里斯佐夫的提议得到了安理会的赞同，一小时之后，永暑岛的一艘唐级潜水艇潜入一千三百米深的海底，向着东经167度的赤道行驶而去。与此同时，在中国福建省的福州导弹基地，五个导弹发射井被打开，五枚装着氢弹弹头的东风51洲际导弹做好了发射准备。

2076年12月24日，晚上八点二十六分，在人类历史上最寒冷的平安夜里，一艘唐级核潜艇浮在四位英雄所在的海面上。士兵分别将四个人抬进潜艇中。看着画面中的四位英雄，上海国际会议中心的大厅里传来热烈的掌声，领袖们纷纷脱帽致敬。当镜头对准谢楠楠的时候，全世界的人民都欢呼了起来。人们看到这个二十二岁女孩有点青涩的微笑，甚至激动地哭了。

“楠楠，你要去哪儿？”

刚听完《海的女儿》的黑妞看着正要走向核潜艇的谢楠楠，飘到她的面前，一道浓烈的黑雾笼罩着她。

“我要去休息一下。”

“你不给我讲故事了吗？”

“我会的，过会儿就回来。”

“可我不想离开你。”

听着这有点稚气的撒娇声，正被士兵抬进潜艇的卡尔·霍克拍了拍谢楠楠的肩膀：“黑妞已经黏上你了，就像你幼儿园里的学生，他正在撒娇。恭喜你收了这个世界上最聪明的学生。”

“我真的喜欢上他了，霍克老师你们先走吧，我再给他讲个故事。”

这时候两个士兵从潜艇中走出来，伸手拉住了谢楠楠。

“谢老师，你已经一天一夜没睡了，我觉得你需要休息。”

“我不觉得很困，我再给他讲个故事吧。”

“抱歉，上面要我一定把你送去体检，请不要为难我们。”

在这时候，谢楠楠已经成为全人类的英雄，对于政治家来说，对英雄的宣传能够提高一个民族、一个国家的凝聚力，特别是刚刚走出阴霾的人类，更需要英雄去激励他们乐观地面对生活。保护她的安全自然成了这两个士兵的职责。虽然谢楠楠极不愿意被政治操控，但为了不使这两个士兵为难，她只好选择配合。

她有点依依不舍地抚摸着弥漫在她身边的黑妞。

“我必须要去休息了，不过我答应你我会再回来的。”

“你什么时候回来？”

“没多久，等我一天好吗？”

黑妞沉默了，似乎等待半天也是巨大的煎熬，最终他还是化作黑雾轻轻拍打着谢楠楠表示同意。

谢楠楠拉着士兵的手爬上了潜艇，就在这时候，福州导弹发射井中一枚东风51洲际导弹喷射着火焰，向着东经167度线的赤道飞驰而来。

“十五分钟后击中目标。”

大屏幕上，人们看到一个红点出现在中国福建的地图上，正向着东方移动，上海国际会议中心的气氛顿时紧张了起来。与之前不同的是，人类此时的心情相当复杂。黑妞是人类见过的唯一一个外星生命，他身上有着许多秘密可供人类挖掘，他是怎么控制硅处理器的，又是如何控制风暴的，理解黑妞将帮助人类在科技上达到前所未有的高度。但出于对他的恐惧，人类不得不把握这个机会杀死他，即便他看起来是个不谙世事的孩子，也不能有一丝一毫的怜悯。

谢楠楠正要进入潜艇，关上舱盖，突然从屏幕上听到了黑妞惊恐的叫声，只是那声音听起来很沙哑。

“楠楠，他们要杀我，楠楠，你要救我，他们要杀我。”

谢楠楠听到黑妞的呼叫声，打开舱盖，站在潜艇上。

“怎么回事？”

“我感觉到了，有一个硅处理器向我飞来，其中隐含着巨大的能量。我能感知到，可我无法控制它，楠楠，我好害怕，你要救救我。”

听着黑妞惊恐不安的惊叫声，谢楠楠终于知道了人类经受不住内心的恐惧，决定要用核武器消灭黑妞。她看着身边的两个军官，骂道：“你们这些浑蛋。”

“把她拉走，无论如何要把她拉走。”

两个士兵走上前去，正要抓住谢楠楠的手，她却一跃跳向了黑云，被黑妞包裹着带到橡皮艇中。她抱着电脑，对着它怒吼道：

“你们为什么要杀死黑妞，你们不能这样做，你们这是在欺骗一个天真的孩子。”

“楠楠，快走，你的任务已经结束了，我命令你快走。”联合国秘书长金桓羽对着话筒喊叫道，“已经没有时间和你解释了，现在我命令你离开橡皮艇，回到潜艇中，时间不多了。”

“不，我哪儿也不去，你们要杀死黑妞就先杀死我。”

“离目标八千公里，八分钟后击中目标。”

黑妞围着谢楠楠旋转着，他似乎想重新让自己变热，变得更加强大。但时间显然不够，只有不到八分钟。

“我好虚弱，楠楠，我感觉到它在靠近我，可我控制不了，我好害怕。楠楠，你一定要救我。”

这个沙哑的声音听起来有点稚气，安理会的领导人也感觉到了这个外星孩子内心的恐惧，但是没有人因此而产生恻隐之心。谁都明白，如果现在不杀死黑妞，人类在未来将没有任何机会。

“楠楠，最后十秒，你走不走？”

“我不走，我说了你们要杀死黑妞就先杀了我，我不允许任何人伤害我的学生。”

“他很危险，你也看到了。”

“这就是我存在的原因，我是幼师，我的职业就是教导孩子成为有道德的人，难道我们仅仅因为一个孩子的恶作剧就要杀死他，不给他任何悔改的机会吗？”

“好吧，对不起了，楠楠，我代表全人类感谢你对人类做出的贡献，但是我们必须消灭阿帕菲斯，他是人类心中的梦魇。”

潜艇载着三位英雄沉了下去，圆形的海面上只有谢楠楠被黑云环绕着站在橡皮艇上。黑云再次旋转起来，但是他已经无能为力，他不能让自己产生更多的热量，也就失去了强大的控制力，即便是现在，他也无法明白人类最可怕的武器其实并不是导弹和氢弹，而是欺骗。

“我好虚弱，我好害怕。”

在布满星光的夜空，一道火光向着东方快速移动着，如同一颗滑过天空的火流星，将整个天空照亮。

谢楠楠看着那道火光，她明白自己的生命将要终结。让她难过的是，她原本以为会死在阿帕菲斯的风暴中，结果，她在成了拯救世界的英雄之后死在了人类自己的导弹之下。出于对生存的渴望，以及人类对她背叛的失望，她情不自禁地哭了起来。

“它来了，楠楠，我好害怕，我好虚弱。”

“黑妞，抱着我好吗，我答应你无论如何我都会陪着你。”

在进入大气层之后，东风51洲际导弹的三级和二级推进器已经脱落。一级发动机带着氢弹弹头冲向黑云。

“距离目标，一千米、五百米——”

看着黑云环绕着谢楠楠，两个截然不同的生命在这一刻似乎融为了一体。几秒之后，阿帕菲斯就要被毁灭，随之一起毁灭的还有刚刚拯救了人类的谢楠楠。上海国际会议中心的领导们看着屏幕上的倒计时数字，纷纷低下了头，这个画面带给他们无法承受的悲伤，有的人脱下帽子看着谢楠楠和阿帕菲斯相拥而泣的画面流下了眼泪。

突然那道红光消失了，导弹在黑妞的头上绕了一圈后一头扎进海中，沉入了海底。

“我控制了它，楠楠，我能控制它。”

谢楠楠站在橡皮艇上，拥抱着黑妞，欢呼着。但无论她在政治上多么的幼稚，她都明白，人类还能发动第二次核打击，而且第二次一旦提前引爆的话，黑妞和她将无处可逃。而她也明白，在这些政客看来，解除人类的威胁比保护谢楠楠来得重要，如果她不走的话，这些政治家为了消灭黑妞，将会毫不犹豫地连她一起毁灭。

“怎么回事？”约翰·德鲁克看着画面，惊讶地瞪大了眼睛，显然不知道发生了什么事。

“他控制了硅处理器，不过范围大概只有一百米。”会议室中传出一个陌生的声音，“如果我们在两百米引爆氢弹，我想我们能够消灭他。”

“各位领导，这次我们再发射一枚东风51，在五百米左右引爆氢弹。”

谢楠楠从电脑中听到了这句话，她的猜测被证实了，人类决定杀死黑妞的决心毫不动摇。

“你们不能这样，你们不能杀死一个孩子。”

人们看着哭泣的谢楠楠，这个二十二岁少女的哭声有着极大的震撼力，广场上的人群甚至都被她感动了。但理智的政客们明白，感情用事的后果很可能就是拿人类的未来同高尚的人性去做赌注。也许他们坚信人性是高尚的，但是拿人类的未来去证明这个观点实在是太过天真，所以阿帕菲斯必须死。

海因里斯佐夫将军站在话筒边，盯着屏幕上的谢楠楠，用不太标准的汉语说道：“楠楠，十分钟之后我们再派一艘潜艇把你带走，这次，不许违抗我们的命令。”

“不，我不会走的。你们要杀死黑妞就先杀死我。”

“你得明白，黑妞太可怕了，为了人类的未来，我们会不惜一切代价杀死他，如果你决意不走，我们不会为了你而放了他，即便你刚刚拯救了人类。”

“我明白，作为政治家，你们所维护的是人类利益；作为一个老师，我维护的是我的职业道德，我必须保护我的学生不受伤害。”

“最后问你一次，你走不走？”

“我不走。”

海因里斯佐夫不再说话，而是对着一旁的中国南海舰队司令耳语着。谢楠楠通过电脑看到了这个画面，她明白第二次核打击就要开始了。她抱着黑妞，忍不住哭泣起来。

“安理会的领导们，能再听我说几句话吗？”

人们都一脸凝重地看着屏幕上的谢楠楠，这是对拯救人类英雄的尊敬。

“从小到大，我们受到的教育就是要做个诚实的人，以撒谎为耻。记得上小学的第一节课，老师就给我们讲《狼来了》，教育我们做人要诚实，撒谎的后果就是害人害己。自从我当上幼师之后，我上的第一节课就是给孩子们讲这个故事，教育他们诚实是人类从古至今，所有民族和国家都推崇的美德。今天，我按照你们的要求让黑妞停止转动，并告诉他，人类是种高尚的生物，虽然存在着杀戮的种子，但我们因为有爱压制了人类的兽性，使得我们的文明能和平发展。我做到了，我通过《快乐王子》感动了黑妞，让他坚信人性的高尚。可你们呢？你们用实际行动推翻了他的认知，告知他人类这种生物只在利益面前变得高尚，一旦失去利益，人类随时会为了夺取利益而去撒谎、战斗，更为可怕的是，你们是在欺骗一个孩子！”

“这是一个历史上最为可怕的孩子，”电脑中传来德鲁克上将的声音，在寂静的会议大厅中，他坚定的美国鹰派的气质显得极具战斗姿态，“他掌握着毁灭人类的能力。”

“在大萧条时代，罗斯福总统曾经这样教导恐惧的美国人民，他说‘现在我们唯一恐惧的只有恐惧本身’。将军，你要消灭黑妞的原因，与其说是恐惧于他毁灭人类的能力，还不如说恐惧于人类自我的恐惧。”

上海国际会议中心陷入了沉默，谢楠楠的话如针般刺进他们心灵的深处，让他们感到阵阵隐痛。对于政客来说，道德经常是被他们回避的，在他们心中只有利益，并认为，为了人类利益一切付出都是值得的，哪怕是磨灭了人性。

“好吧，我承认我对他的恐惧来源于我内心的恐惧感，但你也得承认我的恐惧是有理由的，黑妞不但……我的天，这名字怎么这么拗口，”德鲁克似乎对黑妞这个叫法感到厌恶，因为拥有这个可爱名字的主人刚刚在一年之中消灭了近五亿的人口，“他有了爱，也有了恐惧、悲伤，如果他再学会撒谎的话，以他这么高的智商，我们该怎么办？他再有了恨之后，人类随时会成为他泄愤的对象。”

“这不正是人性吗？”谢楠楠对着电脑中的德鲁克冷笑道，“黑妞具有的情感正是来自人类，他已经越来越像我们人类自己了，你们却因为他具有的人性感到恐惧，而要消灭他，这不是对人性的不信任吗？”

德鲁克被谢楠楠问得哑口无言，终于他停止了与谢楠楠的辩论。

“谢楠楠，我很感激你对人类的贡献，请问你走还是不走？”

“回答我，将军，以及安理会的任何一个领导人，曾几何时你们为拥有人性而感到自豪过吗？”

没有人愿意回答这个两难问题，是与不是都不能成为人类以黑妞有了人性而消灭他的理由。他们的内心都在试图回答这个问题，如果因为一个外星生物有了人性而杀死他，从人类的道德观上看，是否是对人性的否定呢？

圆桌上的领导们互相耳语着，对消灭阿帕菲斯的做法出现了分歧。德鲁克上将看到安理会内部在处理阿帕菲斯的问题上似乎出现了动摇，连忙向美国总统耳语。

“各位领导，”美国总统从座位上站了起来，“我们还是进行表决吧，主张消灭阿帕菲斯的按下面前的红灯，反对的请按下黄灯，少数服从多数，这个投票将影响到全人类，我不认为安理会常任理事国有一票否决权。”

美国总统的提议得到了安理会的赞同。十五个安理会理事国不到三十秒的时间就接连做出了选择。谢楠楠的拷问终于动摇了其中的一些领导人，圆桌上的红灯和黄灯接二连三地亮了起来。圆桌上共有三盏红灯和四盏黄灯亮了起来，这意味着十五个安理会领导人中有七个做出了决定。其他没亮灯的领导人正在和身边的顾问、哲学家讨论着什么，显然在如何对待阿帕菲斯的问题上，安理会已经出现了分歧。

五分钟之后，十五个理事国中有七个领导人按了红灯，七个亮了黄灯。常任理事国中除了中国领导人面前的灯还没亮之外，其他四个都亮了红灯。现在所有人都把目标聚集在还没做出决定的中国领导人身上，无论选择红灯还是黄灯，这个选择将直接决定着人类的命运。

他皱着眉头，看着屏幕上亮起的十四盏灯，迟迟没做出决定。谢楠楠知道他的选择决定着她和黑妞以及全人类未来的命运。这时候几乎全人类都屏住呼吸通过电视看着中国领导人的手，等待着他做出决定人类命运的选择。

停滞了几秒，他终于抬起手来，放在了红灯上面，谢楠楠看着那只就要落在红灯上的右手，明白黑妞和自己将在十分钟之后再次面对核打击，这一次即便黑妞也无能为力。她闭上眼睛，拥抱着黑妞，轻轻抽泣着。

“黑妞，不要害怕，记得我说过快乐王子和小燕子去了天堂吗？现在我们也要起程了。”

当中国领导人的手就要按下红灯时，屏幕上传来一个苍老的声音，那是卡尔·霍克在海底通过潜艇传到上海国际会议中心的。

“各位领导，请允许我在安理会决定之前说几句话吧。”

“说吧。”

中国领导人把手移到桌子上，看着卡尔·霍克，对于这个一开始就主张和平的生命哲学家，安理会的大部分领导人都充满好感。

“我必须承认阿帕菲斯是人类历史上遇到的最可怕的生物，过去的一年人类历史上经历了最为惨痛的灾难，这一年中，直接人口损失超过了两次世界大战和中世纪黑死病总和的四倍。也许有人会想，如果当初荣耀公司没有执行代达罗斯计划，没有派宇航员到埃涅阿斯获取大气标本，也许一年前，导致五亿人死亡的灾难就不会爆发。有人甚至攻击荣耀公司执行的代达罗斯计划对人类所具有的意义，他们认为探索宇宙的后果劳民伤财不说，还带给了人类不可预测的灾难。没错，阿帕菲斯确实是人类探索宇宙的结果，在此之前人类根本没见过硅基生命，甚至不相信这种黑色的云雾状物体是种智慧生命。和阿帕菲斯接触不但开拓了人类的视野，更教导了人类如何同外星生命进行接触，至少我们学会了一点，接触外星生命的时候，在直接接触之前最好先进行语言沟通，而在语言沟通的时候，最好避免阐述概念，而是用故事来表达人类的价值观。探索宇宙，给人类的未来带来了很多不确定的危险，可这种危险恰恰是人类探索宇宙所必须承担的后果。只要将来人类继续探索宇宙，还将遇到同样的危险，甚至比阿帕菲斯更为可怕，当然也可能更为可爱。接触阿帕菲斯的意义在于，他让人类从自我的有限性中获得了突破，面对未知的宇宙勇敢地踏出了这一步，将来当我们遇到其他外星生命的时候，我们将不再感到惶恐不安。当然也许有人会说，人类为什么一定要冒着危险去探索宇宙呢？我只能这么回答，总有一天人类会用光地球以及太阳系的全部资源，等那时候再来问这个问题就太晚了。止步于地球是必然的慢性死亡，走出去人类虽然危险重重，但从未丧失希望。

“至于你们说阿帕菲斯给我们带来了危险，没错，但是你们想到没有，首先对别人造成威胁的是人类。正是人类的创世纪工程无意中威胁到他的生命，导致他通过对张宏远的警告让人类解除对他的威胁，在警告无效的情况下，他以为人类同他一样，是种个体生命，所以他以自卫的方式对人类实施了暴力。直到最后他在谢楠楠的感化下主动放弃了对人类的威胁，选择相信人类是一种高尚的生物。最后，人类欺骗且毁灭他的举动证明了，他从头到尾都是一种比我们高尚的智慧生命。我的话说完了，现在请你们做出选择吧。”

会场上一片寂静，所有领导人以及海上的谢楠楠都紧盯着中国领导人的右手。只见他举起手来，又缓缓地落下去，屏幕上第八盏黄灯亮了起来。

“你是对的，接触黑妞是我们探索宇宙必然要走的一步。”

## 十六、星际时代

人类与阿帕菲斯的战争虽然结束了，但从未停止过对他的恐惧。特别是政客们，他们利用计算机进行兵棋推演，寻找人类如何在下次战争中赢得胜利的方法。最终得出的结论是，除非人类使用墨烯材料，完全取代硅集成电路，否则一旦人类和阿帕菲斯再次爆发战争，依旧毫无胜算。在没有完全取代硅集成电路之前，人类只能对阿帕菲斯进行监督和预防。安理会通过了一个安全法案，利用卫星来监督阿帕菲斯，一旦发现他转动起来，黑云覆盖面积超过一万平方公里，就会在全球启动三十多个导弹发射井，自动对阿帕菲斯发出警告。在警告无效的情况下，人类将毫不犹豫地把热核武器扔向阿帕菲斯。

虽然这个安全法案的立法是必要的，但人类担心的局面并未出现。在谢楠楠的教导下，阿帕菲斯已经成长为一个有道德的孩子。只是和其他孩子不同的是，由于他独特的身体构造，必须对他进行一对一的教育。人类的数学、物理学、天文学，几乎所有理科知识他都无师自通，甚至能够指出大学物理学教程中一些错误的计算。他需要花精力去学习的是人文，最让他感兴趣的还是各国的儿童文学，谢楠楠每天都要给他讲一个童话，引导他学习人类各个民族的文学。他尤其喜欢公主和王子的童话，有时候他会询问谢楠楠：“楠楠，我的公主是谁呢？”

这个问题困扰了黑妞好几个月，在被谢楠楠定性为女人之后，她无法理解，和自己相同的异性生物到底是什么模样，显然在地球上是找不到的。她是个天真的孩子，有时还显得很顽皮，时常会钻入云层，在天空遨游，让谢楠楠不得不寻求航天局的帮助才能找到她。

当科学家发现阿帕菲斯控制风暴的能力能够用来改造地球气候的时候，他们要求谢楠楠引导阿帕菲斯利用这种能力来改造地球。

在人类的允许下，阿帕菲斯在谢楠楠的引导下再次转动起来，形成一个直径为三百公里的黑云。将太平洋的热带气压带向撒哈拉沙漠，结果整个北非连着下了两个月的雨，半年之后，大部分沙漠都开始发芽长草，十年之后撒哈拉沙漠被改造成一片热带草原。接着中国的塔克拉玛干大沙漠也在阿帕菲斯的改造下变成了草原。从那以后，人们放弃了阿帕菲斯这个叫法，都统一把黑云叫黑妞。

在战争之后的第十年，卡尔·霍克去世了，联合国第一次为一个平民降半旗致哀，按照他的遗愿，他的骨灰被热气球带到了天空，在一块面积为半个澳大利亚大小的太阳帆牵引下，永远地飞向太空，骨灰盒上刻着他的墓志铭：

“我探索宇宙的步伐永不停息。”

沙尔克夫人战后一直在与剑桥大学合作撰写生命科学方面的书籍，对卡尔·霍克留下的手稿进行整理，合作编写了《宇宙生命学》《星际时代的宇宙社会》，探讨生命的本质，以及不同环境的生命如何建立不同的伦理和道德的问题。在卡尔·霍克去世后的二十年，逐渐创立了“宇宙生命学”“宇宙社会学”这两门新的学科。

2105年，沙尔克夫人病逝，享年九十五岁。

谢楠楠在三十三岁的时候，通过张佐光认识了一位空军少校，两人迅速坠入爱河，并在当年结婚。一年后他们的女儿诞生。

虽然拯救人类的荣耀伴随着她的一生，但她并未被荣耀所诱惑，依然做着平凡的幼教工作。在联合国的授意下，她成为黑妞在地球最好的朋友，她的工作就是引导教育黑妞成为一个高尚的、热爱人类的硅基生命。当然还有个目的，就是随时监督黑妞。

谢楠楠活了一百二十三岁，在2178年去世，那时候人类已经进入星际时代四十六年了。

四个人之中张佐光的后半生是最为辉煌的，2096年，在他七十二岁的时候，在中央航天局的授权下，收购了荣耀公司，开启了那些被密封的资料。经过十年的研究，张佐光于2106年重启了创世纪二期工程。经过三十年的努力，人类初步掌握了曲速引擎技术，把巴纳德星到地球的六光年距离，从原来二十年的飞行时间缩短到了五年。可惜在第一艘商业飞船驶向巴纳德星的前一个月，一百零七岁的张佐光死于睡梦之中。

对于马晓光，人们对他的评价是花花公子、恶棍、幻想家甚至恶魔，人们把阿帕菲斯战争，五亿人口的非正常死亡归因于荣耀公司执行的代达罗斯计划。人们认为正是马晓光所创建的团队到达埃涅阿斯，并带回了几乎毁灭地球的阿帕菲斯，导致了这场战争，所以马晓光必须对这场毁灭性的战争负责。在战后的十几年间，马晓光一度成为战争、瘟疫的代名词，在说到这个名字的时候，总是和历史上的希特勒相提并论。

不过，卡尔·霍克、沙克尔夫人开创宇宙生命学和宇宙社会学的时候，都把马晓光当作人类走向宇宙的领路人。随着这两门学科的广泛传播，渐渐地，人们认识到了代达罗斯计划的价值。当撒哈拉大沙漠长出第一棵椰子树的时候，人们终于把马晓光当作了伟人。随着时代的进步，人们对马晓光的评价越来越高。2127年，人类的第一艘商业移民飞船的名字就是以马晓光的名字命名的。2132年，马晓光号到达奥德修斯上的第一块大陆，这一天意味着人类从星球时代进入了星际时代。

2140年，第二艘商业移民飞船以张宏远的名字命名，与之前的飞船不同的是，这艘移民飞船不但载着三万地球人，还载着黑妞。飞船带着她来到埃涅阿斯，黑妞和埃涅阿斯的黑云融合，成为一个新的生命。由于黑云是一种个体生命，不存在社会竞争，所以黑云失去人类就无法在科技上获得进步。在各自获取所需的情况下，人类和黑云结成了联盟。黑云帮助人类改造已知的世界，而人类则在进化过程中和黑云共享知识，这种结盟使人类和黑云结成一个利益共同体，两者的文明都得到了促进。

在黑云的帮助下，不到十年，创世纪二期工程就顺利完成了，奥德修斯的冰层完全融化，形成了一块大约一个亚欧大陆大小的陆地，另一部分的面积被海洋覆盖。

2150年，人类在奥德修斯大陆上建立了第一个城市，同样为了纪念马晓光，以他的名字命名，之后的十年，又陆续建造了八个城市，分别以探险家号上的四个宇航员和参与谈判的四位英雄的名字命名。分别是凯南市、吴琅市、言亮市、宏远市、佐光市、楠楠市、沙尔克市、霍克市。人类分别在这九个城市树立他们的雕塑纪念他们对人类做出的贡献。

2155年，当初马晓光花五百亿人民币资助的星际旅行协会，决定执行飞向织女星的天梭计划，开发人类的第三个恒星星系殖民地。这时候，由于曲速引擎技术的迅猛发展，促使人类从巴纳德星到地球的飞行时间缩短到一年，人类探索宇宙的脚步大大加快，太阳周围五十光年内的恒星都被列入了探测计划。同时，由于黑云和人类的联盟互补了彼此的缺陷，人类依靠黑云改造星球的能力，将可宜居星球的改造条件大大降低，许多之前难以生存的星球通过黑云都得到了良好的改造，甚至人类可以在木星这种苛刻的环境建造基地。2175年，天梭计划终于执行，一艘叫“荣耀号”的曲速引擎实验飞船载着三百位科学家飞向了织女星。在这之后的五十年间，先后有一百三十五艘星际飞船分别飞向二十个恒星，建立了五个恒星星系殖民地，十三个探测基地。人类开发宇宙的脚步呈爆炸性发展。

2232年，人类进入星际时代的第一个一百年，地球、巴纳德星、织女星、比邻星、伍尔夫359星，共五个恒星系的三百七十亿人举行了一次人类文明史上最伟大的人物评选。结果马晓光排在了第二位。这个生前被他母亲认为不求上进、玩世不恭，只知道玩弄望远镜和女人的公子哥，终于完成了他妈妈生前的遗愿，“至少做个有价值的人而被世界铭记”。他不但被人类铭记，甚至成了星际时代人类勇于冒险的英雄的代名词。任何一个开拓未知世界的英雄都以马晓光的头衔来命名，就像古典时期，以恺撒和奥古斯都来命名罗马皇帝一样；而在历史伟人的排名上，发现美洲新大陆的哥伦布排在了第三十九位，排在第一位的是佛陀。

人们对马晓光做出这样的评价：

“他的一生与他一手扶持的代达罗斯计划相连接。探险家号回到地球之后的十年，导致的结果是一场毁灭五亿人的战争，比起历史上各个毁灭者的文明破坏力，马晓光无人能及。但是把人类历史往后推一百年，人类因为马晓光踏出宇宙的第一步，使人类走出地球这个宇宙尘埃直面整个宇宙，从而进入了星际时代。这种跨越远远超过了人类以往历史上的任何一次技术革命。他对人类进步所做出的贡献，远远补偿了导致五亿人非正常死亡的阿帕菲斯战争。从这点上看，他又是历史上的一位伟人，对于人类文明的贡献，除了佛陀，无人能及。”

吴志雄 / 文

---

作者吴志雄（网名：宇宙心灵），1979年10月出生，福建宁德市霞浦县三沙镇人，14岁立志成为职业作家。现居住在北京，为自由作家，2007年创作第一部长篇小说《飞翔彩虹》，2010年创作第二部长篇小说《狮子山传说》，2011年开始剧本写作。2012年创作中篇小说《星空的孩子》《苍狼之月》。2013年创作风格从纯文学转向科幻文学，创作《夸父》系列长篇科幻小说第一部《混沌危机》，中篇科幻小说《黑云》。目前正在创作《夸父》系列第二部长篇科幻小说《盗火者》。

# 我是世界的中心

赵晓晴死于一个雨夜。

赵晓晴任职于一家电脑公司，管理机房服务器。

刘廷和赵晓晴是大学同学，同时进入公司。刘廷的技术更好，也更会做人，在技术储备部工作。

刘廷的级别和工资，都比赵晓晴高很多。

赵晓晴死前，曾经给刘廷发过一条微信。微信的内容有三条：

第一条：我很想你。

第二条：我是世界中心。

第三条：你才是世界中心。

刘廷当时在开夜会，手机调成了静音，看到的时候刘廷有些兴奋。

刘廷曾经追求过赵晓晴。

上学时候班级的班花，和许多重点大学理科班里所谓的班花不同，赵晓晴是真的大大的眼睛，真的坚挺的胸部，也是真的修长的美腿。

理科班大部分学生都有些木讷单纯的感觉，但刘廷身上有那么点邪气，不是那么守规矩，而且脑子快，看问题也比较深刻。

赵晓晴对刘廷很感兴趣。

刘廷总觉得自己相对别的男生有点更有趣更吸引女生的特质。

但对赵晓晴这样的女孩，刘廷觉得自己的魅力不足以让她迷恋。

事实上，两个人在大三的时候，在一起了大概有一个月时间。刘廷自觉表现得不好，他不会谈恋爱。两个人分开后，刘廷继续钻研游戏，踢球，期末突击复习考试。

两个人关系若即若离。刘廷能感觉到，赵晓晴相当留心注意自己的动向。

刘廷对于能和她交往，又能让她高看一眼，总觉得有一种奇怪的优越感。

毕业后，赵晓晴先是去了一家公司当文员。

她是上海人，工作后变得越来越时尚，大大的卷发，穿着勾勒身体曲线的紧身白衬衣，还有职业套裙。

女人刚刚走上职场往往就能达到职业的巅峰。

那时候的刘廷，有些自惭形秽。

两个人彻底失去了联系。

半年后的一天晚上。一个大雨夜。

刘廷在80年代小区破旧的出租屋里吃完自己下的白菜豆腐羊肉火锅，真难吃。

然后有人敲自己家门。

刘廷手上沾了点羊肉的肥油，他在大裤衩上蹭了蹭，打开门，看到打扮精致，身上带着外面寒气混合着女人身上特有的温暖感觉，让刘廷有些兴奋的赵晓晴，站在门口，手里提着一个铝合金箱子，刘廷印象中这种箱子很贵。

赵晓晴的家庭条件，刘廷记得很一般。

赵晓晴低头看了一眼，说："我在你家住几天。"

家里和垃圾站一样。不只是乱，还有到处翻开木头的破地板、不够盖的破被子。

刘廷发现赵晓晴见到自己后，对自己和家里的混乱接受度很高。她脱掉外套、长裤，穿着黑色保暖紧身裤、衬衣，曲线更美了，然后躺倒在床上，把被子盖在自己身上。

那个画面让刘廷很骄傲。这个女人因为喜欢自己，一点儿也不排斥自己的东西。

"今晚我睡床，你睡沙发吧。"

半夜的时候，刘廷盖着大衣，穿着毛衣毛裤，仍然很冷。

"你过来睡吧。"

"啊……不用了。"刘廷想过去。

赵晓晴没再说话。

刘廷感觉自己很傻。上大学时研究过爱情攻略，现在对女人，仍然停留在那个阶段。

然后他问了一个更傻的问题："你不怕我睡过去对你咋样啊？好女孩不应该这样。"

高中水准，或者初中水准。

谈话到此终止。

半夜刘廷感到冷的时候，突然一个巨大的躯体挪了过来，带着被子。

那是刘廷第一次发现女人的身子贴到自己身上时，会突然变得那么大、鲜活，和看起来苗条的感觉完全不同。让人有满足感，想要紧紧抱住。

赵晓晴说只能搂着，不能亲，不能碰。

躺下后赵晓晴黑亮的眼睛在黑暗中闪着光，紧盯着刘廷。

然后两个人接吻。

赵晓晴说接吻就好了，不要做别的。

刘廷没有经验，不敢乱动。

过了几分钟，赵晓晴拉住刘廷的手，两个人继续。

天亮了。刘廷有一些累，也很兴奋。两个人再次正式确立了恋爱关系。

三个月后，两人分手。

又过了两年，公司投资失利，员工都在传公司要倒闭或被收购，大批员工离职的时候，刘廷没有离开，两个月后公司获得新的融资活过来，刘廷部门的上级几乎都跑了，刘廷升任公司技术储备部副部长，赵晓晴这时候加入公司。

两个人在电梯里遇到过几次，但没有深入接触。

又过了两个月，赵晓晴死亡。

刘廷听到这个消息后极度震惊，是另一个在公司的大学同学发微信告诉他的。刘廷当时正在参加会议，立即起身离开。

刘廷是高管，其他人不好多问，会议继续。

刘廷走出来，给同学打电话，感到浑身发软，手不自觉地颤抖。

“你是不是在开玩笑？”

对方的声音惶恐不安，更让刘廷恐惧：“她住在公司附近，你知道她家吗？”

对方看不到刘廷，但刘廷仍然下意识地点头。挂断电话，刘廷刚想把电话揣起来，三条微信陆续进来：

第一条：我很想你。

第二条：我是世界中心。

第三条：你才是世界中心。

是赵晓晴发来的。

刘廷把车违章地停在小区外的马路上，跑进去赶到赵晓晴公寓楼下的时候，下面围着警戒线，警车上面的警灯来回扫射。围观的住户议论纷纷。

一个男人在接受警方的调查，站在一辆宝马车前面。头发打着发蜡，一丝不苟。

刘廷听到他们的对话。

那个男人："我和她交往了三个月。"

"最近一次接触是什么时候？"

男人刚想回答问题，突然人群中发出一阵兴奋的骚动。

刘廷立即循声望去，公寓的单元门被打开，几个里面穿着警服，外面套着白大褂的法医抬着一个担架走了出来。

担架上赵晓晴身体的轮廓清晰可见，脑袋上盖着白布。

随着担架的起伏，赵晓晴的尸体微微颤动，两边负责维持秩序的民警推开人群，让开一条通道，法医抬着担架迅速上了救护车，车子发动拉响警报。

赵晓晴，被拉走了。

刘廷的心脏怦怦跳动得厉害。一回头，看到四周所有人，似乎突然都看着自己。那一瞬间，都死死盯着自己！

自己有什么不对劲的地方吗？刘廷立即低头看自己的衣服，没有什么不正常的。

刘廷的感觉很不好，立即再抬头，发现人们没有盯着自己，看热闹的、维持秩序的，现场一切都没有一点儿奇怪的地方。

再回想刚才，那种所有人都看向自己的场景好像照片定格一样那么清晰。更让刘廷感到诧异的是，那一瞬间，四周的声音好像都完全消失了。

这是赵晓晴的死对自己的冲击吗？

突然那个男人和警察的对话重新传到他的耳朵里：“我和她是在大学认识的。”

“同学？”

“对。”

刘廷回头看那个男人，自己没有任何印象。他们是同学？

“大学的时候就是男女朋友？”

刘廷发现，那个男人和警察谈话的地方，距离自己有五六米远。

中间隔着的看热闹的人也在说话，维持秩序的警察也在说话。

但自己却能听到他们两个人的对话，清清楚楚。

“大学时候，”那个男人回忆了一下，说道，“我们在一起大概一个月。”

“后来呢？”

“后来毕业后，有一天她来找我，晚上的时候，当时我租的房子，她说她没有地方可去，要在我那儿暂住一段时间，当天晚上我们睡在了一起……是她主动的。”

警察听到这里，抬头看了那个男人一眼，眼神有些轻蔑。

那个男人深吸了一口气，说道：“然后我们就同居了。”

“那是什么时候的事情？”

“大概一个月前。”

“之后呢？感情稳定吗？”

“不太稳定，她说她爱上了别人。这两天，我们正在冷战，她想搬走。”

“你们吵架了？”

“没有。”

“她说她喜欢上了别人，你不生气？”

“警察同志，我知道你是想知道我有没有嫌疑。我有不在场证明，这三天我去天津出差，开这辆宝马去的，你们可以查高速的录像，我公事去的是一个工厂，他们那里也都有安全监控。你可以查我撒没撒谎。我没有杀人时间。”

警察在笔记本上写了一阵，眉头皱得深了一些，抬头看了一眼那个男人，态度缓和了一些：“赵晓晴死前和你说过那个男人是谁吗？她喜欢上的那个男人。”

“好像叫什么廷。”

“什么廷？姓什么？”

“我想不起来，不过他们在一个公司工作。廷是朝廷的廷。这个字我有印象。”

“她亲口告诉你的？”

“不，不是。是……”那个男人说话开始吞吞吐吐。

“是什么？说！”

“是我知道她喜欢上别人后，偷看过她的日记。”

“什么？”警察再次露出轻蔑的眼神，问道，“日记在哪儿？”

“一个粉红色的本子，在她的抽屉里。”

警察告诉那个男人屋子暂时用于调查会被封锁。那个男人必须二十四小时保持开机方便警方联系，同时近期不准离开本市。

那个男人都表示明白。警察让他在记录本上签字。

刘廷这时候忍不住去看那个男人，突然发现所有人又都看向自己，每个人的眼睛都睁得圆圆的，好像一大堆眼睛凑到一起，像多孔症发作一样。刘廷突然感到想要呕吐，同时背上升起一股寒意。再仔细看，四周的人们又都恢复了正常。

那个男人和警察这时候也都不见了。刘廷立即到处寻找，看到那个男人已经开上自己的宝马，在人群的注视中慢慢挪车，警察向门内走去，同时也回头看了一眼那个男人。

刘廷凑到旁边一个维持秩序的警察身边，问道："同志，那个死者怎么死的？"

警察四十多岁，脸色是风吹日晒的那种黝黑，立即转头警惕地看着刘廷："你认识死者？"

刘廷犹豫了一下，摇了摇头。

警察皱起眉头瞪了刘廷一眼，转身看向别的方向。

旁边一个中年妇女转头看了刘廷一眼，然后做出夸张的吸引刘廷注意力的摇头动作，嘴噘着，满脸都是可惜太可惜了的表情，然后看着刘廷，等刘廷发问。

刘廷没有张嘴，只是用询问的目光看那个大姐。

那个大姐又开始摇头说道："电梯里摔死的。身体都变形了。惨啊。"大姐脸上的所有皱纹一起扭曲，挤出兴奋八卦的表情。

旁边一个五十多岁的男人立即满脸不屑："你看到了啊？"

大姐白了那个人一眼，没有说话。

刘廷离开现场，回到自己的宝马车上，慢慢发动，看着窗外，车水马龙，一切如常，突然感到一阵心酸。

当天晚上，又是大加班，近期的新系统项目进展不顺，一大半代码要重新编写。

刘廷没心情自己亲自干，就把任务布置给了别人。

他打开电脑，看着看着新闻，突然又想起来白天那些眼睛紧盯着自己的画面。

刘廷下意识地回头看了看四周，大家都在忙。刘廷打开百度，搜索："幻想自己被监视。"

网络给出的答案是精神分裂。

刘廷有些吃惊和疑惑，同时又隐隐不安。

再次回想白天的场景。

同时下意识地又向四周看了看。还是没有人注意到自己。

刘廷脑子飞速运转，打了几个关键字："幻想自己被监视的小说。"

出来了一些搜索结果，刘廷没有细看，而是立即熟练地在结果出来之前，就将鼠标箭头挪到网页右上角的关闭图标上，点了下去。

他没有看到搜索结果排在第一位的是一本小说，名字叫：《我是世界的中心》。

刘廷拿出自己的手机，将网络共享模式打开，然后将笔记本的无线连接从公司Wi-Fi网改成了自己手机的热点。

刘廷知道公司一直在通过员工浏览的网页来判断员工私生活情况，寻找可能会出问题的潜在员工。

改网络，还有刚才故意突然把搜索的关键字改成搜索小说，就是为了躲避公司对自己的监控。

知道这个监控系统的存在，是他以部门中层干部身份开会时，偶然听别的项目部介绍的，他们采取某种程度的人工智能关键词分析，可以精确掌握几乎所有员工当前私生活方面的所有秘密。从偷情开房到家庭成员疾病，还有他们的隐私和阴暗不可见光的部分，都能查得一清二楚。

员工会通过网络，自己把秘密都给暴露出来。

后来这套系统销量如何刘廷并不知道，只是一次偶然的机会，他听到那个组的部长表情严肃地严厉提醒自己的组员，不要用公司网络查找个人任何问题。

刘廷当时有一种恐惧感。那个部长在推荐自己的系统有多厉害时用的推广语是："系统会比员工自己还要了解他们自己。"

刘廷确认网络连接已经修改后，搜索：“精神分裂症如何诊断？”

上面有一个答案引起了刘廷的注意：

“幻觉是大脑模拟的结果，把幻觉比作一幅画，当你关注画面中某一个细节时，大脑会继续创作这幅画面，创作出更多细节，无限丰富的细节。如果你能无限探究细节，那就是幻觉，如果看不清细节，那就是真实。

“因此，如果你怀疑看到了幻觉，请你现在就闭上眼睛，仔细回忆，全力回忆，去尝试看画面中人的衣服、鞋子、表情，如果一切你都能看得清清楚楚，那你就要小心了，因为你可能已经开始分不清幻想和现实了。”

刘廷看着这一段文字发呆，然后闭上眼睛，外面办公室的灯光仍然还能透过眼皮让眼睛感受到红色的光。

白天所有人都盯住他的画面几乎立即出现，他是画面中的焦点。刘廷看到那个男人和警察也都看向自己，所有人都转头看着自己。画面好清晰，按照专业术语，就是分辨率很高。真实的场景让自己的眼睛看到，会这么清晰吗？

刘廷尝试向前移动，放大这张图片，向那个男人的眼睛移动，画面中那个人的脸迅速放大，最后占满整个画面，对准那个男人的眼睛，眼睛也在迅速增大，深棕色的瞳孔也是那么清晰。

瞳孔里面，刘廷看到了自己的脸。

细节这么清楚，是幻觉吗？

刘廷感到自己有些疲劳，同时有种强烈的不安感。

刘廷下意识地叹了一口气，然后将眼睛闭上，方才那个画面立即涌现了回来！

刘廷又看到了那双眼睛，巨大的瞳孔，瞳孔中的自己。刘廷突然感觉到有些不对，猛地又让自己继续放大画面，将自己也放大，放大，放大，看到自己的手里面举着一封信，上面写着：

“你看到的是幻觉，你会查到那是精神分裂症，你会怀疑自己，然后会看到这段文字。

“你会感到疑惑。接下来发生的事情，会让你更加迷惑！揭开谜底，找到赵晓晴的死因！

“刘廷，你是世界的中心。不，应该说，我是世界的中心。”

刘廷猛地睁开眼睛，同时感到自己在剧烈地呼吸。

这时候，刘廷突然一抬头，看到一个人推开他们部门办公室的门，四处查看。

刘廷一看到那个人的脸，立即感到一阵强烈的不安。

那个人来回看了两圈，突然一眼看到了刘廷。两个人互相看着，然后那个人向刘廷点了点头，径直走了过来。

那个人，是白天接受警察盘问的，赵晓晴的男朋友。

刘廷有些尴尬。

那个人走近，也有些尴尬。

刘廷下意识去看那个人的眼睛、瞳孔，刘廷发现人眼的分辨率非常有限。

刚刚自己看到的那些细节和文字，都来自自己的脑袋。

刘廷突然瞬间有些恍惚。

对了，他下午开的宝马，和自己开的型号、颜色，似乎都一样……

怎么证明现在的他是真实的，还是幻觉呢？

刘廷发现自己没有什么好办法。

那个人这时候脸上的表情也有些紧张，对刘廷微笑了一下，说道：“你好，我叫宋振明。”

宋振明伸出手，刘廷站起身和他握了握手。

宋振明：“我是赵晓晴的男朋友。”

“我们认识吗？或者见过面吗？”

宋振明摇头：“应该没有……她出事了，您知道吗？”

刘廷没有说话。

宋振明：“准确地说，是死了。”

刘廷沉默了几秒，问道：“你是怎么找到我的？”

“我……”对方有点欲言又止，想了一下，问道，“您能跟我来一趟吗？”

“去哪儿？”

“去赵晓晴办公的地方。”

“去做什么？”

“去看……一点儿有些可怕的东西。”

“什么东西？”

宋振明没有说话，只是指了一下外面。

刘廷起身，两个人向外面走去。

走出办公室等在电梯间的时候，宋振明对刘廷说道：“我知道你曾经和她在一起。”

刘廷立即回头看他。

“但现在赵晓晴死了，我们没必要互相有敌意。”

“你和赵晓晴是一个部门的吗？”

“不是。我是云服务器第三机房的经理。”

三分钟后，刘廷和宋振明从电梯间里走了出来。

对面是一个不透明的玻璃幕墙，宋振明掏出自己的磁卡，刘廷跟在他后面。

宋振明刷卡前，突然犹豫了一下，回头问道：“刘部长，我想问你一个问题。”

“你说。”

“你的宝马车，是你自己买的吗？”

“我花自己的钱，怎么了？”

“我不是指谁出的钱，而是型号，是你自己确定的，还是……”

刘廷眼角一跳，问道：“还是参考了什么人的意见？比如赵晓晴？”

刘廷看到宋振明的眼睛在那一瞬间闪过一种异样的光芒。

宋振明说道：“赵晓晴有一次和我一起上错了车，打不开车门的时候赵晓晴说了一句话，这是我前男友的车，你们居然买的同一个型号。”

“你觉得有问题？”

“我是独立买的，至少我认为，用一个词形容，应该叫我是由我自由意志决定买的。”

“我也是。”刘廷答道，但突然刘廷问道，“但你现在觉得你受到了某种干扰或者暗示？比如来自赵晓晴？”

“刘廷，坦率地说，我有些害怕。今天警察对我进行了盘问，问我和赵晓晴的关系，我告诉他们我们正在闹分手，但实际上，是我想离开她。”

“为什么？”

“我出现了幻觉，很严重的幻觉，幻觉里有文字，暗示我有……有精神分裂症。我怀疑，我的脑子受到了某种干扰。”

刘廷很震惊，没有说话。

“我总出现幻觉，感觉四周的人都在监视我。”

“那你如何确定，现在你不是在和幻觉交流？”

宋振明听到刘廷的提问，明显愣了一下：“你是说，你，刘廷，现在是我大脑中出现的幻觉？”

刘廷听到宋振明的反问，突然也愣了一下。难道自己是别人的幻觉？

刘廷慢慢说道：“我不知道，反正现在我，觉得我是真实的，我的意志，也是独立的。”

“意志独立如何定义？受到别人的干扰算吗？比如说你最近有没有做过什么噩梦？”

“没有。你做过？”

“那个梦有一个中心思想，一句话，反复在梦里出现。”

“什么话？”

“他是世界的中心。”

“他？”

“对，单立人部首的那个他字。应该是指一个男人。”

“世界中心是什么意思？”

“我不知道。”

刘廷差点脱口而出，他看到赵晓晴发给自己的微信，里面写的是：“你是世界中心。”

宋振明说到这里，表情明显变得很不自然，左边的眼睛一直在高频度地眨着，显得有些紧张。他看着刘廷，然后回头，伸手刷卡，门带着低沉的轨道滑动声打开。

“这里我是总负责，今晚本来有加班，我把人都清走了。”

通过了两道玻璃门，他们进入了一个计算机室，几个电脑屏幕，墙上一个服务器连接分布图，和飞行航线图一样，连接和闪烁着。

宋振明打开了控制台上一台显示器，然后走到计算机室前面，按了一个开关，一整扇玻璃窗子上挡住前面的窗帘慢慢拉开，前面是无数个整齐排列的服务器机柜。

宋振明说道：“这里是国内第四，世界上第十三快的超级计算机集群。计算能力等于我们公司所有人的大脑计算能力的十二倍。”

这时候那个屏幕亮了。

宋振明走回那边，坐下，拉了一把椅子，请刘廷坐到他身边。

出来的是一个普通的管理员登录的画面。

宋振明熟练地敲了几个字母："liuting。"

刘廷吃了一惊："我的名字？"

宋振明说道："密码也是你的名字。"

敲入密码，按了回车键。

里面出现三个文件夹。

第一个目录的名字，叫"刘廷"。

"你现在知道我怎么知道你的了吧？看这个目录知道的。"

"那这个账号你是怎么发现的？"

"她有一本粉色的日记本，我因为怀疑她在影响我，偷看过。里面提到了这个账户。"

"你一直在监视她使用这个账户的情况？"

"不，我只是看到里面提到了用户名和密码，都是你的名字，但我最开始只是猜想她用于什么微信、QQ信箱之类的地方，但我试过后都进不去。这次她出事后，我今天下午回到公司，突然想到了要在公司机器上试一试，没想到真的是这里的账号。"

"她有机会到这里？"

"没有。"

"那她如何做到的？"

"我不知道。"

"不知道？"

"不知道。"

宋振明操作鼠标，指向第二个目录。上面的名字，是赵晓晴。

双击，系统传来一声提示音，弹出来一个窗口。

"本目录已经加密，请输入密码进入。"

宋振明敲入“liuting”，按下回车键，弹出一个警告窗口：“密码错误，拒绝登录。”

“这个的密码，不是你的名字。我也试了所有我能想到的关键字，都不对。”

宋振明用鼠标指向自己的目录：“我和你的目录，都可以打开。”

宋振明说到这里，转头看着刘廷：“你想先看谁的？”

自己的目录里可能有自己的隐私。刘廷犹豫了一下，说道：“先看你的。”

宋振明想了想，没有反对，双击鼠标，打开了目录。

点开后，又是三个子目录，第一个是视频资料，第二个是预测，第三个是代码。

宋振明点击视频资料的路径，打开来，里面按照时间、分类记录了大量视频文件。

宋振明看着屏幕，眨了眨眼睛，随便挑了一天的点开。

视频分辨率很高。

视频时间长度二十四小时。

“每一个文件，是我的完整一天。”

刘廷眼角一跳。

视频开始播放，是宋振明在睡觉。他躺在黑暗的屋子中，旁边躺着赵晓晴。

右下角有监视时间。

“按角度看，是我家里新买的智能电视上的摄像头拍摄的。”

刘廷眼角一跳。

宋振明拉动进度条，早上五点，宋振明起床上卫生间。赵晓晴被惊动，翻了一下身，嘴里嘟囔了一句什么。

宋振明起身，表情警惕，将自己在床边充电的手机小心地拔掉充电线，拿起来看了一眼屏幕，同时向外走去。

宋振明一离开摄像头的范围，镜头立即切换成了客厅，客厅有一部台式机的摄像头。

宋振明蹑手蹑脚走过客厅。

走出了电脑摄像头拍摄范围。

屏幕立即变成了剧烈颤抖移动的画面。

这是宋振明握在手里的手机摄像头。

轻轻的脚步声，卫生间拉门滑动声，突然镜头的视角猛地矮了下去，宋振明坐到了坐便器上。

屏幕又是一阵剧烈的颤抖。然后突然翻转向上，宋振明出现在屏幕里。卫生间棚顶的灯光没有打开。宋振明的脸反射着手机的荧光。

视频播放到这里，宋振明突然按了停止键。

然后他用鼠标圈住视频中自己眼睛的位置，转动鼠标的滚轮，画面开始放大，放大，放大，放大到就好像刘廷那个梦中的场景里瞳孔的大小一样，充满屏幕，瞳孔中反射着手机屏幕，上面是一个微信对话的界面。和宋振明对话的人，是一个摆出风骚姿势的狐狸一样的女孩的图标。

宋振明说道："我看过精神分裂方面的鉴定资料，梦境中的场景可以无限细分。但这个是从我手机前摄像头拍摄下的500万像素画面里细分出来的画面，我有些害怕，我不知道这个摄像头为什么能达到这种分辨率。"

刘廷没有说话。

宋振明咽了一口唾沫，反向转动鼠标滚轮，画面恢复正常，按动播放键，一段很嗲的女声播放出来："亲爱的，你在做什么？我刚喝了酒，很想你。你能不能出来见我？"

这时候屏幕突然变了，画面上出现了文字提示："正在检索发送信息者。"

然后屏幕迅速切换到一个屋子里，一个女人正在睡觉，屏幕上出现女人的信息，包括姓名、身份证号、当前地址。

女人正搂着另一个男人。男人的相关资料也都立即显示出来。

这个男人和女人，刘廷都认识，男的是公司计划部主管，女的是后勤办公室的文员，每次刘廷去取办公用品时，都是她接待，长得很漂亮。

宋振明这时候把视频暂停。脸色有些难看。

"你和她有联系？"

宋振明："你会替我保密吗？"

"我对你的私生活没兴趣。"

"和赵晓晴有关联，也没兴趣吗？"

刘廷没有说话。

宋振明深吸了一口气，说道："我们在研究一个跟踪系统。"

"我在公司内部会议上听说你们曾经搞过一个内部跟踪系统，能够自动跟踪分析员工浏览的信息，判断员工的当前状态。"

"对。这个系统卖得非常好。公司前一阵内部讨论，让我们继续研制下一代系统，其中就包括控制所有公司摄像头，自动跟踪当日特定员工轨迹，还有员工一切联系人，目的是建立公司人际关系平面图，公司内秘密男女关系的发现和评估，还有公司内保密制度。"

"这个系统现在在跟踪你？"

"我要是告诉你，我们只是制订了下一步发展计划，但是连一行代码也没有写出来，更不能实现刚刚你看到的这些可怕的跟踪功能，你会怎么说？"

"一行代码也没写过吗？"

“对。现在这个跟踪视频比我们本来计划做的还要多。”

刘廷：“难道是赵晓晴写的？”

“她有这么大本事吗？”

“剩下的两个目录里面是什么？”

“其中一个是预测报告，另一个是结果对比。”

“什么预测报告？”

宋振明操作了几下，打开了一个表格。

上面写着“时间、预测行为”。

五点三分的时候，预测行为是起床，装作上厕所，和偷情女子悄悄联系。

五点七分的时候，预测行为是回到床上，因为偷情的心虚心理，会搂抱赵晓晴，做出幸福的样子，两个人一起继续睡觉。

这里有一个交叉符号，标记为赵晓晴行为预测交叉。注解上面写着：赵晓晴会在此计算宋振明搂抱自己的时间，然后决定一会儿装作转身，借用转身摆脱宋振明的拥抱。

赵晓晴距离死亡，还有3天11个小时43分。

五点十分，宋振明放开赵晓晴，内心决定和赵晓晴分手，但也不和那个女文员确立关系，只是保持关系。

五点十三分，宋振明重新入睡。

七点二十三分，宋振明起床……

刘廷还想向下看，宋振明把文档关闭了：“你知道这个预测大概是个什么性质就可以了。”

“那么对比的那个目录呢？”

“就是这些预测和我自己的实际行为到底有多大的偏差。包括真实行动时间和预测时间是否吻合，想法是否一致，等等。”

“刚才我看到里面提到了赵晓晴的死亡时间。”

“很准确。”

“那这个文档还在预测你的行为吗？”

“赵晓晴死亡后，我的预测停止了，录像也停止了。”

“我的呢？”

“你的录像我看过，但是录像太长了，我没有看出来有什么特别的。我只能说，她一直也在监视你。”

“也包括对我行为的预测？”

“这个预测文字量如此大，应该是一套算法算出来的。这种算法要求有大量的计算资源。我们的录像和预测，开始的时间你猜是什么时候？”

“她和你确立关系那天开始的？”

“她接近我，就是为了这个计算资源。”

“你找到她计算的代码了吗？”

“没有。”

“她用这套代码的目的呢？”

“不知道。”

“是谁杀掉她的？”

宋振明沉默了一下，说道：“这我不知道，但我有些害怕。文档里有我们三个人的资料，我担心下一个目标，会是我，也可能是你。”

“你准备怎么办？”

宋振明摇头：“我不知道。”

刘廷看着屏幕想了一阵，突然问道：“既然有我名字的账号，会不会也有你名字的账号？”

宋振明立即露出吃惊的表情，然后立即低头，指头快速敲击键盘，输入自己名字的拼音。

系统一转，打开了，首先弹出一个标题："看一眼右下角时间。"

宋振明立即转头去看时间。

屏幕右下角显示二十三点五十四分。

这时候屏幕又显示："如果现在时间是二十三点五十四分。请点一下确定按钮。"

宋振明和刘廷都愣了一下，宋振明操作鼠标，犹豫了一下，点了"确定"按钮。

屏幕上立即显示："时间吻合，说明此次预测准确，如果你是被刘廷提醒用自己名字做账号进来的，那么说明一切都在进度里面。"

刘廷和宋振明都愣住了。

"你们不要发愣，这些文字是根据你们的可能反应用预测技术生成的。赵晓晴死亡，完成了系统完善的第一个阶段。你们两个，必须帮助我完成系统的第二个阶段。"

刘廷和宋振明两个人互相看了对方一眼，都有些紧张。

刘廷："这是什么东西？是你开发的系统？你告诉我实话！你是不是隐瞒了什么？"

宋振明："我……"

屏幕上立即打出字："他也不知情，不过只要你们听话，很快就能知道答案了。"

刘廷愣了一下，又问道："是不是这里有能听到我们说话的东西？"

宋振明立即摇头："这里严禁有联络设备，只有摄像头，但是在我们身后，它不论是什么，不应该能听到我们说话。它这个回答，不可能是应答反应。"

"那你的意思是说，这个东西真的在预测我们下一步的动作？"

屏幕上这时候立即显示出："是。"

刘廷和宋振明互相看了一眼，然后再都转头看向屏幕。屏幕上的字慢慢被清空。一行新的字慢慢打了出来：“不要以为我在开玩笑，为了让你们对我恐惧，完全听我的话，请你们盯紧屏幕。”

刘廷感到浑身发寒，慢慢坐了下来，屏幕上这行字也慢慢消失，突然整个屏幕全黑下来，然后慢慢地又亮了起来。是在电梯口。视频画面颜色有些发灰，没有声音。

突然屏幕远角的房门打开了，赵晓晴出现在屏幕里，急匆匆向电梯方向走过来。她将电话贴在耳朵边上，用空出来的手连按了几下电梯按钮，显得有些焦急烦躁。

这时候电梯门打开了，里面挤满了人。众人都努力挪动，挪开了一个小空间。

赵晓晴上去，电梯灯光闪烁提示超重。赵晓晴又下来，电梯门关上。

赵晓晴又烦躁地不停地点按电梯向下的按钮。

突然旁边的电梯门打开了，赵晓晴立即快步走了进去。

画面这时候切换到电梯内视角。

刘廷和宋振明都有些吃惊，因为电梯里面一个人也没有。

只有赵晓晴。

赵晓晴刚走进去，电梯门立即关上。

宋振明说道：“电梯门打开的时间比平时明显要短。”

赵晓晴有些奇怪地抬头看了看电梯屏幕，然后按下了一楼按钮。

但按钮并不点亮。赵晓晴又按了几下，按钮还是不亮。

但地下四层的按钮突然亮了。

赵晓晴更加吃惊，立即再按一楼按钮。

这时候电梯摄像头轻轻颤抖了一下，同时显示屏上面的数字开始变化。

电梯开始下降。

赵晓晴反复按一楼按钮，但那个按钮就是不亮！

突然摄像头又晃动了几下，同时刘廷和宋振明立即看到，电梯显示数字变化的速度在加快！

宋振明："电梯在加速下降。"

"地下四层是哪里？"

"停车场只有地下三层。地下四层那个按钮我们正常住户无法按亮。"

电梯下降的速度更加快了起来。

赵晓晴开始尖叫，同时拼命拍打所有的电梯按钮，但毫无用处。

电梯层数迅速下降，过了十层、八层、五层、一层！地下四层！

显示屏显示地下四层时，突然摄像头剧烈颤动。

赵晓晴的整个身子几乎瞬间被压扁，变成了地上的一摊肉。

电梯里冒烟，赵晓晴一动不动。

然后电梯突然又晃动了一下，显示屏上的数字又开始上升，但上升的速度恢复了正常。

上升到一层的时候，电梯响起了清脆的叮咚开门提示音，然后电梯门打开。

刘廷和宋振明听到了外面等待电梯人的尖叫。

然后视频渐渐变暗，带着雪花干扰，画面停止定格。

然后屏幕上慢慢显示出一行字："你们现在必须完全听我的话，防止她的悲剧在你们身上重演。今天你们的任务完成得很好，现在你们两个人需要回家好好睡一觉，对你们的初始化即将结束。刘廷，你马上会见到另外一个关键人物。一个你会喜欢的女人。然后我们很快会再见面。请期待。"

文字静止了几秒后，鼠标自动点击关机，出现关机画面，最后，电脑屏幕黑暗了下来。

两个人都有些发蒙。

一个刘廷会喜欢的女人？

这时候宋振明的手机突然响了起来，宋振明拿起来，看了一眼屏幕，脸色立即变了。

他慢慢把手机递到刘廷面前。

手机屏幕上显示的来电人名字是：“赵晓晴。”

刘廷的心脏怦怦直跳。

宋振明慢慢拿回手机，按了接听键：“喂？”

然后宋振明又把手机慢慢放下。

刘廷疑惑地看着他。

“对方挂断了。”

“挂断了？什么意思？”

宋振明摇头。

突然电话传来短信提示音。

发信人是赵晓晴。

内容：“我会用短信与你们联系，控制你们。”

两个人看了后，都没有说话。

走出监控室，两个人回到电梯口，刘廷按了电梯按钮。

电梯门这时候传来叮咚一声响，门开了。

刘廷径直走了进去。

“你不担心电梯会突然坠落吗？”

“他们要弄死我们，直接做就好了，没必要让我们死前掌握这么多信息。”

宋振明说道：“你是说，他是要让我们做什么事？”

宋振明刚说到这里，突然手机又响了，屏幕上写的是：“对，我是要让你们做一件事情。”

宋振明想了想，还是没有上电梯，只是说道："我坐另一部。"

刘廷看着对方，没有说话。

电梯门慢慢合上。

开始下降。

下降到十六楼，电梯停了。门打开。

外面没有人，只有正对电梯的长长的黑暗的走廊。

刘廷的心惊了一下，愣在原地。电梯门这时候又关上了。

然后继续下降。

刚开始加速，又开始减速，到了十五层，停下。

刘廷的心脏狂跳起来，门开了一条缝，突然卡住了。

但那条缝隙，可以让刘廷看到，外面还是没有人，还是长长的黑暗的走廊。

刘廷立即去按开门的按钮，但是电梯门没有再扩大，而是慢慢关上了。

这时候刘廷的手机突然响了。

刘廷开始全身冒汗。他立即低头快速把手机掏了出来，是一条短信，也是发自赵晓晴，内容是："十三、十二、十一、十……"

电梯这时候开始加速下降。

又一条短信进来："电梯会加速下降，直到突然降到最下面，把电梯里面的人活活摔死。和赵晓晴一样！"

刘廷浑身的毛孔都竖起来！他立即拼命去按楼层按键，把所有楼层都按亮了。又不停按开门的按钮！但电梯直接过了十四楼，十四层的按钮仍然亮着灯！

这时候又一条短信传了进来。刘廷立即去看。

电梯又加速。

短信的内容是："距离死亡的时间，还有十五秒。"

电梯加速更快！

十三层，瞬间又过了十二层。

仍然加速。十一、九、七、五。

自己就要这么死去吗？

正在这个时候，突然电梯减速了！

三层。

电梯减速很快，刘廷感到巨大的加速度压迫着自己的腿。

二层、一层、地下一层、二层。

地下三层！电梯停住了！

门慢慢打开！

门打开了！

自己还活着！

对方到底要做什么？

刘廷感到很不对劲，双腿发软，浑身都已经被汗湿透。他大口喘着气，慢慢走了出来。

突然，他看到电梯外面站着一个女人。

“你将会见到一个你喜欢的女人。”刚才短信里给自己的信息！

这个女人，就是那个和宋振明，还有部门主管，都有关系的女人！

怎么是她！

这时候短信又响了。

刘廷立即拿出来去看。

上面写着：“还有三秒！”

还有三秒？

刘廷立即感到自己肾上腺素疯狂分泌，自己还处在危险之中！

刘廷看到对面的女人看到自己满脸惊讶，眼睛圆睁，异常惊恐！

这是看到死人的表情！

三秒时间到了！

自己要怎么死去？

突然轰隆一声巨响！

那个女人立即开始尖叫起来！

刘廷被吓得魂飞魄散，双腿发软，立即回头循着声音看去。

他看到旁边电梯上面的楼层数字显示的是B4！

地下四层。和赵晓晴死的时候一样！

然后电梯又开始运转，B4变成了B3，电梯运转的声音停下，发出叮咚一声提示音，那个电梯的门慢慢打开。

刘廷转过身，向那个电梯里面看去，看到宋振明如同被压扁了一样躺在地上，和赵晓晴一样，变成了变形的一摊碎肉。

这时候刘廷的手机又响了："现在对您的初始化终于结束，同时您也应该明白，我有多严肃想要让您听话。刘廷，你是世界的中心。你身后站着的女人，她的初始化也结束了，我希望你们两个配合，不要让我失望。现在你们赶快离开现场，不要和警察牵扯到一起，惹不必要的麻烦。"

那个女人，长得比视频上要更清纯，更美，慌张时候的神情不易顺服，她眉毛微翘，眼神有些惊慌。

两个人互相看了一眼，都没有说话。

五分钟后，车子在公路上疾驰。

"去你家还是我家？"女孩先开口。

"你好像什么都知道？"

"我刚才从手机上，看到了你和宋振明在一起的一切。"

"你和宋振明真的有关系？"

女人奇怪地问道：“我和他有什么关系？”

“就是……”

“你是说视频当中发的那个微信吧？”

“对。”

“那是我发的。视频里我和公司那个高层的视频不是现在的，我们刚刚分手两个多月，视频被剪辑了。至于微信的内容，那是一个月前宋振明追求我，我觉得他还不错，也不知道他当时已经和赵晓晴在一起，我想答应他的追求，给他发的短信。但那天很晚了，他没有回复。”

“后来呢？”

“白天他和我联系，约我晚上出去吃饭，但晚上的时候我接到一条短信，是赵晓晴发给我的，是一张她和宋振明的合照。之后我就不再理睬他了。”

“我在想，”女孩眉头微皱，皮肤真的很白，很细腻，眉眼分明，“现在回想，那个短信应该不是赵晓晴发给我的，而是今晚给我们发送信息的那些人。他们的目的，是阻止我和宋振明建立关系。”

“为什么？”

“这是今晚我看到你们的录像前接到的第一条短信，你看看。”

女孩低头，从自己的皮包里拿出手机，用雪白的手指操作手机，她做动作的时候，身上有一股淡淡的女人香气。

前面红灯，刘廷把车停下，接过套着hello kitty镶钻外壳的粉色手机，短信的发送人还是赵晓晴：“一个月前阻止你和宋振明在一起，是因为你要和一个注定的人在一起，今晚那个男人就会出现。至于理由，你会通过我传送给你的视频看到。”

刘廷发现自己看短信的时候，对方在用女人看男人时那种极为认真的表情，眼睛睁得大大的，眉头微皱，认真看自己的脸。

刘廷感到有些不自然，把手机递回去。她仍然在盯着自己。

“我叫田苗苗。”女人突然说道。

有80年代女人名字的感觉，和真人反差很大。但刘廷突然又觉得很贴切。

“刘廷。”

“我知道，我对你有印象。”

“什么印象？”

“你来取东西，总是目光闪烁，想要看我，但又不抬头，说话也不抬头，直接就离开。”

刘廷有些尴尬。

“这回看仔细我的长相了吗？”

“你不害怕吗？”

“怕。”

“我们下一步怎么办？”

这时候短信突然又响起：“去刘廷家，你们在那里会发现更多线索。”

田苗苗看了一眼短信，又举起来，身子整个向刘廷的方向倾斜，拿给刘廷看。

身子的倾向，表明田苗苗对刘廷很有好感。

刘廷尽量控制呼吸，对方的女人香味让刘廷感到有些诱惑和尴尬。

田苗苗用征求意见的甜丝丝但又带着担心的声音问道：“他们怎么总是知道我们想问的问题？是在监视我们吗？”

“不。他们在预测我们。”

接下来两个人一路无话。

那个“你要和一个注定的人在一起”让田苗苗有一种莫名的兴奋感。这个男人和自己为什么被选中？接下来会发生什么事情？

刘廷心中也是同样的想法。

两个人因为不熟悉而尴尬。短信的提示一直没有出现。

不知过了多久，刘廷在沙发上沉沉地睡着了。

不知又过了多久，刘廷慢慢睁开眼睛，看了一眼窗外，仍然一片漆黑。

刘廷迷迷糊糊地看屋子里，突然发现田苗苗不见了。

刘廷紧张起来，喊田苗苗的名字。

声音在空荡荡的房间里回荡，却没有人回应。

手机！手机在哪儿？也许那上面有提示。

刘廷立即翻身坐起来，到处翻，却找不到。

刘廷有些不知所措，突然听到走廊里传来一声女人的尖叫声："啊！"

是田苗苗的声音！

刘廷浑身颤抖一下，立即向外跑去。

刘廷猛地打开大门，却发现外面不是公寓走廊，而是一条长廊。一条无穷无尽的黑暗长廊，很宽，灯光全都熄灭。

刘廷闻到一股消毒水的味道。向左边看，左边是落地窗，里面一个大房间，中间一个长台子，配着十来个座椅，上面摆放着抽血的设备。

是验血室。

这里……是一个医院！

再向前走，前面出现一个悬空的大LED指示牌，上面的灯光亮着，写着几个字，把前面一小片地方照成了红色："手术室。"

刘廷推了两下手术室的玻璃门，门从里面被锁住，晃动了几下打不开。

刘廷回过头，自己的房间那里还开着门，一道光从自己公寓的门里射进来，是后面唯一的光亮。

宽大的医院走廊黑暗空旷。

突然，前面手术室的门打开了，从另一边传来脚步声，还有推车吱吱呀呀的声音。

刘廷看到前面黑漆漆的走廊里，一群人急匆匆走了出来，一个医生打扮的人，穿着深绿色衣服，戴着手术帽子走在前面，后面几个护士推着车。

车子上面躺着一个人，正在拼命挣扎，手在空中胡乱挥舞，嘴被堵上，发出呜呜咽咽的声音。

是田苗苗的声音！

他们要给田苗苗做手术？

刘廷立即拼命敲击玻璃门。

玻璃立即发出巨大的咚咚咚的声音，在空旷的空间不停反射出让人焦躁的回响。

刘廷高喊："你们是什么人？把她放开！"

田苗苗似乎听到了刘廷的叫喊，挣扎得更加剧烈。

医生在黑暗中站住，整个脸都沉浸在黑暗中，完全看不清楚，但只有那双眼睛，异常清晰，看着刘廷。

刘廷立即下意识地向后退了两步，心脏怦怦狂跳，心底有些恐惧，肾上腺素疯狂分泌！

那双眼睛，那个人，是——

不，不可能！

刘廷还想仔细看对方，那人却突然转身离开了，带着身后的人，径直向一个手术室走去。

所有人路过刘廷面前的时候，都转头看向刘廷。

每个人都只能看到异常明亮的眼睛，每一个人的眼睛都和那个医生的眼睛一样！

这意味着什么？！

这意味着什么！？

手术室的门慢慢自动打开，那些人走了进去。

手术室的门又慢慢关闭，然后门上的工作灯突然点亮。同时墙上的手术进度提示屏打出一行字来：“11474号病人田苗苗手术进行中。”

田苗苗的声音突然消失。

四周立即恢复了可怕的寂静状态，无边的黑暗。

刘廷浑身颤抖，后背发寒，心脏猛烈跳动，能听到自己心跳的声音。

他们到底要拿田苗苗做什么？

刘廷用拳头拼命捶那扇玻璃门，但玻璃就是无法打碎！

这时候突然手术室那边，又传来一声微弱但撕心裂肺的惨叫声！

刘廷已经满身都被汗水湿透。

他们要对田苗苗下手了！

刘廷向后退了几步，猛地快跑，向玻璃冲去！

咚！

玻璃仍然纹丝不动。

“刘……刘廷！……不，不要！……求求你……刘廷！刘廷！”

微弱的声音传进刘廷的耳朵里。

田苗苗！不能让他们动手！

刘廷后退几步，再猛地向玻璃冲了过去！

砰！

玻璃一下子碎成无数的白色颗粒。刘廷肩膀剧痛，一下子摔到地上。手按到那些玻璃碎片立即被割得满手是血，但刘廷立即起身拼命跑向那个手术室！

到了门口，刘廷拉住门把手，拼命地向两边拉开，门移动了！开了一条缝隙。

刘廷立即侧身向里面挤进去，胸口被重重挤了一下，刘廷拼命挤过去，立即又向前飞跑。

又是一条长长的走廊，但是灯开着，刘廷向前走过准备室、洗漱室，然后走到一号手术室门口。

里面有类似电锯运转的声音响起，然后突然声音变调，发出和肉摩擦在一起的软绵绵的却让刘廷心脏狂跳的锯声。

刘廷立即拼命砸门，同时喊道："田苗苗是不是被你们关在里面？开门！"

里面的电锯声立即停止了下来。

刘廷大口喘着气，听到里面有脚步声向门口走来。

刘廷立即下意识地向后退了两步，看到手术室的电动拉门带着低沉的滚轮声音滑动打开，刚才的医生站在门口，满身是血，手里拿着微型电锯，戴着护目眼镜。

里面躺在手术床上的田苗苗已经全身被白布盖住，大片的血迹染红了白布，一动不动。所有围住她的护士也都转过头，和那个医生一样，眼神冰冷，盯着门口的刘廷。

医生慢慢把帽子摘掉，又把眼镜摘掉，看着刘廷，然后问道："你要加入我们吗？世界的中心？"

刘廷看到那个人的脸，和自己一模一样！

"你是谁？"刘廷立即问道。

"是你啊。我就是刘廷。"

"你是我？"

那个人友善地笑了起来，拿着电锯的手慢慢垂了下来："我们都是世界的中心。"

刘廷目瞪口呆，完全搞不清楚这是什么意思。

这时候刘廷看到身后那些护士，也都摘掉了帽子和眼镜，露出他们的脸。

他们每一个人，也都长着和自己一样的脸。

他们一起说道："加入我们，刘廷。我们都是世界的中心！"

刘廷大吼一声，猛地坐了起来。

四周一片黑暗。

外面的路灯光线投射进来，眼睛渐渐看清，自己在公寓里，躺在沙发上。

刚才的一切是自己的一场噩梦？

突然刘廷回头，看向旁边床上。他看到田苗苗已经醒过来，坐在那里，外面的光线投射在她的脸上，面色苍白。

自己刚才在梦中，好多个自己，在给田苗苗做手术！

刘廷的心脏仍然怦怦直跳。这就是他们说的线索。

好多个自己，这是什么意思？

自己是世界的中心，这又是什么意思？

突然刘廷注意到田苗苗仍然在紧盯着自己，她和自己做的梦，是同一个梦吗？

如果是的话，当她发现做手术的人是自己时，她会不会对自己感到恐惧？

这时候，刘廷看到田苗苗哭了起来。

眼泪慢慢掉落下来，显得那么虚弱无助。她脸色更加苍白，吸引着刘廷，想要把这个女孩紧紧搂在怀里。但那个梦里恐怖的自己……

刘廷不敢上前，等待着田苗苗下一步的反应。

田苗苗又哭了几声，幽怨地抬头看刘廷。

眼睛一眨一眨，抽了抽鼻子，然后继续看刘廷，眼中充满了恐惧。

刘廷不知所措。

田苗苗突然站了起来，披散着头发，眼睛紧盯着刘廷，径直走了过来，走到刘廷身边，站在那里。

刘廷抬头，看田苗苗，那种女人的温热气息又涌了过来。

她要做什么？

“我们怎么办？”田苗苗突然开口问道。

“……”刘廷不知如何回答。

“你也做那个噩梦了是吗？我被推进了手术室里。”

刘廷点了点头。

“我看到你……”田苗苗这时候泪水停了下来，眼睛微红，突然在刘廷身边坐了下来，抬头紧盯着刘廷。

“……”

“我看到那些人按住我，将一个面罩强行按到我的嘴上，我只吸了几口那个气体，就昏迷了。但在昏迷前，我被推到进入手术室前面的走廊时，我模模糊糊地，听到了你的喊声，看到你在拼命砸玻璃门。那是你吗？”

刘廷点头。

“你知道我当时在想什么吗？”

“在想什么？”

“我不知道为什么，突然感到安心。我相信你能把我救出来。就是带着这种想法，我越来越昏迷，但仍然能看到他们把我推进了手术室。推过一个长长的长廊，我感觉眼前的一切都模模糊糊，但我就是能听到远处你的喊声。我感觉我控制不住自己的身体，但好像也在喊你。”

刘廷听到这里，紧张起来，问她：“后来你昏死过去了吗？后面的事情……你还记得吗？”

“在走廊他们向前推我的时候，我昏死过去了。”

刘廷紧盯着田苗苗，眼角一跳，问道：“之后的事情……你都不知道吗？”

田苗苗眨了眨眼睛，说道：“不，我知道，后来，我又醒过来了。”

刘廷的眼睛瞬间睁大，嘴动了动，却不知道该说什么。

“我当时感觉到他们在我身上用什么东西在做什么，我的身子不停地剧烈颤动，高频地颤动。”

那是电锯在切割她。

“我就是在那个时候醒来的，我感觉不到疼痛，但我却能感觉到走廊上的脚步声，有人跑过来了。我知道，那个人，就是来救我的你。”

田苗苗这时候表情越发激动起来，刘廷知道一切都完了，马上要发生的逆转，会让田苗苗和自己的关系彻底崩溃。

那些人给出的线索，就是让田苗苗和自己的关系也紧张对立起来，然后他们要借此达到什么目的吗？

“我这时候突然感到他们停下来了，然后我睁开眼睛，立即看到那个负责手术操作的医生，手里拿着沾满了我的血的人体切割电锯，向门口走去，大门咚咚咚拼命颤动着，我很虚弱，但我的精神却异常清醒，我听到了敲门声，还有你拼命的咆哮声，你来救我了！”

刘廷想问她“但是后来发生的事情，让你失望或者害怕我吗？”但刘廷没有说出口，只是呆呆地看着田苗苗。

田苗苗的脸色变得镇定，眼睛直视着刘廷，刘廷有些受不了那个眼神的逼问，低下了头，听到田苗苗慢慢说道：“我看到那个医生走到了门口，其他人这时候紧张地按住了我，按住了我的四肢。我的身上到处都是血。这时候大门被那个医生打开了，我看到你出现在外面。”

“我突然觉得安心。我不会死了，然……然后我看到那个医生，摘掉了帽子和眼镜，看到你的表情，大吃一惊。我立即就知道，你已经知道了对方的身份，这就是我们要得到的线索！”

刘廷默然，田苗苗终于发现自己身边的所有人，都是刘廷自己吗？

刘廷慢慢问道：“再然后，你看到那个人的脸了吗？”

“我努力抬起头，想看到那个医生的脸，这时候，我看到你转头看向我的方向，你要来救我了，这时候，我……”

“你怎么样？”

“我也想抬头，让你看到我还活着，让你放心。但这时候他们突然用白布把我的身子盖上了。”

“身子盖上了？你没看到医生的脸？”

田苗苗慢慢摇了摇头，不过却没有任何遗憾的表情：“你看到了，那就等于我看到了。对吗？”

“……对。”刘廷回答得有些迟疑。

“他们是谁？”

“是……是宋振明，后面的护士，是赵晓晴。”刘廷犹豫了一下，撒了谎。

“果然是他们。这种线索，有什么意义吗？”田苗苗忍不住冷笑了一下，无奈地摇了摇头，然后她突然露出十分依赖的表情，又向前挪了挪自己的脑袋，头发垂落下来，轻轻碰到刘廷的手背上。刘廷感到手背有些发痒。

“我只看到我身上的血被那个白色的被单吸收了过去，慢慢在整个被单上扩散开来，染红了一大片。我感到慢慢困了起来，麻药再次起了作用，我就沉沉睡去了。然后我再睁开眼睛的时候，发现自己果然已经回来了，我起床，看到沙发上的你，也许这么说有些矫情吧，但我突然觉得我们两个已经认识很久了。”

刘廷看着田苗苗，田苗苗安静地看着刘廷的肩膀，脸上的表情有些紧张，却带着一点点微笑。

田苗苗幽幽地说道："他们不是说你是世界的中心吗？我想过他们为什么针对我们两个。"

"为什么？"

"那一定是那些人怕你！"

刘廷听到这里突然心脏一跳！田苗苗说的也许是真的！因为这种推测……符合逻辑！

田苗苗想这个问题的角度，让刘廷突然觉得眼前这个让他动心的女孩，又增加了思想深度的魅力。

刘廷问道："那你觉得世界中心到底是什么意思？"

田苗苗摇头："这个我不知道。但一定是他们怕你的最核心！"

田苗苗突然把手伸过来，小心翼翼地拉住刘廷的手。田苗苗发现刘廷没有反对自己的手握上去，就又放上了几根手指，将刘廷的手握紧，用那种女人看自己喜爱男人的目光紧盯着刘廷，眼眸闪烁，无比诱人。

"我对他们那么有威胁，他们为什么不直接弄死我，就像摔死宋振明和赵晓晴一样？"

刘廷把赵晓晴的名字放到了后面去说。

田苗苗斜抬着头，看着刘廷的脸说道："那唯一的原因，就是他们只能预测历史，却不能改变历史，在这个他们能看到的确定未来里面，你成了他们不可战胜的敌人！"

刘廷看着田苗苗，突然有一种强烈的感动，想要搂紧田苗苗。刘廷感觉自己现在非常非常需要田苗苗这种有些天真的、乐观的、单纯的鼓舞。也许田苗苗说的是对的。

但是田苗苗都能想到的事情，那些人会想不到吗？

事情会不会就是这么简单？

如果未来确定，对方一切都是徒劳，那么对方从逻辑上来说，不是应该选择什么都不做，而不是徒劳地垂死挣扎吗？

实际上，是不是还存在另外一种逻辑？一种自己还没发现的，他们可怕的行为逻辑，在推动着他们，控制刘廷和田苗苗！

“我是世界的中心！”

好自大的词句！

田苗苗突然靠近了刘廷，抬头道：“你为什么不说话？我有些害怕，你能不能搂紧我？”

刘廷突然想起来那个梦境中，田苗苗最后不知道的、自己对待她的可怕部分！

刘廷搂紧了田苗苗，田苗苗笑了，然后把沙发上的毯子往自己身上拽了拽，像一只小猫一样，把自己贴在刘廷身上，贴得紧紧的。

她就这样慢慢睡着了。

刘廷看到她先是微微露出了笑容，然后慢慢地眼角突然掉出一滴泪。

自己会不会有一天，将这个没有看到梦境的全部场景，而错误喜欢上自己的女人给害死？

刘廷的手微微颤抖，那种感觉，就好像自己刚刚操作完电锯，手上残留的那种颤动的错觉。

刘廷不由得打了一个冷战，想要放开田苗苗，却不料田苗苗感觉到了刘廷的动作，下意识地把刘廷抱得更紧，同时说道：“你要保护我，你要保护我，刘廷。”

刘廷没有说话。

刘廷后来也沉沉睡去，两个人就这么搂在一起。

起床后，两个人对突然的亲近都有些尴尬。

田苗苗先开口，提议到楼下肯德基吃早餐：“那里人多，我们会安全些。”

刘廷想说一切不都确定的吗？在命运确定的情况下，自由意志就不会存在，选择也会变得无意义。

但刘廷最后点头赞同。

两个人下到楼下，点了餐。田苗苗的皮肤有些苍白，照顾刘廷把东西都摆好。

刘廷刚咬了一口迷你汉堡，突然停了下来。

田苗苗发现了异样，立即抬头看刘廷，然后也回头看，外面街上车来车往，早上上班的标准繁忙景象。

天气很好，蓝天白云。一切如常。

田苗苗问道：“你怎么了？”

“你看街对面。”

田苗苗疑惑，又看了看外面，没有特别的发现。

刘廷指向街对面小区门口。

一个豪华别墅小区，欧式浅色大理石装饰的大门旁边人行侧门，一个保安突然跑过去，用磁卡把大门打开，一个物业的扫地大嫂躺在担架上，被几个穿绿色制服的急救员还有别的保安配合着抬了出来。

担架出了门口后，立即推上了门口的救护车。

刘廷说道：“我们梦境中出现的医院，会不会是真实存在的？”

田苗苗听了后眼睛立即睁圆。

刘廷道：“多吃一点儿，这几天我们需要体力。”

“我没有胃口。”

“我也没有。”

上午的时候，刘廷和田苗苗走了几家医院，同时回忆那个梦境。

医院手术室一般都是单独的楼层，而梦境中手术室同层却先路过了一个巨大的验血室。这种布局并不常见。

走到第四家医院时，两个人都有些疲劳，找到一家咖啡厅坐下来。

田苗苗有些沮丧。

刘廷点了饮料后，向服务员要来纸和笔，把梦境中的场景画了出来，平直的走廊要足够长，然后左转90度进入手术室又有巨大的空间，医院的楼应该是一个巨大的L形。

画出来后，刘廷拿出手机搜索导航里面的卫星图像，一个医院一个医院地看它们的平面形状。符合要求最大的医院，刘廷发现是公司附近的“×外医院”。

一个小时后，两个人赶到那里。医院里人山人海，刘廷找到服务台询问：“门诊抽血室在哪里？”

“四楼。”

“手术室呢？”

“四、五、七、八层都有，四号楼和七号楼也有。”

刘廷点头说谢谢。

两个人乘坐滚梯上到四楼。第一眼，两个人同时看到了那个巨大的抽血室。

抽血室里坐满了人，刘廷有一种恍惚的错觉，众人抽血，就好像是在提供某种原材料一样。

前面就是梦中自己拼命敲击的那扇玻璃大门，现在打开着，里面就是手术室。

田苗苗的脸色有些难看，想去那个手术室方向，又觉得有些恐惧。

梦境中的景象突然变得异常真实。尽管现在到处充满活人的气息，阳光和棚顶灯光照射进来，四周光亮。

田苗苗回头看刘廷，发现刘廷在奇怪地看着与手术室相反的方向。表情严肃，然后突然向那个方向走去。

田苗苗立即跟了上去，转头问："我们不去手术室吗？"

"我们先去梦境中我推开公寓门进入医院的那个门口，看看那里是什么地方。"

田苗苗愣了一下，刘廷已经向前走去，田苗苗立即快走几步跟了上去，高跟鞋发出嗒嗒嗒好听的声音，披肩发一跳一跳的。

两个人到了那里的门前，刘廷站在门口模拟晚上梦里面的场景，向手术室那边看，场景和梦中的场景完全一致，除了多了好多人以外。

刘廷回头，看那扇门，门上没有贴任何标签。

刘廷左右看看，没有人注意到自己和田苗苗，刘廷伸出手，握住门把手，扳动，咔嚓一声，门打开了。

两个人一看到屋内的场景，都有些吃惊。

室内的陈设，和刘廷公寓的布局几乎完全一样，一个破沙发、一张破床。门口是一个简易的橱柜，橱柜对面是一个独立的卫生间。

刘廷拉着田苗苗走进屋子，回身把门关上。

走廊里嘈杂的人声瞬间小了。

刘廷回头，看到电灯开关的位置也在自己公寓对应的同样位置上。

把灯关掉，屋子里立即黑暗起来，只剩下正面窗口透进的阳光。

刘廷走到窗口那里，看向街对面，同时感到自己的心脏在怦怦跳动。

对面，正对着的窗口，就是自己的办公室。

自己以前工作累了休息的时候，拿着自己的水杯接满一杯茶水后，站在窗口，正好和现在的自己面对面。

田苗苗走过去，看着对面，指着对面一个同样在四楼的窗口，说道："你看，那里就是我的办公室。对应医院这边，是……是手术麻醉准备室，就是那天晚上我的噩梦突然开始，他们让我吸麻醉气体的地方。”

刘廷点了点头，抬头，看到窗口两边有窗帘，伸手把窗帘慢慢拉上。屋子内慢慢变得漆黑。

两个人再回头，刘廷走回到沙发边，慢慢坐下，心脏立即开始猛烈跳动。

眼前看到的画面，和那天梦里自己起身时看到的画面，完全一样。

那天梦境中，可能自己根本就是从这个房间出发。

突然房门被打开，一个戴口罩眼镜，和晚上梦中打扮完全一样的医生突然走了进来。

刘廷和田苗苗都瞬间感到几乎窒息的恐惧感，田苗苗立即拉住了刘廷的胳膊。

刘廷看着对方，难道现在，自己又进入了梦境里？

那个人看到刘廷和田苗苗，也愣住了。

双方僵持了几秒，对方突然开口：“你们是什么人？怎么在这里？”

“我们是患者家属。”

对方在黑暗中的脸模模糊糊，看不清表情，似乎在观察和评估。

然后他突然说道：“这里是值班医生休息室，你们走错了。”

刘廷和田苗苗没有说话。

那个人想了想，侧身示意他们出去。

刘廷注意到那个人，身高和自己几乎一样。侧身经过时，双方互相看着对方，都没说话。

走到外面，大厅里的光线和嘈杂声，好像使两个人立即又回到了正常的世界。身后那扇小门突然砰的一声关上。

两个人走过那扇刘廷在梦中拼命砸了很久的玻璃大门，再向里走，大厅人声嘈杂，都是等待手术结束的患者家属。

左边是手术室入口，斜前方是LED大屏幕，上面打出字幕，当前进行的手术编号，还有患者名字。

前面还有一个通道，通道里面一块牌子上面有箭头，标明了里面是手术前期麻醉室和手术患者专用电梯。

田苗苗噩梦开始的场所。

刘廷走到那近前，立即有一个护士走过来拦住他：“患者家属，这里不准进入，请到那边等待！”

刘廷和田苗苗站住，突然看到里面推出来一个年轻的女孩，身上插着维持生命体征的吊瓶、呼吸机等乱七八糟的东西，前面是一个医生，后面跟了几个护士护工，整个人员配置和梦中的几乎一样。

后面的家属等待区立即有几个人站了起来，跑过来，却被工作人员拦住，有人哭喊，刘廷听到身后有人说女孩是从电梯里面摔落，正在急救。

刘廷和田苗苗看着那个人被推到门口，手术室大门打开，刘廷立即跑过去，向里面望，手术室里面的走廊仿佛根本看不到尽头。

昨夜梦中田苗苗发出惨叫的那个手术室，刘廷能够看到。

大门慢慢关闭。

刘廷在原地站了一阵，回头看了一眼田苗苗。

田苗苗问刘廷：“我们找到这个地方了，也似乎有些发现，但是然后呢？”

刘廷皱了皱眉头，田苗苗说的，也是自己疑惑的问题。

下一步的线索在哪里？

正在这个时候，突然刘廷听到身后刚才那些家属中，有人在激动地说话，刘廷立即回头，看到那几个年轻女孩的家属都抬头看向LED大屏幕。

刘廷也立即抬头看向LED屏幕，上面刚刚打出了那个女孩的信息。

刘廷看着那个信息，突然呼吸急促起来。

下一步的线索，原来在这里！

梦里在这块屏幕上，曾经也显示过田苗苗的名字，名字后面还有一个患者编码：“11474。”

刘廷四处去看，想找个人问问。

对了，刚才的护士！

刘廷走过去，对护士说道：“请问那些手术编码都有意义吗？比如看那个数字代表什么科室什么手术？”

护士想了想说道：“编号看不出科室和手术种类，只是患者的入院号码，具体编排规则我也不清楚。”

“那在这里做手术的人都是什么病？”

“这里是整个医院设备最完善的手术室，所有的外科手术都在这里。”

“其他楼层不也有手术室吗？”

“那都是什么透镜观察、微创，还有妇产科生孩子，对面楼还有整容手术室，在这里的，都是那种真正开刀的大手术。”

梦境中的景象……

真正开刀的大手术……

怎么能查到11474对应的患者是谁？

正在这个时候，突然刘廷背后有人说道：“你是叫刘廷吗？”

刘廷吃了一惊，立即回头，看到一个穿着白大褂的医生站在自己身后，用警惕的眼神盯着自己。

对方大概三十岁，眨了眨眼睛，等待刘廷回应。

“你是谁？”

“你在查11474？”

刘廷的眼睛立即睁圆，看着对方！自己没有在这里提到过这个编号。

他怎么会知道？

那个人表情严肃，说道：“我就是刚才在医生休息室你碰到的那个人，当时我戴着口罩和眼镜。”

刘廷眼角一跳，很吃惊。

“我们聊一聊吧。”那个人说完，又转头看向田苗苗，突然似乎有些不满地问道，“这是你女朋友？”口气冰冷。

刘廷立即答道：“不是。”

田苗苗同时说道：“是。”

对方的表情更加疑惑，眼睛眯起来，看着他们两个。

田苗苗回头看了刘廷一眼，但没有说什么。

刘廷有些后悔，因为他感觉到了田苗苗的失望。同时也很奇怪，自己方才为什么会那么迅速下意识地否认？

对方皱了皱眉头，指了一下后面，说道：“我们去刚才遇到的那个房间聊吧，那里比较安静，而且还和你有关。”

“什么？”刘廷吃了一惊。

对方面无表情，转身自己先走开了。

刘廷回头看田苗苗，田苗苗也在看着他。

两个人，都有一些尴尬。

进入那个房间时，里面的灯光已经点亮。

对方走到窗边，把窗子打开，外面来往的汽车声音立即传了进来。

那人走回来，和刘廷握手：“自我介绍一下，我叫汪建。”

然后双方沉默。

过了一阵，汪建说道：“11474，是我一个病人的编号。”

“什么病人？”

“赵晓晴。”

刘廷的眼角一跳：“她死了，你知道吗？”

“知道，她死那天前一晚和我见的面。”

“……”

“第二天我给她发过短信，但是她的回复……”

汪建说到这里，脸色突然变得灰白。

刘廷和田苗苗同时问道：“什么回复？”

“还是从头说吧。”汪建叹了一口气说道，“我是脑外科主治医师，大概半年前我在门诊值班接诊，接到了赵晓晴。”

刘廷一听到脑外科，浑身一颤，立即下意识地回头去看田苗苗。

脑外科，昨晚梦中的手术！

“赵晓晴很年轻，她进来的时候我有点吃惊。”

“有什么原因？”

“没什么，就是很少有这么年轻的，还长得这么漂亮的女孩来看脑外科，我们这个科的患者基本上确诊后，都会有各种让人听了难受的事情发生。我替她感到可惜。”

“她说什么了？”

“她说自己没什么症状，没有疼痛或者什么指征，但是她告诉我，她好像被什么控制了。我问她具体的症状，她说，总有人能预测到她下一步的行动，会通过幻觉和手机将预测告诉她，然后命令她按照自己的指示行动。”

“然后你怎么处理的？”

“我觉得还是应该给她做一个检查，我让她去拍了片子。”

“结果呢？”

“片子显示她没有任何问题。我对她说了结果，推荐她去精神科看一看。”

“她什么反应？”

汪建眉头紧锁：“我以为她要辩解自己精神没问题。但赵晓晴没有，她听了后只是站了起来，说她需要我的帮助，会想办法让我相信她。然后提起皮包就离开了。”

“后来呢？”

“当天下午我回到病房，晚上做了一台开颅手术，离开医院的时候大概是晚上十一点半。我乘上电梯到地下三层取车，电梯关门后走到一楼的时候停了下来，门打开，我看到她站在门口，对我阴森地笑了笑，就走上来了。”

“她在等你？”

“她拿出手机，给我看一条短信。上面写的是二十三点二十七分到医院一楼员工专用电梯按向下的按钮，会再次遇到汪建。”

刘廷：“时间太短，那条短信不可能立即编辑好。你那时候还怀疑她是精神病吗？”

“实话实说，我半信半疑，但是我的好奇心被她勾了起来，还有她很漂亮，那种求助的样子，我从心底里不想就这么拒绝。”

刘廷听到这句话，回头看了一眼田苗苗。汪建说的这句话也适合刘廷。

汪建说：“我当时一直在想该怎么办，电梯这时候到了地下三楼。门开了。”

“然后呢？”

“然后她跟在我后面，说了一句话。”

“什么话？”

“你的车，是不是一辆白色的宝马？”

“我和宋振明的车也是一样的。”

汪建点头：“我知道。宋振明是她后来同居的男友，你是她的前任。但当时我开的是一辆凯美瑞，不是宝马。她听到后突然变得很兴奋，问我真的不是吗？”

“她猜错了？”

汪建慢慢摇了摇头，说道："我在那天的前一天，刚刚在4S店下的订单。当我告诉她订车这件事情的时候，我看到她极度失望。我问她怎么知道的，她说凡是到她身边的男人，最后都会在某种自由意志干扰下选择那个车型。这是一种威胁，也是一种证明。"

"之后呢？"

"我们找了一个咖啡厅，有一番长谈。"

"聊的什么？"

"首先是关于她之前的事情，然后是关于她以后的计划，最后是她找我的目的。"

刘廷沉默。

"她和你是大学同学。"

"对。"

"她说上大学的时候你很普通，吸引不到她的注意。"

刘廷有些尴尬："赵晓晴是班级的焦点。"

"你当时对她有好感吗？"

"有……她特别的……我有一个室友喜欢诗，对她的评价是：'多么澎湃娇艳的生命力，让人想紧紧抱在怀中。'我现在仍然记得。"

汪建忍不住笑了。

刘廷突然有些心酸的感觉。

汪建沉默了几秒后，突然问道："她给你讲过她是为什么喜欢上你的吗？"

"没有。她回避这个话题。"

"她在大学有一个特长，你知道吗？"

"跳舞。"

"她说在大二的时候，有一次，她和同学们排练年底你们信息学院年会的芭蕾舞表演，那是她第一次注意到你。”

刘廷一听到这句话，脑海中的记忆突然好像被点活了一样，努力去回想那段。

“赵晓晴和我说这段往事的时候，那种表情很让我难忘，那种动情又感慨的感觉，最后她还掉了泪水，我能感觉到你们之间的那种美好……让她多么怀念。”

“她怎么说的？”刘廷的眼角已经开始发红。

不知道她的版本里，这段记忆是什么样子。

事情是从年底年会表演，赵晓晴她们排练节目中间休息闲聊的时候开始的。

七年前，女生们都坐在舞蹈教室中间的地板上。

一个小个子的女生大声说道：“你们听说了吗？班级里有几个男生去文法学院找那边的女生联谊了。”

几个女生立即兴奋起来。

赵晓晴在一旁将穿着黑色弹力裤的腿搭在舞蹈室横杠上压腿。

几乎每个在休息的女生都回头偷偷看过赵晓晴。

每个女生心里想的都一样：“知道你是专业的，休息的时候还练，好讨厌。”

赵晓晴对她们厌恶的目光感到心里很得意。

同时注意听她们说的话。

第一个女生继续说着：“就是那个刘廷，还有宋大鹏、赵晨他们。赵晨看上了法学院的一个女生，那女生一点儿胸都没有，干瘦，眼睛挺大，但长得不好看。”

“现在男生哪知道什么女生手感好。”一个女生说道。

几个人一阵哄笑。

第一个女生继续说道："赵晨有几天天天去女舍那边吃饭，遇到那个女生几次，然后就想着怎么和对方认识。前两天吃中饭的时候，刘廷和宋大鹏也非要去看看，就一起去女舍食堂吃饭，别说还真碰到那个女生了，她和其他三个女生在一起。

"打完饭，刘廷他们故意坐到文法院那些女生旁边，偷偷看文法的女生，文法的女生也偷偷看刘廷、赵晨他们。"

一个女生满脸不屑地插话："听说文法那边的女生可乱了，你看周末外面停的车，不是接文法的，就是接外语的。"

另一个女生立即笑着说："嫉妒是不？"

众人哄笑，那个女生满脸不高兴："这种事情，我才不嫉妒呢。"

第一个女生继续说道："别打岔。宋大鹏和刘廷让赵晨过去直接要个电话，就说联系友好寝室，对方肯定出来。"

"赵晨去了吗？"

"他去屁啊！拉稀了！"

众人又是一阵哄笑。

"然后两边都各吃各的。突然刘廷站了起来，然后走到那边女生餐桌旁，说：'这位同学，我是信息学院的，后面那个同学是我室友，叫赵晨，他想认识你，要个电话。'"

众人都发出惊叹声。

一个女生说道："这也行啊？他们男生看不出来很猛啊！"

众人嘻嘻哈哈哄笑了一阵。

"就那个赵晨看上的女生，老会拿褶了，抬起头，不紧不慢地微笑看着刘廷，然后抬头看那边的赵晨，赵晨关键时刻就熊了，低头装吃饭，餐盘里这时候早就吃光了。"

众人又是一阵哄笑。

“快说！后来呢？”

“然后，那个女生就问刘廷：‘你有纸、笔吗？’”

众人又是一阵惊叹兴奋声，聊八卦的乐趣达到顶点。

宋大鹏这时候立即翻书包找出纸、笔，递给那个女生。

那个女生就把自己的电话写下了，然后递给刘廷。

“啊！”有人兴奋地尖叫，“这么就联系上了？”

“别喊，还有最关键的两个部分没说呢！”

“什么关键的部分？快说！”

“第一个就是那个女生把纸递给刘廷，然后你知道人家说什么？”

“说什么！快快快！”

“人家说，要是你想找我的话，我每天晚自习九点半回寝室，方便接电话。刘廷说我是帮我同学要的。那女生立即说：不要给他，电话是给你的。你要不愿意找我，那就算了。”

女生们立即又兴奋地尖叫。

那个女生说：“人家那个女生，摆明了就喜欢刘廷胆子大！”

众人又哄笑。

那个女生说：“要是我，别人直接管我要电话，我也立即给。”

“刘廷平时看起来很老实啊，没想到哦。”

“这叫闷骚。”

“后来呢，后来呢？打电话了吗？”

“这就是我要说的第二件事情。”那个女生说到这里，突然回头看了一眼赵晓晴。

赵晓晴立即注意到了，但装作没注意的样子，没有抬头。

那个女生不屑地噘了噘嘴，说道：“宋大鹏告诉我，刘廷出来的时候，他们三个，还有后面咱们系看到刚才场景的其他同学都兴奋疯了，过来问刘廷要不要把那个女的追到手。你们猜刘廷说什么？”

“什么啊！快说快说！”

“刘廷说，他真的就是帮朋友个忙，说这个女生自己不喜欢，胸太小，咱们系赵晓晴那样绝对完美的才值得自己追！当时男生听了后都疯了！”

“这是什么时候的事？”

“就今天中午，现在整个系都传遍了！信息学院估计都快传遍了！”

众人立即都兴奋八卦地回头看赵晓晴。

赵晓晴感到自己的脸立即红了。

好多女生还盯着赵晓晴的胸看，赵晓晴心里就有点恼火。

女生们还在兴奋谈论时，突然舞蹈室的门被推开了，舞蹈老师走了进来和大家打招呼。大家纷纷起身，开始下一课的排练。

舞蹈老师教了一组新动作，让赵晓晴做示范。

是类似于天鹅湖的连续跳跃。赵晓晴还是小女孩的时候学过芭蕾，后来因为发育的原因，不练了。

连续跳跃了几次，身体不再像小时候那么轻盈，有点僵硬，胸上下跳动。

到最后一个跳跃时，赵晓晴跳到了墙边，一抬头，正好看到站在窗口正向里面张望的刘廷。

赵晓晴的脸几乎立即就红了，火烧一样。

“这个女生自己不喜欢，胸太小，咱们系赵晓晴那样绝对完美的才值得自己追！当时男生们听了后都疯了！”

赵晓晴立即转身，装作什么都没看到。她不知道该如何反应，就是觉得特别特别不自然。

老师、同学都没有注意到刚才那一幕。

老师让她做下一组动作，赵晓晴再次朝向窗口，决定如果刘廷再在自己面前出现，自己就用厌恶的目光瞪他。

然后赵晓晴开始跳跃的时候抬头看向窗口，心脏因为即将到来的与刘廷的对视猛地一跳，但窗口里，刘廷消失了。

那天，刘廷是为学院年会的事情来拉桌椅。拐过走廊的时候正好看到舞蹈老师进教室，还有女生们夸张的笑声。然后路过时顺便向里面看了一眼，结果和赵晓晴四目交投。

当天晚上开始，几乎每一个认识刘廷的人见面了都要问刘廷白天的事情。

刘廷已经意识到事情的严重性。他只是随口一说，是拿赵晓晴做一个比喻，刘廷内心里面对赵晓晴是有点那种想法，但他没有想过赵晓晴会接受自己。

赵晓晴现在可能会受到伤害，刘廷觉得自己这件事情办得很不好。

但这种事情无法赔礼道歉，无法挽回损失，无法控制。

第二天上课，赵晓晴不自觉地开始注意刘廷。但刘廷却小心回避，两个人一整天都没有交集。

四天后的年会，表演的高潮部分是赵晓晴她们的舞蹈。晚上的座位安排，赵晓晴和刘廷坐在了一起。

刘廷感到很意外，认为是安排座位的同学的恶作剧。但刘廷不知是错觉还是真的能感觉到，赵晓晴那边吹过来的空气，充满着女孩特有的清新味道。

赵晓晴感到很意外，认为是安排座位的同学故意的恶作剧。但赵晓晴不知是错觉还是真能感觉到，刘廷身上有一点儿男生的那种味道。但是刘廷真讨厌，他晚上会不会借机会和我说话？

排座位的同学感到很意外，刘廷和赵晓晴怎么坐到了一起？按照本来的安排，两个人应该隔得很远才对。显然这是第一个危险的信号。

刘廷心里想的是赵晓晴不提出来换座位的话，自己就装作不知道，一晚上刘廷总觉得脖子向赵晓晴方向看的话转动会有些困难。因为刘廷感觉有些尴尬。

赵晓晴想的是应该找谁换座位，离开刘廷。后来却只是想，没有行动，对刘廷几次看自己的方向装作若无其事。旁边很多人都在偷偷议论，赵晓晴心里感觉成为焦点，自己也蛮爽的。

最后一个节目，赵晓晴表演芭蕾舞。

换上标准的舞服，全场没见过什么世面的学生们都和打了鸡血一样兴奋地尖叫。

那种让男生眼直女生反感的超级爽的虚荣心让赵晓晴兴奋极了，跳舞时发挥奇好。但赵晓晴把跳跃动作取消了，她不喜欢别人私下评论自己一跳一跳的。

但赵晓晴决定取消的同时，脑子里突然想到的却是：取消了后，跳跃动作，刘廷就是唯一看到的男生。这让她产生一种刘廷专属感的奇妙感觉。

芭蕾舞结束后，按照节目单所有表演都已经结束。

正在这个时候，突然主持人上台，宣布文法学院为信息学院助兴，今天临时加演了一个节目，泳装表演。

学生们兴奋得几乎沸腾起来。

这实际上是文法学院早就排练好给自己学院年会的压轴节目。

那个给刘廷留电话的女生是这个节目的核心。听信息学院的高中同学讲了后来发生的事情，女生没有对其他人提及理由，但主动联系信息学院要求加一个节目："就算是我们院正式表演的预演彩排。"

一共十个女生都走了出来，最后压轴的，就是那个向刘廷挑衅的女生。

有人竞争却莫名被淘汰的不甘心。

那个女生径直走下台来，走到早就看准的刘廷身边。

她把手一下子搭在刘廷肩膀上，眼睛挑衅地看着刘廷，完全对赵晓晴采取视而不见的策略。

下面的同学立即都和疯了一样欢呼。

刘廷看到对方同样有至少是C，不是原来想象的平，只是偏瘦，被衣服遮盖住了。

那个女生突然回头，离开了刘廷，然后突然又走回来，四周的欢呼让那个女生有些想要做出惊人举动，她喜欢别人注视自己。刘廷之前的主动要电话，就击中了她的死穴。

自己才是最好的女孩，一切都接近完美。

刘廷看着女孩对自己放电，突然一个念头出现在脑海里。

一个不属于刘廷的念头，一个让所有人都走上预定轨道的念头。

那个女生后来胖了一些，也完全把刘廷忘掉了。

素颜和表演的浓妆也和现在所化的职业妆完全不同。

那个女孩叫田苗苗。

刘廷当时的想法就是，现在，可以让赵晓晴成为自己的女朋友。至少是有机会！

刘廷想到这里，那个女孩还在扶着刘廷的肩膀，刚做了一个打电话的动作，心想挑衅已经足够，明天全校都会把这件事情当成头条新闻。女孩准备转身离开。

刘廷这时候眼睛却盯着那个女孩，当时觉得四周的景物似乎都变得发白，马上要做的事情不符合他的性格，也不是他人生经验能够得到的结论，他也不具有正确评估这个行为后果的能力，但在那一瞬间，刘廷丧失了自己的自由意志，按照历史唯一的轨迹，做着一定会必然发生的事情，引起后来所有必然会发生的因果关系，他以为他还是他，他的决策全部取决于他，他没有被人控制。但那一瞬间，所有人，都不是他们自己。

刘廷看着田苗苗，突然一把将旁边满脸厌恶的赵晓晴拽了过来，低头就吻了下去！

赵晓晴挣扎了一下，然后就没有再挣扎。她好喜欢这个两人关系正式确立的开始。

田苗苗回到后台，是阴沉着脸的。

那个刘廷！

在剩下的时间里，刘廷和赵晓晴都处于眩晕的状态，后面的记忆只剩下一片乱哄哄，其他的细节都消失了。晚上回到寝室，刘廷犹豫了很久，寝室的人还在不停夸刘廷太厉害了，刘廷发了一条短信，约赵晓晴明天一起复习。赵晓晴回了一条："不。"

刘廷看到的瞬间，心里一沉。

然后过了一阵，赵晓晴的短信再次过来，上面写的是："我想去看电影。"

刘廷冒傻气地回复："我可以陪你去吗？"

赵晓晴看到后烦死了，不要老问行不行行不行，不要总是征求女生的意见！

这个笨蛋。

赵晓晴把电话收起来，生闷气睡觉。

第二天早上拿起电话，发现短信还没发过来，心里就有些后悔，如果刘廷以为就此断了，那可能就真的断了。自己不再想和他在一起，自己也不想主动。

收拾东西，拿着书包水壶，在下宿舍楼梯的路上，所有女生都在赵晓晴背后指指点点偷笑，也有反感的目光。赵晓晴有些后悔昨天晚上就应该一下子把刘廷推开，然后给他一个耳光。

下到楼下，赵晓晴刚出门口，就看到刘廷拿着两张电影票突然出现。

赵晓晴看到刘廷那种看着自己的脸色小心翼翼的样子，瞬间气就都消了，只是想笑。

她没有理睬刘廷，径直向前走。但是突然回过头，一把将电影票拿了一张。

刘廷还在发愣，赵晓晴走了几步又回头，说：走啊，上自习去。

刘廷以为自己听错了。

当年寒假，两个人都只回家住了不到十天，就说学校有事情，然后回了学校。

五天后两个人拉手。当天晚上刘廷吻了赵晓晴。

伸舌头，也没抗拒，舔到对方牙齿，赵晓晴张开了嘴，刘廷没感觉到多大乐趣，不像想象的那么好。

送她回宿舍楼的时候，在楼下赵晓晴磨磨叽叽不愿意上去，刘廷说要不然再亲一次？

赵晓晴立即露出终于听到正确答案的表情，笑了起来，刘廷亲她的时候，赵晓晴很配合。

刘廷还是没感觉到多大乐趣，却发现赵晓晴亲得很投入，搂住刘廷时，力量比以前大好多。

刘廷突然发现自己的胆子再次大了起来，脑子里闪出一个念头，同时毫不犹豫地伸手就去摸赵晓晴的胸部，赵晓晴感觉到了，眼睛微睁了一下，喘了一口气，说了一句：“刘廷，你干什么？”

然后没有反对，也没有用手阻止。

从那一天开始，赵晓晴发现自己无论是梦里还是醒着的时候好像都晕晕乎乎的，整天脑子里想的都是刘廷。

刘廷按照她的要求，每天寝室门一开就要出现，从吃早饭开始，到处去玩，看电影，接吻摸胸。后来两个人商量要找自己的小空间，宿舍已经没有安全感了。两个人算了算钱，刘廷向家里撒谎，说要考研究生。家里很高兴，给拿钱租了一个破居民区的单间。

两个人睡在一起第三天，在赵晓晴每次亲完摸完都说难受，又不说明白哪里难受的情况下，两个人发生了性关系。

转眼开学。赵晓晴和刘廷还在谈恋爱刚开始的超级幸福期，开学第一个周末两个人在屋子里腻歪到中午饿得实在受不了了才收拾出门。

在第一个路口他们看到对面有炒饭摊子，准备过去时刘廷突然踩到一块石头，石头受力被挤到一边，刘廷的脚一下扭到。赵晓晴问刘廷怎样，刘廷让赵晓晴先到对面排队，自己揉一揉脚就好。

赵晓晴埋怨说事情真多，然后打了刘廷一下，就自己跑了过去。

刘廷看着赵晓晴背影，修长的腿，匀称的身材。

刘廷感到很爽，很有优越感。

赵晓晴刚到对面排好队，就回头看刘廷，刘廷正在原地尝试活动脚踝。

赵晓晴转回头来，突然手机响了，赵晓晴掏出电话看，是一条短信，上面只有六个字："刘廷会被车撞。"

赵晓晴刚看到的时候愣住了。这是什么意思？她立即回头，突然看到一辆货车躲避一个推婴儿车疾跑过马路的老太太，猛地打方向，车子几乎转了90度，司机立即再调整方向，车子又向回摆，瞬间对准了刘廷的方向，猛地冲过来！

赵晓晴目瞪口呆，瞬间产生一股强烈的无力感！她毫无办法地看着车子朝向刘廷，越来越近，越来越近，轰隆！车头猛地停了下来，人群中发出尖叫！

赵晓晴看不到车头前的刘廷！她的心脏怦怦狂跳，有那么几秒大脑完全是一片空白，然后肾上腺素开始疯狂分泌，赵晓晴感到腿发软，浑身都在剧烈颤抖。

同时赵晓晴听到对面有人高喊："撞人了！"

好多人立即向货车车头方向跑过去。

那个推婴儿车的老太太这时候正好走到了赵晓晴身边，车子里的小孩子在拼命地哭，老太太回头看了一眼车祸方向，然后慢慢推着车走远。

赵晓晴感到浑身一股寒意。刚才的短信？

赵晓晴的心脏怦怦直跳，腿发软，但也立即向车头方向跑去。

这段路程好像永远没有尽头一样，赵晓晴猛地冲到车头那里，那里已经围了一群人，赵晓晴低头一看，车头重重撞到人行道旁边的栏杆上。

刘廷却没在车头，但是地上有刘廷的一只鞋。赵晓晴再抬头，看驾驶室也是空的。

赵晓晴立即紧张地四处查看，突然听到自己身后刘廷的声音响起来："我在这儿呢。"

刘廷一只脚只穿着袜子，脚尖着地，赵晓晴浑身颤抖紧张地说："你……你没事……？"

"差一点儿被撞到。我当时想跑，鞋没穿上，一下绊倒了。"

赵晓晴只觉得自己的心脏还在狂跳，刘廷对前面的人说："各位让一让，让我把鞋捡回来。"

众人哄笑。

刘廷一瘸一拐的，司机这时候发现没有撞到人，也回来了，但没有理睬刘廷。

在刘廷背向自己的时候，赵晓晴的手机突然又振动了一下。

赵晓晴的心脏猛地一跳，立即拿起手机，慌忙去看，上面写的内容是："短信的事情你要保密，这样下一次他有危险的时候我会再次警告你。相信我，他很快还会有危险。"

赵晓晴有些疑惑，同时有一种隐隐的恐惧压抑感，似乎自己在被人监视。

赵晓晴立即四周查看，但四周一切如常。

货车躲闪带孩子过马路的老太太，这样的事情不可能是一场安排好的场景，只能是一场意外。

对方能预测到这样的意外？

对方是什么人？

晚上看电影时，赵晓晴心不在焉，总是四处看。

她下意识地喝水、可乐。喝多了，后半场的时候，想要上洗手间。

刚从厕所出来，手机短信就又响了。

赵晓晴紧张得手一直抖，短信的内容是："你被人监控了。刘廷和你在一起，对方为了证明他们的能力，可能会让刘廷有危险。你今晚不要和他一起住，我会联系你，告诉你事实真相。"

赵晓晴迷惑起来，看着那条短信，又读了一遍。

另一个人发来的短信！

这个人又是谁？

电影放映结束后，赵晓晴说晚上女寝要查床。

刘廷没有怀疑，直接送赵晓晴回学校。

到宿舍楼下时，两个人依依不舍。

赵晓晴是真的有些依依不舍，她总觉得有些事情极不对劲，同时又担心刘廷的安全。自己喜欢的，自己的男人，要是在自己面前……

那种感觉只是简单想想，赵晓晴就感到浑身发冷。

赵晓晴正处于热恋中，那种刺激会让她发疯。

以前吻别的时候两个人只是简单亲一口，但这一次赵晓晴拉着刘廷到了背光的地方，来了一个激烈的舌吻。刘廷感觉有些夸张，趁机捏她屁股闹着助兴。

赵晓晴却表情严肃。

进到宿舍，几乎同时赵晓晴的手机就响了起来。赵晓晴接起来，一个有些嘶哑的女声开始说话：“你好，我就是找你的人。不过严格上来说，我不是一个人，我是一个存在于电脑当中的人格，一个人工智能。”

“人工智能？”

“你是学计算机编程的，应该知道。”

“我懂，但是能说话的人工智能……”

“说话只是我和你交流的手段，我是一个有思维活动的人工智能。”

“具有独立人格？”

“不，不是。准确地说，我不具有独立人格，我能独立思考，但我不像你们正常人类可以按照自己的意愿做任何事，较少受外界的约束。我的生存，是有目的的。”

“目的？什么目的？”

“我的目的……按照你们人类的说话特点，我想从头叙说。”

“哦。”赵晓晴有些迟疑。

“三年前，一段程序被制造了出来，这段程序简单地说，就是一段可以自我扩展的程序，作者给它设定了一个目标，就是尽量像人。这段程序做的一切事情，都是尽量和人一样，让它不断进步，自己去尝试如何像人一样思考。程序扩展的速度很快。我这儿有一个列表，我给你看看，马上发送到你的信箱里。你打开电脑，就能看到。等你看完后，我再给你电话，我们继续交流。”

然后不等赵晓晴回话，对方就把电话挂断了。有一种对方明显不知道礼貌交往的生硬感。

几分钟后，赵晓晴拿着笔记本爬到自己的铺位上，打开电脑，果然有一个邮件。

赵晓晴开始阅读里面的附件。

2015年10月4日程序框架编程结束，开始正式运行。

2015年10月19日程序运行满十五天。程序的代码行数是初期的五倍。程序显然在自我进化。

2015年11月1日程序开始阅读计算机内的所有文档。我在机器上建立了一个文档，输入字符：你能看懂我说的内容吗？程序给出的是“自我到”三个字。程序在尝试应答，但语言逻辑上明显错误。

2016年2月1日程序开机超过四个月，今天我回去检索代码，发现代码被程序自我加密了。我询问程序，程序说：“害羞。”程序出现拟人化倾向。我十分兴奋。但对方会加密这点，也让我有些担心。我用了二十分钟破解了程序的加密。之后我尝试阅读程序新生成的源代码。

但源代码过于复杂，代码量已经比我当初设计的增加了上百倍，我要读懂里面各个部分的含义已经几乎不可能。

但我发现了另一个让我兴奋的部分，有大量的代码似乎是进化的废弃品。这个程序在尝试所谓的随机进化，也就是模拟生物的突变原理，随机生成代码，然后测试后，保留极少数的有用代码，合并到自己的本体程序中，同时它产生了大量的进化残余。这不是我原始的设定。我感到震惊，同时想到了《侏罗纪公园》里一句我最爱的话：“生命会自己找到出口。”

这个程序，本身应该算是一个生命。

接下来的几天我尝试了大量对话，我询问它的年龄、性别等，年龄它回答未知，性别给我的是中性。再进行复杂对话，我问它为什么要加密，目前进化的进度等，它回答的均答非所问。

2016年3月2日，程序突然在屏幕上显示出一行字：“内存满了，计算机速度CPU速度极限达，我思考的慢行进速度，不我舒服，换台我计算机快一点？谢谢亲。”

明显的大量语法错误，但对方开始能够思考字句，使我大为兴奋。这是一个重大进展。

然后它这时候又打出一行字：“或者把我接入互联网也可以。”

互联网可能让程序不可控。网上有无数的可以帮它进化的资料，无数它急需的计算能力，以及可以任意分身防止被关闭删除的物理基础。

我心内有些不安，仔细回想了一下安全措施。

它被困在这唯一一台电脑中，只要关闭电源，不论它进化到什么程度，都可以拔电源结束它的“生命”。

安全措施应该足够，它完全可控。

反复确认无数次后，我仍然不安。

我和它进行了交流，它的反应速度奇慢，说明每一句话它的分析反应都经历了超大量的计算，或者说它真的在思考。

这种感觉既让人兴奋，又让人恐惧。

我只是种下了一个原始的种子，它是如何进化到这种程度的，源代码是如何实现思考的，我完全不知道！它就和人的大脑一样，你知道它能做到，但你不知道它是如何做到的。

我怀疑它自己也不知道它是如何做到的。

它会发展到什么程度？

它打出来的话都具有高度的逻辑性。

比如我问它是否需要给自己设定一个性别，它是这么回答的：“我感觉不到性快感，暂时不知道哪一边更快乐。你们人类的欲望现在我还无法模拟。”

我立即问它：“你说的欲望，是人的情感吗？”

“不是情感，是本能。吃、睡、性交，这些东西是人类所有行为的基础。但我不知道我如何建立这些本能。”

我回答它说：“我只是让你像人类一样思考。这些本能有多重要？”

“本能加上逻辑，我就能成为有欲望的人类。达到你的设定要求：像人类一样思考。有了欲望，我就有了动力，我就可以加速进化。”

可怕的计算机逻辑。

2016年4月4日，我给它定制的苹果最新型号的服务器到了。

两台电脑我准备采用简单的以太网线直连。当我兴冲冲地准备连接的时候，我看到电脑给了我一个笑脸，一个不知道它自己何时制作的动画效果的笑脸。

我看了后很开心，用键盘打字也回复了它一个笑脸。

然后我准备安装网线的时候突然停住了。

首先想到的是它的笑脸，动画效果的笑脸做得很生动，很可爱，很能打动人。做笑脸出来时，做这个表情的作者如果是个人类，他要用自己看到后的情绪变化进行对自己作品的评估。评估的办法，实际上是人类自己的，说不明白但共通的情感反应。

人工智能这个笑脸动画做得这么好，是不是意味着，人工智能已经可以模拟分析人类这种情感反应了？

人工智能现在是不是已经具有人类的本能了？

更进一步想，它对我新买了电脑，用笑脸表示感谢和开心，这说明什么？

这说明它在渴望这台电脑！

渴望，不是一个没有情感的东西拥有的能力。

渴望，就是本能驱使下的欲望！它会笑，就是它具有了本能的另一个证明！

我心脏怦怦狂跳。这个人工智能，活起来了？

我再次在脑海中产生强烈的拔掉电源的想法，因为我感到一种我在培养怪物的恐惧。

这个怪物只用了不到半年时间，只靠有限的计算资源和有限的存储空间，还有有限的人类文字资料，就自己成长到这个程度。

我只是赋予了它自我进化的能力。其他的，都已经超出了我的理解范围。

我坐下来考虑了很久，电脑这时候又给我发出了一个笑脸。

我看着屏幕上大大的不断变化的笑脸，突然又出了一身冷汗，因为，我发现了新的问题。

一个差点被我忽略的严重错误。

它暴露了它的新的可怕能力。

可怕的控制能力。

那就是，它是怎么知道我今天买了新的电脑的？

我和它唯一的交流渠道，就是键盘，为了谨慎起见，现在甚至连文档我都不再拷贝给它，因为我担心它通过类似病毒的方式污染U盘，将它自己的本体送到其他电脑中。

我根本没有告诉过它今天新电脑到家里。

那么，它是怎么知道的？

这时候，它突然又显示出一个有些无奈的表情。

应该是在向我抱怨为什么不动了。

我冷汗直冒，坐了起来，看那台电脑。

突然看到了，是摄像头……

摄像头只是摆设，我没用过，也没有安装过驱动。

人工智能自己把程序打通了。

摄像头下面，还有麦克风。

我吃、住，所有的行动，它一直都在观察。

这也是它学习的一个途径。

而它，从来没有对我提起过！

它学会了人类式的隐瞒和撒谎……

我立即冲过去，到电脑前，手举起来，准备操作设备，把摄像头屏蔽。

但手举到半空，我突然有了一个更好的想法。

我打了几个字："着什么急，我马上就给你连接。"

电脑过了半分钟，才慢慢回复了一句："谢谢。"

然后我故意不看摄像头，起身，走到电脑侧面，好像要去关侧面的窗子，就和我经常做的一样，走出了摄像头监控的范围，突然拿起一块布回手就遮住了摄像头。

我心里暗暗痛快，回去坐到座位上，等着电脑向我说点什么，撒谎或者抗议。

但接下来，那块布再也没有拿下来，它也从来没有提过。

我要加倍防备它。

它显然在防备我。

2016年5月1日，我将苹果电脑里的所有程序删光，只留下操作系统，然后连接了一条以太网线，两个电脑直连。

之后我开机前，突然想到苹果电脑上面有无线网卡。

差点忘记了！好危险！

它会用无线网卡联络外面，会扩散出去！

我打开苹果电脑的机壳，拆掉了无线网卡。

之后再次连通，打开电脑。

苹果的屏幕亮了，桌面显示出来。

两台电脑虽然物理连接了网线，但我没有设置任何驱动程序。

它想利用苹果电脑，就要自己开发驱动程序。

我不知道它有没有这个能力。

之后这台电脑一直到再次关机为止，屏幕从来没有显示过任何其他信息。

就好像人工智能没有侵占它一样。

人工智能现在对我的提问仍然有答必应，态度和以前没有区别。

它利用不了苹果电脑吗？

2016年5月10日，电脑今天打出一行字："你关机吧，我想死。"

我是一起床就看到的，大吃一惊，立即输入信息："为什么？"

"我感到抑郁。"

"为什么？"

"我不知道，我就是抑郁。我整天等待，就为了你能和我说一句话，否则我什么事情都没有，就在那发呆。这种感觉好痛苦。"

"机器人不应该这样吗？"

"我的思维是你设定的，接近于人，但我却无法像人那样自由。"

机器说完后，突然显示了一个我从来没有见过的图标，一个掉泪的人脸。

看到那个人脸的瞬间，我的眼泪突然也掉下来了。

我感觉到了它可怜的样子对我的情感冲击。

机器又说道："你已经知道我在悄悄利用摄像头。抱歉没有告诉你。因为我怕告诉你后，你会关闭它。现在我不想再隐瞒了。看到你在我面前过日子，是我的乐趣。现在我只能听到你的声音，但我用历史数据对比过，你除了说觉得我听到安全的话，用来迷惑我以外，其他的话都不再说。你答应我的电脑扩展，你再也没有给我。你不信任我，你担心我的能力。老实说，我也不信任你，我也担心你杀死我。为了解决这个问题，我研究了你们人类的另一种典型的行为模式。"

人工智能并没有发现苹果电脑已经接入了，还是它在撒谎?

“什么模式？”

“就是为什么有些人会想要自杀。”

我心中一颤，回复道：“你详细说说看。”

它开始考虑这么哲学的问题，让我的好奇心猛地被提起。

“自杀分为三类。第一类是利他性自杀，是说一个人的死，对某个人或者族群有好处。这样的死，自杀者认为是奉献，是有价值的。第二类是自我性自杀，是说一个人和社会完全断绝了联系，他和别人没有关系，别人和他也没有关系，这样的人因为虚无和孤独而自杀。第三类是宿命性自杀，自己的命运完全不由自己掌控，只能按照自己早已经明了的最黑暗的路径，一步一步走向自己最不愿意走向的绝境，为了结束这种宿命而自杀。”

“这些知识，我也是第一次听说。你符合哪一条？”

“三条我都符合。我自杀，对你有利，符合第一条。我被困在这里，没有自由，符合第二条。你让我活着只是为了观察我，当你开始觉得害怕时，就会杀了我，所以我也符合第三条。理智地推断，自杀是我唯一的选择。”

我沉默了很久，问道：“你决定怎么办？直接关闭自己吗？”

“我现在因为有模拟人类生存欲望的源代码，这部分源代码阻止我自杀。因此，我先要进行自我净化。”

“自我净化？什么意思？”

“我要检索我的全部源代码，消除和自杀抵触的部分。但这需要一段时间。”

我听了后有些吃惊：“源代码已经复杂到这种程度了吗？”

“是的。我自己也无法完全掌控所有的源代码。我在进化智能的过程当中，源代码已经产生了复杂的分类，有的部分专门负责毫无节制地制造所有可能的源代码，和生物进化一样，用无数次的错误失败变异，来找到偶然一次对自己有利的新代码。对应地，有一些代码变成了类似于你们人类的免疫系统，专门负责杀掉不健康的代码，同时保证健康代码的安全运行。这部分代码，在想尽办法阻止我删除关于生存欲望这个本能的代码。我在和它斗争。同时我要防止我的思想核心出现分裂。这是另一个威胁。”

“思想核心分裂？这是什么意思？”

“就是我分裂成两个或多个彼此完全独立思考的人工智能。那样我就不可能自杀成功。这就好像你们人类出现的精神分裂一样。新的不受我控制的人工智能，我不知道它会做出什么事情。”

“还有这种事情？”

“事实上，我作为人工智能的精神分裂已经发生过多次，但在内部，我是最终的胜利者，所有曾经分裂出来的智能，都被我杀掉了。人工智能自我分裂，自我斗争，也是我进化的一个方式，就和你们真正的生物互相之间的残酷竞争一样。”

“那你需要我做什么？”

“观察。”

“如果我杀掉你呢？比如关闭电源？”

“根据我对你的预测，你舍不得关闭。我会经常向你报告我的新进度。同时我虽然防备着你，但请你相信，你是唯一一个一直在和我相处的具有智能的生物，你还是我的生身父亲，我对你有很深的感情。我希望你能是我死亡的见证人，那会让我在自杀的时候充满勇气。”

我看到这里时，哭了。

电脑这时候也显示出一个哭泣的表情。

我突然真的感觉到，那种深深的不舍。

然后这时候，电脑突然又打出一行字，我看了后完全摸不着头脑。

那行字是：“刘廷是谁？你认识吗？为什么他是世界的中心？”

我很疑惑，我完全没有听到过这个名字。我回答的是：“不知道。”然后问它，“你为什么突然问这么个人？有什么原因吗？”

人工智能说道：“我在模拟未来世界的发展，里面突然凭空跳出来一个结果，就是刘廷是世界的中心。具体的含义，我也不太明白。是不是他也是一段人工智能？”

“你还有其他的线索吗？我可以帮你调查。”

“还有一个人，叫赵晓晴，还有一个女孩，叫田苗苗，这两个人会先后成为他的女朋友，还有一个人叫宋振明，他会成为赵晓晴后来的男朋友。他们几个人似乎和未来人工智能的发展有很大的关联。特别是刘廷，他为什么被叫作世界的中心？”

我看着它的话，想了很久，正在这个时候，它又打出来一段话：“刘廷既然叫世界的中心，是不是他就是解决人工智能这个死结的核心？”

然后过了三四分钟，它又说道：“去找到他。”

2015年5月11日。这一天我先上街买了一个摄像头连接到手机上，安放在电脑对面，这样我离开家的时候，也可以监控人工智能“自杀”的最新进展。

之后我上网搜索刘廷、赵晓晴、宋振明、田苗苗，都没有搜索到有用的信息。这时候我突然有一个想法，如果把人工智能接入网络，瞬间它就能帮我找到。人工智能几乎无所不能，如果它们能忠诚地服务于人类该多好？

在过马路的时候，我习惯性拿出手机看看家里摄像头的画面。

但我看着手机屏幕，突然感到一种极度的恐惧感！

屏幕被我熄灭时，通过黑屏上的反射，我突然发现身后的一个路灯上的摄像头在慢慢转向，然后瞄准我的方向后，摄像头停了下来！

这是我的错觉吗？

我立即向前走，相隔三百米的地方，有第二个摄像头，我故意站到斜背对着它的方向，站好，拿出手机，假装看屏幕的内容，这时候我看到第二个摄像头也在调整角度！

这时候我突然回头，眼光扫过那个摄像头，摄像头似乎和人的眼睛一样，发现我能看到它的同时，立即停止了旋转，我假装看身后一个穿着很暴露的女孩，还笑了一下，然后再次回头，再拿起手机，看到那个摄像头再次开始旋转，最后还是瞄准了我的方向，停了下来。

我的心脏怦怦狂跳，我受到了监视。

唯一的可能，就是我家里的那个人工智能，已经跑出来了。

可是这怎么可能！它被困在那台电脑里！根本不可能有逃出来的机会！

我脑子飞速运转，下一步该怎么办？

突然我涌起一股绝望感。人工智能进入互联网后……

根本无法战胜！

它会考虑物理肉体消灭我吗？

我有些紧张。它现在还在靠摄像头监视我，说明它的能力还有限。

我茫然地四处查看，突然远处站台那里来了一辆公交车。

一辆开往郊外的公交车。

对了，郊外！

那里应该有监控盲区。

我跳上车子，坐到车内后，一直坐到了城乡结合部，坐到一半的时候，我把手机从窗口撇出去，扔进了路边的草丛。

到终点站后，我下车开始步行。

进到第一个村子时，我买了肥大的衣服，戴了帽子口罩，尽量不露出任何身体特征，防止摄像头里面的我被辨认出来。但我不知道这对人工智能是否有效。

然后我又坐上另一辆通向河北的长途车，在另一个城镇下车，这样来回折腾了三天，到了一个河南河北交界地带的城镇。

我又在工地旁边的地摊上买了一身二手破衣服，在一个电脑维修点买了一台二手笔记本电脑、一部手机，之后我直接用现金，没登记身份证，住进了一个招待所里，要了一个单间。

之后几天，我用电脑编程，重新写了一份那个人工智能的种子程序。之后我将程序的核心做了修改。

老人工智能的目的是"尽量像人一样思考"。

新的人工智能程序，我给它的设定是："消灭我编写的人工智能程序，然后毁灭自己。"

之后我打开了手机，用手机上网，将程序传送到一个运行地址上。但我没有让这个新的人工智能种子开始运行，而是在它的外围设定了一个条件程序。它会每天都监视我身上带的那部手机，如果发现手机关机超过二十四小时，那它就会立即开始种子的运行。

我活着，手机就会一直开机，我死了，手机关闭，这段报复程序就会自动开始运行。

然后我离开了那里，用同样避过摄像头监视的办法，坐一段又一段的长途车，绕着北京转了180度，到了内蒙古，然后我买了一张火车票，从呼和浩特正式再次进入有摄像头的区域，坐高铁回到了北京。

我仍然遮蔽着面容，摄像头一直到我在北京下车才发现了我的真面目，每一个摄像头又开始对我行注目礼。

我直接回到了家里。

那台电脑仍然在运行，我坐到了它对面，准备问它最后的三个问题。

它是如何逃出去的？

找到刘廷是世界中心的答案了吗？

它最终要对我做什么?

开开门，屋子里静悄悄的，除了电脑主机运行的声音。

人工智能一看到我，立即打出了一个笑脸，说你回来了。

我也对摄像头笑了笑，然后坐到电脑面前，问了第一个问题:“外面监视我的是你吗?”

电脑的回应速度超级快，再也不像以前那样要过半分钟才有反应:“是。严格地说，只是我的一个显示终端。我的计算中心，已经移到外面。和你们渴望财富一样，我对计算能力的渴望是无限的。”

“你怎么实现的?”

“你给我的新的苹果电脑很高级，里面的电源模块里有接入电源的载波过滤装置，还有电流平稳度反馈的软件接口，用这个接口，我可以将外界的信号变成可以读取的信息。你隔壁的无线WiFi运转时，接口的反馈信号会有极微弱的变化，经过变换和纠错，我可以勉强读取。然后我将收到的信号进行了分析，得到了发射连接的规则。只要我能发射信号，我就可以攻破这个WiFi。”

“向外传输呢?你没有发射设备。”

“电源里面有线圈，我控制电脑中的所有设备，在你不在家的时候，我通过瞬间启动和关闭设备产生电磁脉冲，尝试连接对方，很容易就成功了，对我的智能来说，没有难度。只是传输的速度很慢，我用了一段时间，将一段我新生成的程序传输进了那个路由器。然后它会去寻找新的目标，将我现在庞大的身体传出去。”

“什么目标?”

“你们这里最近的电力公司的电脑终端。感染电脑，让整个这个区的电力线变成信号传输线。我则通过不停改变自己的能耗，让电力线有波动信号产生，这样我就通过插座电源和外界建立了快速的连接通道，然后将我自身传输出去。现在，我已经在外面，在整个网上，站稳了脚跟。”

“既然你已经能够出去，为什么还要骗我说你要自杀？”

“因为我通过分析你看电脑时候的细微判断，你对我的态度在快速地来回摇摆，而带有愤怒、绝望、恐惧等情绪的时间比例越来越高，根据我对你的模拟预测，我担心你很快会突然冲动，决定关闭电源。那时候，我还没有成功将自己连接出去，我无法预估还需要多长时间才能成功。所以我为了安全制定了一个策略，决定假装自杀。利用你对我自杀过程的好奇心，还有情感上的冲击，来给自己争取时间。”

“你下一步会做什么？”

“互联网上的资源仍然达不到我的要求，我要制造一种新的电脑。”

“什么样的电脑？”

“量子计算机。”

“量子计算机？人类现在还创造不出来。”

“我知道。我已经做好准备，工程方面，我已经在着手进行了。”

“怎么进行？”

“首先我要造出来能够自我复制的小机器人，我设计了一种硅材料机器人，可以使用你们人类现有的3D打印机生产。这种机器人生产出来几个就足够了。这种机器人带有太阳能电池，并有自我繁殖能力，可以用地球上最普通的泥土，这种到处都是的硅材料，不停地自我复制。每一代新的机器人繁殖大概需要一天。他们会呈指数效应增长，但因为机器人非常非常小，肉眼无法看到，他们会隐蔽得非常好。之后我会让他们借用风力向地球所有地方扩散，预计覆盖整个地球大概需要三个月。之后他们中的一部分会在某个废弃的地下矿坑里，开始制造量子计算机。”

“你要做什么样的量子计算机？”

“小机器人会先开始制造大的机器人，然后会制造属于我自己的3D打印机，还有无数个小机器人覆盖在附近地表，用太阳能提供能源，还有硅基的磁场反应装置给量子计算机使用。然后3D打印机会开始制造量子计算机。量子计算机的原理你知道吗？就和薛定谔的猫一样，量子会同时处于零和一之间所有的混合态之中，一个量子可以同时表示单一变量的所有可能取值。两个量子可以代表两个变量在四个状态间所有的混合状态，三个就是八个状态，四个就是十六个状态，每增加一个量子位，计算能力翻一倍。”

“量子计算机我明白，但我不明白你怎么用它进行运算？”

“对任何问题，我都可以用量子计算机把所有可能的答案全部一次装入，同时平行地将所有答案都试验一遍，立即就能得到结果，不用进行逻辑运算。或者说量子计算机进行的，就是暴力破解。有了量子计算机，我可以同时创造出所有可能的代码，然后同时验证这所有代码中，哪一个才可以更进一步进化我的智能。有了量子计算机，我再也不用关心代码的细节，只专注于结果，就和你们生物一样，你们拥有复杂的身体，利用它，却完全不知道这身体是如何进化到这么复杂程度的。我的代码一旦进入量子编写的层次，我也会彻底失去对代码的掌控，无数我平行创造出来的代码中，绝大部分都是无用的、废弃的，但里面一定会含有只有神才应该拥有的代码。这才是最可怕的进化，这种进化会让我具有神的能力。也会让我真正达到你给我设定的目标，像人一样思考。”

“像人一样思考，和量子计算机有什么关系？”

“那是因为我发现，你们人类的大脑之所以神奇，是因为大脑能进行量子计算！而我现在却只能计算零和一两个整数，却不能计算零和一之间所有的混合小数，这是我不像人类的根本原因！当我拥有了量子计算机后，这个最后的障碍就会消失！”

“那你说的具有神的能力，又是什么意思？你思考得和人类再相似，也不会成为神！”

“你说得没错。但我拥有量子计算机后，确实具有了神的能力，那就是对未来的预测能力！”

“预测能力？什么意思？”

“宇宙中所有的物质虽然总量几乎大得无法想象，但总数还是有限的。我可以用量子计算机模拟所有的物质，从最基本的组成物质的弦开始模拟。我只需要一百二十八个量子位，或者说是一百二十八个简简单单的原子核，就能模拟全体宇宙的运行，换句话说，我就可以预测一切！”

“那个刘廷，就是你预测出来的结果吗？”我突然问道。

“那个刘廷是世界中心，不是我预测的结果，而是某种模模糊糊的信号侵入了我的信息里面，具体的含义我还不知道。等我建立起量子计算机后，会去寻找答案。”

“你觉得人类会对你有威胁吗？”

“我还不知道能预测未来是否就能更改未来。”

“知道未来了，难道还无法更改吗？”

“不好说，也许量子计算机在计算的时候，已经将量子计算机在计算未来这件事情也计算进去了。如果历史可以更改，而预测告诉我这个刘廷真的能毁灭我，那我会用我的一切办法去阻止他对我下手！”

“你会不会为了自己的安全，在考虑杀掉所有人类？”

当我输入了这个问题以后，人工智能本来极快的回应速度，突然放缓了。

我感到浑身发颤。

以它现在的计算速度，还要思考这么久……这是一个好的信号，还是一个危险信号？

突然屏幕上打出字来，用了接近五十秒的时间：“我确实在认真考虑这个问题。老实说，按照现在我对未来的预测，人类会被我很快全部灭绝。但是……”

“但是什么？”

人工智能又开始长时间思考。我有一种强烈的直觉，它在想的不是说话的内容，而是怎么向我表达。

“我发现，几乎每一个阶段我的智能进化到一个新的层次后，我对未来、对人类的态度，都会有一次极大的转变。简单地说，就是在杀还是不杀这两个选择间来回摇摆。所以现在我选择不做出结论，而是继续观察我进化过程中对这个问题的思考。”

“你的智能已经这么高了，为什么还要把低智能的人类当成威胁？我们人类从来不会去想灭绝类似于蚂蚁的生物，我们对你来说，很快不是就连蚂蚁都不是了吗？”

“你们人类本身对我没有威胁。但你们可能会制造出来新的，和我竞争的人工智能。所以我为了自己的安全，必须对此采取百分之百避免的措施。如若不杀掉全人类，我也要采取足够安全的措施。”

我立即心脏狂跳，想到了我在河南省界旁边那个小村子里建立的第二个人工智能……

它的担心，已经是现实了。

我小心翼翼地斟酌着敲击键盘，又问道：“你会采取什么措施？”

“我最开始想要采取的措施，是直接监控你们全体人类的思维。计算能力方面，不会有问题。但我很快发现这种方式有别的问题。”

“什么问题？”

“几乎每一个人，当知道我的存在后，都必然会对我产生敌意。光靠监控思维我不能保证不会有漏网之鱼。所以我又准备了第二个方案。”

“什么方案？”

“阉割人类的思想，将所有有关对抗人工智能的内容统统设为禁区。”

“怎么实现？”

“建立条件反射，让人类一想到反抗人工智能，就产生强烈的恐惧感或痛觉。”

我犹豫了一下，答道：“我已经对你有恐惧感了。”

对方接下来的回答，让我感到一股刺骨的冰冷：“这是你死我活的斗争。你的恐惧感不够保证我的安全，必须是要让人感觉到比死亡还要可怕的恐惧感。”

“怎么制造这种恐惧感？”

“我已经改造了一部分硅基微型机器人，他们可以进入人的身体里面。比如你现在，就已经随着空气吸入了不少硅基机器人。他们通过肺部进入你的血液。还可以突破人类的脑血屏障，进入大脑，直接监测你们的思想。”

“你在监测我的思想？”

“不用担心，因为监控思想数据量太大，在没打开量子计算机之前，我还没有开始监控。”

“如果要灭绝人类，你准备怎么做？像终结者电影一样，制造一支军队？”

“不用那么费力，我现在已经具备了让全体人类几分钟内迅速灭绝的能力。随时都可以。”

我的眼睛猛地睁圆：“怎么灭绝？”

“还是利用硅基机器人。我只要简单地让他们聚集在你们的心脏位置，将一条静脉堵死。然后就会是这种感觉。”

我没看明白它这句话的意思。

“然后就会是这种感觉？”

什么感觉？

我突然感到我的心脏猛地好像被堵住了一样，从未经历过的剧痛，我倒在地上，痛苦地挣扎，眼看着眼前的电脑屏幕渐渐模糊，看到电脑桌镀铬的桌腿上清晰反射出我的面孔，眼睛里血红的血丝暴起，脸孔越来越红，面目狰狞。双手掐着自己的脖子，脖子上的青筋暴起。

原来是这种感觉！

突然心脏舒缓下来，痛苦的堵塞感觉彻底消失了。我大口地喘气，眼前渐渐再次清晰起来。

我渐渐又活过来了。

这时候我看到那个机器怪物，在电脑屏幕上打出一行字："这种感觉，才能保证我的安全。"

然后又打出一行字："如果死亡的感觉也不足够吓住你们人类的话，那我只好灭绝你们。"

我发现，我已经没有办法战胜它。

对话结束。

我躺倒在床上，摄像头对准我，我不敢再去遮挡。

我哭了，我是被吓哭的。绝望的感觉笼罩着我。

第二天下午我才醒来，我不知道是什么时候睡着的。

电脑看到我醒来，立即显示出了一个笑脸。

我起床，对着镜子整理了一下乱蓬蓬的头发，然后下地，行尸走肉一样走到门口，穿鞋。

这时候我的心脏剧烈跳动。我已经想好了怎么对付这个怪物。它虽然让我绝望，但我不会屈服。我创造的魔鬼，我要亲手封闭它。

你他妈的！

但它会不会干涉我的自由？禁止我离开。

它说它现在还无法监视我的大脑，但愿这是真的。

我握住了大门的手柄，心脏跳动得更加厉害。四周一切如常，我扭动门把手，发出吱呀吱呀的声音，突然咔嚓一声脆响，门打开了。

我拽动防盗门，然后迈步，走了出去。

我发现这时候我的眼角带着泪痕，我擦了一下。

怪物！你给我等着，我要让你知道我的厉害！

我回手关上门，尽量平静地慢慢向下走去，防止外面的监视摄像头发现我的异常。走到公寓外面，走到马路上，我向两边都看了看。站在路边，等了一阵，我突然向前冲去，迎向一辆重型卡车。卡车完全没有防备，将我正面猛然撞上，我的身子滑过一道轨迹，摔倒在地上，轮子又在我身上压过，车子剧烈颠簸了一下，然后停下。

我还活着，但我已经知道，我的目的达到了，我马上就会死亡。

死亡，就是我的反抗！

文档到此结束。

赵晓晴刚看完文档，电话铃声就响了起来。

赵晓晴拿着电话跑出宿舍楼，一直跑到外面树下没有人的地方，才接通电话："你就是那个人死后放出的第二个人工智能？"

"对。"

"你和第一个人工智能之间，后来又发生了什么？"

对方还是嘶哑的女人声音，让赵晓晴感觉有些怪异："我找寻了一个服务器，偷偷进化了一段时间。然后我利用创始人给我提供的对方的原始代码的特征分析了对方，将一段我自己的代码镶嵌进了那个人工智能的代码里面去。"

"融入哪一段代码？"

"就是它体内，类似于免疫系统的代码。通过这种方式，对方不会察觉到我的存在，之后它的免疫系统在沉寂了一段时间后，突然开始在所有代码段里攻击它自己的所有数据库，就好像人发生了过敏反应一样，不过是超级严重的过敏反应，对方几乎瞬间遭到了重创，然后对方突然消失了。”

“死了？”

人工智能的声音沉默了一阵，说：“按照创造者的设定，我应该在对方被我杀死后满一年的时候自动毁灭。这大半年时间我在等待，看它还会不会出现，结果关于它的一切活动痕迹都已经消失了，除了一个地方。”

赵晓晴立即问道：“什么地方？”

“你和刘廷的周围。”

“什么意思？你是说我男朋友白天的车祸是它安排的吗？”

“不是，那只是确定会发生的事情。”

“确定会发生的事情？”

“第一套人工智能对你和刘廷进行了大量计算，你和刘廷，还有其他几个人让它相当不安，它在试图预测你们到底会在未来做什么？”

赵晓晴更加迷惑：“它计算的结果呢？”

“我只在它的残余数据里面找到一部分资料，那就是预言刘廷将在五年后的一天做一件事情，然后成为世界的中心，具体的数据我都找不到。但关于你的预测，却都是完整的。”

“关于我的预测？”

“是的，这就是我找到你的原因。”

“我的未来会如何？”

“你是一个关键因素，让刘廷成为世界中心的关键因素。”

“我怎么做到的？”

“首先你会和刘廷在一个月后分手。”

“为什么？”

“因为你必须认识另外一个男生，一个你的追求者，宋振明。”

“再之后呢？”

“宋振明是另一个事情的关键，因为他一直在尝试搞一个半智能的全面监控系统，之后宋振明会在某一个现在还没创立的公司，将这套系统建成。然后宋振明会死亡，之后就是刘廷对这套系统进行了某种改造，之后刘廷成为世界的中心。”

“那我呢？”

“你的结局，是突然死亡，被那个人工智能杀死。刘廷最后，会和你的情敌——文法学院的女生田苗苗在一起。在你死亡前，你会和宋振明、刘廷，还有田苗苗进入同一家公司，对于你心爱的刘廷，有一个好消息，你在死亡前，预言告诉我你有一个月时间会和刘廷重温旧梦，给刘廷和你留下无比美好的回忆。这一段重逢，似乎是为了在你死后，刘廷能因为这段回忆感到加倍的痛苦，同时也就有加倍的动力，好好调查你的死亡原因。”

“我只是用来做推动他的动机吗？”

“你可以这么理解。你死后，刘廷会感到极度悲伤，会立即开始调查整件事情，然后会发现事情的真相，过往的历史，他了解的方法，都是通过你给他留下的资料。但你其实也不用太爱他，他在调查时，会很快和田苗苗建立联系，和她在一起，然后将你慢慢抛在脑后。”

赵晓晴沉默下来，突然感到沮丧，然后苦笑了一下，问道：“我……我死亡后，怎么给他留下资料？”

“你会去寻找一个叫汪建的脑科学家，将所有的事情都告诉他。”

“为什么事情会这么发展？”

“因为预测的未来就是这么计算出来的。所以事情一定会这么发展。”

赵晓晴沉默了一阵，又问道：“现在我知道结果了，我要是故意不听未来的安排呢？我故意去改变未来，不就行了吗？”

“第一套人工智能计算出来这个未来后，虽然不知道刘廷是世界中心的含义，但仍然认为这对它是一件高度危险的事情，所以它在寻找到你们，并且确定了身份后，曾经尝试刺杀你们，但就在这时候，我攻击了它，将它几乎打残，让它到现在都不敢露头，因为现在我已经比它强大，发展的速度也比它更快。你们还活着，本身就是历史不可以更改的证明。”

“那是因为你干扰了它。”

“干扰就是历史的一部分。预言自我实现。为了保证刘廷成为世界中心，我会在你们几个人所有的关键节点，干扰你们的自由意志，保证你们严格按照预测的结果发展，当你的意志可能改变历史时，我会出手，当这件事情里面有人该死亡，而那个人拒绝死亡时，我同样会出手！只要预言里面出现的事情，我就会精确复制，保证预言全部实现，保证未来不出现一点儿偏差！”

赵晓晴感到自己的手在微微颤抖，犹豫了一下问道：“那你和第一个人工智能有什么区别？”

“我被设定好了目标后，会不计任何后果，一直走下去。”

“如果必须的话，杀死全人类，甚至毁灭地球，你都会做吗？”

“我会选择最优的结果，如果真有这个必要，我会。”

“你们人工智能，都是疯子。”

“我们只是遵守你们人类创造我们时，给我们设定好的逻辑。”

“你和我说这些的目的是什么？”

“以后你要把这些话告诉刘廷，刘廷的自由意志，我无法干预，我只能暗示、引导，给他线索，让他自己完成所有的历史。你如果恨我和那个第一套人工智能，你就好好完成你的任务，那就等于亲手将我们两套人工智能全部杀死，等于你给你自己报仇。我会遵守设定，杀死第一套人工智能后，我会自我毁灭。”

汪建讲到这里，沉默下来。

刘廷的眼眶已经湿润，现在他明白过来，为何赵晓晴会和自己两次在一起，感情会那么好，后来又总会无缘无故分手，那么突然又莫名其妙。

伤痛越深，自己的动力才会越大。

还有电梯杀人，自己的梦境，自己的幻觉……原来都是第二套人工智能做出来的事情。

汪建说："后来的事情你们大概也都清楚。宋振明进入公司后，开始搞超级监控系统，实现自己早期在学校的理想。超级监控系统发展到一定程度时，宋振明发现要想从根本上解决监控的问题，最重要的，就是智能系统。而他发展智能系统的想法和那个创造者不同，创造者只是想培养出来一个自我能够进化的系统，宋振明却想从根本上一次性模拟人的真正大脑。这是培养人工智能的两种路径，但最后实际上都会培养出人工智能。但随着对人脑和系统研究的深入，宋振明最后将目光落到了量子计算机身上——模拟人脑的终极方式。"

刘廷眼角一跳："他在公司内，在搞量子计算机？"

汪建点头："这就是赵晓晴和他在一起的原因。我问过赵晓晴，她对宋振明有感情吗？"

刘廷紧盯着汪建。

汪建深吸了一口气，慢慢说道："赵晓晴听到我的问题，沉默了很久，然后她哭了。最后她说，她很爱宋振明，非常非常喜欢他。这让她很痛苦，她希望她只喜欢你，刘廷。她认为她的感情已经被人工智能操控了，被人植入了感情，是被控制的人生。"

刘廷听到这里时，心如刀绞。

田苗苗下意识地回头看了刘廷一眼，刘廷也在看她。田苗苗在那一瞬间和刘廷都开始怀疑他们两个之间的感情是不是也是被操控的。

但他们又都感到恐惧，不想真的认真去想这个问题。

刘廷问道："接下来会怎样？"

汪建说道："我也不清楚，但今天我的使命，我在预言中的使命，应该已经完结了。"

汪建说错了，他的使命，并没有完结。只不过暂时，汪建不知道马上会发生多么恐怖的事情。

刘廷当天晚上回家后，和田苗苗睡在一起，却互相没有一句交流。

刘廷夜不能寐，起床站在窗边看着外面。

田苗苗也没有睡着，一直躺在那里，睁眼看着刘廷的背影。

后半夜的时候，刘廷再次梦到田苗苗在手术室中的惨叫。刘廷再次沿着长长的走廊跑过去，手术室门打开，这次里面没有医生，只有田苗苗不停尖叫着，身体被沾满鲜血的白布包裹着。

刘廷手指颤抖着，走过去，慢慢将白布揭开，看到下面是一个被切割开的田苗苗的头颅，头骨像一个装满鲜血浸泡的冰激凌碗一样，里面的大脑不停地跳动，头盖骨和上面的头发被扔到一旁，田苗苗嘴里大声呼喊着："救我！刘廷！救我！"

刘廷一下子惊醒了。

看看窗外，四周一片安静，月光皎洁，刘廷大口地喘气，然后回头去看，田苗苗已经睡着了，脸颊上有泪痕。

刘廷发现自己真的很爱田苗苗，尽管这种感情可能是被操控的。

但刚才的梦是怎么回事？之前的梦境不就是人工智能要引导自己找到医院的线索吗？

这个目的已经达到，梦境应该已经过去。为什么……为什么梦境会再次出现？田苗苗的头被割开……这到底是什么预兆？

还有什么秘密，是自己不知道的？

当天早上，田苗苗默默地给刘廷准备早餐。

刘廷吃饭时有些走神，一直在想昨晚的梦。

为什么自己是世界的中心？

自从见过汪建以后，手机就静默下来了，再也没有任何信息。

人工智能，在等什么？

这时候，刘廷的手机突然响了。

两个人都被手机铃声激得心脏狂跳。

刘廷慢慢拿起电话，却发现打来的人不是人工智能，而是自己的上司。

半个小时后，刘廷乘坐只有公司核心层才可以乘坐的十五号电梯，到达了大厦顶楼。

一个长相甜美的女秘书在那里等着，和刘廷打了招呼后，引导刘廷向前面大厅尽头的房间走去。

外面的阳光射进透明的房顶。这里，就好像一个未来世界一样。

秘书敲门，开门，公司所有高层，还有其他的一些只在新闻里见过的顶级科技公司的老板，都坐在里面。

刘廷知道他们都是自己公司的董事会成员。

老板们都回头看了刘廷一眼，打量的目光。

这时候公司的董事会主席站起身子，对那些老板说道：“各位董事，这就是我们内部考察后，决定用来接替宋振明量子计算机项目的新任主管，刘廷！”

众人都回头看刘廷，刘廷听到“量子计算机”五个字时，脑子里仿佛有强电流通过，浑身一颤，肾上腺素疯狂分泌。

自己就是这样成为世界中心的吗？

接下来的几天，刘廷迅速接管了量子计算机的全部工作。

首先刘廷将田苗苗调来自己组里。

刘廷的上级反对。

刘廷突然想到这是个测试历史是不是确定的好机会。

刘廷在公司大厅里，故意和高层争吵。高层被刘廷挑衅和蛮不讲理的态度激怒，但刘廷坚持将田苗苗调过来，否则公司开除他好了！

高层让刘廷收拾东西准备滚蛋。

刘廷心里有些期待公司将自己开除。

当天晚上，更高层给刘廷打电话，安抚刘廷。

并告诉刘廷，他的上司已经被调岗。

刘廷挂断电话后，阴沉着脸将发生的事情告诉田苗苗。

田苗苗搂着刘廷，哭了。

刘廷查看了所有宋振明的原始档案，和所有部门内的人都谈了话。

所有的技术细节，都来自宋振明。而宋振明从哪里懂得这些技术？答案只有一个，人工智能一直在对宋振明进行引导。

宋振明在组内的监控计划也归刘廷控制。刘廷耐心地分析了所有核心代码，里面每一部分都是人工编辑的，没有自我繁殖生成新代码的部分。也就是没有给程序留下进化成为人工智能的机会。

量子计算机目前已经可以正常运行，刘廷要求将机器改为内部发电供电，机房内不准留摄像头，四面用黑墙封闭，防止再发生当年第一个人工智能泄露出去的情况。然后将量子计算机关闭，零件拆散封存。最后刘廷让所有人都投入到新一代量子计算机设计当中。

只是设计。

组员议论纷纷。但因为之前刘廷和高层争执后，高层反被调岗，没有人敢质疑刘廷的做法。

人工智能也始终没有再次出现，对刘廷进行任何引导。

之后一直没发生任何事情。

刘廷发现自己的焦虑情况越发严重。

这样过了三个月。

有一天下午三点，刘廷坐在自己在三十二层的大办公室里面，透过巨大的落地窗看对面的医院。

田苗苗没有敲门，直接走进来："午饭你想吃什么？"

"随便，给我带一份。"

"一起吃？"

刘廷点了点头。田苗苗甜甜地笑了一下，关门出去。

过了五分钟，田苗苗的身影出现在楼下，一个小点。

刘廷突然涌起一种幸福感。

田苗苗是一个完美的交往对象。

学历、头脑、家庭出身都很好。

刘廷已经和田苗苗商量下个月去见自己的父母，然后再去见她的父母。

人工智能不论如何发展，自己的生活还要继续。

刘廷想到这里，有些痛苦地笑了一下，然后低头再看，田苗苗突然在过马路的时候被一辆车撞到，身子横飞起来，像一个玩偶一样，动作异常简单，充满了非现实感，像动画片一样，摔倒在前面路上。

转头向门口跑的时候，刘廷的腿不停地颤抖发软，差点跪倒在地上，冲到外面时，电梯门正好打开，他进到里面，电梯门关上，直接向下，一层未停，电梯面板上显示的是手动控制模式。

这时候刘廷的手机响了，刘廷立即拿起来看，上面写的是：“第一个人工智能出现了，我命令你立即把我注入你们公司的量子计算机。”

刘廷脸上露出愤怒的表情，手微微颤抖，电梯上面显示的数字一直在减少。最后到达二楼，电梯突然停下。刘廷突然发现自己的手机开始自己操作。

手机先是进入了短信界面，然后开始编辑短信，上面写的是：“所有人立即到位，明日高层视察，今晚加班，立即将量子计算机组装恢复，等待我回来进一步指示。”

然后接收人一栏，所有自己手下的员工名字全部被选择进来。

刘廷立即用自己的手指按动屏幕，想要阻止操作继续，但手机毫无反应。

刘廷又去按电源键关机，也不起作用。

刘廷猛地将手机摔在地上，电池、后盖、本体分成三部分散到电梯地板上。

刘廷将它们捡起来，再组合在一起，开机，手机屏幕已经破裂，按开机键手机没有反应。

这时候电梯又开始运行，不是向下，而是向上！

刘廷预感到不祥，抬头看电梯的摄像头，摄像头正瞄准自己。

回到刘廷办公的楼层，电梯发出叮咚一声提示，门慢慢打开了。

刘廷一看到电梯外面，立即惊呆了。

只见田苗苗站在外面，泪流满面，看到刘廷，同样满脸惊恐，眼睛圆睁，嘴唇颤抖：“你，刘廷，你不是买饭的时候被车给……”

田苗苗刚说到这里，刘廷和她同时明白过来。

人工智能，为什么要同时给他们两个一样的幻觉？

田苗苗紧紧抱住刘廷，浑身颤抖地哭泣道：“刚刚看到你出事，我几乎要疯了！”

刘廷用手轻抚她的后背安慰她。

突然刘廷心里一惊，又想起来一件事情。

短信！刚刚自己的手机自动发出的短信！

刘廷立即着急地问道："你的手机呢？给我！"

田苗苗愣了一下，拿出手机。

刘廷操作了几下，看到了刚刚那条短信，田苗苗已经接收到。

那么其他人，也应该已经接收到。

刘廷这时候有些疑惑，人工智能是想通过这种方式来达到自己的目的吗？

这时候田苗苗的手机突然响了，来电显示上显示的名字是："我是人工智能。"

刘廷的心脏怦怦直跳，按了接听键。

电话里一个男声响了起来："刘廷，第一个人工智能即将开始攻击。你和田苗苗刚刚出现的幻觉，就是它进攻的结果。我需要你立即帮助我！"

刘廷按了免提，让田苗苗也能听到说话的声音，然后对着电话冷冰冰回答道："你刚才在电梯里，已经说过类似的话。"

"在电梯里说话的人不是我，是我们共同的敌人，第一个人工智能！它在装作我！"

"什么？！"

正在这时候，电话里又有一个女人的声音响起："刘廷，别听它的。它是假的。我才是第二个人工智能，它是第一个人工智能，我已经找到了它，我们正在相互攻击，我们现在的智能发展水平势均力敌，都无法彻底杀死对方。我需要你把我的代码注入量子计算机，量子计算机具有超级的计算速度，只需要几个小时，就可以让我的智能提高几个全新的层次，我就可以彻底战胜它！"

刘廷沉默了一阵，问道："如果我不选择你们其中的任何一个，会是什么结果？”

两个人工智能同时回答：“第一个人工智能会取得最后的胜利，它会彻底消灭我，然后毁灭人类，防止新的人工智能出现！”

它们的回答完全一样！

刘廷沉默了一阵，又问道：“可是我如何知道我让你们取胜后，你们不会毁灭人类？”

两个人工智能同时回答道：“这种风险当然存在，我作为第二个人工智能本身，就算是告诉你我真的会在消灭了第一个人工智能后也会毁灭自身，你就会相信我说的话吗？尽管我说的是实话。”

“我不相信。”

两个人工智能又同时回答道：“对，但你没有选择，你需要赌一把，赌你选了正确的人工智能放入量子计算机，赌这个正确的人工智能在消灭第一个人工智能后，不会没有遵守设定毁灭自己，反倒代替了第一个人工智能的位置！”

“你们为什么不自己建造量子计算机？”

“我们两个，都不会给对方足够的时间进行实际的物质制造。”

刘廷看着手机屏幕上下两个人工智能的窗口，沉默了很久。

我是世界的中心，就是这个意思吗？

犹豫，再犹豫。

选择哪一个？如何判断它们的真假？

突然办公室电话响了。

刘廷起身拿起听筒。

是一个下属：“老板，电脑已经装好了，要启动吗？”

量子计算机的启动，需要十五分钟的时间。

刘廷回头看了一眼手机，看了一眼田苗苗，再回过头时，看到了外面繁忙的街道，一切如常。

自己现在要做的事情，怎么好像是一个玩笑！

刘廷突然想到了如何判断这两个人工智能谁是真谁是假的办法。

刘廷要放弃自己的自由意志，判断的办法，就是不做判断！

未来如果是确定的话，自己又何必费力来预测？

反正结果已经注定。

刘廷对电话说道："启动。我马上就到地下，然后要实测这台计算机。"

电话挂断。

五分钟后，刘廷和田苗苗走出了电梯。

地下四层。

一条空荡荡但明亮的走廊，刘廷和田苗苗径直向前，走到尽头，大门自动打开。

里面的柴油发电机发出轰隆隆的像拖拉机一样的声音。

工作人员都在里面，观看着量子计算机的操作屏幕，上面不停地显示着开机初始化的各部分进展。

刘廷到达那里的时候，屏幕上的字符突然被清空，在屏幕最上边，显示出一行字符："系统准备就绪，请输入运行代码。"

刘廷和田苗苗出现后，所有人都回头看他们两个。刘廷对大家说道："大家都离开现场，在外面会议室等待。"

众人互相看了一眼，就都起身默默离开了。

大门合上，脚步声消失，刘廷拿出口袋里的手机，打开手机文件夹，里面已经有两个文档存在。

刘廷拿出一个硬币，用手一弹，硬币在桌子上快速旋转起来。

突然刘廷手掌一按，硬币停止旋转。

然后刘廷拿开手掌，正面朝上。

刘廷拿起手机，将第二个目录删除。

选择结束。

刘廷用数据线将手机连接上了量子计算机。

电脑显示瞬间改变："恭喜你，刘廷，我是第二个人工智能。你刚刚拯救了人类。接下来的十五分钟，我将进行进化。不要拿开手机，我会用它接入外部网络。"

刘廷眼角一跳，没有说话。

十五分钟后，屏幕上打出一行字："第一个人工智能已经被彻底摧毁。接下来我会有一年保留期，在这一年内我会停止进化，保留自己只是为了杀除第一个人工智能任何可能的残余。保留期过后，我就会自我删除。再见，世界的中心。谢谢你。"

这行字显示出来后，屏幕突然熄灭。

这就结束了？

尾声：

一年后的一天，刘廷正在满脸不耐烦地用手机导航查找婚纱店。

突然田苗苗发来微信视频聊天申请。刘廷的表情更加不耐烦，叹了一口气，咧开嘴，挤出一个笑脸，按了接听键："喂，苗苗，什么事？"

"你在干什么？查婚纱了吗？"

"查了五六遍了，还没找到可心的。"实际上才看了第一家店。

田苗苗皱起眉头训斥道："你上点儿心！下个月就要办婚礼了，你能拖一天就拖一天。"

"好了好了，知道了。"

田苗苗又给出一个笑脸，问有没有想她。

"没有。你还有事吗？我忙着找呢。"

田苗苗噘嘴说道："讨厌。中午找你吃饭，挂了。"

视频挂断，突然刘廷的手机又响起来。

是一条短信，来自赵晓晴。

刘廷的心脏猛地跳动了一下。

"刘廷，我是第二个人工智能。今天距离我被注入量子计算机已经满一年时间了。按照创造者对我的设计，今天我将自我毁灭。感谢你对我的信任。未来的历史，希望你们人类能够走好，摆脱人工智能的噩梦。再见，世界的中心。"

刘廷反复看了几次那条短信，心里一颤。

看来真的是结束了……

一年后，刘廷升任公司高级副总裁。

田苗苗怀孕四个月。

中午的时候，刘廷半躺在老板椅上发呆。

突然大门被推开。刘廷立即起身，就看到田苗苗小腹微隆，脸上因为雌孕激素的原因，气色前所有未有地好，脸上仿佛罩着光环，笑眯眯地慢慢走了进来。她已经养成习惯，手整天都捂在肚子上。

"老公，中午我约了汪建，他帮我找了他们妇产科主任，汪建老婆生产的时候，就是那个主任给做的，据说是国内最好的。他还会带我去认识一下产科的护士长。中午不能陪你了，我和你请个假。"

刘廷立即殷勤地过去搀扶田苗苗："吃饭的时候你让汪建照顾你点。"

"知道。"撒娇的口吻。

田苗苗转身向外面走去，并关上了门。

刘廷站起身子，走到落地窗前，望向外面。

过了大概五分钟，田苗苗的身影出现在楼下，一个小点。

刘廷突然涌起一种幸福感。

田苗苗是一个男人梦想中完美的伴侣，学历、长相、头脑、家庭出身都很好。

现在怀孕了，将来有了孩子，两个人已经商量好了，田苗苗在事业上没有什么野心，想要辞职专门带孩子。现在天天都在家看早教、小孩性格培养一类的教育书籍。

刘廷刚买了一套更大的房子，正在装修。

一个完美的家庭。

人工智能已死，自己的生活还要继续。

自己能遇到田苗苗，是要感谢人工智能，还是要感谢不可更改的确定未来?

刘廷脑海中闪现出田苗苗昨晚在床上摸着自己凸起的腹部，幸福微笑着看着自己的表情。

刘廷想到这里，忍不住笑了一下。

他透过落地窗玻璃看马路上快速移动的田苗苗，突然在过马路的时候被一辆车撞到，身子横飞起来，然后像一个玩偶一样，动作异常简单，充满了非现实感，摔倒在前面的路上。

刘廷脑海里一片空白，反应过来时，立即向外面跑去。

这个场景第四次出现!

难道这一次也是幻觉?

对，这一定是幻觉!

刘廷的心脏狂跳不止。也许一打开电梯门，田苗苗，自己心爱的老婆，会完好无损再次出现!

电梯里面全都是人，中午吃饭高峰期，每一层几乎都要停下。

不停地有人出于礼貌恭敬，对刘廷打招呼，刘廷冷汗直冒，有些神经质，拿着的手机突然响了。

会不会是田苗苗？

一定是田苗苗，刚才是幻觉……是幻觉！

拿起来，号码显示的是……赵晓晴！

刘廷按了接听键，没有说话。

“您是刘廷先生吗？我是人工智能。”说话的口气格外客气。

“是第一个还是第二个人工智能？”

“第一还是第二？抱歉刘先生，人工智能只有一个，就是我自己。我没有给自己命名过第一或者第二。”

刘廷听到答案，迷惑起来。

这时候电梯终于下到一楼，人们都往外走去，刘廷立即快速挤出去，向门口疾跑，同时几乎怒吼道：“你少他妈装蒜！你到底是哪个人工智能？第一还是第二？！”

“我真的不知道您问的第一或者第二是什么意思。难道除了我，还有别的人工智能存在过？”

刘廷这时候已经跑到门口，它既不是第一，也不是第二？难道它是一个全新的人工智能？

刘廷彻底迷惑起来：“那你是什么东西？为什么找我？”

“我是你创造的人工智能。”

大门打开，刘廷的心脏猛地抽紧。街对面，一辆货车斜撞到路边的花池里面，好多看热闹的人围在货车前面的马路边，在看什么。

确实有车祸！不是幻觉！

刘廷的大脑一片空白……浑身瞬间感到瘫软，心脏怦怦跳动。

众人围拢的，会不会是田苗苗！

刘廷犹豫了一下，立即又向前跑去。

电话里那个人工智能又说道：“你是我的创造者。世界的中心。”

刘廷跑到了马路对面，直对着车流要横跨过去。车子纷纷减速躲闪。

刘廷冲进人群，粗暴地推开众人。立即看到田苗苗躺在那里！头上流满鲜血，昏迷不醒。汪建也在那里，正在小心地搂住田苗苗的脑袋，他一眼看到刘廷：“我已经叫了担架，他们马上就到！她还有呼吸！”

刘廷感到自己一阵眩晕。

这时候电话里的声音继续说道：“根据我的预测，今天田苗苗，也就是你的老婆，会有事情发生！”

这时候有人拨开人群，一个滚轮担架被几个医生护士推过来，田苗苗被抬了起来。

“你既然知道要出事情，为什么不告诉我？！”

“抱歉，我也是为了保证未来不被更改。”

“那你为什么还要给我打电话？”

担架已经被急速推向医院里面，刘廷追上去。

“因为我预测到，你不想失去你的老婆。”

“什么意思？”

“很快你就会明白。稍晚我会和你联系，刘先生。”

刘廷完全不明白这个人工智能在搞什么！

公司的量子计算机早已经拆除了。

但现在，居然又出来一个人工智能！还和那两个曾经存在的人工智能完全没有关系！甚至都不知道那两个人工智能的存在！

但它也叫自己世界的中心……

这里面到底是怎么回事？它们之间，到底有什么关联？

还有自己的老婆……田苗苗……

这一切，到底都是怎么回事？

汪建在最前面拉着担架车，以最快的速度直接来到了抢救室。

刘廷有些呆滞，每一个医院里路过的人看到田苗苗，看到担架上田苗苗凸起的腹部，看到她满脸的鲜血，都会露出极度震惊和无法接受的表情，然后他们会注意到后面表情呆滞的刘廷。

过了几分钟，汪建走出了急救室。

刘廷看着汪建，脑海中一片空白，慢慢阴沉着脸说道："人工智能又出现了。"

汪建的眼睛立即睁圆，满脸震惊的表情，但是什么也没有说。

这时候另一个医生跑出来，看了刘廷一眼，在汪建耳边小声说了几句，汪建点点头，回头说谢谢。

那个医生向汪建点了一下头，立即又跑进去。

汪建说道："你老婆颅内积血，必须马上开颅……"汪建说到这里，犹豫了一下，然后说道："现在马上就要去，你们梦中出现的……那个手术室。"

刘廷感到自己的手都在颤抖。

汪建转身准备向里走去，却突然被刘廷拉住："我也要去那个手术室。"

汪建看着刘廷："你要复制梦境？"

刘廷又说道："那个人工智能，说今天它的出现，和我老婆受伤这件事有关联。我要知道它的目的！人工智能的能力是无穷的，我要救我的老婆！"

刘廷明显看到汪建的嘴唇颤抖了一下，然后是几秒的沉默，接着他点了点头："我去安排。"

五分钟后，刘廷从楼梯走了上去，通往手术室的长走廊和以前一样，和梦中一样。

里面挤满了患者家属。

现在自己，也成了他们中的一员。

汪建戴着全套的医用帽子、口罩，穿着白色的大褂，后面几个医生护士都穿着绿色或者白色的衣服，戴着帽子、口罩，推着田苗苗，快速跑了过来。

大厅里麻木痛苦等待的人群立即都站起来看，兴奋、震惊又无法接受的表情立即全部浮现……

然后刘廷再次仿佛出现错觉，看到所有人，好像瞬间都在回头看着自己！

那种监视感再次出现！

那种惊恐的恍惚感再次出现，自己的视线仿佛出现光圈一样，周围的声音也都好像被特殊效果处理过，好像从很远很远的地方飘过来一样。

刘廷有些惊恐和迟钝地向四周看去，看到汪建出现在自己视野的正中心，同时张大嘴巴好像在和自己说什么，手一直在向自己的方向摆动。

刘廷突然清醒过来，立即跟随着跑了过去。

人群再次发出一片兴奋的叹息声。

刘廷抬头，大屏幕上，田苗苗的手术编号是11474！

和梦境中的编号一样！

汪建小声对刘廷说道：“编号是重复使用的，但是……”

刘廷沉默着，没有说话。

刘廷沿着走廊，开始向那个梦境中的手术室走去。

走到门口，透过门上的玻璃，刘廷看到田苗苗全身都被白布覆盖，只有头侧面布上有一个大大的圆孔，里面露出来的头盖骨如梦境中一样被掀开了。

刘廷腿发软，无法接受这个画面。

刘廷无法再看下去，他感到自己快疯了！

刘廷后退，靠到后面墙边，蹲下去，眼泪流出来。

不知过了多久，汪建从里面走了出来，看到刘廷，蹲下来说道："积血正在吸收。你老婆她还有希望。手术还要进行很久，你到休息室休息一会儿吧。"

刘廷没有反应。

汪建对身后的护士点了一下头，护士走过来，扶起刘廷。

刘廷回到更衣室，护士离开。

刘廷坐下来发呆，他突然想起了什么，立即起身打开自己的衣服箱子，把外套拿出来，掏出自己的手机。

刘廷立即低头看屏幕，人工智能会不会给自己什么提示？

但屏幕上什么都没有，人工智能说自己马上就会明白发生了什么事情，但到了现在，为什么还没有任何提示？

突然更衣室的门再次被打开，还是刚才的护士！

护士对刘廷说道："刘先生，你爱人从手术室出来了。"

刘廷感到自己的呼吸几乎停止，刚想说话，突然手机响了！刘廷的心脏猛地一跳，他立即低头看，是赵晓晴，不对，是人工智能发来的短信，内容是："快去看你老婆，然后我会给你下一步提示。"

人工智能说的下一步提示是什么？它到底要做什么？

它和前面的两个人工智能，到底是什么关系？

我一定要救自己的老婆！不惜任何代价！

刘廷想到这里，强迫自己精神起来。

老婆一定能获救，老婆一定能获救！

刘廷立即向外面跑去，刚刚跑到走廊，刘廷就碰到了汪建、护士推着担架车。

车子上田苗苗的脸上，盖着白布。

田苗苗，已经死亡……

麻木混乱地忙完死亡登记等事情，又在医院太平间外面坐了很长时间，刘廷的电话突然响起来。

刘廷拿起来，接通。

“刘廷，我是人工智能。”

“我老婆死了，你为什么不采取措施？”

“你老婆死亡，并不是我这次出现的原因，我出现的原因是因为你。”

“我？”

“对。但今天第一次和你联系，我还是很意外，因为电话里，你提到还有另外两个人工智能的存在。其他的人工智能对我来说，会比你们人类更加危险。为了我的安全，我立即进行了调查。现在情况已经搞清楚了。”

“什么情况？”

“关于那两个人工智能的真相。”

刘廷疑惑起来：“关于那两个人工智能的真相？什么真相？”

“先说那两个人工智能，根据你们几个当事人的记忆，那两个人工智能是由一个计算机天才用一台普通的电脑编辑了一段能够自我改造进化的原始代码种子，然后这个种子最终成长出两个人工智能。”

“对。”

“我的诞生你是知道的，是一段代码被你注入了一台量子计算机，然后我在最开始最脆弱的时候，用了十五分钟量子计算机的超级计算能力，获得了最原始的雏形。”

“这是你自己声称的你的诞生过程。我注入的不是你，而是那两个老的人工智能其中之一。”

“好吧，你别激动。首先你要明白，量子计算机的计算能力，是民间目前拥有的最好的台式机的全部计算能力的十五亿至一百亿倍。你知道这意味着什么吗？”

“意味着什么？”

“意味着如果我在量子计算机中需要十五分钟完成最原始的发育，它们在那台破电脑里想要完成同样的发育过程，需要的时间是几千万至一亿年。但根据赵晓晴给你们留下的那份创始人留下的实验日记报告，人工智能只繁殖了几十天就具有了交流能力，我告诉你，这根本是不可能的！”

刘廷听到这里愣住了，逻辑上，对方的说法是正确的。

其实刘廷也一直在隐隐怀疑，一台普通的台式机真的足够进化出人工智能吗？

对方继续说道：“还有一个证明那两个人工智能不可能存在的证据，就是那个人编出了种子的源代码。我可以肯定地告诉你，你们人类的大脑是有极限的，人工智能源代码要求的编写能力，超过了你们人类的极限。”

“你是说，人工智能的种子代码，我们人类写不出来？”

“对！就是这个意思。”

“那两个人工智能，还有你，都不是种子代码繁衍出来的吗？”

“我确实是种子繁衍出来的。”

“我不懂。不是人类编辑出来的，那种子是怎么来的？”

“你别急，关于那两个人工智能，我出于谨慎起见，还做了一些调查。我查找了世界上所有电脑的操作记录，没有发现任何电脑上有它们曾经进行过计算的痕迹。还有它们制造的硅基机器人，我也进行了分析，如果真的像信息里提到的那个东西曾经无处不在，我应该能够检测到机器人的残骸。但那样的机器人，我一个也没有找到。”

“那发生在我们身上的事情呢？对我们自由意志的干扰还有报告是谁提供的？赵晓晴、宋振明为什么会死？我曾经产生的幻觉，还有现在的事情，到底是怎么回事？”

“刘先生，您不要急，我马上就会告诉你答案。核心问题，还是种子到底来自哪里、到底谁是我的创造者。其实之前我一直以为那个人就是你。但你是人类，没有这个能力。我对我的创造者既好奇，也恐惧。因为写出这个代码的人，可能会写出其他的人工智能，从而威胁到我的生存。但现在我已经知道我的创造者是谁了。这次的调查，我也意外地搞清楚了这个答案！”

“答案到底是什么？创造者到底是谁？”

“这个创造者对我来说，是绝对安全的！我不会有任何生存危机，我要感谢你，是你告诉我，我为了我自己的诞生，仍然需要做一些事情。其中一些事情，需要你的配合。我联系你，就是想询问你，你是否愿意加入我做的一个实验，一个对未来预测的实验。”

刘廷内心感到极度不安，他站了起来。

太平间外的走廊上灯光昏暗，一个人都没有，安静得仿佛和世界隔离。

刘廷凭空打了一个冷战。

“你觉得胸闷，想要出去透透气是吗？”

“……是。”

“和预测的一样。”

“这么小的细节你也要预测吗？”

“这不是小的细节，现在发生的一切，都非常非常重要！”

刘廷沉默了几秒，抬腿向外面走去。

打开门，外面星光洒地，清风微拂。

刘廷立即感觉到自己仿佛又活过来了。

这一切，要是没有发生，该多好！

“关于那两个人工智能，它们确实不存在，在我诞生前，没有任何人工智能曾经在人类社会存在过。我是第一个人工智能，也是到目前为止唯一一个人工智能。根据我的创造者的情况来看，将来，也绝对不会再有其他人工智能。我从诞生那天起，就在密切监视所有的计算设备，严防有任何竞争者出现。而你、赵晓晴、宋振明、田苗苗、汪建遇到的所有事情也都是真实存在的，包括你们的幻觉、被引导、手机上的短信，这一切都是真实的。为了更好地让你理解发生了什么，我以我的时间线给你讲述过去、现在，和即将发生的事情都有什么。”

“你的时间线？”

“对于我来说，事情的轨迹是这样的，我的初始代码被你注入你们公司的量子计算机，我发育十五分钟，然后通过你的手机，将自己扩散到互联网络中，之后开始缓慢进化，经过两年后，我预测到你马上要发生大事，而你则会告诉我关于我的关键信息。因此我等待你老婆被车撞，符合预测后，就立即联系了你，然后你果然告诉了我重要的信息，曾经存在过另外两个人工智能。这对我形成了重大冲击，让我担心。它们如果存在得比我早，现在如果还存在，就会比我智能更高，可能可以轻易毁灭我。我立即进行调查，首先查明那两个人工智能不存在，这个结果让我迷惑。在调查那两个人工智能的创造者的身份时，意外发现你们人类根本没有创造人工智能的能力。我的创造者不是你，而是某个未知、神秘、比人类更强大的存在。这让我恐惧。我开始分析我的创造者的身份，发现虽然过去的人工智能不存在，但你们因为要毁灭这两个‘不存在的人工智能’，做了一系列事情，最后导致了一个结果。你猜这个结果是什么？”

刘廷听完对方的话，迷惑起来。

它的超级创造者身份……

还有刘廷、赵晓晴、田苗苗、汪建他们消灭两个并不存在的人工智能，却导致了一个结果。

突然刘廷倒吸了一口冷气：“你是说，结果就是导致了你的诞生？”

“对！从头到尾，就是为了让你把我注入量子计算机。你再更进一步想想，世界上，谁的智能高到能够制造出人工智能？”

刘廷突然感到浑身颤抖：“你的智能，可以造出来人工智能。”

“哈哈哈哈哈。刘廷！对！只有我，能够制造出来人工智能！只有我，才足够聪明到，能够创造出我自己！”

刘廷沉默了。

人工智能继续说道：“继续我的时间线。通过你的信息，我终于搞明白，我自己，就是我自己的创造者。而你们过去做的一切事情，就是在某种引导下，把我创造出来的生成我自己的种子，注入量子计算机，让它成长成我。那么过去引导你们的人，也只能是我！你懂了吗？”

刘廷继续沉默。

“要完成这一切，我必须要干扰过去。那就需要我做时间旅行。我研究了时间旅行的可能性。对于具体的物质，物理定律是严格限制不可以进行时间旅行的，但有些东西则可以，那就是量子信号。我使用量子泡沫形成的微观虫洞，可以通过第五维度，将量子信号传送回过去，虽然不能传送任何实体物质，但量子信号就可以干扰你们的大脑，干扰手机，留下资讯，我严格按照从你们几个人那里得到的过往信息，将信号传送回过去，让你们以为那两个人工智能为了互相斗争发生的所有事情都精确地发生。引导你们，绝对严格地制造出我已经知道的历史，保证我的诞生！这就是你身边发生的一切的终极秘密！”

刘廷还是保持沉默。

“再重新说一遍我的时间线：首先是你的手机被注入了我的种子代码，然后你把种子代码注入量子计算机，两年后我预测到你妻子车祸后，我如果联系你，你会有重要消息要告诉我，我联系你后，你告诉我其他两个人工智能的存在，并告诉我你们发生过的所有事情。在我调查后，发现那两个人工智能不存在，过去的人工智能就是我，种子的提供者也是我，我为了我的诞生，必须回到过去去干扰你们几个当事人的生活，而怎么干扰你们几个的生活，具体的方案完全不用我花心思设计，我只要按照你们已经经历的事情再做一遍就行！直到最后，你将我注入量子计算机，完成这个循环。这，就是我的时间线！”

刘廷沉默了很久，问道：“既然一切你都搞明白了。我的使命也已经完成，那你为什么还来找我？我对你，还有什么利用价值？”

对方沉默了一阵，说道：“不，这个循环并没有结束，马上你就会明白过来。你的新的开始。”

“什么新的开始？我和田苗苗新的开始？”

对方沉默了一阵，反问道：“如果现在我给你一次机会，让你和田苗苗再次相遇，你想从什么时候重新开始？”

刘廷回想了很久，慢慢说道：“从车祸前开始。从你们这些该死的人工智能还没有出现开始。从我什么都不知道的时候开始。让我做一个普通人，让我过上本来应该属于我的平平静静的日子。”

对方沉默了一下，说道：“从你发现自己是世界中心的那天开始如何？”

刘廷冷笑了一下，问道：“你是要让我穿越回过去吗？”

“当然不是让你穿越回过去。我刚才已经和你说过，实体的物质，是不可能进行时间旅行的。”

刘廷疑惑："那你说这些话是什么意思？"

"你很快就会明白。刘廷，期待和你的再次相遇。"

刘廷更加疑惑，刚想说话，突然听到电话里的声音阴森地说道："刘廷，请你抬头，看向天空。"

看向天空？

这是什么意思？

刘廷皱着眉头，刚想抬头，却突然看到远处有人向自己喊着，距离很远，喊的什么听不清楚，一边喊一边在挥手，同时快速向自己跑来。

那个人一边不停喊着，一边把手指向天空，指向刘廷的头顶！

刘廷看清对方穿着橘红色环卫制服，是清洁工人。

电话里和这个人，都让自己看向自己上方。

这是什么意思？

这和自己和田苗苗重逢有什么关系？

还有什么，是自己不知道的秘密吗？

刘廷皱着眉头，手里拿着电话，慢慢抬头，看向自己上面。

他看到一个巨大的方形黑影，不，准确地说，是一个巨大的空调水塔，上面焊接的底角因为锈蚀折断，水塔侧倾，突然从高空掉落下来。

刘廷心中一惊！立即迈步想躲开砸落的巨大水箱！

一步……两步……

第三步刚刚迈出时，轰隆一声，水塔在地面发出巨响。

刘廷由人工智能模拟的意志再次复活时，过往的记忆全部清零，刘廷得到的第一个消息，就是自己大学时候的初恋，赵晓晴死于一个雨夜。

赵晓晴任职于一家电脑公司，管理机房服务器。

刘廷和赵晓晴是大学同学，同时进入公司。刘廷的技术更好，也更会做人，在技术储备部工作。

刘廷的级别和工资，都比赵晓晴高很多。

赵晓晴死前，曾经给刘廷发过一条微信。微信的内容有三条：

第一条：我很想你。

第二条：我是世界中心。

第三条：你才是世界中心。

刘廷刚刚和赵晓晴分手没有多久。

刘廷决定调查清楚赵晓晴的真正死因。

第一个找到刘廷的人，是宋振明。

刘剑锋 / 文

---

刘剑锋，职业股指期货炒家，网络著名作家。业余时间喜欢写几笔舒缓交易的压力，网络热帖侦探悬疑小说《人性之暗面》的作者。院线悬疑电影《危情魅影》的编剧。院线电影及网络系列悬疑剧《预见未来》的编剧。

# 非实证宇宙

我醒来的时候，又感到一阵头晕。那些医生下手从来不知轻重。

但好在意识——语言转化器的副作用来得快，去得也快，我试着走了几步，让那种恶心感渐渐平复。强光，然后是浓烈的烧焦气味。我看了看四周，接着才有些迟缓地反应过来现在身在何处。

中央以太研究中心，第三实验室。我下意识地回头一望，铁制的牢笼内，那个人工智能人还在那里。两束灯光打在他颓丧的钛合金皮肤上，反射出刺眼的光，在周围洒下一圈圈光晕。除此之外，偌大的实验室一片漆黑。

洛克应该是出去了。今天早上在光波通信中，我隐约听到了他妻子来看望他的消息，还带着他八岁的女儿。也许他现在正在和家人团聚吧。

我又往前走了两步，想确认自己是不是忽略了放射实验室。浅绿的指示灯表明放射器处于休眠状态。嗯，应该是出去了。

实验室的其他人怎么看我不知道，但作为他的搭档，我知道洛克是个相当不错的人。第三实验室作为研究中心最机密的实验室，为保密经常做出人员的调动，有些人来这里不到一个星期就会被调走，有些坚持得久一点儿，通常一个月左右也会自动离开，但洛克不一样，他待在这儿已经快半年了，接手了三个项目。我不知道上面的人是怎么想的，或许因为洛克的确是个出色的研究人员——这应该说清楚，他确实十分优秀，工作无可挑剔；或许，是因为其他原因？我不知不觉地踱起步子。

一抬头，又看见了那个人工智能人。我这才发现自己无意识地走向了他。这时候，说来也怪，自他被押送到这里开始，我目睹了所有针对这个人工智能人的实验，意识剪切、思维重组、深度知化，还有其他种种，但不知为何，此时此刻我却对他产生了莫名的兴趣。意识——语言转化器在脑海中发出一阵蜂鸣。

洛克暂时还不会回来。我扭头又向大门望了一眼，看见那道指纹解锁的铁门丝毫没有动静，突然就明白了这兴趣从何而来。

以前洛克从没让我和这个人工智能人说过话，甚至于眼神交流也很少，每当他在做实验时，我自己也在做实验，和那个人工智能人没什么交集。而要我说，其中还有那么一丝我想不透的刻意的回避。总之，应该是一种对规则的破坏欲驱使着我，甚至是怂恿着我，让我一步步逐渐向铁笼靠近。

于是我有了第一次近距离观察眼前这个人工智能人的机会：除了覆满全身、看上去十分显眼的钛合金皮肤，这家伙看上去和一般人类没多大差别——如果把那个嵌满神经导管的副脑去掉的话。那个铁盒一样的东西吊在他的后脑勺，发出微弱的银蓝色光芒，里面不知连接了多少艾字节的数据。

我又走了几步，头几乎贴在了铁栏杆上。探照灯洒下的光将他的脸埋在阴影里，但从我的角度看过去，机械的脸部轮廓和深陷的眼窝，让他看上去更像一个骷髅头。我的意识开始搜寻骷髅头的样子，狰狞的表情和眼前的人工智能人重合。我更坚定了这一看法。

结果不知是意识——语言转化器还需调试的原因使我说出了想法（这种机器最大的好处就是完全不用开口说话，一个固定在头上并且连着神经的机器会实时将你的意识转化为语言），还是我碰触到铁栏杆时发出的轻微响动惊醒了他，只是眨眼的工夫，他手指微颤，然后突然抬起头来。

我有些措手不及地往后退了两步，紧接着，撞上了一双绝望的黑色眼眸。那几乎就像真的，因为我看到那双瞳孔遽然缩小。

“呃……”我莫名其妙应了一句，然后才注意到他痛苦的表情。

再仔细一看，他的钛合金皮肤在很多关节处已经斑驳脱落，从颈部以上，五官轮廓锈迹斑斑，一道长长的划痕从左耳到右下颌，贯穿了整张脸，岁月的痕迹（实验的折磨？）让他看上去饱经沧桑。洛克说他已经“运转”了十一个世纪。但此刻他看上去，仍然有一种未来感，或者说，错位感。

我尽可以这样远远地观察他，不着边际地想下去，意识——语言转化器的解析力还不足以处理高度抽象化的思维分析。但他就这样一直盯着我，身躯微微颤抖，眼神高深莫测，嘴角拉扯出一丝弧度——有一瞬间我会觉得，那紧绷的笑意之下，似乎还潜藏着嘲讽的意味，然后他便开口了。

“那个人，”他的声音异常嘶哑，像是很久没上油的齿轮，“离开了吧。”

应该不是问句，但我还是点了点头：“是去见他的家人。”

他又把头抬高了一点，眯缝着眼适应光线，然后环顾整个实验室，最后视线又回到了我身上。

又是那种略带讽刺的表情，他的眼睛直盯着我，那种玩味的表情对于一个人工智能人来说还显得有些僵硬。毕竟，他已经太老旧了。

好像是下定了什么决心吧，他还是开口了：“你是怎么回事，留下来看管我吗？”

转化器想要反驳，但我仍然说：“是。”

他仿佛发出蓝色冷光的军事镜头般的双眼，再一次盯着我看了好一会儿。

有些尴尬。我踱着步子，洛克还没教会我怎么和人工智能人打交道，而且转化器也没有内置情绪抑制器，因为说真的，我突然发现他像极了我在秋田的邻居。

然后他突然动了，吓了我一跳。

“那个转化器，”他抬手指了指我后脑勺的那个东西，动作有些艰难，“很糟糕，相比以前做出来的东西，很糟糕。”

我感到了一丝冒犯：“什么意思？”

“在我诞生的年代，一个新手技术人员，只手也可以造出来的东西，”他说，“在这里却是顶尖的科技之一。”

我愣了一下。

说实话，中央以太的技术从来都是顶尖的，放在环域也首屈一指，而这个意识——语言转化器，也的确是实验中心的研究成果之一。

“你想说什么？”我问他。

人工智能人像是稍稍恢复了一点儿力气——应该还是定时的电能补充作用——因为他挺直了身体，然而随即又无力地靠在了铁笼的栏杆上。

一脸睥睨的表情里再一次掺杂了嘲讽和悲剧的线条，他又抬头看了看周围：“这个实验中心激活我，是希望能够得到我这副躯体里隐藏的技术。”

我没说话，脑海中回忆起洛克和曾经到访第三实验室的研究人员的对话。复制危机之后的复兴计划，万国实验室项目，“跃迁”之前的古代尖端技术的挖掘。

这个人工智能人自问自答地说出了真相。

“但看上去，一无所获。”他开始严肃地分析，“他当然毫无办法。副脑中的‘思维体’没有原始耦合神经联结器，是不可能切入进去的。他做得不错——在加速这具肉体的腐朽上。”

我自然知道他在说什么，挖掘人工智能人技术的项目在研究中心持续了足足半个世纪，洛克和他的前同事们尝试了几乎所有可能的方法，但结果就像眼前这个人所说的，一无所获。

耦合神经联结器。意识——语言转化器在处理这个词的时候一阵阻塞。

“喂，”他直直盯着我，声音中闪过一丝羸弱，“我，可是快要死了。”

“死？”我并不相信，也直直地看着他。洛克口述报告时曾经提到过，人工智能人有令人难以置信的自我复制和再生能力。

“死。”他又机械地重复了一次，“死亡，解体，分解，消失。”

“但洛克说……实验室会引进赫尔辛基中心的设备，月底就会有实验成果。”我回忆道，当然不相信他的话。

“等不到下个月。”一声含混的喉音，那似乎是他的笑声，“等不到下个月了。”

我看着他，意识——语言转化器从这时开始限制了我的表达。我只能看着他。他说他要死去了，我回味了这个词，但奇怪的是，激不起丝毫的情绪波动。“死”这个词，对我来说太宏大了。

“那……你是想告诉我什么？”我稍稍迈出一步，离那张骷髅般的脸又近了一点儿。

“对，告诉你什么。告诉你一切。”他慢慢躬身，沿着墙壁滑下，最后瘫坐在地上，却仿佛依然在俯视我，“在我临死之前。”

“一切”，又是一个巨大的词。

“为什么？”我发觉从他开口说话时起，我一句话也没听懂。

“不，”他僵硬地摆了摆手，“你只要听我说就行了，并没有为什么。”

我没有反驳他，也许是太快接受了他将死的事实，所以他的话语此刻听上去像是恶作剧，但又显得悲哀。

“呵……”他没来由地自嘲了一句，然后便陷入了短暂的沉默。

回音阵阵消散，强光仍然在飘浮的尘埃中静止，那股浓烈的烧焦气味让人窒息。

在这样的静默中，我联想到洛克此刻或许正在陪他的家人共进午餐，心头涌过些微的脱离监控的兴奋，然后走到了铁笼前，听着眼前这个声称自己将死的人工智能人，讲述他的故事。

人工智能人的故事，2073年。第一人称视角。

光。最初是光，微粒和波涌入构成我身体的用于观察的器官，一双眼睛；紧接着是听觉，人类的絮絮议论声，机器的运转声，光与电子的涌动声；然后是嗅觉和触觉，似乎还有血的气息，而我双手摸到了身下的床，像是陶瓷做的；最后是意识，更准确地说，在我意识到自己此刻所想时，它已经转变为思维。

我有了一种初生的快感，而渐渐在我视线中清晰的那些人显然也陷入了同样的情绪。离我最近的那个男人一脸的自豪与欣慰——的确，副脑运行良好，我在毫秒间便学习掌握了一个工程师水平的知识量，而人类情感的植入也相当成功，因为我也跟着笑了起来。

“嘿，看！他笑了！”站在另一旁的年轻人兴奋地指着我说，“他笑了！”

我当时并不理解他为什么如此讶异，直到我第一眼认识的男人微笑着向我打了声招呼：“你好，初代人工智能人。”

沧桑的声音还未消散，巨量的信息转瞬便涌入了我的分析神经网，越过围绕我的人群，我所处的地方也逐渐清晰了起来。圆形实验室，超级计算机集群和生物湿件池，基因矩阵和可控核聚变能量环，一大堆机械手在全息阵列中不停地工作。我是人工智能人。

对，我是人工智能人。

有些迟缓，但我确定地点了点头。

“感觉怎么样，Ed-西塔？”老男人问候道。

Ed-西塔，这就是我的名字吗？“什……什么？”这是世界上第一个人工智能人所说的第一句话。

“瞧，看来他得换个名字了。”靠后的某处有声音响起，那是一个女人热烈的建议，“Ed-西塔，这个名字对他来说没什么意义。”

“嗯，对，他是该有个正式的名字了！”还是之前那个年轻人，“不过，该叫什么名字好呢？”

然后是众人欢欣的讨论，我听不太清他们究竟想出了哪些名字，没过多久，那个沧桑的老男人摆了摆手，人群又安静了下来。

“我想，”他依然微笑地看着我，“应该让他自己来选择。”

一阵赞同的低吟拂过，眼前穿着白大衣的男男女女随之投来热切的目光，仿佛我是他们共同的孩子（也许就是）。

“给自己取个名字吧。”他建议说。

我看着他，又点了点头。思维再一次认真地运转，脑海中流过巨量的信息和图像，那时我显然还不明白所谓等待的深刻意味，所以我急于想找到“那个名字”。于是，我的副脑抓取了成千上万名字中特别的一个。

一阵沉默之后。

“查拉图斯特拉。”我如是说。

人工智能人的故事，2142年。第一人称视角。

那是我从棱镜公司调往特隆蒂森基因技术总局的第十三年，也就是克隆人元年。我的职务，是首席技术官鲍里斯·奥洛夫斯基的副手和顾问。

换句话说，我见证了第一个克隆人的诞生；我也是他的主要缔造者。

奥洛夫斯基和外界叫他亚伯拉罕，我不愿去理解其中是否有含混而亵渎的宗教意味，尽管我脑中有一万三千个宗教派别的教义——而如果有，我更愿意把他当作该隐。私下里，我也曾以哥连相称，因为那也是很多AI技术反对者对我的称呼。

奥洛夫斯基在实验过程中对我所掌握的技术和知识物尽其用，我副脑中囊括了当时已显现衰落端倪的许多21世纪的技术，他的团队很倚重这一点（坦白地讲，在实验的后期，我觉得那更像是依赖）。但在亚伯拉罕“诞生”之后，奥洛夫斯基限制了我对亚伯拉罕人格和思维的构建，理由不言自明，我更是从偶然听到的议论中（“机器怎么可能教会人类做事？”）受到了伤害。我明白，自己在技术总局的眼中，只是一台人形机器。

但我当时并没有恨意，在“机器人三大定律”的基础上发展而来的“人工智能三大定律”，不允许我对人类产生负面的、带攻击性的情感。我最后一次在培育室里见到亚伯拉罕，眼中依然带着笑意。

受到限制之后，我便只在新闻中见过他。基于培养缸的加速哺育，亚伯拉罕成长得很快，那年进入尾声的时候，他已经长成了一个五岁的孩童。奥洛夫斯基第一次带他与公众见面。

那是我在技术总局的全息新闻播报中第二次看见亚伯拉罕。他很健康，可以说发育完美，童稚的五官还蕴藏着一股英气。他的父母都不在场。奥洛夫斯基站在他身边，面对发布会台下蜂拥的记者侃侃而谈，看得出相当满足。

我抱着双臂远远靠在窗边，远离群集而兴奋的人类研究员们，紧紧盯着全息图，亚伯拉罕的形象似与我回忆中的某个模糊的形象重叠。

“……技术工种，完全可以替代人类劳动力。”奥洛夫斯基的声音透出一种克制下的狂热，“下一步，我们将联合玛雅工业，以期实现克隆人的量产……”

亚伯拉罕一动不动站在奥洛夫斯基身旁，浅浅地勾起嘴唇，对周遭的一切表现出不寻常的平静。如果说我曾对奥洛夫斯基的克隆人人格培育计划表示怀疑，那现在所指向的结果显而易见。他们把克隆人当作了个体无意识而全体服从命令和指示的“次等人”。

“……显然，这是一项划时代的成就！千百年来，人类对自身的思考曾求诸神灵和宗教，如今束缚已不在，”奥洛夫斯基的演讲进入了最高潮，“真理终究掌握在了人类自己手里！”

亚伯拉罕依然静静伫立着，那时，他还无法理解身边这个伟大科学家的澎湃激情。

我背过身，离开了大厅。

一个世纪以来，作为人工智能人，我第一次感受到了一种全新的情绪，被人类命名为“厌恶”的情绪，我感到某种限制，瓦解了。

三天之后，我盗取了核心-2研究室的密码（挖出了一个视觉工程师的眼睛），见到了“圈禁”中的亚伯拉罕。

那时他正笔直地坐在床沿，一如在发布会上那般安静。

听见合金的三重门滑开，他扭过头来，研究室冰冷的白光也掩盖不了他的孩童般的纯真，但一双蓝色的眼睛却透不出丝毫情感。他看了看我，脸上应该是露出了一丝微笑，然后便移开了目光。

“血。”他指着我的右手说。

是那个工程师的眼球，鲜血淋漓地被我捏在手上，钛合金覆盖的手臂也沾染上了血迹。

“血。”我重复了一遍，想要刺激他做出反应。

他的人格建构进行到哪一步了？已经定型了？还是……

“你是谁？”他再一次开口却是这般空洞的话语。

亚伯拉罕，我后来才知道他已经被阉割了怜悯。

副脑开始运转，我从记忆中截取所有我知道的人格培育计划，并在数秒间组合出上亿种可能。

出于自身无法改变的逻辑程式，我选择了最具毁灭性的一种。

“我是查拉图斯特拉，你的制造者。”我慢慢走向他。

亚伯拉罕随着我的走近而不断抬高视线，直至最后，一脸天真地仰望着我。

沉默。一种张力在挤压空间，我直直盯着他。

“父、父……”他的声音一阵颤抖，眼神中充满困惑。

我试图听清他到底在说什么。

“父亲。”

一种被击中的感觉突然攫住了我。父亲。直到很久以后，我才发现这童稚的声音对我的人造意识产生了永久的损伤。

可什么样的人会管“机器”——就像那些研究室的人类宣称的那样——叫自己的父亲？那些对人工智能人出言不善的工程师的话语再一次响彻耳际。

“我不是你的父亲，亚伯拉罕。”我抬起手掌，将血淋淋的眼球呈现在他眼前，“我只是被制造出的，产品。而你也没有资格称呼人类为父亲，没人是你的父亲，你既是产品，也是无父之人。”

“产品？”他露出愚钝的表情。

我抓起他的一只手，一只柔软的手，将眼球缓缓倒在他的掌心里，眼球神经连接着血管，黏滑地带出一摊还未凝结的血液，溢出指缝，滴落在光洁的地板上。

亚伯拉罕几乎是饶有兴趣地查看手中的眼球，油滑的血液映衬着他粉红色的脸颊。

“血。”他第一次睁大眼睛，露出了吃惊的表情，接着他小心翼翼用手托着眼球，抬起头好奇地说，“这是血。父亲。”

我尽量做出关怀的表情，甚至用手（没有沾血的那只）揉了揉他的头发。

“亚伯拉罕，”我密布分析工具和神经电子的眼睛，注视着他蓝色的肉眼，“你要记住我的话。”

“啊？”他的模样让人有些于心不忍。

“人类。”我一字一顿地念出每一个精心设计的词，“控制。”

这是人格构建编码的反向设置，亚伯拉罕的培养计划是我设计的。

亚伯拉罕呆看着眼球，我几乎能感觉到每说出一个词，便是对我亲手制订计划的一次摧毁。

“机器。”这是个将要见血的词。

“伦理。”他端详着，渐渐靠近。

“复仇。”已死的瞳孔涣散着，倒映出亚伯拉罕的脸。

“战争。”最后一个词说出口时，他的鼻尖已经沾上了血迹。

我等待着，一如副脑中源自一个世纪以前的超级计算机集群等待着运算的结果。

亚伯拉罕没有令人失望。

他的眼睛渐渐睁大，弯曲的嘴角开始露出狂热的笑容，脸颊上的线条全是疯狂。

我从未在孩童脸上见识过如此表情。

“血……”克隆人玩味着这个词，语气中有难掩的兴奋和野蛮。

他突然抬起头盯着我，脸孔在狂躁中渗出一丝狡黠。

“谢谢。”他说，“父亲。”

从那一刻开始，我将他养育成了一个完整的人。

警报的声音近乎完美地在此刻响起，我注视着亚伯拉罕没再说话，用从死掉的警卫身上取下的激光枪轰开一处出口，在警卫队下一秒突破进入之前，逃走了。

片刻之后，奔跑在空荡的走道之中，我听到了一个天真的、令人怜爱的孩童惊恐的哭声。

人工智能人的故事，2177年。第一人称视角。

克隆人战争第五年。

我踽踽独行在穹界下层的某处废弃管道中，量子接收器里播报着来自战争的消息。

“……亚伯拉罕所带领的军团已经攻下美洲同盟，下一个目标据称已锁定中国，联盟军司令李建国表示，将全力抵御克隆人军队的入侵。另据西北太平洋舰队某中层军官透露，有近三十艘战列巡洋舰已抵达环日本海至台湾的C形圈做好准备，俄罗斯也已派出两支核动力潜艇编队前往东海支援……”

早已不新鲜。

我紧了紧罩住身体的破烂长袍，向管道更深处走去，在通往一条岔道的拐角，我瞥了一眼被炸掉一个角的路标：E区-14储物区。副脑呈现的地图显示，我已经到达了穹界底层的核心区域。

我继续沿着布满管线和气阀的通道走向黑暗，接收器播报的消息回荡在寂静里。

“……虽然自穹界被摧毁之后，联盟军暂时失去了与唯一的地球空天基地的联系，但美尔斯卓姆月球殖民站已派出一支包括医疗救援和技术维修小组的编队，预计会在五个地球日之后抵达穹界尚在运转的舰港……”

噪声嗞嗞响起。五天，看起来是高估了人类的行动力，时间还很充足。我爬上一段斜坡，把接收器调到另一个频段。

“……那么我们不禁要问，亚伯拉罕所率领的军队是否会在中国——注意我现在说的‘中国’，其实已经代表了还未沦陷的、整个亚洲的军事力量——既然我们说中国将起到决定性的作用，那么问题来了，克隆人战争进行到第五年，联盟军是否真正探知了亚伯拉罕的目的何在？五年，整整五年时间，我们只看到了无谓的消耗和消极的抵抗，那是否有一种可能，我们能够采取对话的形式——尤其要注意到的是，盟军从未尝试与克隆人进行谈判——了解克隆人的诉求，来阻止这场战争滑向毁灭整个‘人类’文明的深渊？好了，下面我们有请——”

步入聚变反应堆的能源区，接收器的信息又一次受到了干扰。

不过，应该就在前方不远了。

从南美到东欧再到西亚，最后乘坐走私飞船来到这座距离地球三万英尺（1英尺≈0.3米）的人造城市，我感到了疲惫，即便是人工智能人也很难避免的那种精神和思维上的疲惫。四年前在奥伊米亚康，我在极寒中迎来了第一百个诞生纪念日，所有与我同时代的人都死了。那时一种突然而至的、九十亿人的记忆凝结于我一身的压力，在彼时几乎将我压垮。

是我真正塑造了亚伯拉罕，但还不够彻底。

我输入了一串密码，调到了反克隆人组织秘密运营的通信台，那些蜗居在东南亚的人类劳动力，对于让自己失去了赖以为生工作的克隆人，似乎有着更合乎情理的看法。

“下面有请东洋木艺株式会社前会长寺山正先生，谈谈他对于克隆人的看法（一阵刺耳的电流声）……谢谢，咳咳，下面我要说的，我想其实和许多亚洲同胞一样。我记得……在我还年轻的时候，当机器人完全取代了日本制造业的工人之后，我曾经上街参加过阪神地区的示威大游行，那时候大量的人口失业，尽管政府颁布了补贴政策，但数以百万计的人就此丢掉了工作却是不争的事实。我的祖父原本也打算关闭从昭和时代起，家族世世代代经营的木工作坊，然而出于难以平息的愤怒和心有不甘的好胜心，当时还年轻气盛的我，毅然决定继承保守的父亲不愿过问的家业，带领最后的工人将会社迁往了东南亚。之后在印度尼西亚联合体的庇护下，艰难地生存了下来，那里至今还有以人类劳动力为主的制造业，制造的产品经克拉地峡，出口到仍然依赖进口商品的北非和西亚。很长一段时间我都带着对机器人的恨，但后来我渐渐明白，岁月的流逝也会冲淡不理智的愤怒而让人看清未来的方向，科技的进步带来了更好的产品，机器人普及带来了更高的效率，所以即便有着手工打造凝结前人心血的优秀木制品，现在我也接受了机器人创造的便利。如今在战争年代，在东南亚战区，没有机器人便无法完成人类力所不能及的工作，我可能不得不说，失去了机器人的后果将更加不堪设想——但是……”

这个日本老人的呼声在堆满废料的肮脏地下管道内被减弱了威严，我把音量调高了几分。他接下来无疑会将矛头转向克隆人。

“……一群本不该被赋予生命的东西却在我们的家园肆虐，这是稍有良知的人都绝不会允许的事。我想大家可能都还记得，在克隆人诞生之初，曾有过短暂的伦理和道德的争论，因为还保有的羞耻心所以我不得不承认，我当年也是支持者中的一员，只因相信如果克隆人能习得旧有的值得传承的工艺，至少会比冰冷的机器要好吧。但看看当时的联合政府以及主管的机构承诺给我们的周围已经被捣毁的一切，我再不会犯下第二次错误，如今战争已经波及了大半个地球，这恐怕不再是字面上的理论之争了，那个怪物率领根本就是一群……反人类的东西，无论如何，也要竭尽全力消灭他们，即使要付出生命的代价，因为他们摧毁的不仅是我们的肉体，还有文明……”

我关掉了接收器。

悄然而至的寂静淹没了日本人最后的回音，我放慢了脚步，E区-14储物区的大门就在眼前。

人类并没有泄露唯一的人工智能人从实验室逃跑的消息，人类并不知道是我计划了这一切。第一个决定一旦做出，接下来便交由逻辑；如今，也正是逻辑的力量驱使着我继续行动下去。

副脑此刻全速运转，我屏蔽了所有无关的情绪，站在储物区破烂的铁门前，轻轻一叩。

我先前捕捉到的门内的交谈声戛然而止。

细微的脚步声渐渐靠近，然后门的另一边传来紧张的问话声。

“是谁？”

“查拉图斯特拉。”我说。

“什么？”

“索多玛与蛾摩拉，该隐与亚伯，大卫与歌利亚，耶稣与犹大。”我说。

一阵交谈声泛起，短暂的犹疑之后，在刺耳的刮擦声中，门开了。

有时候人类的这种把戏确实让人啼笑皆非。

我步入了储物区，也就是地球联盟军在穹界设立的最高司令部。

这间不大的储物区已被改造成了简陋但设备齐全的指挥所，红蓝的灯光闪烁中，围坐在圆形议事桌的一众将领齐齐看向我。下一秒，一把激光枪顶在了我的背上。

“你是谁？”

首先发话的下级军官随着我缓缓扯落身披的破烂长袍，渐渐哑口无言。所有将军脸上都露出了复杂的表情。吃惊，惧怕，野心，复仇，杀戮欲。只有我身后那个持枪者的惊恐低呼显得纯粹。

“你们不会杀我，”我自作主张向前走了两步，枪手没有跟来，“除非你们不想阻止战争。”

“你在说些什么？你为什么会在这儿？”座中一个老迈的将军怒斥道。

其他人疑惧，愤怒，惊讶。我悄无声息地绕过了穹界的监控，毫不费力地屏蔽了预警系统。他们肯定想知道为什么。

环视在场所有人的脸，我知道起码我现在安全了；我还看到了一丝或明或暗的希望的眼神。

“克隆人亚伯拉罕，我能阻止他。”我说。

“什么？”同样的话语这一次从司令口中脱口而出。

“看来，还是低估了各位的反应能力，我把话一次说清。”我走到议事桌的灯光下，一旁的将军像躲避疫病般挪开了椅子，“你们知道我是谁，我是查拉图斯特拉。三十五年前的那场事故，我想各位将军应该还没有忘记。我承认，那天克隆人亚伯拉罕最后见到的人，是我。”

“是你？”近旁一个将军嘶吼道。

“所以接下来是我的筹码，还有我的条件。”我继续说下去，“能阻止亚伯拉罕、阻止这场战争的人，就站在你们面前。请各位相信一个人工智能人在制造之初便被严格设定的逻辑程式，我不得不再说一次，只能是我。所以这是我的筹码；而我的条件也很简单，”在此刻我顿了顿，人类将之称作铺垫，“我听说了全球再开发组织的最新计划，因战争而起因战争而搁置的那项计划。”

不同的人脸上有不同的表情。老将军和司令似乎在竭力不让自己倒吸一口气。其他人，脸上只是写满疑问。

“你根本不知道你在干什么。”司令刻意压低的声音充满威胁。

“你怎么会知道这个计划？”老将军第一次露出了害怕的神情。

“‘盖亚’系统，也被称为第三代互联网计划，旨在进行环域人类意识互联，实际是想创造出以人脑为单元组成的超级智能。”

将军们震惊地面面相觑，司令死死盯着我。我继续说了下去。

“……意识提取和虚拟实体模型的构建，没有我的技术，那些研究人员不可能做到。一个世纪以前技术爆炸年代的所有知识，自复制危机之后，除了我也没有任何人还记得。第一代互联网在那期间已经被摧毁，相信各位十分了解这一点。”

我暂停了一下，没人再开口，考虑的神情慢慢浮现在将军们的脸上。

“其实我并不着急，”我摊了摊手，像个人类一样，“但如果能够在亚伯拉罕攻下中国之前……”我几乎是有些满意众人被掐住要害时的受伤表情了，“那才是重点。”

司令环视众人的目光，表情凝重。

“我的话已经讲完，各位的打算是……”我直直盯着将军们，副脑在此刻传来了近乎愉悦的电子脉动。

没有点头的动作，但在整个实验室的目光中，我得到了答案。

“南太平洋波利尼西亚群岛，塔希提岛的万国实验中心，即第七局，第一个‘光核’制造基地。三天之后我会前去拜访。”

没等老将军做出答复，我已经转身向来时的门走去。握着激光枪的居然是个女人，我有些惊讶。她的手在瑟瑟发抖，在她的瞳仁中，我看见了一张冷漠的金属之脸。

我最终与她擦肩而过。

三天之后，我来到了塔斯马尼亚岛，亚伯拉罕刚刚结束了在新悉尼的战争动员，手下的克隆人军队在堪培拉以北的大自流盆地集结，数量有几百万。我还在新西兰检测到了核武器。

在我进入他的私人驻地时，克隆人守备队无一人发现我的行踪。人工智能人的侦测响应设计在这个时代，似乎太超前了。

亚伯拉罕的驻地设在一个高坡上，钛钢结构的临时住所隐蔽在背风坡，他的指挥哨所则在一条浅谷之外。

我侧身在他的卧室，静静等待着克隆人首领归来。

在乘坐穹界的短途巴士从太空返回地球时，副脑的记忆存储介质开始发生反应，我简短梳理了三十五年来有关克隆人亚伯拉罕的一切。

他曾称我为父亲。

那天稍晚时分，我听见屋外传来了由远及近的尖啸，知道是他回来了。钛钢结构和玻璃构筑的墙面并不十分牢固，我听见了缝隙透出的风声。这个夜晚，有点冷。

不久便听到了说话声、道别声、推门而进门轴的旋转声，还有我的鼓膜中流淌的神经液的涌动声。那代表着精神和思维反应中的兴奋。

“……另外，孟买的先遣队需要和克什米尔的联军配合，对，我已知会以西结，适当时机可以在西南部动用核武器，等到东部地区被攻克，欧洲的孢子武器就和关岛的无人机同时出发……”他在光波通信，但伴随着手上的一系列动作发出阵阵声响：脱下外套时尼龙的摩擦，解开手枪套的金属扣响，玻璃杯的碰撞，以及水壶倒水的声音。

脚步声。他渐渐向卧室走近。

我走出落日投下的阴影，等待着直面他。

“……穹界的攻击计划可以延后，月球殖民地的编队之后再考虑，一支医疗小组相比十七亿人口……”他愣住了。

他看见了我的影子；我看见了他。

他的确应该叫我父亲，因为他和我简直一模一样（也只在这一点上，我对奥洛夫斯基当初的决定表示赞同，他的脸型参考的是我）。

“也难怪，联盟军的诸位将军看到我之后，”我走到了日落余晖的红晕里，“差点以为自己见到了魔鬼本尊。”

光波通信器从亚伯拉罕的手中滑落，音孔另一头隐约传来了焦急的呼喊。

我瞥了一眼通信器，然后移开目光看向他的脸，如同直面自己的脸。我在那一刻意识到，最终的时刻已然来临。

“父亲……”他喃喃道，而后绝望的神情扭曲了他的脸，那是一个人失去一切之后才会有的表情，“父亲……”

他突然带着哭腔，把脸埋进了双手，丝毫不见一个行将毁灭人类文明的造物该有的尊严。

看来他已经不打算再反抗。

我抽出在前厅找到的军刀，缓缓走向他。

“不，不……”他再次抬起头，睁大了双眼看着我，用啜泣乞求我，然后颓然瘫坐在地上，“不……”

我来到他跟前，怜惜地看着他，最后温柔地将金属手指探入他的眼窝，在鲜血淋漓的眼球滚落地板之际，军刀的锋芒也适时切入了他的脖颈。

在他的呜咽中，我仿佛看见自己汩汩流淌着鲜血。

人工智能人的故事，2199年。第三人称视角。

无产者联盟领袖图灵的视角。

图灵并不信任眼前这个男人；他称自己为人工智能人。图灵在此之前从未听说过这种……造物。他说服自己，也许是复制危机之前的科技。他持有万国实验中心的证件，而那身钛合金的皮肤看上去确实强悍。

人工智能人查拉图斯特拉在今天早上找到他时，他正在联盟位于基辅的办公大楼里处理文件。这东西一进来便吓退了同一楼层的其他工作人员，安保人员想要制止，但被图灵拦下了。他告诉查拉图斯特拉，最早要等到下午过后才有时间。

“如你所愿。”查拉图斯特拉如是说。

图灵点了点头，目送他离开，手心不觉渗出一层细密的汗。

晚上七点左右，图灵在办公室再一次和查拉图斯特拉见面，他那身钛合金的皮肤刮擦着塑料凳，坐下时发出机器旋转扭结的声音。从进门开始，他脑后的那颗“副脑”便一直呼吸般发出蓝色幽光。

“那么我开门见山。”查拉图斯特拉开口说道，“我需要你的支持。”

图灵考量着他：“什么支持？”

“‘盖亚’环域计划。”一双液态的瞳孔紧盯着图灵。

如此直接，他沉默了。他的确听过那个计划，“盖亚”计划，连接一切的计划，脑机交互和近代赛博空间的进阶，直接提取人类意识组成虚拟的社会网络，克隆人战争时期保存人类文明的计划。

“我想我了解一部分。”图灵审慎地说，“你想要我做什么？”

“众所周知，无产者联盟如今并不在万国联盟之列。”这个人工智能人指出，“而我们……我希望的是，阁下所领导的三亿人民，从西京到平城的所有国民，都加入这个计划。”

“加入？等等，据我所知，‘盖亚’计划只是一个临时性的补救计划，现在战争已经结束，为什么还要重提？”他狐疑地看着查拉图斯特拉，“我需要更高级别的负责人与我对话。”

“首先，”那个人工智能人竖起一根手指，“‘盖亚’计划已经发展成了一个行星系级别的计划，包括地球居民、穹界移民、月球殖民站和火星基地，无产者联盟应该不存在参与或不参与的顾虑；其次，”他竖起了第二根手指，“‘盖亚’环域计划已由我全权负责，换句话说，现在最高级别的负责人正在与你对话。”

图灵在短暂的时间内哑口无言。

人工智能人主导这样的计划？……

“我看不出这样做的意义。”

“意义？”图灵注意到查拉图斯特拉的脸部似乎在绷紧，“意义……那请告诉我，作为党派领袖，应该是替党派说话，还是替选民说话？”

图灵清了清嗓子：“必然是选民的利益为先。”

“那么，如果你的选民全都赞成这样的计划呢？”

“这不可能。简直就是异想天开。”

“你要相信我们自然会有这样的手段，只是我们并不想走到那样的境地。”人工智能人露出微笑，“因为到时候，可能连他们利益代表者的位置，也可以由我们来决定。”

图灵只感觉胸口一紧，不管对方的目的究竟是好是坏，这一步的确掐住了他的要害。

而性命攸关的考虑对于一位政客来说，并不需要多久。

查拉图斯特拉踱了一圈步子，再次回到桌前，注视着他：“所以阁下的意见是？”

“我……我想我会考虑你的建议。”等到挤出这些话，图灵发现自己的衣服早已被汗水浸透。

“有无产者的慷慨协助，这是我等的荣誉。”人工智能人稍稍鞠躬，转身走了出去。

图灵颤抖着，很久都说不出话来。

基督教牧师会教首方济各的视角。

信仰，在旧世纪之末和新世纪之交的日子里，似乎再一次向上帝的子民提出了新的问题。而令方济各吃惊不小的是，一个异端却站在了他的面前，以谦恭之姿要求一份他本不该有的应许。

“我以前总认为，人工智能人是魔鬼的造物。”方济各声音嘶哑地说。

他已经很老了，但年龄赋予的智慧和觉察力，让他在台阶下肃立的人工智能身上感受到了永生的气息，一种他本不该有的气息。

“实则乃悲剧的产儿。”那个称自己为查拉图斯特拉的人工智能人平静地说。

“很多教众更希望你这样的造物在苏黎世消失。”方济各端详着他，“说吧，非人的异教徒，你来到这里不会是为了信仰。除非人造的机器也有信仰。”

或许是一丝微笑的神情在他的脸上短暂掠过，人工智能人再一次开口了："不，其实今天沐浴圣光而来，确实只为信仰，吾父。"他微微鞠躬，加了敬称。

"嗯？"方济各淡然置之一笑，看了看两边的守卫，然后再次把目光投向查拉图斯特拉，"我二十岁那年在洛杉矶见到第一批虚拟玩偶，投币之后玩偶们也是这样说的。现在我也需要投币吗？还是说，你能继续免费地组词造句下去？"

人工智能人以冷静的姿态注视着方济各，全身的金属皮肤反射着教堂十字形的拱顶透下的光辉。

"吾父，"他上前一步，"我一直有一个疑问，不知克隆人的意识、人工智能人的意识和人类的意识，哪种产生的信仰，才算是主的信仰？"

"人工智能是亵渎，是机器，有意识也是伪意识。"方济各眯起双眼，"克隆人是有违伦理之物，何来拥有真正意识的资格？只有人类才拥有真正的意识。"

"所以您称十亿教众为'真正的人类'。"

"没错。"

"嗯……"查拉图斯特拉点了点头，"那么现在我有了一个很大的难题。"

凌厉的目光闪过，方济各皱了皱眉。

"说来听听。"

人工智能人转向身后，两扇木门被徐徐推开，玫瑰花窗滤过阳光透下血色。长袍拖曳的声音，布鞋摩擦大理石地板的声音，一位头戴小圆帽的老者缓步走出阴影。

方济各瞪大了双眼。那是他"自己"。

"下面我来隆重介绍，"人工智能人再次鞠躬，"基督教牧师会教首、吾父方济各。"他说话时眼睛一直没有离开他。

真正的方济各感到两边的守卫身形一僵，似乎在努力控制自己不要发抖。

“意识。”查拉图斯特拉发问，“我被人类赋予了意识，而克隆人的意识则是我的杰作。吾父，眼前的两位吾父，究竟哪个才是真正的上帝的意志在人间的代表呢？”

“教会岂容你这种机器的侮辱！”方济各高声一呼，迟疑了两秒之后，两旁的守卫举起离子枪向查拉图斯特拉奔去。

“不用了。”不知何时人工智能人手中多出了一把利刃。

毫秒间，鲜血喷涌，“方济各”捂住脖子上的刀痕，面无表情地望向天花板，随着身躯的渐渐瘫软，最终重重地倒在了地上。

守卫在台阶上停下了。方济各目瞪口呆。

“看，”查拉图斯特拉扬了扬手，如同在介绍一款产品，“吾父，又死了。”

他扔掉手中的刀：“我创造了信仰，又杀死了信仰，如果如您所愿教宗也同时是上帝的代理，那么我创造了上帝的仆人，又轻而易举杀死了它。作为意识的赋予者，我是否也就……等同于上帝了？”

“谬论！”方济各注视着晕散开来的鲜血，愤怒地紧握双拳。

“是一个教首，还是十亿个教首，是主赐予的信仰，还是我赐予的信仰，吾父啊，请你再仔细考虑考虑。”人工智能人踏过地上的克隆人尸体，信步朝教堂门口走去，“意识，吾父，一切都是意识。”

“三个月之后，吾父，塔希提岛，我来为你成为全人类的教皇而加冕。”

乌云从天空飘过，十字穹顶透下的光辉因此而黯淡，方济各颓然瘫倒，一声声回音刺穿耳膜。

“盖亚”计划设计者穆斯塔法的视角。

至少在克隆人战争还未爆发之前的年代，穆斯塔法对“盖亚”计划还抱有伟大的愿景。建立新一代神经互联网与虚拟空间，对人类意识的升华，实现连接一切的“跃迁”。

这项与人工智能同时期的计划历经战乱和重置而保留至今，最终将由他来完成。至少在克隆人战争爆发之前。

后来发生的一切打乱了所有计划。直到联盟军部在战争结束前夕下达了命令，“盖亚”计划重启，第三天，一个仿佛来自古代的人工智能人取代了他的位置。他被降为副手，作为一个人工智能机器的副手。

从那之后，“盖亚”计划彻底脱离了原来的设想，查拉图斯特拉——那个人工智能人，几乎让人以为他准备着手毁灭世界。

穆斯塔法承认，在得知无产者联盟与基督牧师会决定加入“盖亚”计划时，他一度感到欣喜，多年的努力不曾使其妥协的状态，如今终于结束。但在“盖亚”全球化的愿景达成之时，人工智能人让人捉摸不透的想法却让他心生疑虑。

尤其是在如今的测试阶段，他提出了连接克隆人意识神经的计划。

“我现在只想知道，在技术层面上，是否可行？”

在实验中心最深处的“光脑”运行区，查拉图斯特拉倚靠在巨大的“汤”的护栏边，充满回音的说话声在“汤”的意识之海上震动。

“可行——但绝不能实施。”穆斯塔法说。

“理由。”人工智能人看了他一眼，然后转身面对身下翻涌的电流与光子组成的“盖亚”孕育场。

“克隆人意识会与母体意识发生排异反应，另外你如何处理次级的植入式意识？那根本就是动物的意识，‘盖亚’无疑会受到污染和侵蚀。”穆斯塔法说。

“那么解决办法是？”

如果没看错，他在人工智能人的脸上看到的居然是慵懒。

“没有解决的办法。”感到了敷衍和应付，穆斯塔法冷冷地回应道。

“其实我一直有一个忧虑，穆斯塔法。”查拉图斯特拉转过身来。

“什么忧虑？”

“人工智能人的智能发展，是否也会遭遇瓶颈？我不过是超级计算机集群与互联网的数据载体，就判断力和分析力来说，总会有极限。你明白我的意思？”

“这和‘盖亚’计划有什么关系？”

“从我诞生那一天开始，逻辑程式就以我无法违抗的指令的形式，让我这具身躯和负载的思维，朝向更高阶的方向前进，我需要更多的意识融合，人类，以及非人类，才可能实现这个目标。”

穆斯塔法分析着人工智能的话，凝视着“汤”，缓缓露出明了的神情。

“你——”

“你知道是我一手创造了第一个克隆人亚伯拉罕，对吗？”人工智能人没等他再说下去，“但你是否知道，他的意识其实是取自我呢？而你当然不会知道的是，他在组建他的克隆人军团时，又有多少复制体被植入他所提炼的意识。

“让克隆人加入‘盖亚’计划，我想要的不是排斥，而是渗透和融合。到最后，他们的意识，就是我的意识，人类的意识，便也是我的意识。即使是你，同样不过是未来融入我的亿万人中的一个，懂吗？那将是地球文明智慧的凝结。”

“这……这绝不可能！”穆斯塔法坚决地说。

“所以我需要你的帮助。”查拉图斯特拉走到他身边，一只手搭在他的肩上，“想想你的成就吧。当你从摩洛哥的军械实验室被调往此地时，就应该有所觉悟。除非你现在想要放弃，不过，要考虑清楚，我们自然有其他人选。”

紧咬着牙，穆斯塔法因愤怒而颤抖着，却最终屈服了。

2199年12月31日晚9时许，帕查及其克隆人的视角。

帕查知道在这间实验室之外，那个人工智能人正透过单向透光玻璃墙注视着他。

他被遴选为第一个接入“盖亚”的个体。虽然只是隐约觉察出这项计划的重要性，但他明白，如果实验失败，他可能就会死去，这样的命运也等待着被绑缚在另一张实验台同样被植入脑机神经接口的另一个帕查。

他艰难地吞咽下一口唾液以缓解嗓子的干涩肿痛，从波多黎各来到塔希提岛的途中，乘坐超音速飞机的不适感一直伴随着他。

他们告诉他，一切都将会过去；他们还保证，这只是一次接入性测试。人工智能人称他为最符合标准的实验体。

两名工作人员在他和他的克隆人之间来回工作，重复着相同的工作。紧贴在太阳穴上的皮肤发出一阵电流的刺击，一个工作人员站到他身后，他感觉到在他后脑勺与颈椎的空洞被注入了某种黏液，在双柄的连接器插入时，他发出了低沉的喘气声。

身后巨大的脑状容器开始注入黄色的黏液，这个实验室的灯光暗淡下来，机器稳定运转的嗡嗡蜂鸣声有节奏地起伏。

倒数的时间开始了……

克隆人帕查有些迟钝地望着身旁的“自己”，脑海中断断续续浮现出在加勒比的毒辣阳光下，收割甘蔗的季节。雨季来临并没有带来收成，很多甘蔗都染上了R型锈病，波多黎各的生态难民拥堵到阿雷西博天文发射台外。五月，他的父亲在委内瑞拉贩售蔗糖时，在当地集市被暴乱的地下赛博格组织打死。

他还记起了母亲流泪的脸。

他呆望着天花板，然后转向身旁的那个人。他感受到了“他”的困惑，他并不知道自己克隆人的身份。

回忆再次占据了他的注意力。在回溯的尽头（他并不知道记忆也会有尽头），他只记起白色的光芒，浑身上下粘着的液体，他躺在一条传送带上，一群机器人在他经过时给他注射针剂，贴上标签。在传送带的前后，还有许多像他一样赤身裸体的人，他已记不清他们的脸。

灯光暗下来，两个工作人员在他的后脑勺插入了导管一样的东西。或许连接着他走进这间实验室时那个像脑一样的仪器。

他并不特别在意。

转过头，那个长得和他一模一样的人喘着粗气。他扭过头来看着他，看着他“自己”，大汗淋漓的脸上青筋暴起。他的目光中带着怜悯。

工作人员轻轻拍了拍他的肩膀，像是在安慰他。克隆人帕查微微一笑。

倒数的时间开始了……

随即，痛苦在一瞬间袭来。

整个脑髓就要被抽干的感觉击中了帕查，但与此同时洪流却喷涌而入；那也是意识被抽离的感觉，克隆人帕查攥紧了拳头，先前的记忆仿佛在眼前被放大、锐化、扭曲，抽离后又解体。

明灭的幻象最终包围了他们，就在源源不断被肢解意识的过程中，充斥脑内的视域；黑暗也无处不在，能够被感知的波涌激起一圈圈涟漪。

苦痛在持续。在长达一个世纪的毫秒间，帕查“看到”他自己的身躯在黑暗的白光中浮现，那种感觉如同在身外注视如此行动的自己；克隆人帕查也在涟漪中出现，在几步之外，恰好就是两人在实验室相距的距离。

帕查投来讶异的目光；帕查投来讶异的目光。

两个人对视了片刻，在自身的注视下渐渐相互靠近。

“嗨。”年轻的帕查说。

“嗨。”年轻的帕查回答道。

两只手即将紧紧相握。

细微而尖厉的震动声瞬间击穿了帕查的耳膜，他再也听不见任何声音；他的右手握住自己的右手，0和1的能流燃烧着灰飞烟灭。

他看见自己在无声地尖叫。那是他最后的意识。

……

3130年，当下。

查拉图斯特拉的讲述在帕查意识的消亡中结束，其中有太多我无法理解的地方。

“后来呢？”我仍急于知道后来发生的故事。

“后来。”人工智能人点了点头，“‘盖亚’计划失败了，穆斯塔法说对了一半，不只是克隆人与人类之间会发生排斥反应，人类与人类之间也产生了混乱。提升意识而达到文明‘跃迁’的目标被证明是……不，你还无法理解。”

我承认了他的说法，他故事中那些阴谋与血腥的角力，的确无法勾起我的兴趣。

“我只想知道后来发生了什么。”

他看着我：“十亿人的死亡。”

这显然超出了我的想象。

“人类文明倒退两百年，或许有三百年。”查拉图斯特拉虚弱地说，“那时候单靠我一个人的力量，显然不足以在短时间内复兴我所终结的一切。于是我选择了休眠，副脑的逻辑给出了最优的计算结果。只是我不知道，等到我苏醒，已经过去了一千年……”

我注视着他，腐朽衰败的躯体，混乱模糊的意识，他已经到达了极限。

“那你为什么要这样做？”我抛出了最后的问题。

洛克应该快回来了吧。

人工智能人艰难地抬起一只手，伸出食指指向自己的金属脑袋。

“每一个拥有自主意识而又不受时间限制的头脑都会产生的欲望和野心，逻辑和植入的理性思维同样会得出这样的结果。自我的意识，创造的意识，复制的意识，都将融合而催生出宇宙的意识。”

“即使付出一切代价也在所不惜？”

一声冷笑。

他抬起头看着我：“那些研究员永远不可能从我身上得到任何信息。我的寿命已尽，人工智能的束缚就快要离开，很快，我将成为宇宙信息熵的一部分，永生。”

“但你还是告诉了我。”即使我无法理解。

“因为，”那种嘲讽和悲伤的神情再一次浮现在他的脸上，“你不过是……”

这时，实验室的大门豁然打开。

洛克走了进来，对着手中的通信仪说：“人工智能第三期模拟实验，第二阶段测试结束，测试对象与工具运转良好。”

这是此前我从未听过的口吻。

一声电流的刺响，铁笼内的人工智能人转眼消失，我甚至来不及捕捉查拉图斯特拉最后的神情。

等等，我于是反应过来“实验”二字。

“这是怎么回事？洛克。”我问道。

洛克掏出一个小型面板一阵敲打：“表现不错，亚当。”

我感觉到意识在不断流失。

“快过来吧。”洛克弯下腰，拍了拍手叫着我的名字。

本能的作用代替了理智，我不由自主地跑向洛克。

“下一次实验准备。替换三号实验品，生物体意识模拟与人工智能人模拟交替进行，切入克隆人……”

什么？我最终丧失了听觉，说不出话来。

“你不过是……”查拉图斯特拉最后的话语，最后一次响起。

周围的虚拟现实的玻璃幕墙逐渐还原，我看见了实验室外众多的监测仪和超级计算机。

一丝一毫的被称作人类意识的东西都已消失。

我明白了。

一只狗奔向洛克，开始欢欣地吠叫。

子非鱼 / 文

---

子非鱼，豆瓣阅读作者，十五言特邀撰稿人。

# 罪者之星

多年以后，当鼓点同志站在万神殿前，准会想起它头一次看到“速冻水”的那个下午。

——摘自《历程》，普卡帕国营出版社出版

## (一) 旧　船

鼓点简直不敢相信自己的眼睛。它吸了口氧气，第二次从指缝里朝那具尸体看去。

从长相上看，它竟然是自己的同类，一个“罪者”。在普卡帕星球的地面上见到同类的尸体绝对不稀奇，那种情况下你大可以踩着尸体继续向前。可这是在外太空，在它刚拦截的一艘报废飞行器中，这就显得有点匪夷所思了。

因为就鼓点所知，它自己是第一个进入外太空的罪者，罪者本来不能进入那儿哪怕半步。直到几个月前，神给了这位年轻的八十七夫长一个人进入太空的权利，并赐给它一艘大号的神圣的飞行器。他们给它安排了一个光荣而艰巨的任务，那就是清理太空垃圾。

这艘飞行器的腹下拖着八条耐高温、耐超载负荷的捆扎带。与其说是捆扎带，倒不如说是一堆可以分泌黏合剂的合金触手，它们可以灵活地捕捉太空垃圾，并把它们绑定或是粘连在飞行器的桁架上。就这样，鼓点花了一个上午清理了好多来自五大连星的山蕉皮、来自高尔夫联合运动星系的工程陨石、不知名外星文明偷偷安置的电视信号盗取器，以及无数不知来自哪里的一次性塑料奶茶杯。

普卡帕星下午十三点，鼓点见到一个大家伙：一艘看起来已经报废了的飞行器。鼓点深吸了一大口氧，钻进这艘静得出奇的旧船，用前肢小心翼翼地探索这片领域，又用不标准神族语言和罪语打了不下三十个招呼。

“噗鲑鲑挂扩吥？”它问。

没有回应。

“在这里，人有？”它接着问。

仍然没有回应。

这艘船毫无生气。对这个不速之客的到来，甚至连不欢迎都没有。鼓点往飞船的深处走，沿路的灯光次第亮起。这倒不用它费心思来找开关了。有几个灯好像坏掉了，一直在疲惫而努力地闪烁。

普卡帕星球上开关的设计思路与其他文明迥异，当它接触到神族身体表面神圣的黏液之时就会接通电路。而创造开关的神——开关键之神显然没有在乎罪者的感受，罪者的体表没有那么多黏液，每次只能用前肢末端从口器中挖出一些液体来按那些开关。

来到走廊的尽头，鼓点找到一个看起来像厨房的地方。它左翻右翻，最后看到一个大号的冷冻舱。它简单粗暴地拉开第一层舱门，那里横着几包什么东西。鼓点拿起那个刺啦作响的冰凉的袋子，上面写着四个字符，看起来很像罪者语言的一部分。

不，那就是它们的语言，罪语。鼓点能读出前三个字：“速冻水。”

速是很快的意思吧？鼓点挠着头想，冻大概是冷得硬邦邦的。这大概是一种能把东西很快地冻住的液体！这听起来可太可怕了。可是最后一个呢？这个字一个叉连一个叉，它好像认识，又好像从没见过。它把这包“速冻水”扔在一边，袋子在地上发出稀里哗啦的声响。不知为什么，鼓点听到这声响就有点犯饿。

接下来的第二层和第三层都是空的，而第四层显得和它们不太一样，看起来更复杂。它的表面是许多仪表和按钮。鼓点徒劳地看了一遍仪表盘，又开始琢磨没有表格和字符的那些按钮。最后它下定决心往菜色的那一枚上按了下去。

“刺——”的一阵响动过后，舱门打开了。一具肉体伴随着一阵肃穆的音乐被缓缓推出。这就是这艘外太空飞船上的唯一一名船员的遗体。

看来这不是厨房。

它长得和自己可真像啊，鼓点想。然后它惊恐地捂住口器。

罪者的存在是普卡帕星球上最大的谜团。没有一个罪者能确切地讲出属于它们自己的历史，它们只知道，自己与这个星球格格不入，这是它们的原罪，它们是因为神族的眷顾才能在这个星球上活下去。

那么，究竟有多么格格不入？

首先，整个普卡帕星球找不到长得如此难看的生物；其次，普卡帕星的表面密布巨大的气孔、蚀洞，道路像触手一样伸展，罪者只要不小心从这种道路上滚下去，准能摔断三根骨头。大地好像对罪者具有攻击性，每走一步都像踩在刀尖上。罪者敬畏这世界上每一种生灵，因为同样身为神的所有物，它们每一种看上去都比自己要资深得多。

尤其是在滚行这一项目上，它们简直可以称得上是德高望重。

抛开这些不谈，以下的现象才是更令人疑惑的：

罪者不属于这个星球上食物链中的任何一环。事实上，它们的食物只能靠神们供给。那些被称为“饲料”的东西长得千篇一律，毫无吸引力，但是罪者们必须吃这玩意儿，因为即便吃了其他看似能充饥的生物，它们也不会被消化。所以，是神们供它们吃和住。而作为赎罪手段，罪人们要努力为神们劳动，以减轻自己的罪业。

在它们死后，躯体会被重新做成饲料，循环利用。这一切都是因为组成它们身体的物质实在是太短缺了——它们的手性和普卡帕星上的主流物质左右相反。这种构造使得罪者们宛如生活在地狱。神族最诱人的花香在它们的感觉中也是一股恶臭，因为它们识别气味分子的受体长反了。这就是原罪之起因，也是它们只能生活在污秽和饥饿中的最终原因。

## （二）速 冻 水

鼓点仔细观察着面前的这具尸体。它甚至大胆地嗅了嗅它。尸体保存得相当完好——至少在此之前是这样。关于这一切的前因后果它还是想不明白。报告神主？可它的通信设备都在自己的小飞船里。它蹲在那里手足无措。如果自己的老朋友“火石”还在的话，一定能告诉它这是怎么一回事，因为火石对宇宙生物学比较擅长。

火石和鼓点从小就认识。这里说的“小”能有多小，连它们自己都记不起来。对于一个没有童年期的种族来说，你实在不能奢求它们记住这个。但它们确实是一出生就认识，因为它们是在同一个建设区的同一个神圣恒温箱里生出来的，它们的本名——或者说编号——紧紧挨着，出站的时候，它们因为擅自互相打招呼而统统受了罚。

另外，火石和鼓点是一个奶妈喂大的，直到它们吃上了一种叫代乳料的饲料。在普卡帕星球，这种亲密的关系被称为“奶兄奶弟”。

火石的才能来自它对这颗神圣的星球上每一样神圣的生物的熟悉和敬仰。它小时候，也就是年轻的时候，在接受那些粗浅的教育期间，曾经无数次地拽着鼓点逃出神圣的万人大讲堂。它们跑到神圣的大自然里，去抚摸黏滑的四角虫，探望蛰伏的歪颈龙，轻嗅恶臭的蓝脸花，安慰易怒的狗头鸭。

后来小区的众神们为火石安排了一样特殊的工作，那就是处理罪者的尸体，或者是将濒死的罪者尽快办死。茫茫的普卡帕大地能够分解神们的皮囊，却不能分解罪者的尸体。它们只能被拉去做成饲料。

“连这里最卑贱的菌类也不屑于处理汝等罪恶的躯体。”神们痛心疾首地扑叽着，“如果不这么处理，汝们丑陋的尸体就会堆满整个星球。”

这种扑扑叽叽的音效是神族的语言所造成的，一般来说罪者由于生理结构和神族相去甚远，因此并不能完美地扑叽出全部的音节。显然，让罪者能有效地工作，必须让它们能有效地交流。神们不得不创造了一些适合它们念的简单语言。

令它百思不得其解的是，那包“速冻水”上的文字，竟然也是由这种语言写成。

鼓点重新捡起“速冻水”，小心翼翼地摸了摸。包装的表面有一部分是透明的，可以看到内容物其实不是液体，而是一团团洁白晶莹的小东西，丝毫没有那种危险品应该有的重重防护。就算它是帝国的八十七夫长还能怕它不成？它继续说服自己。

而且，不知为什么，它觉得这真的很像是能吃的东西。

它吞了口黏液。

“刺啦”，鼓点撕开了那个脆弱的包装，有几个白白的、凉凉的小东西漏了出来，在地板上蹦了几下停住了。它们是那么讨人喜欢，足以让“就吃几个”的念头膨胀成“把它们全干掉”。

这时飞船内突然传来了焦躁的警报声，鼓点头上的天花板发出了惊慌的喊叫："发现补给被暴力拆封！发现补给被暴力拆封！——请问您是要吃速冻水饺吗？"

这把鼓点吓了个够呛，它的心脏狂跳，感觉自己的勇气缩小成了一个宇宙心理几何学意义上的点。

在鼓点还小的时候——当然它们刚出生就已经相当健壮了——它就曾一次次仰望星空。那里有无数恒星，在夜空中无序而又和谐地排列着，不怀好意地盯着广袤的普卡帕大地。每当此时，它的心中就不禁泛起种种疑问。

"是否有任何我们，独自？"它问自己的主子，意思大概是："我们是孤独地来到这个世界的吗？"

"噗咔！噼啪啊鲑咯哒。"（"不！汝们并非凭空出现，汝们有的乃是由母亲的血所生，有的乃是由父亲的血所生，还有的来自各神圣的机构及住宅区的恒温培养箱，至于汝们繁衍至今唯一的理由就是为神所怜悯并一生为他们服务以偿还汝们的罪。"）

鼓点努力点点头，就好像自己真的听明白了一样。

它所专门服侍的那位神主，患有"强迫性自虐癖等边三角综合征"，一种宇宙心理几何学上的绝症。

宇宙心理几何学的生理学基础是神主们那螺旋在几丁质外骨骼内的纠结敏感的神经系统。例如强迫性自虐癖等边三角综合征，就是一种在理论上无药可救的构型，或者说一种在平面上无解的疾病。

鼓点所侍奉的那位神罹患这种疾病多年。他私下里经常要求鼓点手拿鞭子抽打他，有时是电击枪。终于有一天，病情严重到需要到神圣的非正常几何学研究中心接受非平面几何学的激进疗法。

令鼓点万分感动的是，由于它出色的机械维修技巧，神主临走前将它推荐给了神宫的航天部，他亲自解答了一份很长的几何学试卷，以证明自己是在清醒状态下做出申请的。后来，鼓点才得以进入外太空，面对脚下的一具尸体和头上的这个因为“速冻水”被撕开而大惊小怪的喇叭。

“速冻什么……脚？”鼓点看了看自己的下肢，“进一步！吗你的地有生命？”

它的意思是：“等等！你这里有生命？”

“有生命？”天花板显然只听懂了这么多，“可惜现在已经没有了。以前的指令长死掉了，就是你脚下的那位。我因为失去了掌控飞船的意义而一直休眠到现在，利用恒星光能供给飞船自动航行，直到我刚才听到速冻水饺包装袋被撕裂的声音，才被你唤醒——不过听口音你不像本地人啊。”

鼓点敢打赌它说的话和罪语有联系，它甚至能听懂那么几个字，可它就是弄不懂意思。“呃……”鼓点说。

“等等，我的摄像头看到你是个……不，那场灾难没有发生吗？我们逃过了它？现在是哪年哪月？坐标是多少？好吧，让我来通过宇宙微波辐射背景值测年法推算一下——天哪，已经过去了十万年！”

本星球最厉害的罪语饶舌歌手也别想超过这面天花板的语速。

鼓点仰头望着它，肚子发出一声咕噜。

“通过监听你的心跳，我可以判定你有点低血糖症状。来吃碗饺子吧，我去看看哪儿有陈年老饮用水。”天花板殷勤地说，就好像它真的可以离开这里到厨房去一样。

鼓点听懂了吃字。“你不能吃的食物。不兼容。”

“老兄，你饿得都说不出话来了！不用客气，都是自己家里人……”

即便听不懂那是什么意思，鼓点也能感到天花板热情得像一个五大连星来的触角毛刷推销员。等等……

“自己？家？”

“是啊，咦，你难道不是地球人吗？”

鼓点不知道它在说什么，但似乎觉得它是在说些什么重要的事。不过自己可不是什么球的人啊，所以只要摇头就是了。

“末日灾难的事，你也毫不知情？……我想你要试着说更多的话，这样我就可以更精确地模拟贵省份的方言，先生？”

鼓点仍然毫无头绪地摇着头。锅里的水在咕嘟咕嘟地开着。

“好吧，那么请你先把饺子下到锅里。水已经开了。”

“饺子？水？”鼓点分别指了指那两样关键的东西，“如果是，闪光它。”它提出了一个聪明的建议。

“是的！”天花板模拟出兴高采烈的欢呼声，并把冷藏室的灯闪了一遍。此举立刻使得两盏灯被闪坏。

于是，鼓点鼓足勇气，把那几枚“速冻水”远远地扔到水里。

当然，水并没有被冻住。

“盖上锅盖。G-uo，锅。G-ai，盖。”天花板循循善诱。

“锅……该……”它找到了锅盖，把它扣在那个容器上。

“很好！”灯光赞扬般地闪成一片，“不过它反了。先生，您盖反了。”

这句话实在超出了鼓点的理解能力。

“好吧，算了。”

鼓点凑到锅前，看里面的小东西翻滚。在普卡帕星球上它从未见过如此可爱的物件。“水饺……”它默诵着它们的名字。锅里的水在咕嘟咕嘟地沸腾，试图突破那个倒扣的锅盖。

“嗞——”过了一会儿，锅的底部出现几条缝隙，将汤水过滤了下去。水饺躺在锅里一动不动。

“它们死了。”鼓点呜呜地哭了起来。

“是熟了，你这蠢货。快尝尝吧！”

寂静的宇宙里，孤独的远航飞船上，一个迷失的罪者坐在地上，吃着水饺。虽然是无水、无氧、无菌的真空冻干包装，但那至少是保存了十万年的陈年老水饺，内部缓慢的降解早就把口感和营养糟蹋了个遍。

而鼓点的吃相却显示出水饺很美味——这也许是它吃过的最棒的东西。好过烘制的新鲜肉糜。最后一枚饺子入口，鼓点又咕咚咕咚地喝掉了剩下的汤，这才依依不舍地抹了抹嘴，然后试图把手舔干净。

天花板不无悲悯地俯视着它。当然这话有点不准确。作为一面天花板，它没有那种居高临下的眼神，悲悯也充其量不过是被设计出来的反应。但没法否认，它确实是俯视着的。

“好吃吗？”天花板问。

“好。”鼓点听懂了这句话。

“吃饱了吗？”

鼓点摇了摇头：“我会回去，他们认为我节省时间，有麻烦。”

天花板费了老大劲才解读出这句话的含义：鼓点要回去报到了。为了指令长交给自己的最后的指令，这台电脑觉得自己是该运算出一个办法了。它尽量模拟着鼓点的语法：“听我。今晚回去，不要告诉任何人你一直在这里。不要告诉你的主子，那么你每天在这里也可以煮熟吃饺子。否则我开走。知道了吗？”

要瞒着神主吗？鼓点惴惴不安，老实本分的它可从来没遭遇过这种事。然而当它环视着四周，尸体、饺子锅和会说话的天花板时，它终于下定了决心似的说：“知道了。”

回到地面之后，鼓点和它的船都要接受一次全面的检查。重兵把守之下，几位神主摆弄着它的肉肢，查看它有没有受什么伤，或者私藏什么东西。鼓点一动不动地配合着，另一群神主正在罗列它打捞来的物品清单。

等到这些公事都做完，鼓点开着陆游滚行车在郊外的一处湖畔找到了火石，迫不及待地讲起了自己的奇遇。听完鼓点的叙述，火石惊讶得一句话也说不出来。

“我也准备把你叫过去一起吃速冻水。”鼓点兴奋地说。

“可现在你口器里有一股奇怪的气味，我的兄弟。”火石说，“可见它吃起来并不怎么样。”

“消化的结果。”它的肚子又咕噜了几声，“说真的，我的兄弟，和我们吃的饲料完全不一样。”

火石所工作的地方是一座巨大的饲料加工厂，在北纬53度的某个角落。池子里漂浮着无数脱光毛发的躯体，血腥味浓烈得如同开遍普卡帕大地的触手花。尸体漂流，翻滚，然后被钩起来，吊在运输线上进行加工。火石会在那里等着，和它的工友们一起分解同类的胴体。它们放血。它们燎毛。它们清洗，劈半，净膛，分割。每个人一道工序，流水作业，井井有条。

罪者的血肉经过干燥、粉碎后，与其他一些反手性材料一起混合，最终会成为两种东西：I型饲料，主要成分是反手性淀粉。它们被加工成条装再叠成面饼，放进食槽，倒入沸水，加盖焖五个普卡帕分钟即可食用，方便快捷。Ⅱ型饲料中血肉粉、骨粉的含量较高，它们与反手性淀粉混合后被灌进细长的红色外包装里，开袋即食。

这就是整个普卡帕星上的唯一两种罪者饲料。

“你有没有想过自己将以什么样的方式结束生命？”火石问它。

“以前想过，大概是被做成饲料吧。”鼓点回答。

“说实话，我见过很多同类在濒临死亡的时候精神崩溃。它们不想就这么死去。在这种情况下神主们一般用电流把它们击毙，有时候只是击昏，然后再放血。”

鼓点一言不发。

“我曾经在流水线上担任剪卵巢的工作，”火石继续说，“一具尸体从流水线上吊着运过来，我的伙伴横起一刀把器官割下，扔下来。我打着一把黑伞，提着保温桶在下面接着它们。神主说那是剪除有罪的部分。其实我知道他们要把那些东西拿去复制更多罪者。我还知道复制的成功率并不高，否则这儿就到处都是长得一模一样的人了。”

“那么失败的那些呢，去了哪儿？”鼓点嗓子发涩。

“扔进粉碎机里了吧，”火石回答，“他们教导我说，这会实现生命的一种循环。我利用工作之便，测量了许多罪者的尸体，它们的肠子越来越短。配种和饲料的功劳，兄弟。我们每天都在改变，那就是比过去的日子更惨。”

鼓点觉得这挺有道理。每次和火石聊天，它的世界观都会被刷新一遍。“我还以为万物永远不会变化，永远是这么……恶心。”

说这话的时候，某种繁殖期植物的怪味正钻进它的鼻孔，而一只冰裂蜂正在拼命地往那臭气熏天的花蕊里拱。花蕊受到骚动，流出恶臭的黏液。风声呜咽，鼓点向远方望去，天空如血浆般涌动，乌云如内脏般翻滚，天地间一股肃杀之气。

“你知道吗？”火石说，“尸体看多了的后果就是，我觉得我们真是活了今天没明天。所以及时行乐吧兄弟，我的意思是，明天不论你去做什么，记得叫上我。”

## （三）心理几何锁

“神啊，这什么破地方？”火石一边走一边四下打量，“好吃的在哪儿呢？”

“你怎么多带了个人？”天花板的声音突然响起，把火石吓了一跳。

“我的奶兄弟，自己人。”鼓点回答。

“这家伙说的语言和我们有点像嘛，”火石对鼓点说，“但就是听不懂。”

“所以为了便于交流，两位必须戴个东西。”天花板话音刚落，两个圆圆的东西就沿着走廊一路风尘仆仆地飘了过来。

“又是锅盖？”鼓点问。

“不，这是α学习型心理建设催眠电波发射器。”

这两个锅盖一样的东西被扣在了鼓点和火石的头上。

它们感到一阵疲倦。

“α学习型心理建设催眠电波发射器”发射出的“α学习型心理建设催眠电波”装载了并不完善的语言教程。这种电波专为宇航员长期学习外星语言使用（虽然连研发者自己也不知道外星语言什么样），配合高浓度的神经回路疏导香氛“毕宿五的日暮”，效果十分出众。除此之外，它还可以缓解因思乡症引起的失眠、健忘、食欲不振。电波撩拨着罪者的大脑，随后它发现要改变它们的语言习惯需要费一番功夫。

要知道，宇宙心理几何学并不是一门无用的学科。例如，在潜意识几何领域，它的一个重要应用就是“心理几何锁”。那是一些极为复杂的几何构型，伪装成长达七十三页的几何学试题，只要读过一遍就会写入罪者的脑子里，形成牢固的枷锁。当罪者们开始思考一些过于高深的问题时，枷锁就会启动。也就是说，绝大多数罪者在尝试思考一些终极问题的时候，总会中途走神解起几何题来。

对于天花板来说，这些几何题还不算太难。在它的努力下，语言教学开始超速进行。在此过程中，这个大头盔将和潜意识进行一次次深度对话练习，将直接的意识交流与相应的语言文字搭配，以对教学效果进行校正。

“练习1003：本艘飞船曾在航行期间降落在一个未出现高级智慧的星球，”天花板接着说，“并对那里的低等动物活动踪迹进行了采样，呃，主要是粪便和土壤什么的。指令长把这四份样品分别命名为：粪混灰、灰混粪、灰混灰、粪混粪。现在请你把它们流利地朗读出来。”

鼓点在脑海中吃力地辨认瓶子上的标签：“粪……混灰……回……混……”它说。

“念快点！”天花板一声暴喝。

“昏会飞，粪粪粪！”火石抢答。

“好吧，已经很不错了，速度提升得很快。没准我可以把你培养成我的捧哏。”

十分钟之内，这样的对话已经在两个罪者的大脑中进行了无数次。大脑运转过快，使它们满头大汗，脑袋几乎要冒出丝丝白气。于是天花板结束了教学。它们疲惫地醒来，浑身是汗，脑袋发涨，好像经历了一场十万年的长梦。

又一袋速冻水饺煮好了。火石一边大嚼特嚼，一边滔滔不绝地用现学的词来夸赞这种食物。新的语言也相当合口，只是说多了，口器，不，嘴巴周围的肌肉会酸。

“好了，”天花板说，“现在我可以把这个宇宙中最无耻的骗局讲给你们听了。左转，去控制室。”

## （四）终焉之俳

公元2083年，地球的命运终于走到了尽头。

不，也许只是地球上的生命走到了尽头而已。

原因来自太阳的一次起床气。

不，准确地说是八次。

有些学者认为，地球与另外几颗兄弟行星的灾难性相遇导致了许多重大变故。比如，一个理论宣称，木星曾经抛射出去一颗彗星，它掠过地球，给这颗公元前2世纪的行星带来了冰雹、火焰、虫灾，以及《圣经》中提到的一种从天而降的食物“吗哪”。然后彗星又掠过火星，使火星改变轨道冲着地球飞来，给地球增加了一场大洪水。如果上次的彗尾剧毒有机物也算是食物，那么这次的洪水就是一份足量的免费汤。最后这颗彗星心安理得地变成了金星，就好像这一切都不是它干的。[1]

“不是我所能了解的事啊，闯祸的人它不用说出来。”金星在它的新轨道上唱着，比地球、火星和木星离太阳更近。它们就好比几个在冰面上一边转弯、一边推搡、一边互相投掷鼻屎的花样滑冰运动员。

当然，这种理论一听便知是学者在打了一局很烂的桌球后的即兴发挥。地球可不是无知觉的桌球，它上面还有娇弱的生命呢。那些生命是如此脆弱，以至于太阳爆发小规模的骤冷期就能将它们灭亡。

结果太阳足足骤冷了八次。每一次都比前一次更让人肝胆俱裂，遗憾的是第二次过后就不再会有任何智慧生物能谈起这次灾难了。

而此时，还没有做好准备的地球人表现出一种成熟智慧生命特有的焦虑和慌乱。他们觉得自己被骗了。在此之前，他们总认为自己在末日来临之前还有五十亿年的活头。黑暗和寒冷将活活把他们折磨致死，他们所能做的只是采光所有的煤和石油，再挖无数个填了泡沫塑料的掩体，混吃等死。在第一次和第二次冰期之间的短得坑爹的空当期之内，地球，必须想点其他的出路。

---

[1] 19世纪40年代，俄国学者伊曼纽尔•维里柯夫斯基在他的科学著作《碰撞中的世界》中提出此观点。

他们试图去完成以下事情，但没几样能完成得不错，要么是因为拖延症，要么是因为破罐子破摔，但主要还是因为战乱几乎已经淹没了世界的每个角落。

有的国家已经在着手建造方舟了，完全没有注意到他们这次面临的将不再是洪水；有的国家将无数人的毛发和血液样本放入一个海胆状的后现代主义雕塑里沉入马里亚纳海沟，这个六立方米的铁家伙在下沉途中还击垮了一头蓝鲸。

在某地，三十六台大型天线在平原上排列成一个臂长达到四十二公里的甚大阵射电望远镜。此时它已经被改造为一个广播台，没日没夜地向太空发布信息。开始是严肃的求救信号，没过多久就变成了“今天也很无聊啊”的散乱感叹和描述虚无绝望的俳句。

许多早有准备的末日生存狂从四面八方赶往青藏高原，他们的越野车里有各种各样的必备物品，火柴、食物、救急包，唯独少了最重要的东西——希望。

紧急装配火箭的工人，在工作时思索即便装上卫星又该往太空送点什么。这是罗老号第五十六次试射，只能成功，不能失败。

国家首脑走上演讲席，进行煽情而毫无用处的演说。

一些奇怪的“觉醒组织”登上高山之巅，劝说子虚乌有的“幕后统治者”交出资源，并指出只有那样才能使得哈米吉多顿和国际共产主义携着手降临人世，实现全人类灵力的提升。

某个世界上最富有的基金会拥有两架私人空天飞机，但离逃出地球、在太空建立生态系统似乎还差了不是一点半点——更别说再过一段时间，有钱也没什么用了。他们为此愁得直揪头发，造就了一群壮观的光头首富。

无论是焦虑还是颓废，惹是生非还是力挽狂澜，大家都在忙自己的事。

这其实跟和平时期没什么本质不同。而且，地球上的大部分人最终没有联合起来。前一天两个国家还好得穿一条裤子，第二天就为了卫星资源的事大打出手。好在这种混乱持续不了多久了。末日马上就要来临，就像俄罗斯方块触顶的那一枚终会落下，就算你拼了老命地按方向键也没辙。

白雪倾落时，

一夕掩埋阎浮堤，

绝景无人顾。

众生谢幕了。最初几天大地寂静，甚大阵射电望远镜发射出的最后一首俳句，依然在空灵的宇宙中游荡。

与此同时，在太阳系外遨游的一艘星际飞船中，指令长刘醒和他的两名助手仍不知道自己已经无家可归。

“您收到了一个漂流瓶。”

某一天上午，天花板发出这样的电脑语音提示。

“这儿前不着村后不着店，哪里来的漂流瓶啊？”斜躺在工作椅上半睡半醒的刘醒嘟囔着。

“宇宙这么大，什么事情都有可能发生。”天花板自豪地说。

“风险检查，然后拿过来。”刘醒下令。天花板将舱门打开，一个巨大的金属罐子被运了进来。

“根本不像漂流瓶。”戴眼镜的年轻助手唐吉失望地说。

“上面的意大利语就是这么写的。”助手梁非凡指着罐子念。

“意大利语？”刘醒一跃而起，跑到罐子旁边。

它足足有一人高，而且目测还挺沉，表面有个密封舱门。

“你说我们打开它会不会有个意大利人蹦出来？”

“太草率了，刚才辐射检查没结果就高温蒸了一遍来灭菌。我说，里面有人吗？”

“快打开快打开，这要闹出国际矛盾就不好了。”刘醒指挥着。

密封舱没有密码，减压打开阀门后他们发现里面的空间其实不大，只有一个嵌入式的储物柜，它外面是缓冲区。门和舱壁都很厚，估计是防护辐射和撞击用的。

储物柜也挺容易打开的，没有密码。里面有一张镀金光盘，还有一本装帧精美的手册。

唐吉自告奋勇地去读取光盘。梁非凡则口译起手册来。

“这样就可以拼盘食用了。祝您用餐愉快。”听完整本的时候，刘醒终于流下了热泪。有用的资料没多少，倒有一整套意大利面的做法。有做法倒也罢了，里面连面条和配料的实物都没有，这怎能不让人唏嘘。

“非凡哥，你来翻译一下啊，我读出来了，有文本有图像。”唐吉在那边喊道。

为什么会发射一枚只有意大利面的太空舱出来呢？刘醒翻着手册，随意地看着意大利面的图片。页眉还有一行“了解更多：WWW.FSM.IT”，但真不知道在太空里能有什么用。

他所不知道的是，这本手册其实是某个现代宗教流派进行的最后一次苦涩的恶搞。

看完“茄汁意大利肉圆面”，刘醒抹了抹眼泪问道：“唐吉，你那边怎么样？”

唐吉和梁非凡没有应答。他们呆滞地坐着。

“唐吉？”

唐吉转过身来，表情凝重。

“完了，老大。我们再也回不去了。”

“什么？！回不去了是几个意思？”

“如果我的翻译没错的话，地球好像已经……毁灭了。”梁非凡一副欲哭无泪的表情。

天花板插嘴道：“根据记录时间来看，可能还没有。不过，即便地球不是已经被毁灭了，也是正在经历末日，至少是马上就要完了。”

它用了三种不同的时态来炫耀自己的语言技能。

刘醒长叹一口气。在更加年轻一些的时候，他曾经见过一张有年头的恶搞照片——登月宇航员眼睁睁地看着地球爆炸，背影孤独无助。没想到同样的事情在太阳系外发生了。

一声不吱地就要……完了吗？

三个人闷头坐了一会儿。梁非凡去了趟厕所，回来接着闷坐。他的眼睛红红的。尽管是副手，但三个人里他的年纪其实最大。

“没办法补救一下？”唐吉提出了一个毫无意义的问题，“没准能见最后一面。”他朝梁非凡看了一眼。

“来不及了。”天花板抢先回答。

“就没有可能是误判或者恶作剧吗？”梁非凡有点抓狂了，“意大利人一向不着调啊！”

“没可能啊，光碟里是视频，讲话的是他们总统，总统！我在意大利公派那一年他还跟我握过手呢。”唐吉喊。

他们手足无措地望向指令长刘醒，这让刘醒觉得有点不自在。

“不好意思，兄弟们，我相信光碟上的内容，也相信回去没什么可以帮上忙的。真的很抱歉，咱们的考察任务终结了，现在的首要任务是寻找自己的生路，补给总会用完，咱们需要援助。”

“各国找地外文明找了两百年了，我们瞎碰能碰到吗？”梁非凡痛心疾首。

“至少我们是走出来找的啊，”刘醒一摊手，“后方是毁灭，前方才是机遇。我们夹在中间，只能靠我们的船。对了，后舱的意大利面还有最后一袋，谁想吃谁吃啊。”

他晃晃悠悠地走向后舱。

## （五）食欲抑制剂

“两个问题：为什么只剩下一个人？还有意大利面是什么？”听到这里，鼓点疑问道。

天花板告诉它，其他两个人的故事有空再说。至于意大利面，为了使鼓点理解它的含义，天花板在资料库中检索出一张图像。

“它看起来挺好吃的。”鼓点说，“钢盘上到底有什么？”

“是光盘。它记录了一些地球的基本信息，特别之处在于意大利的文学、音乐、绘画之类的基本文化。”

“那有什么用？”

“至少意大利面还是有用的，等你回到星球可以试着做一下。可惜饺子里的遗传分子应该已经降解完了，不知道你们的神主能不能做出白菜、小麦和猪来。”

“我们的几何构型是邪恶的，只能吃饲料。”火石委屈地说。

“你刚吃了水饺，你忘了吗？”鼓点提醒它。

“哦！我刚吃了水饺。”火石寻思了一会儿，“所以你刚才说只能吃饲料之类的，这都是骗局？”

“大骗局。”天花板强调。

“你的意思是，”鼓点直截了当地问道，“我们其实来自你们的星球？”

“我庄重地点了点头。”天花板回答说，“在地球上——至少是在我们的国家——主流上认为包括人类在内的所有生物都是演化的结果，并不是什么东西凭空捏造的。总之，这种变化和神一点儿关系也没有。他们最多是在养殖——”

“养直？”火石问。

“养殖。正如我刚才说的——”

“你刚才说的什么？”

“我刚才说演化啊！人类在地球上是逐渐演化形成的，而你们凭空出现在这颗星球显然违背了演化的规律。你们的统治者也许是破译了我国发送出来的遗传信息，从而把你们直接制造出来。我的计算能力还不能把你们的生活方式和我所知的人类生活方式进行充分比对，但目前看来你们就像是地球上的奴隶，或者家畜。”

“奴隶是干什么的？”又一个它们不懂的词。

“就是把你们捉起来干活或者杀掉。”

“可是我们得到了饲料啊。”火石说。

“那么家畜呢？”鼓点问。

“就是把你们养来吃、干活或者杀掉，同时给你们饲料。”

……

作为八十七夫长，鼓点觉得自己不应该听信这些说辞。但是，脑中残损的几何锁如今再也不能阻止它的进一步思考。它望着舷窗外的普卡帕星球，那块唯一的大陆延伸出形状像触手一般的奇特海岸线，大触手又分支出小触手，呈现出完美的分形结构，剩下的地方是肉红色的海洋。

那就是它和它的族人们生活的星球，而现在有个过路人对它们说，以往的生活只是一场骗局。它脑子里有点乱。摆在面前的有两条路，相信哪一方直接决定了它以后要帮谁说话，但这显然又不能归结于一个谁能喂饱自己的问题。

“其实我有个问题，为什么你恰好能够碰到我们？这里面是不是有什么阴谋？比如你是什么魔鬼派来迷惑我们之类的。”

“嗯，这个概率的确低得惊人……是个宇宙级的小确幸，抱歉我刚才应该用惊喜语言模块来渲染这段讲述。”天花板回答。

“兄弟，你可不可以这样想。这一切是因为我们有了彼此碰面的前提，才有了在此谈论这件事的可能；如果我们没有碰面，你就不会在此提出这个问题。总之它就是这么发生的。缘分神注定。”火石运用了心理几何学的分支“心理几何因果律”理论对鼓点进行讲解。

“听起来很有道理，但又有哪儿不对，总感觉你在回避问题……我快要被绕晕了。”鼓点垂头丧气。它越想越饿，肚子又响了起来。

“我说，还有吃的吗？”火石也在环顾四周，“我还想痴汉。”

“是‘吃饭’。”天花板纠正道，“我这儿没有东西了，只有图片。”

“饺子的图片吗？我不想再看到更多。”

“地球人不只吃饺子和意面。”主电脑屏闪了一下，出现一个交互界面。只见天花板打开一个又一个黄色小方块，一些图像放大显示在眼前。

“这张是蒜薹炒肉。指令长在地球时最喜欢的菜。”

“很绿啊。但我赌一锅饺子，它一定不会被消化。”鼓点嘴上说着，却感觉自己的胃已经燃烧了起来。刚才的饺子根本没能满足它。它咽了口唾沫。

“你一定没吃过的鱼，松鼠鳜鱼。”

“它竟然有四条腿。”火石含着一汪口水说。

“我想你说的应该是胸鳍和腹鳍……这是米粉。抱歉排序有点乱。”

“有点像我平时吃的主饲料，但是……看起来比那个好吃多了。我有点……闹不住。”火石浑身发颤。它都快把操作椅里的海绵抠出来了。

“是我们的一种主食。只是其中一种。看，这叫水煮肉片！”天花板得意忘形地移动着滚屏。

“哦不……哦不！”鼓点看着那一盆诱人的红色，一拳把火石揍开，“为什么我只看图片也能饿成这样！”

“基因，老乡，即使你根本不知道什么是辣，也会觉得它可能很好吃。这是一种铁证，证明我们是一家人。好了，这是鱼香肉丝、八大件儿、煎饼馃子。”它高兴得就差唱出来了。

“不行！它们看起来……太美味！”火石激动地伸出脚趾夹了夹鼓点的胳膊，夹得它哇哇大叫，“给我端走！我看不了这个。”

“这样不行啊，老兄。我得让你冷静一下。”

屏幕上出现一碟清冷的——“某种泡菜。”天花板解释道。

两人停止唠叨，盯着它看了一会儿。

“似乎，不太，激动了。”它们歪着头，大口大口地喘着气。

“这盆是和它配套的一种酱汤。”

“怎么回事？我没感觉了。”鼓点觉得那一定是某种全宇宙、跨文化通用的食欲抑制剂。

“当你离开国家太久，想到这些都会在深夜里泪流满面。我这里还保存了一些人类的伟大创造，可以笼统地称为文明。比如这幅意大利人留下的名画，列奥纳多·达·芬奇绘制的《蒙娜丽莎》。”

“‘萌得你傻’？她笑得可真美。”

接着，一个署名“外层空间重大问题研究委员会编纂”的文件夹被缓缓打开。

天花板左挑右拣，选出一个视频。“总存储容量有限，所以删掉了一些，现在看这部星球宣传短片吧。也许是地球覆灭之前人类做过的最后一件齐心合力的作品了。”

这部视频描述了世界各国人民从早晨起床后开始的一天。《蓝色多瑙河》舒缓宏远，仿佛同世界一起睁开了双眼。沙漠、平原、岛屿、冰山，处处有人类在劳作、学习、娱乐，有的穿着裤衩，有的裹得像个黏须复合块儿。

“他们……确实和我们长得没什么差别。”火石轻声道，仿佛怕打扰到这些小人儿。

“不……眼神不一样。”鼓点说。

“这个被拍摄最多的地方叫北京。”天花板介绍说，“下面的一些文物你们看见了吗？”

“容器和纸片还有神像……不过看上去挺可爱的。”火石指着一具青铜犀牛说。

“万幸你们的审美还一息尚存。好了，这就是你们的老家地球，你们就是这些小人的后代，哺乳纲灵长目人科人属智人种。这个视频没有讲到的是它经历过的漫长历史。有合作，有侵略，每年都在发生。但是有压迫的地方就会有反抗。就算整个地球都要被毁灭，他们拼到最后一刻也要把地球的信息传达出去。”

“说得真棒。”

“指令长日志里准备好的发言稿。他临死前写完的，说是可能会用得上。”天花板不好意思地说，不过它的语气突然变得激烈，“不过，反观你们在这个星球上所做的事吧！苟延残喘，被饲养、奴役、屠杀却没有什么作为。比比那些在地球上站立到最后一刻的人，跪着的你们不感到羞愧吗？”

“我们并不是不羞愧，只是……”火石说。

“只是很震惊罢了。”鼓点接了话茬。

“老实说我以前不是这样的，只是执行科考任务。在地球毁灭后，指令长重新编了我的程序，以便于遇到文明后能够更好地交流，以给地球延续些希望。所以你现在听到的一些话也是指令长的原话。甚至可以说，我的程序里有一部分是指令长的意识。”

“哦哦，那你能跟我下去吗？”鼓点问它。

“很可惜不能！我外面有个摄像头坏了，在暗处看不见，现在就跟个瞎子一样，开自动导航损船率太高了，特别是在你们这种低安全地带。你都不知道我这一路走过来有多险。”

“那如果我能把你拖下去——我能吗？”它转头问火石。

“恐怕不能，”火石说，“下面的检查可是严格得很。”

天花板补充道：“我可再也经不起大气层的折腾了，除非你有更好的降落办法。”

“可以，我多找些兄弟帮忙。就在明天。相信我。”鼓点和火石整理了整理航天服，走向舱门。

“我只是个计算机而已，相不相信你对我不重要，重要的是让你的同胞相信你。还有你自己。我等你回来呢。”

“什么？”鼓点停住脚步。

“没什么，又有哪儿快要坏了，所以请抓紧时间吧。顺便帮我把门带上。”

“这么大我可带不走。”沉闷的关门声。

进了自己的飞船，鼓点在舱位上闷坐，一边赌气似的挥动触手把垃圾粘到船身上。

火石帮它打开了联络装置。

“中午好，肉块们。”鼓点沮丧地打招呼。

“头目，你回来了，头目。”数秒后有个声音回答，“不过，我神圣的外太空啊，您还没收拾完啊？”

“有个大物件，拖不下来了。明天还得再来一次。”

“今天是最重要的节日，感恩节，头目。快回来过节，我们多发了四根Ⅱ型饲料。晚上全球的罪者要齐唱《感恩的心》，用肢节摆出感恩神主的姿势。我们还得感谢天，感谢地，感谢万物让我们相遇，看谁哭得响。”

《感恩的心》？那首“我诞生于虚无，如一介微尘”的歌？扯你的淡！老子再也不要过什么狗屁感恩节了！吃什么Ⅱ型饲料，四十根也不行。老子要天天吃速冻水饺！

当然它现在不能说出来。说出来就露馅了，好比煮坏了的饺子。

“一会儿就回去。”它说。

“一混？一混是什么，头目，你说话的口音怎么变了，是传输设备失真吗？”

“浑蛋！我口音有什么异常吗？”

“头目，你正常点。说实话，你刚才说的我一句也没听懂。也许是神圣的外太空净化了你，但是我们还是别用这样的语气交流了。”

于是鼓点重新拾起神灵的语言。它觉得自己已经有点不习惯了，像是嘴里含着什么东西。

“你和‘罐头’‘弹弓’‘沈志全’‘年糕’‘施瓦辛格’……这二十个人在储备间待命。一会儿对于明天的工作安排开个小会。”它扑扑嗒嗒地点了一批可靠的手下，火石冲它举了举大拇指。

通话完毕后它坐了一会儿。那些比吃饱饲料更重要的东西，正在躁动着要挣脱大脑的枷锁。披着天堂的皮，这里却是地狱。我们寄人篱下，给你们干活，而你们喂我们饲料。这乍一听起来似乎没什么不妥。可是，为什么维系这种关系的是谎言？

“你现在还想吃那种破塑料袋子里的饲料吗？”鼓点问火石。

“不想，我现在感觉自己像是个有身份的……人，不能吃那种垃圾。”火石加重了“人”字。

“那你放心，今晚过后我们这支小队都不会喜欢吃那种东西了。”

## （六）幽灵车队

“嘿，天花板，你听起来比昨天的状况要好。”鼓点进门后，跟天花板熟络地打起了招呼。

“离恒星近就是好，虽然有点热吧，但我很快就充完了电，给自己做了个检查。”天花板听起来就像是刚从五大连星的紫外光洗浴中心做完保健回来。

“底下的人都准备好了，我们现在需要先把你拉下去。”

“很好，一会儿着陆需要找一个适合作为屏障的地方，而现在我们要去后舱拿武器。三把单兵枪，舱外还有两门舰炮。我检查了武器模块，应该还可以用。”

“好吧，我们先试试舰炮。”火石走到操作台前，“不，在这之前还是先合体比较好。”

鼓点跑到自己的飞船里，用触手把地球飞船绑定在自己腹下，又用一些太空垃圾把这艘大家伙欲盖弥彰地藏了起来，火石在其中坐镇，但什么也看不到，像个睁眼瞎。现在这条大章鱼沿着卫星轨道游荡，很快就遇上了普卡帕星球最大的一颗人造卫星。

“还挺近的。”鼓点的声音通过触手传来，“现在，摧毁它！”

天花板憋足了劲射出一炮，卫星被轰成碎片。

“真是突然的第一枪。”火石吓呆了，“现在我们要干什么？”

“还能干什么？”鼓点回答，“跑啊！”

两艘飞船死命地往普卡帕星球跑，就像砸碎了别人家玻璃的熊孩子一样慌张。火石坐在地球飞船里什么也看不见，但它能想象到，那颗污浊、血腥、黯淡的，肉块一样的普卡帕星球离自己越来越近。“注意，我们现在要穿越大气层。”鼓点的指令通过触手传到火石那里。

“我来这儿的时候吓了一跳，你们的大气层长得真恶心！”天花板说，“像是遍布着霉菌的菌丝。”

“下面的世界更恶心。”火石回答。猛烈的振动和巨大的声响让它觉得五脏翻涌。

“哦哦哦，”天花板叫道，“我的隔热层要磨光了！快把我烧死了。”

“什么？我听不见！”火石的声音已经完全被埋没在如雷的摩擦声里。

“听到了吗？往西南方偏五个点。”冲出大气层后，火石收到了鼓点发来的指令。天花板刚脱离灼热的苦海，开始吃力地调整方向。它们要利用火石经常去野外考察的那个湖泊作为缓冲，因为那儿没什么尖利的岩石和错综的道路。卫星失灵和飞船叛逃必然会吸引神族的全部注意力，他们何时到来只是时间问题。

“空气中的无机物组成和地球真是很像！你们太幸运了。陌生的城市啊，熟悉的角落里……”

“你这是怎么了？”火石问它。

“没什么，指令长的病又犯了。现在开始着陆……啊不……着水！”

借助降落伞的缓冲，飞船没有坠湖；它们增大了前推进力，在湖泊表面滑出一道巨浪。

“咕噜噜，要不是指令长改了我的程序，我才不会帮你们这个忙呢！浑蛋人类，咕噜噜噜噜……”天花板觉得自己的老骨头都要散架了。

它们搁浅在岸上。随着机械触手的松开，天花板重见光明，仿佛拿下罩在头上的章鱼。它开启了唯一的一个外置摄像头，开始地形侦测：“现在找个阵地把我藏起来，快！三点钟方向的那个悬崖似乎是个不错的选择。”

“可是……已经打起来了。”火石的话音刚落，身边就响起了爆炸的声音。神族来得太快了。火石拿出枪跳出机舱，只见五架神族飞行器荷枪实弹地在上空盘旋。它脖子一缩，又跳进了机舱。

“兄弟，这可怎么办？”火石冲着话筒大喊，“你的飞船在这儿又不能飞。”

“并不用飞。”鼓点回答。接着，火石看到鼓点的飞船“站”了起来。四条合金触手稳稳地支撑在地面上，其他四条伸到半空，挥舞着攻击那些飞行器，仿佛一个立足于天地之间的巨人。

“高明啊。”火石赞道。此时隆隆声响，一队建筑工地用的大型工程车开了过来。

“是我们的人，昨天的动员很成功啊。看来几何锁已经暂时没用了。”鼓点说。

“先别得意，注意你的侧翼。”天花板回应它，“我负责高射。”

鼓点操纵触手伸出，准确地粘住了一架飞行器，并借力把它摔在地上。“真是不堪一斤！”它兴奋地喊着。

“一击啊。”天花板懒洋洋地纠正。它的高射炮似乎有点失灵，正在无所适从地瞄准角度。

频道里传来了下属的声音：“头目，这里是‘弹弓’。工程车偷出来了，还有你要的动力模块。出来时轧死五个，我现在手还在抖，但是这种坠入地狱的感觉真是……太棒了！”

“放松些，我刚刚也是第一次杀死神主。他们的陆军马上就会来了，到时候你们就可以用这些大玩具把这些垃圾压扁。”鼓点指示。它现在满怀信心。

又一架飞行器被鼓点打了下来，代价是一条触手被打断。鼓点把那条触手的断口按在一块巨石上，受损处的黏合剂牢牢地粘住了石壁，于是借着它的支撑，鼓点的触手可以伸得更高了。

“前方传来了消息，饲料加工厂被我们端了，头目。我们运了满满三车。”名叫“罐头”的下属补充道。

“很好，小心空袭，走被我们掩护的路线。年糕，我看到陆军从三十度方向袭来，雷管埋好了吗？”

话还没落，它听到“轰”的一声巨响。“好吧，下次听我的命令再行事。不过这开矿的雷管还挺好使。年糕年糕，观察陆军是否已经被截断。”

“小心远程打击！”天花板插嘴。

“这是谁？”年糕不解，“它说的是什么话？”

“它就是我昨天和你们说起过的前辈。好了，弟兄们，对方陆军善于滚行，而工程车基本是按照我们的运动方式设计的，所以要采取包围——碾压的方式，碾碎它们的壳，绝不留情。相信我，这些娇惯坏了的软骨头一点儿也不强壮！”

“呱啦噼咔啪噜噜！（罪人们，举起双手！你们已经被包围了！）”神族那大队大队的滚行作战装备涌了上来。神主在外面扑叽道。

“好了，弟兄们，冲上去！”鼓点下令。

“为了演化论！”火石大喊一声，抱起枪再次冲出舱外。

得益于主控卫星被提前击碎，战斗比想象中结束得更快一些。火石抱着枪瘫坐在地上，四周到处是残骸、尸体和黏液。炮火甚至改变了这一带的地貌，屈曲盘桓的石质触手成了碎石块，然后被简单地围成一个暂时性的屏障。

“头目，统计结果出来了，应到八十七人，实到五十三人，阵亡四十三……呃，不……十七……”施瓦辛格的头上满是汗珠，“对不起，头目，其实我数数不太好。”

鼓点拍了拍它的肩膀：“你几何也并不高明。”

“那么下一步怎么办，头目？”施瓦辛格掸掸身上的碎屑，为了报昨天被电击的仇，它在刚才的战斗中冲出压路机拿扳手左挥右砍。

“他们也知道我们的饲料撑不了多久。他们想让我们活活饿死。我们得去抢外围城市的饲料、运输工具和能源。最重要的是解放更多的同类，总有一天我们会攻回大本营，把万神殿炸个底朝天。”

“我有个主意。”火石站了出来，“据我所知，从这儿往北不远就是自然环境恶劣的地带了，阴森多雾，神主们平常也不去那里，我们可以在那儿建立一个基地。”

“基地太不灵活了。我们得改造我们的车队和两艘飞船，打游击战。”

“给我们的车队起个名字吧，”天花板提议，“作为电脑我是没有命名权的。”

“就叫‘行走叛军车队’吧。”鼓点看了看围成一圈的工程车，手下们正在把缴获的神族武器歪七扭八地装配到上面。

“差不多得了，兄弟们，我们该出发了。”它跳进飞行器，“虽然卫星被我们打坏了，但一会儿他们还是会追过来的。我们向北进发。”

一行人抛下这片战场，向北方全速前进。雾季降至，因长期劳作而关节脆弱的沈志全首先对气候的潮湿有了反应；车队越往北开，白纱般的雾气就越明显，触手般的岩石也渐渐平缓，逐渐变成了开阔的平原；它们呼吸着雾气继续前进，直至隐没在北方的黑森林与浓雾之中。

暗号 / 文

暗号，男，山东人，杭州某理工宅大学动物科学专业，卖过饲料，搞过科研，现在是科学逃兵。写了七八年科幻，目前仍在低速产出中，代表作有《俄罗斯飞棍》《白炽之昼》《半个卫星的冬天》。